Carmen Caine
Glühende Herzen in den Highlands

AF177822

Das Buch

Ruan MacLeod hat ein für allemal genug von Frauen. Schließlich bedeuteten sie nichts als Ärger.

Zur gleichen Zeit will er auf keinen Fall seinen Clan spalten oder gar einen Krieg mit dem Laird MacDonald von Duntulum anzetteln. Um dies zu verhindern und um die Freiheit seiner Schwester zu retten, willigt er letztendlich doch in die Heirat ein. Aber auch das geht vollkommen schief. An seinem Hochzeitstag steht nämlich ein verführerisches, grünäugiges Mädchen namens Bree vor ihm. Eine Katastrophe auf zwei Beinen, stürzt seine Braut seine Welt ins Chaos und bringt seinen Entschluss, nie mehr zu lieben, ins Wanken.

Von ihrer eigenen Mutter verraten, ist Bree nach Skye geflohen, in der Hoffnung, dort ihren verschollenen Vater zu finden. Stattdessen wird sie als Ersatzbraut mit Ruan MacLeod verheiratet. Schüchtern, aber voll innerer Stärke, begibt sich Bree auf eine Reise in die Unabhängigkeit und lernt dabei, dass nicht alle Männer böse sind..

Die Autorin

Wie viele andere auf diesem Planeten ist die preisgekrönte Bestseller-Autorin Carmen Caine von einer anderen Welt. Sie verwendet jeden freien Moment darauf, auf Post-its Geschichten zu kritzeln, die ihre Kinder überall in Auto, Haus und Scheune finden können. Wenn sie nicht als Software-Entwicklerin arbeitet, ist sie damit beschäftigt, ihre Kinder zu verschiedenen Aktivitäten zu chauffieren, Texte für die Lieder ihres Mannes zu schreiben, sich um ihren Hund Tigger und seine Herzkrankheit zu kümmern, ihre drei verrückten Katzen zu bändigen, ihre drei nigerianischen Zwergziegen hinter den Hörnern zu kratzen oder ihre bizarre Hühnerschar aus aller Welt zu verhätscheln. Falls Sie mehr über Carmen Caine wissen wollen, besuchen sie bitte ihre Facebook-Fanpage: facebook.com/CarmenCaine.MadisonAdler oder werden Sie Ihre Facebook-Freundin unter facebook.com/Carmen.Caine oder facebook.com/Madison.Adler.
Twitter: twitter.com/CarmenRomances oder twitter.MadisonRomances

CARMEN
CAINE

Glühende
Herzen
in den
Highlands

ROMAN

Aus dem Englischen von Annika Dick für Agentur Libelli

Die Originalausgabe erschien 2011 unter dem Titel
»The Kindling Heart«.

Deutsche Erstveröffentlichung bei
AmazonCrossing, Amazon E.U. Sàrl
5 Rue Plaetis, L-2338, Luxembourg
2014
Copyright © der Originalausgabe 2011
by Carmen Caine
All rights reserved.
Copyright © der deutschsprachigen Ausgabe 2014
by Annika Dick

Umschlaggestaltung: bürosüd⁰ München, www.buerosued.de
Lektorat: Agentur Libelli
Satz: Satzbüro Peters
Printed in Germany
by Amazon Distribution GmbH
Amazonstraße 1
04347 Leipzig, Germany

ISBN: 978-1-477-82760-4

www.amazon.com/crossing

Prolog

Thurston Hall, England
Spätes 15. Jahrhundert

»Dirne. Hure.« Wat öffnete seinen Gürtel und pfiff dabei durch die Zähne.

Während sie auf die Knie sank, ging Bree in Gedanken noch einmal den Tag durch. In der Kälte des anbrechenden Morgens hatte sie Wasser geholt und Haferbrei gemacht, bevor sie zur Zwiebelernte zu den anderen Bauern aufs Feld gegangen war. Das waren wohl kaum die Freizeitbeschäftigungen einer Hure. Ihr war kalt, sie war erschöpft und hungrig.

»Ich dulde keine Hure unter meinem Dach«, drohte Wat.

Sie würde nie verstehen, weshalb ihre Mutter bei solch einem widerwärtigen Mann blieb. Das graue Haar klebte ihm in fettigen Strähnen auf dem kahler werdenden Schädel, und der schwarze Dreck unter seinen Fingernägeln musste dort schon jahrelang festsitzen. Seit dem Frühjahr hatte er nicht gebadet. Er stank.

Wachsam hielt Wat nach dem kleinsten Zeichen der Auflehnung bei ihr Ausschau. Seine Finger zuckten erwartungsvoll.

Bree senkte den Kopf und zwang sich zur Unterwürfigkeit, während sie sich innerlich ausmalte, ihm trotzig ins Gesicht zu schreien. Was Wat antrieb, waren Ale und Wut. Das eine nährte das andere in einem endlosen Kreislauf aus Zorn und Brutalität. Sie bezweifelte, dass sie ungeschoren davonkommen würde, aber es war einen Versuch wert. Widerspruchslos senkte sie den Blick, nach außen demütig, und wartete auf eine Erklärung, was sie falsch gemacht hatte.

»Jenet!«, blaffte Wat, und in seinen vorstehenden Augen glänzte Vorfreude. »Komm, sieh dir an, was deine Hure von Tochter da trägt.«

Das war der erste Hinweis.

Eine verstohlene Inspektion ihrer Schuhe, ihres Kleides und ihrer Frisur ergab nichts. Leicht verwirrt runzelte sie die Stirn. Letzte Woche hatte sie sich den fadenscheinigen Rock an den Dornen zerrissen, und Wat hatte darin ein sündhaftes Verlangen gesehen, ihre Haut zu entblößen. Vor einem Monat hatte sich eine braune Locke aus ihrem Zopf gelöst, als Lord Huntley über die Felder spazieren gegangen war. Dass der Mann uralt, halb blind und so unbedarft wie ein Kind war, störte Wat nicht. Sie hatte die schlimmste Sünde begangen: einen schamlosen Versuch, den Burgherrn zu verführen. Für beide Vorfälle hatte sie teuer bezahlt.

Genüsslich knackte Wat mit den Knöcheln und lächelte. Ein grausamer, boshafter Zug lag um seine Mundwinkel.

»Ja, Wat?«, drang Jenets müde Stimme aus der Tür der Hütte. Auf der Türschwelle blieb sie stehen.

Obwohl ihr Gesicht noch Spuren einstiger Schönheit aufwies, hatten Jahre der Unterdrückung ihren Tribut gefordert. Ihre grünbraunen Augen wirkten ebenso leblos wie das schlaffe Haar auf ihren Schultern.

»Sieh dir deine Tochter an«, befahl Wat, und Speichel glänzte auf seinen Lippen. »Diesmal ist sie zu weit gegangen.«

Bree hielt den Atem an und schlug die Augen nieder, damit ihre Gefühle sie nicht verrieten, während ihre Mutter sie einer nervösen Musterung unterzog.

Das Schweigen dehnte sich aus.

Schließlich räusperte Jenet sich zögernd.

Wat explodierte: »Siehst du es denn nicht? Nur eine Dirne würde ihr Haar schmücken, um die Blicke eines Mannes einzufangen. Sie ist eine Hure!«

Zu spät erinnerte Bree sich an das kleine Stück getrockneten Lavendels, das sie sich hinter das Ohr gesteckt hatte. Sie liebte den Duft, der sie immer an den Frühling erinnerte. Sie biss die Zähne zusammen, wütend auf sich selbst. Warum nur hatte sie nicht daran gedacht, den Lavendel zu entfernen? Warum hatte sie dem dummen Drang überhaupt nachgegeben? Solche Fehler durfte sie sich nicht erlauben.

»Wirf es weg, Bree«, sagte Jenet knapp und ohne jegliches Mitleid. Gehorsam hob Bree die Hand, um den Stein des Anstoßes zu entfernen, nur, um sie weggeschlagen zu bekommen.

»Das reicht nicht«, fuhr Wat sie an. Er wickelte sich den Gürtel um die Hand, und wieder verzogen sich seine Lippen zu einem Grinsen. »Warum stellst du dich so schamlos zur Schau? Warum?«

Um nur ja keinen Ton von sich zu geben, biss Bree sich auf die Zunge. Hart. Sie zuckte zusammen, als sich der salzige Geschmack von Blut in ihrem Mund ausbreitete. Bald würde auch ihr Rücken bluten. Kalte Wut griff nach ihrem Herzen, und sie biss die Zähne aufeinander. Es war nur eine winzige Geste.

Für Wat war es genug.

Hämisch blickte er Jenet hinterher, als sie mit schweren Schritten zurück in die Hütte schlurfte. Sie schritt niemals ein. Stattdessen ging sie einfach weg. Bree konnte nie ergründen, ob sie das tat, um die Situation zu entschärfen, oder ob es ihrer Mutter wirklich egal war.

Wat begann zu summen, während er den Gürtel durch die Luft schwang.

Kapitel 1
Die Falle

»Ein Mann hat das Recht, seine Frau zu züchtigen«, brüllte Tormod MacLeod, der Laird von Dunvegan, die versammelten Clanmitglieder an. »Es ist sein von Gott gegebenes Recht!«

Das gedämpfte zustimmende Gemurmel, das auf diese Aussage folgte, verwandelte sich schnell in Husten, als Ruan MacLeod in den Großen Saal der Burg trat, eine Handvoll Männer hinter sich.

Tormod stand mit erhobenem Kinn an der Tafel des Lairds und beobachtete unter halbgeschlossenen Lidern seinen jüngeren Halbbruder, der zielstrebig auf ihn zukam.

Außer der ungewöhnlichen Größe ihres Vaters hatten die Brüder nichts gemein. Ruan schlug seiner Mutter nach, der Tochter eines spanischen Landedelmannes. Sein dunkles Haar war dicht und schulterlang, mit einem Lederstreifen zusammengebunden, und in seinen noch dunkleren Augen funkelte die Leidenschaft. Er war schlank und muskulös, seine Bewegungen schnell und kraftvoll.

Tormod war sein genaues Gegenteil. Er besaß den großen Bauch eines Mannes, der mehr Interesse am Alkohol hatte als an irgendetwas anderem. Die blauen Augen in seinem erschlafften Gesicht tränten ständig, und die braunen Locken hingen ihm schütter vom Schädel.

Die Unterschiede der Brüder bestanden nicht nur in Äußerlichkeiten. Auch ihr Temperament stand im Gegensatz zueinander. Ruan war heißblütig, zielstrebig und erfüllt von unbeirrbarer Loyalität, während sein Bruder in einem immerwährenden Zustand der Lethargie dahinzuvegetieren schien. Tormod tat sich nur dort hervor, wo es um Rache ging – oder wenn es galt, eine Entscheidung so lange wie möglich hinauszuzögern. Beides überaus gefährliche Eigenschaften für den Laird of Dunvegan.

Die Clanmitglieder reckten die Hälse, um einen besseren Blick auf die bevorstehende Auseinandersetzung zu bekommen. Das Essen schien augenblicklich vergessen.

»Frau?«, hallte Ruans tiefe Stimme in der Halle wider, während er auf den Tisch seines Bruders zuging. »Sie ist ein Kind, noch keine zehn Jahre alt.«

Tormod schluckte ein wenig, doch dann grinste er höhnisch und behauptete: »Sie wurde rechtmäßig verheiratet! Ob es dir gefällt oder n…«

»Rechtmäßig? Ein Kind?« Ruan verzog die Lippen zu einem verächtlichen Lächeln, während er die Männer betrachtete, die sich in der Halle versammelt hatten. »Es hätten weit mehr als bloß eine Handvoll Männer mit mir reiten sollen, um ein unschuldiges Mädchen aus der Hölle zu retten, in die du sie da gestoßen hast. Diejenigen, die heute Nacht hier sitzen, verdienen es nicht, den guten Namen der MacLeods zu tragen.«

Beklommenheit senkte sich über die große Halle, während aus mehreren Ecken ein zustimmendes »Aye« ertönte. Am deutlichsten von den Männern, die sich hinter Ruan versammelt hatten, aber die lauteste Stimme gehörte einem schlanken jungen Mann an seiner Seite.

»Er hat recht, wir hätten nicht so wenige sein dürfen.« Furchtlos und wütend trat der Junge vor, um Tormod zur Rede zu stellen. Schon jetzt war sein Zorn Ehrfurcht gebietend. In ein paar Jahren würde er ein wahrhaft Furcht einflößender Mann sein.

Ewan, der zukünftige Erbe der Grafschaft Mull, war ein großer, strammer Jüngling mit klaren Zügen und reinem Herzen, der älteste Sohn der MacClean of Duart Castle, eines alten und mächtigen Clans. Sein auffallend blondes Haar fiel ihm offen auf die Schultern, und in seiner Kappe steckte ein Zweig Heidekraut.

»Wer ein kleines Kind verletzt, soll in der Hölle schmoren!« Ewan ballte die Faust.

Mit einem verächtlichen Lachen unterbrach ihn Tormod und warnte: »Pass auf, noch bist du nicht der Earl of Mull, Bursche.«

Bei diesen Worten erhob sich ein missbilligendes Raunen in der Halle, und Tormod verspannte sich. Es fiel ihm sichtlich schwer, seinen Ärger zu zähmen. Schon der Earl of Mull war ein geschätzter Mann, und es schien, dass Ewan noch beliebter war.

Daher senkte Tormod die Stimme, damit nur Ruan und Ewan ihn hören konnten, als er spottete: »Ich bezweifle, dass unser glorreicher Earl allzu begeistert sein wird, wenn er herausfindet, wozu Ruan dich heute Nacht verleitet hat.«

»Es war meine eigene Entscheidung …«, begann Ewan hitzig.

»Ja? Es war deine eigene Entscheidung, dem MacDonald of Duntulm in seiner Hochzeitsnacht aus seinem eigenen Schlafzimmer die Braut zu entführen?«, erkundigte sich der Laird of Dunvegan mit kaltem, grausamem Humor. »Dein Vater wird nicht glücklich darüber sein, dass du Fearghus erneut zu seinem Feind gemacht hast.«

Für einen kurzen Augenblick überschatteten Zweifel das Gesicht des jungen Mannes, doch dann trat Wut an ihre Stelle. »Wie schlecht du meinen Vater kennst«, erwiderte er.

»Ruhig Blut, Ewan«, sagte Ruan und drückte dem Jungen begütigend die Schulter. Etwas lauter fügte er hinzu: »Ruhig Blut. Du hast heute Nacht mehr Loyalität gezeigt als viele MacLeods.«

Unangenehm berührt wandten die Clanmitglieder den Blick ab. Ihre Position war wenig beneidenswert. Die Treue hatten sie Tormod geschworen, doch ihre Herzen gehörten eindeutig Ruan.

Verunsichert von Ruans bedenklich großem Einfluss auf den Clan schrie Tormod: »Ich sollte euch allen den Kopf abschlagen!« Mit bebendem Doppelkinn deutete er auf die Männer hinter Ruan. »Gottesfürchtige Männer dazu verleiten, ihren Eid zu brechen, einem Mann die Ehefrau in seiner Hochzeitsnacht rauben und den Zorn der MacDonalds über den Clan bringen … Das alles sind Taten eines Verräters. Ja, du magst mein eigen Fleisch und Blut sein, Ruan, aber heute Nacht hast du das bestimmt nicht bewiesen.«

»Ich habe meine Schwester gerettet, ein kleines Kind, und sie nach Hause gebracht«, brach es aus Ruan heraus, und sein Temperament loderte gefährlich auf, als er sich zu voller Größe aufrichtete. »Wenn du die Unschuldigen dieses Clans nicht beschützt, tue ich es.«

Er gab eine einschüchternde Figur ab. Aus jeder Faser seines schlanken, harten Körpers sprach Kraft.

Tormod schwankte und trat unbewusst einen Schritt zurück. Ein schwerwiegender Fehler. Jeder Mann des Clans sah es, und jeder wusste, was es bedeutete.

Er hatte Angst vor der Macht seines Bruders, andere mitzureißen, und vor seinem wachsenden Einfluss.

»Sie ist jetzt eine MacDonald. Rechtmäßig mit dem Segen der Kirche verheiratet«, beharrte Tormod. Er befeuchtete sich die Lippen, bevor er sich an die Männer wandte, die entschlossen hinter Ruan standen. »Wagt ihr es, in dieser Sache den Zorn eures Lairds herauszufordern? Ruan ist ein mittelloser Bettler, der euch nichts bieten kann. Er hat nur den guten Namen der MacLeods – und selbst dessen ist er nicht würdig.«

Ruan öffnete den Mund, um zurückzuschlagen.

»Still, Junge, lass es gut sein«, unterbrach eine neue Stimme milde. Robert MacLeod, der Onkel der beiden Männer, trat aus den Schatten, um sich vor seine Neffen zu stellen. Finster runzelte er die Stirn unter dem eisengrauen Haar, während er sie musterte.

»Du bist nicht wirklich …«, flüsterte Tormod entsetzt, unfähig, seine Frage zu Ende zu stellen.

»Doch«, erwiderte Robert ruhig. Alles an ihm strahlte Macht aus, er war eine eindrucksvolle Erscheinung. »Ich bin mit Ruan geritten.«

In der folgenden fassungslosen Stille wurde Tormod blass. Dass Robert, der am meisten respektierte Mann des Clans, mit Ruan gegangen war, stellte einen vernichtenden Schlag dar. Ohne es zu merken, wich er einen weiteren Schritt zurück.

»Wir sind MacLeods, und wir beschützen die Unsrigen«, erklärte Robert mit fester Autorität. Der Blick seiner grauen Augen glitt über die versammelten Männer, bevor er wieder auf Tormod zu ruhen kam. »Du weißt genau, dass diese gottlose Verbindung nie hätte zustande kommen dürfen. Sie ist deine Schwester. Du hättest mit uns zu diesem verfluchten Höllenloch reiten sollen … nein, uns anführen. Du!« Er strahlte Verachtung aus. »Nicht Ruan.«

Sichtlich eingeschüchtert starrte Tormod ihn einfach nur an, ohne zu wissen, was er sagen sollte. Die Stille im Raum wurde erdrückend, und schließlich schabte Metall auf Metall, als Schwerter gezückt wurden.

»Ein MacDonald!«, warnte jemand laut.

Ruan wirbelte herum. Instinktiv glitt seine Hand zu seinem Dolch. Am Eingang der Halle lehnte ein Fremder und verfolgte die Geschehnisse mit offensichtlichem Interesse.

»Ich bin Cuilens Mann aus Dunscaithe«, erklärte der Neuankömmling. Er hob die Hände und betrat langsam den Kreis gezogener Klingen, der ihn erwartete. »Ich bringe eine Nachricht.«

Es folgte langes Schweigen, ehe Tormod die Stimme hob: »Bringt ihn in meine Privatgemächer.« Mit diesen Worten machte er auf dem Absatz kehrt und verließ den Saal.

»Tormod wird uns alle ruinieren«, murrte jemand.

Als die Zustimmung lauter wurde, hob Ruan den Arm.

Die Clanmitglieder verstummten.

»Tormod ist der MacLeod«, sagte Ruan in einem Ton, der keinen Widerspruch zuließ. »Und niemand wird etwas anderes behaupten. Dies ist eine Angelegenheit unter Brüdern und geht niemanden sonst etwas an.« Er sah den Männern im Saal fest in die Augen und wiederholte: »Niemanden«.

Miteinander murmelnd blickten sie ihm hinterher, während er aus der Halle verschwand.

Ruan zog mürrisch die Brauen zusammen und dachte nach.

Gut war seine Beziehung zu Tormod noch nie gewesen, doch die jüngsten Ereignisse hatten sie unwiderruflich zerstört. Jetzt waren seine Brüder endgültig davon überzeugt, er wolle ihnen Dunvegan wegnehmen.

Es war absurd.

Ja, Tormod war kinderlos.

Doch er hatte vier Erben, die Dunvegan übernehmen würden, ehe Ruan es je tun konnte. Zwei Brüder, Andrew und Michael, sowie deren Söhne standen zwischen ihm und dem Platz des Clanoberhaupts. Alle fünf müssten sterben, ehe Dunvegan Ruan gehören würde. Er seufzte. Wie konnten seine Brüder glauben, er wäre bereit, so viel Blut zu vergießen?

Sie kannten ihn wahrhaftig nicht.

Erneut seufzte er.

Wenn er klug wäre, würde er so schnell wie möglich von hier weggehen. Er blieb stehen und lehnte die Stirn gegen den kalten Stein des Ganges. Dunvegan lag ihm im Blut. Das hatte es immer, obwohl er kaum Zeit in seinen Mauern verbrachte. Als der fünfte Sohn, und auch noch aus einer vierten Ehe, hatte sein Vater nie etwas mit ihm zu tun haben wollen. Schon früh in seiner Kindheit hatte man ihn zur Ausbildung zu Cameron, dem jungen Earl of Lennox, geschickt. Dort hatte er die beste Erziehung erhalten, war in Camerons Gesellschaft weit gereist. Er hatte viel Zeit am Hof und noch mehr auf dem Schlachtfeld verbracht, wo er die Kriege anderer Männer bestritten hatte.

Seine leibliche Familie hatte ihn im Stich gelassen, doch Dunvegan war ihm mit jedem Jahr stärker ans Herz gewachsen. Die Moore, die Wälder und die stürmische See waren tief in seiner Seele verwurzelt. Im letzten Winter hatte er schließlich getan, was er sich am meisten wünschte, und war nach Hause zurückgekehrt, sehr zu Tormods Leidwesen und Schrecken.

Nachdem Ruan in der Burg die Unterkunft verweigert worden war, hatte Tormod entsetzt feststellen müssen, dass ihn die Bauern aufgenommen hatten. Ruan war es zufrieden, ja, fand es so viel besser. Die Felder abzuernten und die Schafe zu scheren, fiel ihm nicht schwer. Es war besser, als einem Mann durch seine Hand den Tod zu bringen. Mit seinem Clan zu leben und Freud und Leid zu teilen half, die Wunden in seiner Seele zu heilen.

Er hatte es nicht getan, um seinem Bruder die Kontrolle über den Clan zu entreißen. Es war nicht seine Absicht gewesen, dass, während sein eigener Einfluss wuchs, Tormods Ansehen schwand. Er hatte nur versucht, Frieden zu finden.

Es war kein Geheimnis, dass Tormod und seine älteren Brüder bei der Entführung von Ruans Mutter mit Fearghus unter einer Decke gesteckt hatten. So hatten sie sichergestellt, dass das Wenige, was Ruan an Vermögen besaß, noch weiter zusammenschrumpfte. Ihre beharrliche Weigerung, auch nur einen Schilling zum Lösegeld dazuzugeben, war Beweis genug für ihre Schuld gewesen.

Er stieß den Atem aus.

Seine Brüder waren ein seltsamer Haufen, verbunden allein durch ihren Hass auf ihn. In allen anderen Dingen verabscheuten sie einander.

Ruan straffte die Schultern und nutzte das Seil, das entlang der Turmtreppe gespannt war, um jeweils drei Stufen auf einmal zu nehmen. Er sah wieder das Bild seiner kleinen Schwester vor sich. Die Striemen und Prellungen, das verletzte Auge, von dem er fürchtete, es würde nie wieder sehen. Von seinen Gefühlen überwältigt hielt er inne, um seine Gedanken zu ordnen. Vorsichtig schlug er den Kopf gegen die Wand.

Warum hatte Tormod seinen Rachedurst an Merry gestillt? Ihm war nicht bewusst gewesen, welches Ausmaß der Hass seines Bruders besaß, bis er die Nachricht von Merrys Hochzeit mit Fearghus erhalten hatte.

Ein Kind.

Ihm traten Tränen in die Augen, und erneut spürte er die kalte Wut, das fassungslose Entsetzen über das, was sein Bruder getan hatte. Zusammen mit Ewan und einer Handvoll anderer hatte Ruan augenblicklich die Burg verlassen, um seine Schwester zu retten. Sein Plan, Fearghus zu töten, war fehlgeschlagen, aber immerhin hatte er den Mann noch am Bein verletzt, als bereits MacDonalds ins Zimmer gestürmt waren. Ruan war nur knapp entkommen.

In dem Durcheinander hatte Ewan die kleine Merry zu ihrem Onkel Robert getragen, der bei den Booten gewartet hatte. Als Ruan zu ihnen aufschloss, waren sie in der nebligen Nacht entkommen. Nie würde er den ersten Blick in das Gesicht seiner kleinen Schwester vergessen. Sanft hatte er Merry im Arm gehalten, ihr über das verfilzte Haar gestrichen und sie mit tränenüberströmten Wangen an seine Brust gedrückt.

Der Plan war gewesen, Merry nach Inchmurrin zu bringen, zu seinem Pflegebruder, dem Earl of Lennox. Im Boot war er schließlich eingeschlafen, und als er erwacht war, hatte er sich stattdessen in Dunvegan wiedergefunden. Ruan war aufgestanden, bereit, seinen Onkel für diesen Verrat zu töten. Warum hatte Robert, den er wie einen Vater verehrte, ihn so hintergangen? So sehr er Dunvegan auch liebte, er hatte vorgehabt, niemals zurückzukehren. Mit diesem Ort war er fertig. Noch immer begriff er nicht, weshalb Robert sie hierher zurückgebracht hatte.

Nun war es zu spät.

Merry konnte nicht reisen, ehe sie genesen und wieder zu Kräften gekommen war.

»Sie ist ein starkes Mädchen, Ruan. Sie war schon immer ein kleiner Wildfang«, riss ihn eine Stimme aus seinen Gedanken. »Und mach dir keine Sorgen um ihr Auge, mein Junge, noch nicht. Das braucht seine Zeit.«

Ruan fuhr herum und sah auf den Stufen über sich Isobel stehen. Seine Mutter war nicht in der Lage gewesen, ein Kind großzuziehen, sodass er Isobel überantwortet worden war, ihrer Zofe. Ja, seine wahre Mutter war sie. Isobel war eine kleine, rundliche Frau, die die besten Jahre schon lange hinter sich hatte. Für ihn jedoch war sie die schönste und liebenswerteste Frau der Welt. Seit seiner Geburt war sie für ihn da gewesen, und er liebte sie, wie er sonst niemanden liebte.

»Sie ist jetzt wach, mein Junge. Sie wartet auf dich.«

Er atmete tief ein und trat zu ihr auf den Treppenabsatz, um ihr einen Kuss auf das ergrauende Haar zu drücken. Bei der liebevollen Geste lief ihr eine Träne über die Wange. Ruan seufzte. Sie machte sich ebenfalls Sorgen, auch wenn sie es um seinetwillen zu verbergen versuchte. Er atmete tief durch, versuchte, sich auf das Schlimmste gefasst zu machen, bevor er sich unter dem niedrigen Türrahmen hindurchbückte und Merrys Zimmer betrat.

In der kleinen Kammer gab es nur wenig Licht. Der Schein des Feuers erreichte weder das Bett noch die schmale Gestalt darin. Als er auf sie zuging, streckte sich ihm eine kleine Hand entgegen.

»Ruan«, krächzte sie mit dünner, zittriger Stimme.

Ruan schluckte die Tränen hinunter. Er kniete sich neben sie und zwang sich zu einem Lächeln.

»Du siehst schon viel besser aus, meine kleine Merry«, sagte er. Es war eine Lüge. Er beugte sich über sie und küsste zärtlich ihre Nasenspitze. Sie sah um ein Vielfaches schlechter aus. Ihre Prellungen wurden von den Schatten noch betont, was sie beinahe grotesk aussehen ließ. Am liebsten hätte er vor Wut geschrien.

»Ruan?« Angst schwang in ihrer Stimme mit, der Schrecken einer unausgesprochenen Frage, und er ballte die Hände zu Fäusten. Am liebsten hätte er Fearghus und Tormod in Stücke gerissen. Mit großer Mühe zwang er sich zu einem zuversichtlichen Lächeln. Er schwor sich, dass später noch Zeit für Tormod und Fearghus sein würde.

»Du wirst niemals dorthin zurückgehen, Merry«, gelobte er inbrünstig und nahm behutsam ihr Kinn zwischen Daumen und Zeigefinger, wie er es immer machte. Er gestattete sich nicht, sich länger mit den vielen dunklen Blutergüssen zu beschäftigen, und fügte hinzu: »Ich schwöre dir, jetzt bist du in Sicherheit.«

Merry seufzte erleichtert. Ihr kleiner Körper zitterte, als sie zu schluchzen begann. Ruan rannen selbst Tränen über die Wangen, und zärtlich zog er sie in eine tröstende Umarmung. Er unterdrückte ein Seufzen und wünschte sich verzweifelt, er könnte die Erinnerung an ihre Schreie auslöschen. Dieses Geräusch würde er bis ans Ende seiner Tage hören.

Er verharrte in seiner Haltung und hielt sie noch immer in den Armen, als sie schon lange eingeschlafen war. Er ging erst, als Ewan kam, um ihn abzulösen. Ewan war jemand, dem er vertrauen konnte.

Kaum hatte er einen Schritt aus dem Zimmer getan, als Robert, Isobel und einige der Ältesten sich um ihn scharten.

»Ich habe es versucht, Junge«, begann Robert und seufzte, während er sich die Stirn rieb. »Ich … habe es versucht.«

Ein anderer schob Ruans Onkel zur Seite und streckte die Hand aus. »Komm. Der MacLeod erwartet dich in der Halle.«

Abfällig schürzte Ruan die Lippen und trat einen wohlkalkulierten Schritt zurück. Er war nicht in der Stimmung, jetzt noch einmal mit Tormod zu sprechen.

»Du solltest besser mitgehen«, schaltete Isobel sich seltsam kleinlaut ein.

Alarmiert durch ihr merkwürdiges Verhalten spannte sich Ruans Körper. Es juckte ihm in den Fingern, nach seinem Dolch zu greifen, aber schließlich stimmte er widerwillig zu, sich in die Halle bringen zu lassen.

Dort war es ruhig. Das verglühende Feuer warf unheimliche Schatten und reichte kaum, um Tormod und den Fremden, der neben ihm saß, zu beleuchten. Einige Männer lungerten vor dem Kamin, ein paar saßen auf den Tischen.

Allen war ihr Unbehagen anzumerken, als Ruan an ihnen vorbeiging.

»Aye, der MacLeod ruft, und du gehorchst wie ein geprügelter Köter!« Tormod nickte voll hochnäsiger Zufriedenheit, aber sein Kiefer war nervös angespannt.

Nachdenklich runzelte Ruan die Stirn.

Mit trägen Schritten kam Tormod um den Tisch, strich mit der Hand über das Holz. Schließlich blieb er vor Ruan stehen.

»Du hast heute Nacht einen Krieg angefangen, und jetzt wirst du tun, was ich dir sage, oder als Warnung für alle am nächsten Baum hängen.«

Ruan schnaubte laut, sagte jedoch nichts. Es stimmte schließlich.

Arrogant hakte Tormod einen Daumen unter den Gürtel und wandte sich an die verbliebenen Männer: »O ja, Ruan wird tun, was der MacLeod befiehlt. Weil er dem MacDonald of Duntulm in seiner Hochzeitsnacht die Braut geraubt hat, ist er uns allen etwas schuldig.«

Ruan hob eine Braue, blieb aber weiterhin still.

Tormod verzog höhnisch das Gesicht, wodurch sein blasses Kinn wackelte. »Wenn du Merry nicht zu ihrem liebenden Ehemann zurückbringst, dann …«

Ruan wich sämtliche Farbe aus dem Gesicht. Merrys Stöhnen in den Ohren, ein Geräusch, das kein Kind je von sich geben sollte, sprang er auf Tormod zu. »Verflucht sei dein feiges Herz!«, schrie er. »Sie geht nicht zurück! Sie ist ein Kind, du mörderischer, kaltherziger Bastard! Ich habe genug von dir!«

Tormod taumelte gegen den Tisch, als Ruans Finger sich um seine Kehle schlossen.

»Ruan!«, erhob sich Roberts Stimme über den plötzlichen Tumult.

Wild kämpfte Ruan gegen die Hände an, die an ihm zerrten, um ihn zurückzuhalten. »Nur über meine Leiche«, fluchte er heiser und stürzte sich erneut auf Tormod, aber diesmal stellten sich ihm einige Männer in den Weg.

»Verräter«, fauchte Tormod. Schweißtropfen glänzten auf seiner Stirn.

»Ich spieße deinen Kopf auf einen …«, begann Ruan, als Roberts Hand sich fest über seinen Mund legte und die Worte erstickte.

»Merry ist in Sicherheit, Junge«, beschied Robert ihm barsch. »Es geht um dich. Du wirst ihren Platz einnehmen.«

Es dauerte eine Weile, bis die Worte zu ihm durchdrangen. Sie ergaben keinen Sinn. Langsam drehte Ruan sich um, ohne zu begreifen.

Robert seufzte erschöpft und wiederholte: »Es geht um dich, Junge.« Er ließ die Hände sinken.

Verwirrt richtete Ruan sich auf, strich sich das Hemd glatt. »Ich gehe wohl kaum als Frau durch«, fuhr er seinen Onkel an. Seine Stimme wurde scharf. »Fearghus ist alt, aber noch nicht blind.«

Es ertönte Gelächter.

»Aye«, sagte Tormod, straffte die Schultern und sprach lauter als nötig, »du wirst tun, was ich sage. Du bist nichts weiter als ein Hund, der dem Befehl seines Herrn folgt.« Breitbeinig baute er sich vor ihm auf und hob mit einem zufriedenen, erwartungsvollen Lächeln die Hand, als warte er auf Applaus. Als ihm nur Schweigen und versteinerte Blicke entgegenschlugen, leckte er sich die Lippen und trat unbewusst näher an den Tisch.

Daraufhin erhob sich der Fremde. Mit einer tiefen Verbeugung wandte er sich an Ruan. »Ich bin Sean MacDonald, einer von Cuilens Männern.«

»Cuilen?«, wiederholte Ruan barsch. Cuilen gehörte zu den MacDonalds of Dunscaithe im Süden. Vor der Angelegenheit mit seinem Onkel Robert und dieser Bree damals waren sie lange Zeit Verbündete gewesen. Die Liebesaffäre der beiden hatte zu einem Zerwürfnis geführt, das sich beinahe zu einer Fehde ausgewachsen hätte. Noch immer waren die Beziehungen angespannt.

»Ja, vor einigen Monaten hat sich Cuilen mit Tormod gegen Fearghus zusammengetan, um …«

»Gegen Fearghus?«, brauste Ruan auf, und seine dunklen Brauen schossen in die Höhe. Im nächsten Moment fuhr er zu seinem Bruder herum. »Dann erklär mir doch bitte, weshalb Merry vor nicht einmal einer Woche diesen seelenlosen Bastard Fearghus geheiratet hat!«

Ruans Worte führten zu überraschtem Geraune, während sich Tormods Gesicht violett verfärbte.

»Ich muss gar nichts erklären!«, schrie er und schüttelte drohend die Faust. »Du wirst tun, was ich dir sage, oder ich schicke Merry noch diese Nacht zu ihrem Ehemann zurück. Noch vor Monatsende wirst du Cuilens Tante Aislin heiraten, um die neue Allianz zu besiegeln, und damit Schluss.«

Ruan blinzelte. Ihm war entfallen, was er hatte sagen wollen. Er sollte eine MacDonald heiraten? Offensichtlich war das Tormods neuester Versuch, ihn vor dem Clan zu demütigen.

»Cuilen ist bereit, die Vergangenheit ruhen zu lassen«, verkündete Tormod mit schnarrender Stimme. »Ruan wird die Frau heiraten, genau wie ich es befehle.«

Heiraten. Ruan atmete tief ein. Plötzlich fühlte er sich schwach. Frauen.

In den letzten Jahren hatte er alle Frauen gemieden. Er hatte seine wilde Vergangenheit hinter sich gelassen – und sein Leben war um ein Vielfaches einfacher geworden. Mit Mühe verdrängte er diese Gedanken.

Aislin konnte man kaum eine Frau nennen. Jeder kannte das Weib, sie war der Gegenstand so manchen obszönen Witzes. Mittlerweile hatte sie vier uneheliche Kinder, keines davon mit demselben Mann. Dieser Umstand und ihre Vorliebe für Wein und Essen sowie ein praktisch zahnloser Mund boten reichlich Stoff für Scherze. Er selbst hatte sich bei diesem Thema auch nicht zurückgehalten.

Cuilen war ein Respekt einflößender Mann, aber warum er gerade seine Tante ausgesucht hatte, um diese neue Allianz zu besiegeln, war Ruan ein Rätsel. Vielleicht war es eine gezielte Beleidigung. Nachdenklich runzelte er die Stirn.

»Hat es dir die Sprache verschlagen?«

Perplex wandte er sich zu Tormod um und sah ihn mit erwartungsvoller, beinahe unsicherer Miene dastehen. Ruan öffnete den Mund, ohne zu wissen, was er sagen sollte, zögerte dann jedoch, als ihm eine neue Idee in den Sinn kam.

Tormods Absicht war schwer zu durchschauen, aber offensichtlich benötigte er Ruans Zustimmung. Vielleicht konnte er dadurch Merrys Freiheit gewinnen. Sich selbst an diese widerwärtige Frau zu binden wäre dafür ein kleiner Preis.

»Nun?«, fragte Tormod erneut.

Langsam und mit einem Selbstvertrauen, das er nicht wirklich empfand, verschränkte Ruan die Arme. »Ich habe keine Mittel, um eine Frau zu versorgen. Du und der Rest meiner liebevollen Verwandtschaft habt dafür gesorgt.« Das entsprach der Wahrheit. In dem unseligen Handel um die Freiheit seiner Mutter hatte er all seinen Besitz aufgeben müssen.

Tormod lächelte. Ein kaltes, hämisches Lächeln, auch wenn er dabei unruhig von einem Fuß auf den anderen trat. Kurz zuckte sein Blick zu dem fremden MacDonald, der am Tisch saß, bevor er sich wieder Ruan zuwandte. »Ihr werdet hier auf Dunvegan leben.«

Ruan schluckte. Das war bei Weitem die schlimmste Nachricht. Sein Leben wäre in hundertmal größerer Gefahr als bisher.

»Also wirst du sie heiraten?«

Einen Moment lang fragte er sich, was passieren würde, wenn er sich weigerte. Doch als ihm Merrys geschundenes Gesicht in den Sinn kam, verflüchtigten sich alle Wünsche außer dem einen, für ihre Sicherheit zu sorgen. »Schwöre hier vor allen, dass du Merrys Ehe annullieren lässt«, gab er zurück und fügte nach kurzem Zögern hinzu: »Dann … werde ich es tun.«

Sichtbar erleichtert atmete Tormod aus und nickte bereitwillig. »Einverstanden.« Er rieb sich die Hände, knackte mit den Knöcheln und strahlte seinen Gast an.

Der Mann sagte nichts, lehnte sich nur auf seinem Stuhl zurück und musterte Tormod mit offensichtlicher Abscheu.

Als Ruan die Erleichterung in den Gesichtern der um den Tisch Versammelten sah, runzelte er die Stirn.

»Aislin wird eine gute Ehefrau abgeben, da bin ich mir sicher«, murmelte Robert mitfühlend, während er ihn am Arm fasste und ihm einen Zinnkelch reichte, der bis zum Rand mit Wein gefüllt war. »Zweifelsohne hat die Zeit, die sie in England war, … nun … geholfen, dass sie …«

Bei diesen Worten warf Tormod den Kopf zurück und lachte lange und hämisch. »Diese Ansicht teile ich nicht, Onkel. Sie ist bloß älter geworden, und, wie ich gehört habe, so fett wie ein Pferd. England hat ihre Wollust gesteigert und ihre Moral gelockert. Vom örtlichen Brauer hat sie einen Sohn und zwei Töchter von Pilgern.«

Das gedämpfte Prusten, das seinen Worten folgte, verstummte rasch. Ruan wusste, dass es aus Respekt und Mitgefühl geschah. Er seufzte angesichts dieser neuesten merkwürdigen Wendung des Schicksals. Normalerweise würde die bloße Erwähnung Aislins eine Runde grober Witze einläuten, wenn ein Mann nach dem anderen behauptete, ihre jüngsten Eskapaden zu kennen, und jeder versuchte, die anderen zu übertrumpfen, bis alle betrunken am Boden lagen und Aislin jede nur mögliche Untat mindestens zweimal begangen hatte.

Er seufzte.

Es kümmerte ihn wenig, was Aislin tat. Er würde sie heiraten, aber keine Zeit in ihrer Gegenwart verbringen. Ohne einen Schluck genommen zu haben, schob Ruan den Wein von sich und schickte sich an, die Halle zu verlassen.

»Aye«, flüsterte Tormod laut genug, dass alle es hören konnten. Er lehnte sich näher zu Ruan. »Sie ist zwar weit über ihre fruchtbaren Jahre hinaus, aber sollte sie noch mal ein Kind bekommen, könntest du nie sicher sein, wer der Vater ist.«

Ruhig sah Ruan ihn an, während die Männer hinter ihm unter dem Einfluss des in Strömen fließenden Ales alle Hemmungen verloren. Als das Gerede lauter wurde, begab er sich in Richtung Ausgang.

»Wenigstens wird sie freiwillig in dein Bett kommen«, rief einer.

»Ja … wenn sie reinpasst«, fügte ein anderer hinzu.

Als auf die obszönen Bemerkungen hin derbes Gelächter ausbrach, flüchtete Ruan aus der dämmrigen, verrauchten Halle, um rastlos durch die Korridore der Burg zu streifen.

Es spielte keine Rolle.

Er wollte keine Kinder. Hätte sie sowieso nicht ernähren können. Außerdem würde er ohnehin nicht mit Aislin das Bett teilen.

Er hatte genug von den Frauen.

Kapitel 2
Die Heimreise

»Ruh dich aus, Mädchen, du hast heute genug getan.«

Mit einem Ruck schreckte Bree aus ihrem Tagtraum hoch. »Du musst dir keine Sorgen machen, Afraig. Mir geht es gut«, versicherte sie.

Das war eine Lüge.

Mehr als eine Woche war es her, dass Wat seinen Gürtel gegen sie eingesetzt hatte, und trotzdem war sie noch immer überall wund.

»Sicher«, murmelte Afraig trocken, »dieser Bluterguss hat heute Abend wirklich ein ganz bezauberndes Violett.«

Bree rümpfte die Nase in Afraigs Richtung und beugte sich über den Kessel, um ihr Spiegelbild zu betrachten. Große, ausdrucksvolle grüne Augen erwiderten ihren Blick aus einem zu schmalen Gesicht mit Lippen, die ein wenig zu breit waren. Widerspenstige braune Locken waren aus dem Kopftuch herausgerutscht, das die dunklen, langsam gelblich verblassenden Blutergüsse verdeckte.

»Du bietest wirklich einen schönen Anblick«, spottete sie über ihr Abbild und streckte ihm die Zunge heraus.

Afraig trat hinzu, um prüfend am Inhalt des Kessels zu riechen, ehe sie ihr einen noch missbilligenderen Blick zuwarf.

»Stimmt, du siehst aus wie ein halb verhungertes Huhn, Liebes. Wenn du nicht ein bisschen Fleisch ansetzt, wirst du nie einen anständigen Ehemann finden.«

Bree hielt mit dem Rühren inne, überrascht, dass Afraig das Wort »Ehemann« in ihrer Anwesenheit überhaupt auszusprechen wagte.

»Ja, ja«, sagte Afraig, als sie sich von Bree abwandte, und schnalzte mit der Zunge. »Den bösen Blick musst du noch üben. Ich spüre rein gar nichts.«

Trotz ihres Ärgers spielte ein Lächeln um Brees Lippen.

Die meisten fanden Afraig unhöflich und unausstehlich, aber sie wusste, dass die schroffen Umgangsformen nur eine raue Schale waren, die ein ungewöhnlich sanftes Herz schützte. Alles an der Frau war hart und scharf, angefangen von ihrem Verstand bis hin zu ihrem kantigen Kinn, den knochigen Händen und dem schwarzen Haar, in das sich mittlerweile einige graue Strähnen mischten.

Das Leben war schwierig für Afraig gewesen. Nur wenige hatten Lord Huntleys Geliebte aus den Highlands damals willkommen geheißen. Jetzt, wo er alt und geistesschwach war, wurde er gemeinhin als ihre alleinige Verantwortung angesehen.

»Jenet will, dass du vor Sonnenuntergang zu Hause bist, nicht wahr?«, fragte Afraig zum dritten Mal.

Bree presste die Lippen zusammen und gab einen unverbindlichen Laut von sich. Sie fügte weitere Zwiebelschalen zu dem Farbsud im Kessel hinzu und rührte stärker um, als nötig war. Ihr tränten die Augen. Nein, lieber würde sie die ganze Nacht für dieses widerliche Gebräu Zwiebeln schälen. Sie hatte nicht vor, nach Hause zu gehen, solange Wat noch wach war.

»Es ist nicht klug, seinen Zorn herauszufordern«, warnte Afraig leise.

Bree verdrehte die Augen und warf eine weitere Handvoll Zwiebelschalen in den Kessel. »Noch ist er bester Stimmung«, murmelte sie.

Die letzten Prügel waren genug gewesen, um seine gute Laune für ein paar Tage zu garantieren. Zu Brees Erleichterung ließ Afraig das Thema fallen, und sie kümmerten sich schweigend weiter um ihre Aufgaben.

Vor nicht allzu langer Zeit war Thurston Hall noch wohlhabender gewesen und in dieser Küche hatten Männer geherrscht. Es hatte Fisch, Rotwild und Weizen gegeben, in den Schränken hatten Kerzen und Gewürze gelagert. Mittlerweile verfiel das Herrenhaus aus grauem Stein, und nur Afraig, der gealterte Lord Huntley und seine Nichte Aislin lebten in seinen Mauern. Von Jahr zu Jahr wurde es schlimmer, und ohne jemanden, der sie beschützen konnte, zogen mehr und mehr Pächter an sicherere Orte.

Afraig begann zu singen.

Der sanfte, beruhigende Rhythmus des Gälischen führte Bree zurück in die wohligen Tage ihrer Kindheit. Wann immer sie Zeit gehabt hatte, war sie zu Afraig gegangen, um warmes Brot mit Butter zu essen, während sie ihren Geschichten über die Isle of Skye lauschte.

»Wovon handelt es?«, fragte Bree am Ende des Liedes gähnend und erwartete die übliche geduldige und detaillierte Übersetzung.

»Auch wenn du schlau bist, bist du ein faules Mädchen«, schnaubte Afraig, stellte laut einen Eimer auf den Tisch und hob mahnend einen Finger. »Dein Vater wird sich schämen, wenn er herausfindet, dass du seine eigene Sprache nicht sprichst. Ich habe es weiß Gott versucht. Ich habe mir Mühe gegeben, aber du nicht, Mädchen.«

Überrascht sah Bree auf.

Niemand sprach von ihrem Vater.

Einmal hatte sie es gewagt, ihre Mutter nach ihm zu fragen. Die Antwort war eine schallende Ohrfeige gewesen. Seitdem hatte sie sich mit ihren Fragen nur noch an Afraig gewandt, und auch wenn Afraig sie nicht geschlagen hatte, so hatte sie immer bloß mit einem vagen Lächeln und einem Namen geantwortet.

Der Name hatte sich regelmäßig geändert, bis Bree das Interesse verloren hatte. Angus. Brinan. Silas. Edward. Jamie. Aber auch wenn der Name wechselte, so beharrte Afraig auf einer Sache: Brees Vater war ein Highlander, von der schönsten Insel auf Erden – Skye.

Seit Jahren hatte Bree nicht an ihn gedacht. Warum sollte sie? Von ihm hatte sie ihre rauchige Stimme und die feinen Gesichtszüge – und sonst nichts, nicht einmal seinen Namen. Eines Herbstes war er hergekommen, zusammen mit einigen anderen, als sie Lady Aislin von ihrem jüngsten Skandal in Schottland ins ehrbare Thurston Hall zurückbrachten. Nach zwei Tagen war er dorthin zurückgekehrt, wo er hergekommen war, und hatte sich nie wieder blicken lassen.

Neun Monate später hatte Jenet ein schreiendes kleines Mädchen zur Welt gebracht. Von Anfang an ein ungewolltes Kind, das fast ein Jahr lang keinen Namen gehabt hatte, bis Afraig damit begonnen hatte, sie Bree zu nennen.

»Ja, du bist Domnalls Tochter, da gibt es nichts zu deuteln.« Domnall. Es war nur ein weiterer Name. Merkwürdig war bloß, dass Afraig von sich aus darauf zu sprechen kam. Doch schon schüttelte Bree die kurz aufgeflammte Neugierde wieder ab und kehrte in Gedanken zu Wat und ihrem Plan zurück, ihm aus dem Weg zu gehen.

»Ich wusste immer, dass es Domnall sein muss, mein Mädchen.«

Es dauerte einen Moment, ehe die Worte zu ihr durchdrangen. Überrascht von Afraigs aufrichtigem Ton warf Bree ihr einen verstohlenen Blick zu. Sie wagte nicht, sich zu bewegen, aus Angst, sie könne den Bann brechen und Afraig würde aufhören zu sprechen.

»Aye … Darum habe ich dich Bree genannt … nach seiner Schwester …« Afraig seufzte schwer, in Erinnerungen versunken. »Das war eine traurige Sache, sie liebte einen MacLeod … und verlor dafür ihr Leben.« Ihre Stimme wurde hart, als sie »MacLeod« sagte.

Fasziniert wartete Bree.

»Aye«, fuhr Afraig fort und schüttelte betrübt den Kopf. »Domnall ist mein Vetter. Ein guter Mann. In jener Nacht hat er nicht nachgedacht. Er hätte Jenet nie heiraten können, wie sie es wollte. Zu Hause hatte er längst Frau und Kinder.«

Unerklärlicherweise verspürte Bree einen Anflug von Enttäuschung. Der Mann war ein Schuft. Sie seufzte.

»Es spielt keine Rolle, Mädchen. Was geschehen ist, ist geschehen. Darüber wollte ich aber gar nicht sprechen«, erklärte Afraig. Sie streckte den Arm aus und tätschelte Bree das Handgelenk, als sie hinzufügte: »Ich habe Neuigkeiten.«

Ohne dass sie gewusst hätte, warum, begann Brees Herz, schneller zu schlagen.

»Meine Verwandten kommen, um Aislin abzuholen. Nach all den Jahren wird es zwar eine böse Überraschung für den Jungen sein … aber das kümmert mich nicht.« Afraig schien sich zu sammeln. Liebevoll strich sie Bree mit einem Finger über die Wange und riet ihr: »Du solltest mit ihnen nach Skye zurückgehen. Finde deinen Vater. Er ist niemand, der sich vor seinen Verpflichtungen drückt.«

Afraig kannte tatsächlich Brees Vater. Plötzlich spielte es keine Rolle mehr, dass er ein skrupelloser Halunke war. Ungebeten machte sich Erregung in ihr breit. Unzählige Fragen schossen ihr auf einmal durch den Kopf.

»Domnall wird dich jedenfalls wesentlich besser behandeln als Wat.« Afraig seufzte schwer. »Cuilen MacDonald hat nach Aislin geschickt. Er hat sie einem MacLeod versprochen, obwohl selbst ein Tier wie ein MacLeod von einer Braut wie Aislin schwer enttäuscht sein wird. Vor allem, da sie schon wieder ein Kind erwartet … Ich bin mir nicht einmal sicher, ob er sie überhaupt nimmt. Ich weiß nicht, was ich tun soll, aber jetzt ist es zu spät. Vor beinahe vier Monaten hat Cuilen die Nachricht geschickt, und erst jetzt hat sich der Trunkenbold von einem Boten daran erinnert, sie an mich weiterzugeben! Herbst, hat er gesagt. Tja, der Herbst ist vorbei.«

Bree starrte sie an und versuchte, ihre wirbelnden Gedanken zu sortieren. Sie hatte so viele Fragen, dass sie sich nicht entscheiden konnte, welche sie zuerst stellen sollte, doch da ertönte Aislins Gebrüll aus dem Torbogen zur Treppe ins Obergeschoss, und sie schraken beide zusammen.

»Bree«, schrie Aislin. »Mehr Wein!«

Eine leere Flasche klirrte die Stufen hinab und blieb vor Brees Füßen liegen.

Bree bückte sich, um sie aufzuheben. Sie hatte noch immer so viele Fragen an Afraig, doch die Ältere schien wie in Trance, blickte starr in die Flammen. Als Aislin erneut nach ihr rief, griff Bree rasch eine Flasche Wein und rannte die Treppe hinauf. Aislin mochte überheblich und nicht besonders klug sein, aber im Grunde war sie gutmütig. Nur wenn der Wein zu lange auf sich warten ließ, wurde sie wütend.

»Ich will Wein. Beeil dich, Mädchen.« Bei ihrem breiten Grinsen offenbarte Aislin mehr Lücken als Zähne. »Ich feiere die wundervollen Neuigkeiten.«

Sie lag auf ihrem Bett. Es war ein großes Bett, denn sie war eine riesige Frau. Obwohl sie im fünften Monat schwanger war, konnte man das kaum erkennen – glich ihr Bauch doch auch sonst immer dem einer Frau, die kurz vor der Niederkunft stand. Sie wirkte viel jünger, als sie war, weil das Fett jegliche Falten aufpolsterte. Mit ihrer milchweißen Haut und den leuchtend blauen Augen, eingerahmt von schwarzem Haar, musste sie in ihrer Jugend sehr hübsch gewesen sein. Nun glich sie nur noch einer aufgedunsenen, zahnlosen Robbe.

Bree reichte ihr einen Kelch.

Zufrieden seufzte Aislin. Dann wackelte sie mit ihren geschwollenen Zehen und befahl: »Massier mir die Füße, Mädchen.«

Bree unterdrückte ein Stöhnen. Sie hasste es, Aislins ungewaschene Füße zu massieren. Normalerweise ließ sie sich schnell eine Ausrede einfallen, um der Sache aus dem Weg zu gehen, doch sie war noch zu durcheinander von der Neuigkeit über ihren Vater.

»Bald werde ich verheiratet sein«, erklärte Aislin lächelnd, und ihr Kinn verschwand in den Fettwulsten darunter. »Ruan … Er ist ein gutes Stück jünger als ich, aber gut aussehend, wie mir gesagt wurde …«

Aislin wackelte erneut mit den Zehen, als Bree sie in die Hände nahm. Mit einem Luftzug stieg Bree der widerliche Geruch in die Nase, und sie musste würgen.

Doch Aislin bemerkte es nicht. Sie schloss die aufgedunsenen Lider, während sie von dem großen, gut aussehenden MacLeod redete, der ihr wundervolle Freuden im Bett bereiten und es ihr ermöglichen würde, auf Dunvegan endlich als echte Lady zu leben. Als Aislins Gemurmel in gurgelndes Schnarchen überging, schlich Bree sich aus dem Zimmer, bevor sie wieder aufwachte und sie zurückrufen konnte.

Ihre Hände rochen erbärmlich. Sie musste sie mehr als einmal schrubben, um sich den Gestank von den Fingern zu waschen, aber schließlich gelang es ihr, und sie kehrte in die Küche zurück, wo sie Afraig unruhig vor dem Feuer auf und ab gehen sah.

Als Bree eintrat, blickte die alte Frau auf.

»Du musst verschwinden, Liebes«, erklärte sie fest. »Und zwar jetzt. Wir können nicht auf deinen Vater warten. Du musst weglaufen. Ich werde mir etwas ausdenken.«

Bree konnte nur überrascht blinzeln.

»Eben war Jenet hier.« Offensichtlich aufgewühlt rang Afraig die Hände. »Sie und dieser widerliche Wat … wollen dich verheiraten, meine Kleine. Sie erwarten dich heute Abend zu Hause, um dich deinem … Ehemann vorzustellen. Ich habe ihr gesagt, du wärst auf dem Feld. Du kannst auf keinen Fall hierbleiben. Du musst weglaufen …«

Sprachlos starrte Bree sie an. Es dauerte eine Weile, ehe sie wieder Luft bekam. Heiraten? Afraig musste etwas falsch verstanden haben. Noch immer bewegten sich ihre Lippen, aber Bree konnte die Worte nicht hören.

Afraig musste sich irren.

Im nächsten Moment griff Bree sich ihren Umhang, warf ihn sich über die Schultern und verließ Thurston Hall hastig, ohne auf Afraigs Flehen zu achten, sie solle bleiben.

Nein, Afraig musste falsch liegen. So etwas würde ihre Mutter niemals tun!

Innerhalb weniger Minuten stand sie vor der verwahrlosten Hütte, die sie ihr Heim nannte. Es war ein Schandfleck, das heruntergekommenste Haus im Dorf. Wat war jeden Tag betrunken. Er verließ sich darauf, dass seine Söhne sich um alles kümmerten und auf den Feldern arbeiteten, doch diese folgten dem Beispiel, das ihr Vater ihnen bot, betranken sich ständig und hurten von morgens bis abends herum.

Nein, ihre Mutter brauchte sie, wenn auch nur, weil es niemanden mehr gäbe, um die Arbeit zu erledigen, wenn sie weg wäre. Niemals würde sie Bree verheiraten.

Schließlich nahm sie ihren Mut zusammen und schlich sich nah genug heran, um durch die weiten Spalten in der Tür zu spähen. Gerade so konnte sie die dürre, gebeugte Gestalt eines Mannes ausmachen, der mit finsterer Miene vor ihrer Mutter und Wat stand. Es war Raph, Wats Onkel, ein widerlicher Kerl, die sie bei jeder Gelegenheit kniff. Er war ungewaschen, alt und stank aus dem Mund.

»… und sie ist jung.« Wat rülpste. »Sie wird dir Kinder schenken. Das sollte wenigstens zwei wert sein.«

Ungeduldig klopfte Raph sich auf den Oberschenkel. »Wo ist sie?«

»Gleich. Sie wird gleich hier sein«, brachte ihre Mutter mit nervöser Stimme hervor. Sie füllte seinen Becher mit verwässertem Ale und fuhr fort: »Sie ist ein wirklich fleißiges Mädchen. Sie wird eine gute Ehefrau abgeben.«

Beinahe hätte Bree aufgekeucht. Sie musste sich verhört haben. Bei diesem Gespräch konnte es nicht um sie gehen.

Niemals würde ihre Mutter sie freiwillig dem Mann überlassen, der Wat all seine widerwärtigen Gewohnheiten anerzogen hatte.

»Du hast ihr keinen Gehorsam beigebracht, Wat.«

»Ich habe keinen Zweifel, dass du das schon übernehmen wirst«, lachte Wat hämisch und kratzte sich den fetten Bauch, der unter seinem zu kurzen Hemd hervorlugte.

»Zwei Schafe sind zu viel.«

»Drei!«, widersprach ihre Mutter barsch. »Wir hatten uns auf drei Schafe geeinigt. Bree ist vielleicht sogar vier wert.«

Das war unmissverständlich. Tränen der Entrüstung brannten Bree in den Augen. Für drei Schafe verkauften die beiden sie an diesen schmutzigen alten Mann.

»Drei«, beharrte auch Wat. »Du bist alt. Ich sehe nicht ein, dass Bree irgendwann mit ein paar Bälgern wieder vor der Tür steht, die wir dann durchfüttern müssen. Hast du die Schafe mitgebracht?«

Hatte er scheinbar nicht, denn ihre Mutter fauchte: »Nicht, bevor du die Schafe gebracht hast.«

»Aber ich will sie heute Nacht«, fluchte Raph. »Ich brauche eine Frau.«

»Dann wird wohl eine andere deine Bedürfnisse stillen müssen«, kam die knappe Antwort von Jenet.

Brees Herz machte einen hoffnungsvollen Satz, doch dann vernahm sie die niederschmetternden Worte: »Nicht, bevor ich meine Schafe bekomme. Du kriegst sie, sobald ich die Schafe habe.«

Bree schluckte.

Ihr ganzes Leben lang hatte sie geglaubt, irgendwo in der Tiefe ihres Herzens würde ihre Mutter sie sehr lieben. Doch jene kalten, grausamen Worte konnte sie nicht verleugnen. Sie floh in den Schatten der nahe stehenden Bäume und ließ sich zu Boden sinken. Ihr war übel.

Die Tür öffnete sich, und Raph kam heraus. Mehr als nur halb betrunken lallte er: »Dann bringe ich euch eure Schafe also morgen früh.«

Torkelnd verließ er das Dorf über die dunkle Straße, und erst als das Bellen der Hunde verstummte, die seinen Abzug begleiteten, wagte Bree aufzuatmen.

Für den Augenblick war das Unheil abgewendet. Afraig hatte recht gehabt. Sie musste fliehen. Nach Hause konnte sie nicht mehr. Womöglich würden sie ihn zurückrufen. Eilig rannte sie wieder zur Burgküche, sie wusste nicht, was sie sonst tun sollte. Im Laufen schluckte sie gegen die Tränen an.

»Afraig.« Schluchzend stieß sie die Küchentür auf. »Sie wollen mich an Raph verkaufen, für drei Schafe!«

Unversehens prallte sie gegen eine breite Brust.

»Immer schön langsam«, erklang eine tiefe Stimme.

Erschrocken zuckte Bree zurück. Als sie einen kurzen Blick auf eine Glatze erhaschte, handelte sie instinktiv.

Raph hatte sie gefunden.

Flammend brachen ihre Gefühle über sie herein, während raue Finger sich mit stählernem Griff um ihren Oberarm schlossen. Ihr entfuhr ein heller, durchdringender Schrei. Um sich schlagend und tretend, begann sie sich zu wehren, so heftig sie konnte. Den überraschten Schmerzenslauten nach zu urteilen, traf sie dabei wenigstens ein paar der beabsichtigten Ziele.

Auf einmal lockerte sich der Griff um ihren Arm, und sie wirbelte herum, um davonzulaufen, doch da verstellte ihr Afraig den Weg.

»Lass mich vorbei«, schluchzte sie.

Merkwürdigerweise lächelte Afraig verschmitzt und schüttelte den Kopf. »Beruhige dich, Mädchen. Jetzt bist du in Sicherheit. Ist das zu fassen? Was für ein Geschenk des Himmels, dass er am selben Tag angekommen ist wie Cuilens Nachricht.«

»Am selben Tag?«, schnaubte die tiefe Stimme. »Diese Nachricht wurde vor fast vier Monaten verschickt.«

Zu panisch, um noch weiter zuzuhören, stürmte Bree los und versuchte, Afraig zur Seite zu schieben. Doch die war stärker, als sie aussah. Nach kurzem Handgemenge fand Bree sich erneut in einem eisernen Griff wieder, diesmal jedoch dem von Afraig.

Es war einfach zu viel. Mit einem leisen Schluchzen sank Bree zu Boden. »Lass mich gehen. Ich flehe dich an. Ich heirate ihn nicht! Das kann ich nicht. Du weißt, dass ich das nicht kann. Nicht Raph!«

»Schon gut, Mädchen«, murmelte die fremde Männerstimme freundlich von oben. »Vor einem Ehemann muss man sich doch nicht fürchten.«

Es war eine tiefe Stimme, gütig, der Akzent merkwürdig vertraut. Jetzt gingen die Worte in einen sanften Singsang über … merkwürdige Worte, die sie beinahe verstand.

Afraig antwortete auf die gleiche Art, und da wurde es Bree klar. Gälisch. Der Mann sprach Gälisch. Hoffnung verscheuchte augenblicklich ihre Verzweiflung. Es waren Afraigs Verwandte, die gekommen waren, nicht Raph. Hastig wischte sie sich die Tränen fort, rappelte sich auf und drehte sich erwartungsvoll zu dem Fremden um.

Genau wie Raph war er beinahe kahl, und das wenige Haar, das noch übrig war, war ergraut, aber hier endeten die Gemeinsamkeiten. Der Mann war von mittlerer Größe und trug einen von der Reise staubigen Plaid. Sein Gesicht war wettergegerbt und faltig, aber besonders alt war er nicht. Steif stand er da, leicht zur Seite gebeugt, und betrachtete sie mit leuchtend grünen Augen, in denen sich Mitgefühl mit einem Hauch Belustigung mischte.

»Bist du jetzt fertig mit deinem Geblöke? Wie ein Schaf«, bemerkte er mit dem weichen Akzent der Highlands, bevor er sich an Afraig wandte. »Du redest wirr, Weib.«

»Von wegen. Du solltest besser zuhören, Domnall.« Afraig kicherte. Sie streckte die Hände nach Bree aus und schimpfte liebevoll: »Das ist ja eine nette Art, deinen Vater zu begrüßen, Liebes. Beinahe hättest du ihn entmannt.«

Bree erstarrte. Ihr Blickfeld schrumpfte zusammen, bis sie nur noch den überrumpelten Mann neben sich sah und alles andere verschwand. Die Zeit schien stillzustehen, während sie einander schockiert ansahen, und es dauerte eine gefühlte

Ewigkeit, bis sie wieder atmen konnte und die Umwelt zu ihr durchdrang.

Dumpf hörte sie Afraig erneut kichern.

Domnall öffnete den Mund und zog die Brauen fast bis an den Haaransatz hoch. »Du hast … den Verstand verloren, Weib«, brachte er schließlich in heiserem Flüsterton hervor.

»Sie hat die Augen und Haare der MacBethads«, erwiderte Afraig. Sie griff nach Brees Kinn und hob ihren Kopf an, als sie hinzufügte: »Wie kannst du auch nur im Geringsten daran zweifeln?«

»Sie … Sie kann nicht … von mir sein«, murmelte er, doch der Zweifel war ihm anzuhören.

»Mach die Augen auf, Mann!« Wieder kicherte Afraig. »Wie könntest du sie verleugnen?«

Schockiert hielt Bree vollkommen still.

Nach einiger Zeit flüsterte er: »Jenet?«

»Aye«, bestätigte Afraig nickend.

Bree zuckte zusammen. An ihre Mutter wollte sie jetzt nicht denken.

»Ich …«, begann Domnall und befeuchtete sich mehrmals die Lippen, bevor er verstummte.

»Ich weiß, das kommt ein klein wenig überraschend.« Strahlend zog Afraig sie beide mit sich zum Herd. »Aber während du dich an die Vorstellung gewöhnst, dass du eine hübsche kleine Tochter hast, erzähle ich dir alles. Aislin ist schon wieder schwanger, du kannst sie also nicht mitnehmen. Dieser MacLeod wird sie nicht wollen, Gott segne ihn – auch wenn er ein MacLeod ist. Er …«

»Ruhe, Weib!«, knurrte Domnall, »Ich will jetzt nicht über Aislin reden.«

Offensichtlich verärgert verschränkte er die Hände hinter dem schlammbespritzten Rücken und marschierte unruhig auf und ab. Als Afraig auf Gälisch weitersprach, warf er einen mürrischen Blick in ihre Richtung.

Bree wurde das Herz schwer.

Afraig hatte sich geirrt.

Er wollte sie nicht.

Er schien wenig erfreut zu erfahren, dass er eine Tochter hatte. Ihr rannen die Tränen über die Wangen, doch sie beachtete sie nicht. Es dauerte eine Weile, ehe sie bemerkte, dass die beiden schwiegen und sie fragend ansahen.

»Schon gut, mein Mädchen«, tröstete Afraig sie und zog sie fest an ihre knochige Brust. »Es gibt nichts, wovor du dich fürchten musst, das verspreche ich dir, Liebes.«

Schluchzend klammerte Bree sich an sie, während Afraig ihr sanft übers Haar strich. Nach einiger Zeit spürte sie eine dritte Hand, die ihr unbeholfen die Schulter tätschelte, und sie zuckte erschrocken zusammen, nicht darauf vorbereitet, ihren Vater so dicht bei sich stehen zu sehen.

»Wie ist dein Name, Mädchen?«, fragte er mit beängstigend lauter Stimme, in der jedoch auch eine sanfte Freundlichkeit lag.

Bree schnürte sich die Kehle zu, und es fiel ihr schwer zu antworten.

Er wartete einen Moment, ehe er die Stimme senkte und erneut fragte: »Wie heißt du, Mädchen?«

Besonders wütend schien der Mann nicht zu sein, nur interessiert. Sie starrte ihn an, unfähig zu begreifen, dass dieser Fremde, dieser Highlander, wirklich ihr Vater war.

Stirnrunzelnd beugte Domnall sich näher zu ihr und sprach jedes Wort langsam und überdeutlich: »Mädchen, du hast doch sicherlich einen Namen.«

Bree öffnete die trockenen Lippen und schaffte es nach mehreren Anläufen, »Bree« herauszubringen.

Er sog die Luft ein und zuckte zurück, als hätte sie ihn geschlagen.

»Warum?« Verstimmt zog er eine Braue hoch und sah Afraig wenig begeistert an.

»Sie kommt nach ihr, findest du nicht?«

Kurz herrschte Schweigen, bevor er schroff entgegnete: »Schon, aber es bringt Unglück, jemanden nach einer Toten zu benennen.«

»Unsinn!« Afraig schürzte die Lippen, doch auf ihrer Stirn zeigten sich leichte Sorgenfalten.

Der unbehagliche Augenblick endete, als Aislin in die Küche gerauscht kam, wobei ihr Doppelkinn im Takt ihrer Schritte wackelte. In einer Willkommensgeste breitete sie die Arme aus und donnerte: »Domnall!«

Während er ihren beachtlichen Körperumfang mit offensichtlicher Abscheu betrachtete, schnaubte Domnall: »Du bist wirklich fetter als eine Kuh, Weib.«

Aislin reckte das Kinn und erwiderte: »Aye, und du siehst alt aus.«

»Eine schöne Schande bist du. Wie kann ich dich denn zu Ruan bringen, wenn du im fünften Monat von einem anderen Mann schwanger bist? Was hast du wieder angestellt?« Er musterte sie von oben bis unten und strich sich nachdenklich über das Kinn, bevor er hinzufügte: »Und wie kannst du in deinem Alter überhaupt noch Kinder bekommen?«

Aislins schlaffe Gesichtszüge wurden hart, und der Wortwechsel mit Domnall, eine Mischung aus Englisch und Gälisch, entwickelte sich rasch zu einem lautstarken Streit. Es endete damit, dass Aislin plötzlich auf dem Absatz kehrtmachte und mit wütend bebendem Kinn aus der Küche stürmte.

»Um Himmels willen, Weib«, brüllte Domnall ihr nach, »du hättest auf Dunvegan leben können!«

Sie kehrte zurück, baute sich in der Tür auf und zischte: »Oh, aber Domnall, das werde ich. Ich werde eine Lady auf Dunvegan sein, und in zwei Tagen bin ich bereit zum Aufbruch.«

Domnall schnaubte verächtlich.

Kalt lächelnd erwiderte Aislin seinen Blick.

»Tu nichts Unüberlegtes«, warnte Afraig sie. »Es ist zu spät, etwas zu unternehmen, und du würdest es nachher nur bereuen.«

»Zwei Tage«, versprach Aislin mit zuckersüßer Stimme, hielt zwei Finger in die Höhe und stampfte davon.

Mit einem schweren Seufzen ließ Domnall sich auf einen kleinen Hocker sinken und verbarg das Gesicht in den Händen. »Du kommst doch mit uns, Afraig, nicht wahr?«, fragte er erschöpft.

Afraig wandte sich ab und klapperte mit den Schüsseln auf dem Tisch herum. Ihre Miene war schmerzverzerrt.

Diesen Ausdruck kannte Bree nur zu gut. So lange Lord Huntley lebte, würde Afraig an seiner Seite bleiben.

Domnall beobachtete sie unter buschigen Brauen und sagte geradeheraus: »Ich bezweifle, dass er sich an jene langen, heißen Nächte erinnert.«

Es war grausam, so etwas zu sagen. Bree warf ihm einen missbilligenden Blick zu, wandte sich jedoch rasch ab, als sie bemerkte, dass er sie direkt ansah.

»Er vielleicht nicht, aber ich«, murmelte Afraig. »Du würdest Ellin doch auch nicht verlassen, Domnall, oder?«

Domnall seufzte und strich sich mit einer Hand über den Kopf. Dann sagte er unwillig: »Ellin ist seit fast zehn Jahren tot.«

Erblassend richtete Afraig sich auf.

Domnall räusperte sich und fuhr mit leiser, trauriger Stimme fort: »Vor einigen Monaten hat Fearghus uns Dougalls Kopf auf einem Speer geschickt.«

Afraigs Augen weiteten sich vor Entsetzen.

Respektvoll senkte Bree den Kopf. Zwar hatte sie weder von Ellin noch von Dougall je zuvor gehört, aber Domnalls sichtlicher Schmerz verriet ihr, dass sie nahe Verwandte gewesen sein mussten.

Als könne er ihre Gedanken lesen, nickte Domnall in ihre Richtung und erklärte: »Ellin war meine Frau. Dougall ... Nun, dein Bruder, mein Ältester, im besten Alter niedergestreckt. Und Catriona ...« Seine Stimme wurde rau vor Kummer. »Ach, meine kleine Catriona, deine Schwester. Vor einem Jahr ist das arme

Mädchen im Kindbett gestorben. Ihr Kind hat nur einen Tag gelebt.«

Afraigs Schultern sanken nach unten. »Du bringst nichts als schlechte Neuigkeiten.«

»Mir ist niemand geblieben.«

In der erdrückenden Stille, die folgte, blickte Bree in die Flammen. Sie war überrascht, dass ein Mann den Verlust seiner Frau und Kinder so betrauerte. Sollte ihre Mutter sterben, würde Wat es kaum bemerken, dessen war sie sich sicher.

»Aye, ich bin froh, dass ich nun doch noch eine Tochter habe – und so ein gutes, zartes, hübsches Mädchen.«

Es dauerte einige Augenblicke, bis Bree klar wurde, dass Domnall von ihr sprach. Sie holte tief Luft und begegnete dem Blick seiner funkelnden grünen Augen.

»Bist du dir sicher, dass sie nicht etwas zurückgeblieben ist, Afraig?«, fragte Domnall leicht gedehnt. »Kann sie überhaupt sprechen?«

Afraig lachte leise und legte Domnall eine Hand auf die Schulter, während beide Bree anlächelten.

»Sie ist ein wirklich liebes Mädchen, Domnall«, sagte sie. »Versprichst du mir, dass du sie gut behandelst?«

»Aye.« Der Mann nickte. »Sie ist die Letzte von meinem Fleisch und Blut. Es wird mir guttun, sie heimzuholen, auch … wenn ich nicht viel von dem Namen halte.« Mit hochgezogener Augenbraue sah er Afraig an. »Was hast du dir dabei gedacht, sie so zu nennen?«

»Es ist ein guter Name, und das weißt du auch«, schnaubte Afraig und fügte hinzu: »Du weißt, warum ich es getan habe. Der Clan hätte Bree nie verstoßen dürfen. Ihr einziges Verbrechen war es zu lieben – auch wenn sie ihre Liebe an einen MacLeod verschwendet hat.« In ihren Tonfall schlich sich ein bitterer Klang, als sie den Namen aussprach.

»Ja«, murmelte Domnall, »ich nehme an, es ist an der Zeit, dass sie sich an sie erinnern, besonders jetzt mit dem neuen Bündnis.«

Bree lief ein Schauer über den Rücken.

Dieser Fremde, dieser Mann, hatte sie als seine Tochter angenommen.

Sie würde wahrhaftig von hier fortgehen.

Als sie sich in der Küche umsah, ergriff sie ein merkwürdiger Anflug von Panik. Raph konnte sie nun nicht haben. Sie hätte erleichtert sein sollen, vor Freude tanzen, doch stattdessen senkte sich kalte Beklemmung über sie.

»Aye, ich kann mir vorstellen, dass das alles etwas beängstigend für dich ist«, brummte Domnall.

Bree blickte auf, überrascht, dass er ihre Gedanken zu lesen schien.

»Du trägst dein Herz in deinen Augen, Mädchen. Es ist leicht zu sehen, was in deinem Kopf vorgeht«, sagte er schmunzelnd und berührte sie an der Schulter, ein kleines Zeichen der Zuneigung.

Als seine Finger über einen ihrer Blutergüsse strichen, schnappte Bree vor Schmerz nach Luft.

Misstrauisch verengte ihr Vater die Augen. »Was ist da los?«

»Wat«, spie Afraig förmlich aus.

Erneut verfielen die beiden in schnelles Gälisch. Gälisch. Schon jetzt bereute sie, es nicht wirklich gelernt zu haben. Ja, sie kannte ein paar Wörter, aber nicht genug, wenn das bald alles sein würde, was sie hörte. Die Wände der Küche schienen zu wanken, auf sie zuzustürzen. Kaum bemerkte sie die kräftigen Finger, die ihr Handgelenk umfassten. Jemand schob ihr das Haar aus dem Nacken und offenbarte die Striemen, die Wats Gürtel hinterlassen hatte.

Dann präsentierte Afraig dem Mann, der sich ihr Vater nannte, die Blutergüsse, alte und neue, und sprach noch immer in dieser merkwürdigen, fremden Sprache. Würde sie je den seltsamen Rhythmus der unverständlichen Silben lernen?

Ihre Gedanken wurden unterbrochen, als der Mann sich merklich veränderte. Während Afraig redete, legte sich ein kalter Ausdruck wie eine Maske über seine Miene, hart wie Stein. Sie zögerte. Diesen Mann sollte man nicht gegen sich aufbringen. Sein gesamter Körper versteifte sich, und er war Angst einflößender als Wat, denn wenn er zuschlüge, dann um zu töten.

»Mit diesem Wat habe ich ein Wörtchen zu reden«, erklärte Domnall kurz angebunden.

»Gut.« Ein zufriedenes Lächeln breitete sich auf Afraigs Gesicht aus. »Wann darf ich euch einander vorstellen?«

»Sofort.«

Bree sah zu, wie Domnall aus der Küche stapfte, Afraig dicht auf seinen Fersen. Keiner der beiden blickte zu ihr zurück. Als ihre Schritte verhallten, beeilte sie sich, ihnen nachzulaufen und den merkwürdigen Highlander aus sicherer Entfernung zu beobachten.

Domnall war weder besonders groß, noch schien er ein wohlhabender Mann zu sein. Sein Plaid war abgetragen und sein senffarbenes Hemd schmutzig von der Reise, aber er verfügte über eine unbestreitbare Präsenz. Eine beängstigende, kalte Brutalität umgab ihn, als er durch das Dorf marschierte und schließlich mit offensichtlicher Abscheu vor Wats Hütte stehen blieb. Es dämmerte bereits, deshalb war es schwer, etwas zu erkennen, aber scheinbar hatte er genug gesehen.

Als Bree schüchtern zu ihnen aufschloss, wandte Domnall sich erstaunt an sie.

»Hier lebst du, Mädchen?«, fragte er und neigte den Kopf in Richtung der jämmerlichen Behausung. »Ich habe Schweine gesehen, die schöner wohnen.«

Beschämt senkte Bree den Kopf.

»Das ist doch nicht deine Schuld, Mädchen«, knurrte Domnall. »Hätte ich gewusst …«

Knarzend öffnete sich die Tür.

Heraus trat Jenet, die den Highlander aus zusammengekniffenen Augen ansah, bevor ihr der Mund aufklappte.

»Jenet«, sagte Domnall schließlich und befeuchtete sich die Lippen. »Warum … Warum hast du mir keine Nachricht zukommen lassen? Warum hast du es mir nicht gesagt?«

Mit einem schrillen, herablassenden Lachen antwortete sie: »Warum hättest du ein Mädchen wollen sollen?«

Bree schluckte. Sicher meinte ihre Mutter das nicht so. Dann überraschten die sanften, brummenden Worte ihres Vaters sie noch mehr.

»Nicht irgendein Mädchen, Frau. Sie ist meine Tochter. Meine Tochter würde ich immer wollen.« Domnall war sichtlich wütend.

Ihre Mutter lachte boshaft auf. »Tja, jetzt kannst du sie nicht mehr haben. Sie wird heiraten.«

Da explodierte Domnall und ließ seine offenbar unschönen Worte in Gälisch niederprasseln, ehe er Jenets Verwirrung bemerkte. Wieder auf Englisch schrie er: »Du wirst meine Tochter nicht für ein paar Schafe an einen lüsternen alten Sack verhökern!«

Bei der kühlen Entgegnung ihrer Mutter schwand die Freude in Brees Herzen.

»Bist du dir sicher, dass sie von dir ist?«

»Ich muss sie nur ansehen, um zu wissen, dass sie von mir ist«, schnaubte Domnall und wischte die Andeutung beiseite. »Wagst du es, ihre Herkunft zu leugnen?«

Mit klopfendem Herzen beobachtete Bree das Gesicht ihrer Mutter. Bestimmt war es die Wahrheit. Sie wollte, dass es die Wahrheit war. Wollte glauben, dass dieser Mann gütig war, dass er sie retten würde und dass sie wirklich seine Tochter war. Es kam ihr wie eine Ewigkeit vor, ehe ihre Mutter den Mund öffnete.

»Du magst sie gezeugt haben, aber jetzt hast du kein Recht mehr auf sie. Sie gehört ihrem Ehemann.«

In diesem Moment erschien auch Wat. Mit einem besonders lauten Rülpsen stolperte er durch die Tür. Sein höhnisch verzogener Mund klappte zu, als er den aufgebrachten Highlander erblickte.

»Und du bist … Wat?« Domnalls Nasenflügel bebten vor Verachtung.

Wat nickte misstrauisch.

»Wir haben etwas zu besprechen«, knurrte Domnall und ging an Brees Mutter vorbei in die Hütte.

Wat kratzte sich den Bauch und folgte ihm.

Als Jenet sich umwandte, um ihnen hinterherzugehen, wurde ihr die Tür vor der Nase zugeschlagen. Verwirrt stand sie da, bevor sie zu Bree herumwirbelte. »Was hast du getan?«

»Jenet«, warnte Afraig sie und trat ihr in den Weg. »Lass das Mädchen in Ruhe.«

»Und du!« Jetzt richtete sich Jenets Wut gegen Afraig. »Du hast dich von Anfang an eingemischt.«

Ruhig stand Afraig mit vor der Brust verschränkten Armen da.

»Lass ihn sie mitnehmen. Bree ist seine Tochter.«

»Eine Tatsache, die ich nie vergessen konnte«, fauchte Jenet, die Hände zu Fäusten geballt. »Domnall und sein Süßholzgeraspel in jener Nacht, bevor er verschwunden ist … bevor er mich für seine kostbaren Highlands verlassen hat.«

»Er war betrunken. Damals …«, begann Afraig.

Ein lautes Poltern aus der Hütte brachte sie beide zum Schweigen, dann ertönte ein gedämpftes Ächzen, dicht gefolgt von einem weiteren. Als Nächstes war Domnalls Stimme zu vernehmen. »Na, wie fühlt sich das an, du hasenfüßiger, torffressender, pockennarbiger, einfältiger Sohn einer Made?«

Eine seltsame Leichtigkeit breitete sich in Brees Herz aus. Noch nie hatte es jemand gewagt, so mit Wat zu reden.

»Wenn du meine Tochter auch nur noch einmal ansiehst, schlage ich dir und deiner verdorbenen Brut die Köpfe ab, du fauliges Stück Dreck.«

Es war aufregend zu hören, wie jemand Wat beschimpfte. Bree spürte ihre Mundwinkel zucken. Wenn es nach ihr gegangen wäre, hätte sie für immer dort stehen und einfach nur zuhören können.

Die klapprige Tür knarrte. Ein Fensterladen sprang auf.

Schließlich trat Domnall in die verblassende Abenddämmerung, klopfte sich das Hemd ab und zog seinen Plaid gerade.

Niemand rührte sich.

»Verabschiede dich von deiner Mutter, Mädchen«, sagte er mit einem aufmunternden Lächeln zu Bree. »Wir gehen zurück nach Skye.«

Erschüttert hielt Jenet sich am Türrahmen fest und rief Bree mitleidheischend zu: »Bringst du es wirklich übers Herz, mich zu verlassen?«

Erschrocken starrte Bree ihre Mutter an, als diese flehentlich die Hände nach ihr ausstreckte. Jenet liebte sie. Sie wollte, dass sie blieb. Unmöglich konnte Bree sie verlassen, vor allem jetzt, wo Wat sicher wütend war. Sie machte einen unsicheren Schritt nach vorn.

»Denk nach, Mädchen. Ich biete dir die Freiheit«, erinnerte Domnall sie in harschem Ton. »Ich werde dich nicht für ein paar Schafe an einen lüsternen Trunkenbold verkaufen.«

Bree zuckte zusammen.

Ein lautes Stöhnen lenkte ihre Aufmerksamkeit auf Wat, der in der Tür lehnte, blutend und nach Atem ringend. Als Jenet an seine Seite eilte, murmelte er etwas Unverständliches und hob eine zitternde Hand in Domnalls Richtung.

»Aye.« Ohne jedes Schuldbewusstsein hob Domnall die Schultern. »Niemand fasst meine Tochter an und kommt ungeschoren davon. Niemand.«

Eine ungewohnte Wärme schlich sich in Brees Herz.

»Komm mit mir, Mädchen. Bei mir wird niemand die Hand gegen dich erheben. Das schwöre ich bei meinem Leben und meiner Ehre als Highlander.«

»Bree«, jammerte Jenet.

Erst da bemerkte Bree, dass sie sich bereits in Bewegung gesetzt hatte. Sie ging fort. Flüsternd würgte sie ein Lebewohl hervor.

Dann raffte sie ihren Rock und lief los.

Beinahe panisch platzte sie in die Burgküche. Was hatte sie getan? Blieb ihr noch eine Wahl? Nun war es zu spät.

Hierzubleiben wäre töricht. Sobald er sich erholt hatte, würde Wat sie umbringen.

Sie lehnte sich gegen die Wand und fasste sich an den schmerzenden Bauch, doch das Geräusch näherkommender Stimmen bewirkte, dass sie sich in Bewegung setzte. Nachdenken konnte sie später. Sie wollte nicht hier sein, wenn Domnall und Afraig kamen.

Hastig eilte sie durch die Küche, griff sich das nächstbeste Brot, ein Stück Käse und eine Flasche Ale für Aislins Abendessen. Als sich die Außentür öffnete, rannte sie die Treppe hinauf und den dunklen Gang entlang.

Wieder überkamen sie Zweifel. Was hatte sie getan? Wie hatte sie einen Fremden über ihre eigene Mutter stellen können? War er überhaupt wirklich ihr Vater? Erneut rief sie sich in Erinnerung, dass sie keine Wahl hatte. Innerlich noch immer völlig aufgewühlt klopfte sie an Aislins Tür. Auf die leise Antwort hin trat sie ein.

Das Zimmer war so dunkel, dass sie kaum etwas sehen konnte. Aislin lag seitwärts auf dem Bett, als wäre sie gefallen. Tiefrote Flecken waren auf der Decke zu sehen, und am Boden lagen die Scherben einer Weinflasche verstreut. Es war nicht das erste Mal, dass sie Aislin betrunken antraf. Seufzend stellte Bree das Tablett auf dem Tisch ab und zündete die Kerze an.

»Afraig …«, flüsterte Aislin schwach.

Stirnrunzelnd betrachtete Bree sie genauer.

Es war kein Wein. Es war Blut. Blut tränkte die untere Hälfte von Aislins Kleid, tropfte vom Bett und sammelte sich in einer Pfütze auf dem Boden.

Bree schrie.

Nachher erinnerte sie sich vage daran, zu Afraig und Domnall gerannt zu sein. An das pure Entsetzen auf ihren Gesichtern. Sie folgte ihnen zurück in Aislins Zimmer. Diesmal blieb sie jedoch an der Tür stehen.

Afraig fluchte. Sie hob die zerbrochene Flasche vom Boden und roch daran.

»Du Närrin, es war zu spät für Wacholderbeeren!«, zischte sie und wandte sich an Domnall. »Es gibt nichts, was ich noch tun kann.«

Aislin stöhnte.

»Bree, Mädchen, hilf mir, den Priester zu holen. Es wird nicht mehr lange dauern«, sagte Domnall grimmig.

Das tat es zwar nicht, doch die Nacht überlebte sie noch.

Gemeinsam wachten sie am Fuß ihres Bettes, während der Dorfpfarrer leise betete, um ihr die letzte Ölung zu geben. Als die Sonne aufging, tat Aislin ihren letzten Atemzug. Wortlos bewegten sich ihre weißen Lippen, ihre Hand erschlaffte.

Der Anblick dieser grauen Hand ließ Bree auch noch, als Afraig sie zum Küchentisch führte, nicht los. Jemand setzte ihr eine dampfende Schale Haferbrei vor, aber sie hatte keinen Appetit. Sie sah nur zu, wie er kalt wurde.

Stundenlang hatten Domnall und Afraig gestritten, hauptsächlich auf Gälisch. Es hatte sich jedoch genug Englisch hineingemischt, dass Bree verstand, dass Domnall sofort abreisen wollte. MacDonald musste von Aislins Tod erfahren. Für diesen Mann, Ruan, musste eine neue Braut gefunden werden. Offensichtlich war er so begierig darauf, zu heiraten, dass es ihn nicht kümmerte, wer die Frau sein würde. Als die Vormittagssonne durch die offene Küchentür fiel, schienen sie schließlich zu einer Einigung gelangt zu sein.

»Gut«, sagte Afraig und nickte widerwillig. »Ich vertraue auf dein Herz, Domnall. Aber wenn er nicht so ist, wie du sagst, werde ich deine verrottete Seele zum Teufel schicken, wenn wir uns das nächste Mal sehen.«

Zufrieden rieb sich Domnall die Hände, während seine Base Bree in eine liebevolle Umarmung zog.

»Ach Mädchen«, seufzte Afraig. Sie legte ihre Wange auf Brees Kopf. »Es ist Zeit zu gehen.«

Bree gähnte, plötzlich müde. »Ja, ins Bett«, murmelte sie. »Ich denke, ich könnte etwas Schlaf gebrauchen, nur ein bisschen.«

»Gehen, Mädchen«, wiederholte Afraig. Sie räusperte sich. »Es ist Zeit, diesen Ort zu verlassen und … nach Hause nach Skye zu gehen.«

Mit wachsender Besorgnis hob Bree den Kopf.

»Dein Vater hält es für das Beste, Wats Söhne nicht dazu zu verleiten, Unruhe zu stiften. Ich weiß, dass du erschöpft bist, Liebes, aber heute Nacht wirst du gut schlafen …« Eine Träne rollte ihr über die faltige Wange.

Afraig konnte nicht weinen. Das tat sie einfach nie.

»Bald bist du sicher, weit weg von diesem verfluchten Ort«, versprach sie.

Sie würden fortgehen. Domnall nahm sie wirklich mit. Bree wollte schreien, sagen, sie hätte ihre Meinung geändert, aber überraschenderweise blieben ihre Lippen verschlossen.

»Aye«, bekräftigte Afraig und lächelte sie liebevoll an, »aber wir werden uns bald wiedersehen, Liebes. Das schwöre ich. Wenn Huntley nicht mehr ist, komme ich heim. Lange wird es nicht mehr dauern.« Sie legte Bree einen warmen Plaid über die Schultern und drückte ihr einen festen Kuss auf die Stirn, bevor sie Domnall einen drohenden Blick zuwarf.

»Er ist wirklich ein ehrbarer Mann«, antwortete ihr Vater, ehe er sich Richtung Stall aufmachte und die Tür krachend hinter sich zuwarf.

Noch einmal küsste Afraig sie, zog sie nach draußen und redete dabei unaufhörlich. »… und denk daran, Liebes, Domnall ist ein ehrlicher und gerechter Mann …«

Ein großes, zotteliges braunes Pferd stand im Burghof, zuckte mit den Ohren und stampfte ungeduldig mit den Hufen. Es war ein hässliches Tier. Seine Hufe waren riesig. Ein solches Biest hatte sie noch nie gesehen.

»… er wird dich gut unterbringen und …«

Sie würde fortgehen, weit weg von dem einzigen Ort, den sie je gekannt hatte.

»Wo sind ihre Sachen?«, hörte sie Domnall forsch fragen.

»Sie hat keine«, erwiderte Afraig schroff.

Bree hätte am liebsten geweint. Sie wollte ihnen sagen, sie hätte es sich anders überlegt, doch da zog Afraig sie zu einem letzten Lebewohl fest an sich und schob sie zu ihrem Vater hinüber.

Es ging alles viel zu schnell.

Mühelos hob Domnall sie auf den Rücken des großen braunen Tieres. Als Domnall sich hinter ihr in den Sattel schwang und das Pferd mit lauten, barschen Worten antrieb, packte sie den Sattelknauf so fest, dass ihre Knöchel weiß wurden.

Während sie die Zähne zusammenbiss, konnte Bree nur daran denken, wie sehr sie Pferde hasste.

Kapitel 3
Dunvegan

»Skye«, erklärte Domnall mit unverkennbarem Stolz in der Stimme.

Voller Entsetzen starrte Bree auf die braune Weite, die sich vor ihr erstreckte.

Dieses kalte, windgepeitschte, endlose Meer aus Schlamm war ihr neues Zuhause. Dies waren die geliebten Highlands Afraigs und ihres Vaters. In der Ferne standen ein paar Bäume verstreut auf den Hügeln, zu Grüppchen zusammengedrängt. Vom ständigen unbarmherzigen Wind waren ihre Stämme knorrig und verbogen. Hier und da ragten Felsen aus dem Boden, bedeckt von Ginster, Farn und Heidekraut.

Es war nicht zu vergleichen mit den altehrwürdigen Wäldern, die die sanften grünen Hügel Englands mit ihren ordentlichen Schafherden bedeckten. Hier streiften die Schafe ungehindert umher, ließen sich wie Geißböcke auf den steilen Abhängen der zerklüfteten Berge nieder, und kein Schäfer war in Sicht.

»Aye«, murmelte Domnall, »einen Ort wie Skye findest du kein zweites Mal, Mädchen. Dieses Land singt zu dir.«

Pflichtbewusst rang Bree sich ein Nicken ab und war froh, dass er ihre Bestürzung für Ehrfurcht hielt. Alles auf dieser merkwürdigen Insel schien braun zu sein, selbst das Wasser, das von den Klippen in die Täler stürzte. Unwirtlich und trostlos wirkte das alles. Aber mittlerweile würde sie sich mit jeder Landschaft zufriedengeben, solange sie nur endlich vom Rücken dieses Pferdes hinunterkäme.

Die Reise war furchtbar gewesen. Ein flohverseuchter Gasthof nach dem nächsten, und oft genug hatten sie unter ihren Plaids zusammengekauert im kalten Regen geschlafen. Endlich warm und trocken zu sein, etwas Warmes zu essen, das nicht am Rand verbrannt und in der Mitte noch roh war, war für sie zu einem unvorstellbar dekadenten Wunschtraum geworden.

Und doch, so schlimm die Reisebedingungen auch gewesen waren, ihren Vater besser kennenzulernen, war überraschend erfreulich gewesen. Er war ein fröhlicher Mann, verständnisvoll und geduldig, doch viel zu locker im Umgang mit Frauen. Jeden Abend hatte er die Gesellschaft einer Witwe oder einer Schankwirtin gesucht. Mehr als einmal waren sie morgens in aller Eile davongaloppiert, während ein wütender Ehemann ihnen einige Zeit hinterhergeritten war.

In den langen Stunden der Reise, in denen sie nichts anderes zu tun gehabt hatte, als nachzudenken, hatte Bree sich immer wieder daran zurückerinnert, wie Domnall Wat verprügelt hatte. Obwohl sie es eigentlich nicht wollte, hatte sie begonnen, dem Mann zu vertrauen. Ein wenig, ermahnte sie sich streng, nur ein wenig.

»Wir sind zu Hause«, dröhnte Domnall einige Zeit später.

Sie hatten den Gipfel eines Hügels erreicht. Weit unter ihnen auf einer Felsnadel thronte die mächtige, verwitterte Festung von Dunscaithe, dicht am sandigen Ufer eines Meeresarms.

Es war ein wilder, rauer Ort. Hier gab es zwar Bäume, aber die waren verkrüppelt und windgepeitscht. Torfmoos und Heidekraut bedeckten den Waldboden. Auf der anderen Seite des Wassers konnte sie Hügel ausmachen, die sich in der Ferne erhoben. In der Heide erspähte sie ein paar Schafe, und über ihnen schrien Möwen.

Ein plötzlicher Windstoß fuhr ihr durchs Haar und wirbelte es ihr um den Kopf. Als Domnall das Pferd weiter vorantrieb, fragte sie sich zum ersten Mal, wo genau er lebte und was von seiner Tochter erwartet würde.

Als Dunscaithe sich vor ihnen erhob, begann sie zu hoffen, dass er nicht auf der Burg lebte. Einem Leben eingeschlossen in einem solch finsteren Steinhaufen hätte sie selbst die kalte, braune Heide der Highlands vorgezogen.

Schließlich trotteten sie durch die weit geöffneten Tore hindurch und kamen mit klirrendem Zaumzeug und knarzendem Leder zum Stehen.

Der Burghof war leer, und Domnall machte keine Anstalten, abzusteigen. Bree regte sich nicht, wartete unsicher.

Schließlich dröhnte eine Stimme: »Domnall!«

Ein Mann kam auf sie zu. Er war jung, aber sein Haar wurde bereits dünner. Seine grünbraunen Augen wirkten freundlich, auch wenn er im Augenblick die Stirn missbilligend in Falten legte. Ihm folgten einige andere, alle in Plaids gekleidet. Es war merkwürdig, so viele Männer zu sehen, die die gleiche Kleidung trugen und offenbar alle der Kälte gegenüber so unempfindlich waren wie ihr Vater.

Eindringlich musterte der Fremde sie, hob sie mühelos aus dem Sattel und setzte sie auf dem Boden ab. Ängstlich trat sie zurück, aber seine Aufmerksamkeit galt Domnall, während seine tiefe Stimme im Burghof widerhallte. Er sprach Gälisch.

Domnall hob die Hand und schien eine Art Erklärung abzugeben. Auf seine Worte hin sogen die Männer scharf die Luft ein und schüttelten besorgt die Köpfe.

Bree bemühte sich, den harschen, angenehmen Singsang der unbekannten Worte zu verstehen, doch es wollte ihr einfach nicht gelingen. Sie runzelte die Stirn. Hätte sie Afraig und ihrem Vater nur mehr Aufmerksamkeit geschenkt, würde sie jetzt den Ursprung der Besorgnis verstehen. Sie bekam einzelne Worte mit, wusste jedoch nicht, was ein »Schafsarsch«, »Käse« und ein »Boot« miteinander zu tun hatten. Es schien eine merkwürdige Kombination, um so viele Männer zu beunruhigen.

Als Domnall seine Stimme erhob, senkte sich Schweigen über den Burghof.

Alle Blicke ruhten auf ihr, und der kahl werdende Mann schnappte erstaunt nach Luft.

Dann stieg Domnall vom Pferd, redete immer noch. Dieses Mal verstand selbst Bree das gälische Wort für »Tochter«. Nervös trat sie in die einladende Umarmung ihres Vaters.

Das Gesicht des fremden Mannes erhellte sich. Gedankenverloren rieb er sich das Kinn und murmelte schließlich auf Englisch: »Da stimme ich zu ... So ist es viel besser.« Er wechselte einen langen, bedeutsamen Blick mit seinen Männern und dann mit Domnall.

Bree hielt den Atem an und spürte ein wachsendes Unbehagen. Sie wünschte, sie hätte den Mut, zu fragen, worüber sie sprachen, doch sie tat es nicht. Dazu waren diese Kerle viel zu einschüchternd.

Schließlich nickte der Mann und blieb beim Englischen. »Ja, das ist eine gute Idee, Domnall. Ich gebe meine Zustimmung. Das ist mit Sicherheit ein besserer Plan. Einer, den zu unterstützen ich mich nicht schäme. Stundenlang habe ich versucht, Tormod von Aislin abzubringen, aber er hat darauf bestanden. Es gab nichts, was ich tun konnte.«

Ein erleichtertes Seufzen machte die Runde bei den Umstehenden, und Domnall lachte in sich hinein und drückte Bree die Schulter. »Bree, mein Mädchen, das ist Cuilen, der MacDonald of Dunscaithe. Du schuldest ihm die Treue.«

Bree blinzelte, und es dauerte einige Augenblicke, bis sie verstand, dass der Fremde, der im gleichen einfachen Plaid wie die anderen vor ihr stand, der Burgherr war. Rasch machte sie einen Knicks, während Cuilen ihr mit seinen blauen Augen ins Gesicht blickte. Nervös räusperte sie sich und konnte das Gefühl einfach nicht abschütteln, dass etwas nicht in Ordnung war.

»Herzlich willkommen, Mädchen. Auf dem Schiff kannst du dich ausruhen ... so gut das geht«, brummte er. Dann wandte er sich an seine Männer und rief ungeduldig: »Auf! In einer

Stunde legen wir ab. Ein Sturm zieht auf, und den warten wir nicht erst ab.«

Domnall nickte zustimmend.

Damit entfernte sich Cuilen zielstrebig. Bree blieb keine Zeit, sich über die merkwürdige Unterhaltung zu wundern. Ihr Vater legte ihr eine Hand in den Nacken und schob sie vorwärts.

»Du hast gerade noch genug Zeit, dich umzuziehen, mein Mädchen«, verkündete er mit dröhnender Stimme. Dann zeigte er auf eine Frau in der Nähe und erklärte: »Anne hier wird dir helfen. Ich muss noch etwas erledigen.«

Bree öffnete den Mund, doch Domnall war verschwunden, bevor sie eine Frage formulieren konnte. Offensichtlich war die Angelegenheit ihres Vaters dringend. Unwillkürlich fragte sie sich, ob es eine weitere dralle Witwe war. Sie schloss den Mund und wandte sich Anne zu. Sie war eine üppige Frau, die leicht nach saurer Milch roch, doch ihr altes faltiges Gesicht war freundlich.

Anne sprach nur Gälisch, wie offenbar die meisten Bewohner Dunscaithes, und Bree verbrachte die nächste Stunde damit, übertrieben zu nicken und laut zu sprechen, als würde sie jemand verstehen, bloß weil sie die Stimme erhob. Nach viel Gestikulieren und Radebrechen ließ Anne sie schließlich mit einer Schüssel lauwarmen Wassers allein.

Bree schlüpfte aus ihrem schlammverkrusteten Gewand und wusch sich, so schnell sie konnte. Sie wollte wieder angezogen sein, bevor jemand zurückkehrte. Ihre Blutergüsse waren zum größten Teil zu einem schwachen Gelb verblasst, aber die Vorstellung, jemand könnte sie sehen, war ihr seltsam unangenehm.

Sie verzog das Gesicht, als sie in das kratzige Kleid schlüpfte, das man ihr bereitgelegt hatte, und griff nach dem Kamm, um ihre Haare in Angriff zu nehmen. Ihre Gedanken wanderten und blieben merkwürdigerweise an dem Handel ihrer Mutter mit Raph hängen. Bei der Erinnerung an die harschen Worte ihrer Mutter spürte sie eine ungewohnte Wut auflodern, die tief in ihr weiterglomm. Sie wusste nicht, wie lange sie da gestanden und aus dem kleinen Fenster geblickt hatte, bis sie eine Stimme hinter sich vernahm.

»Geht es dir gut, mein Mädchen?«

Überrascht fuhr sie herum.

Domnall stand hinter ihr, die Stirn verwundert in Falten gelegt. Er richtete den Blick auf ihre Hände. »Komm, zeig mal her. Wie hast du das nur geschafft?«

Als sie hinabsah, bemerkte sie einen Schnitt in ihrer Handfläche. Der Kamm war zerbrochen. Blut war nur wenig zu sehen, und es schmerzte kaum. Es war lediglich ein Ärgernis. Beschämt zog sie ihre Hand zurück.

Domnall musterte sie kurz. Dann nahm er das breite Stoffband, das für ihr Haar gedacht gewesen war, griff erneut nach ihrer Hand und band es schnell um die kleine Wunde. Als er fertig war, küsste er sie auf die Stirn. »Vertrau mir, mein Mädchen, ich sorge dafür, dass man sich gut um dich kümmert. Das schwöre ich. Nun müssen wir aber gehen. Cuilen wartet auf dich.«

Stirnrunzelnd folgte Bree ihm in den Burghof. Leises Unbehagen beschlich sie, als sie das noch immer gesattelte Pferd sah. Zu ihrem Unmut beförderte Domnall sie auch prompt auf den Rücken des Tieres und stieg erneut hinter ihr auf.

»Es ist kein weiter Ritt«, versicherte er ihr, als würde er ihre Gedanken lesen. »Das Boot ist ganz in der Nähe.«

»Boot?«, wiederholte Bree überrascht.

Er ignorierte ihre Frage und rief einigen grauhaarigen Frauen ein fröhliches Lebewohl zu, als sie durch das Tor hinausritten, durch das sie erst vor einer Stunde hereingekommen waren. Innerhalb weniger Augenblicke umrundeten sie einen großen, ausladenden Felsen, um zu einer kleinen Gruppe von Männern aufzuschließen, die auf noch zotteligeren Pferden saßen als Domnall.

Cuilen erwartete sie an der Spitze der Gruppe, auf dem größten Tier. Er hob den Arm und sie wandten ihre Pferde, galoppierten zum Strand hinab.

In einiger Entfernung sah Bree ein Schiff auf dem unruhigen Meer schaukeln. Dunkle Wolken sammelten sich am Horizont. Unsicher beäugte sie den schwankenden Mast.

»Du musst keine Angst haben.«

Erschrocken stellte sie fest, dass Cuilen sich zu ihnen gestellt hatte.

»Dunvegan ist nicht weit weg«, brummte er. Dann wandte er sich auf Gälisch an ihren Vater.

Bree bemühte sich, die Worte zu entschlüsseln, wurde jedoch unterbrochen, als Domnall sie vom Pferd hob und in ein kleines Beiboot setzte. Zügig wurde sie zum Schiff hinausgerudert, wo man ihr mit sanften Händen an Bord half und sie unter Deck geleitete. Auf einer hölzernen Bank kauerte sie sich unter etlichen warmen Plaids zusammen, die ihr von mitfühlend lächelnden Männern gereicht wurden. Zu müde, um sich noch um irgendetwas zu sorgen, verbarg sie den Kopf in den Armen.

Doch plötzlich hallte ein ohrenbetäubendes Kreischen durch die Luft, das sich anhörte wie eine Ziege, die erwürgt wurde, und Bree sprang alarmiert auf. Die Männer lachten, ihr Vater am meisten. »Ach, Mädchen, das ist nur der Dudelsackspieler. Er sorgt dafür, dass die Männer weiterrudern.«

Einige der Männer schwangen grinsend die Riemen.

Verlegen warf sie dem Mann mit dem Dudelsack einen misstrauischen Blick zu. So ein merkwürdiges Instrument hatte sie noch nie gesehen. Vorsichtig ließ sie sich zurück in die Plaids sinken.

Die Reise war eine Tortur.

Nicht ein einziges Mal hörte der Dudelsackspieler auf zu spielen. Das Geräusch zerrte an ihren Nerven. Bei all dem Schaukeln und Schlingern stellte Bree bald fest, dass sie den knochigen Rücken eines Pferdes dem Schiff bei Weitem vorzog. Die meiste Zeit verbrachte sie damit, sich über die Reling gebeugt zu übergeben oder sich den Bauch zu halten. Stunden später bemerkte sie, dass ihr Vater schweigend neben ihr saß, einen seltsamen Ausdruck auf dem Gesicht.

»Hier, Mädchen«, murmelte er und hielt ihr eine silberne Flasche entgegen.

Bei dem penetranten Gestank, der daraus emporstieg, hätte sie sich beinahe erneut erbrochen.

Hastig schob sie die Flasche von sich.

»Es dauert nicht mehr lange, dann sind wir … zu Hause«, versicherte ihr Domnall und legte ihr tröstend einen Arm um die Schultern.

Die Trauer und der Schmerz in seiner Miene waren nicht zu übersehen und machten ihr das Herz schwer. Schmerz war etwas, das sie verstand. Ungewohnte Empfindungen wallten in ihr auf, und zum ersten Mal fühlte sie, dass dieser Mann wirklich ihr Vater war. Müde lehnte sie sich in seine Arme, suchte darin Trost.

Er war ihr Vater. Ein Mann, dem sie vertrauen konnte.

Im Lauf des Tages zogen Sturmwolken über ihnen auf und zwangen sie mit sintflutartigem Regen dazu, in einer kleinen Bucht vor Anker zu gehen. Sie suchten Schutz in einer nahegelegenen Höhle. Dort war es kalt und feucht, und Bree fiel in einen unruhigen Schlummer. Sie war erleichtert, als endlich der Morgen anbrach, aber es war noch immer zu stürmisch, um weiterzusegeln. Erst am späten Nachmittag konnten sie ihre Reise fortsetzen. Zu diesem Zeitpunkt war Bree völlig erschöpft, kauerte zitternd unter den Plaids und dämmerte vor sich hin.

Irgendwann wurde sie wach und schreckte hoch. Das Schlagen der Riemen vermischte sich mit den Rufen der Männer im Schiff. Aus der aufkommenden Dunkelheit, die sie umgab, ertönten antwortende Stimmen, und schließlich spiegelte sich das flackernde Licht von Fackeln auf der ruhigen Wasseroberfläche.

»Aye, mein Mädchen«, sagte ihr Vater, als er vor ihr auftauchte, »wir sind da.«

Als sich aus der Finsternis hohe, Furcht einflößende Mauern erhoben, überkam Bree die Angst.

»Da?«, wiederholte sie mit trockener Kehle.

»Dunvegan«, antwortete Cuilen, der plötzlich neben ihrem Vater stand. Er deutete auf die dämmrigen Umrisse einer Burg, die auf einer kleinen Felseninsel saß, durch eine schmale Klamm von der Küste getrennt.

Steifbeinig kam Bree auf die Füße, aber Cuilen drückte sie zurück auf ihren Platz.

»Da kommen wir nur über die Seepforte hinein, Mädchen. Bleib sitzen. Es dauert nicht mehr lange.«

Durch Cuilens kühles Verhalten entmutigt, setzte sie sich wieder, während sie ihre langsame Anfahrt auf diese Seepforte fortsetzten. Sie runzelte die Stirn. Domnall hatte nie erwähnt, dass er auf Dunvegan lebte. Aus dem Nebel tauchten einige kleinere Boote auf und schlossen zu ihrem auf.

Mit zusammengekniffenen Augen spähte Bree nach vorn, als mehr Fackeln die Burgmauern erhellten.

Es war ein finsterer Ort, abschreckend, mit einer ungastlichen Aura. Das Schiff fuhr eng an der Burgmauer entlang und legte endlich vor einer kleinen Plattform direkt am Wasser an. Hände streckten sich ihr entgegen, zogen sie hoch und führten sie über eine lange, schmale Treppe, die tief in den Stein gehauen worden war und sich zur Burg emporwand.

»Komm, mein Mädchen«, dröhnte Domnalls Stimme beruhigend hinter ihr. Er fasste sie beim Ellbogen und schob sie vorwärts.

Cuilen hastete an ihnen vorbei und schloss zu einigen kräftigen Männern auf, während Domnall sie durch eine kleine Tür führte, die nahe der Küche sein musste. Beim Geruch von gebratenem Hammel wurde sie hungrig. Auf einmal war sie unendlich müde, und sie folgte ihrem Vater stolpernd eine weitere enge, gewundene Treppe hinauf. Matt fragte sie sich, ob sie je wieder in einem trockenen, warmen Bett schlafen würde.

Sie betraten die große Halle.

Tische standen in dem langen Raum aufgereiht, mit der Tafel des Lairds am Kopfende. Über dem Kamin hing das Wappen der MacLeods und reflektierte das verglimmende Licht der Fackeln an den Wänden. Nicht weit davon entfernt stand eine schwere, verschlossene Eisentruhe, in der Domnalls Worten zufolge die berühmte Feenflagge verwahrt war, doch es fiel Bree schwer, sich auf seine Worte zu konzentrieren. Auf den Tischen standen die kalten, fettigen Reste des Abendessens. Ein paar Männer saßen noch, aber die meisten lagen schnarchend auf den Binsen ausgestreckt, die auf dem Boden verstreut waren.

»Trink das, Mädchen.«

Jemand drückte ihr einen Becher in die Hände. Erschöpft hob sie den Kopf, um ihrem Wohltäter zu danken, aber er war bereits verschwunden.

Domnall drückte sie auf eine Bank und murmelte: »Warte hier.«

Als sie aufschaute, war auch er verschwunden. Müde nippte sie an dem Becher, dankbar für die würzige Wärme. So etwas hatte sie noch nie getrunken. Mit jedem Schluck breitete sich eine angenehme Hitze in ihrer Kehle und ihrem Bauch aus. Enttäuschung machte sich in ihr breit, als sie den letzten Tropfen getrunken hatte, doch ein vorbeilaufender Fremder füllte ihr den Becher freundlicherweise noch einmal auf. Als sich ihr – wenn sie sich recht erinnerte – dritter Becher dem Ende zuneigte, riss Domnall sie aus einer friedlichen Benommenheit.

»Komm, mein Mädchen.«

Sie zuckte zusammen. Seine Stimme war entsetzlich laut, viel lauter als gewöhnlich.

Mit einem Anflug von Ungeduld wiederholte er: »Komm!«

Finster dreinblickend kämpfte Bree sich auf die Füße. Sie brauchte mehrere Versuche, ehe es ihr gelang, und sie protestierte, als Domnall ihr den Becher aus der Hand pflückte.

Nach einem kurzen Schnuppern am Becherinhalt lachte ihr Vater in sich hinein. »Ach so. Vielleicht ist es besser so.« Er griff nach ihrem Arm, zog sie hoch und trug sie halb mit sich. »Hier entlang, mein Mädchen, es ist nicht weit. Sie warten schon.«

Benommen fragte sich Bree, wer »sie« sein könnten, und erlaubte ihrem Vater, sie den schmalen Gang entlang und in eine kleine Kammer zu bugsieren.

Mehrere Männer drängten sich in dem Raum zusammen, standen um einen hölzernen Tisch versammelt. Suchend schaute sie in das Meer fremder Gesichter, doch die Züge verschwammen auf gespenstische Weise in den tanzenden Schatten des Feuers. Alle waren erstaunlich ähnlich gekleidet, in senffarbene Hemden und Plaids in verschiedenen Brauntönen.

»Nicht, was du erwartet hast, was, Ruan?« Domnall lachte.

Bree blinzelte. Ruan. Diesen Namen kannte sie, doch sie konnte sich nicht erinnern, woher. Viel dringlicher war plötzlich die Sorge, sie könnte sich übergeben. Ihr Magen rebellierte, und zum ersten Mal fragte sie sich, was genau sie da getrunken hatte. Sie geriet ins Wanken, aber ihr Vater fing sie am Ellbogen auf und schob sie zum Tisch, während die Umstehenden in eine hitzige Diskussion ausbrachen.

»Nein!«, brauste die tiefe Stimme eines Mannes in der Nähe auf. »Aye, zu Aislin habe ich meine Zustimmung gegeben, aber nicht hierzu! Sucht euch einen anderen.«

»Ruan, Junge, sei doch nicht so undankbar«, warf jemand lachend ein.

»Dankbarkeit hat damit nichts zu tun, Robert«, fuhr der Bariton des Mannes fort. »Sucht euch einen anderen Mann. Ich werde das nicht tun, nicht mit Domnalls Tochter. Nein!«

Bei diesen Worten versuchte Bree, ihre verschwommene Sicht auf den Sprecher zu konzentrieren, aber sie wurde abgelenkt, als der Mann, der am Tisch saß, ärgerlich mit der Faust auf das Holz zu schlagen begann.

»Ruhe!«, verlangte der Fremde mit lauter Stimme.

Er war der Einzige im Raum, der saß.

Als seine grauen, wässrigen Augen über sie glitten, bekam sie eine Gänsehaut. Das war ein kalter Mann, ein beunruhigender Mann. Instinktiv wich sie zurück, aber ihr Vater schob sie nach vorn und die Stimmen verstummten augenblicklich.

Eindringlich bedachte der Fremde sie mit einem langen, schweigenden Blick und nickte schließlich knapp, bevor er knurrte: »Du wirst tun, was ich dir sage, Ruan.«

»Tormod, das ist nicht …«

»Schweig, Ruan!«, erwiderte der Mann. »Entweder du stimmst zu, oder es wird dir nicht gefallen, was ich mit Merry anstelle.«

Bree schluckte nervös.

»Gut«, murmelte der tiefe Bariton schließlich.

Ein erleichtertes Seufzen ging durch die Runde, und ein anderer Mann erschien an ihrer Seite. Sie war dankbar für die Ablenkung.

Der Neuankömmling war schmutzig. Nervös blickten seine Schweinsäuglein überall hin außer zu ihr, als er anfing zu reden. Er roch nach Fisch und saurem Wein. Was auch immer er sagte, erregte offensichtlich die Aufmerksamkeit aller, und Bree bereute ein weiteres Mal, dass sie sich nicht mehr Mühe gegeben hatte, Gälisch zu lernen. Sie seufzte laut und errötete umgehend, beschämt über den ungewohnten Mangel an Selbstkontrolle.

Der nach Fisch stinkende Mann warf ihr einen gereizten Blick zu, während er ein hölzernes Kreuz aus den Falten seines Ärmels zog und es gegen seine Lippen presste.

Er war ein Priester.

Neugierig fragte sie sich, was der Priester da verkünden mochte, das alle in seinen Bann zog, aber als er mit monotoner Stimme fortfuhr, konnte sie sich erneut nicht zurückhalten und gähnte vernehmlich.

Jemand lachte leise.

Peinlich berührt und nicht mehr in der Lage, sich zu konzentrieren, schloss sie die Augen und schwankte leicht. Starke Finger legten sich fest um ihre Schultern, und sie lächelte. Ihr Vater war immer da, wenn sie Beistand brauchte. Er hatte sich als freundlicher und rücksichtsvoller Mann erwiesen, ein Mann, der es wert war, ihm zu vertrauen. Er war nicht im Entferntesten wie Wat.

Nun ergriff die volle, tiefe Stimme das Wort, die zuvor protestiert hatte, und Verärgerung lag in ihrem Tonfall. Sie klang seltsam nah. Ihr Vater schaltete sich ein, sagte ihren Namen, dann löste sich eine der Hände von ihrer Schulter. Etwas Kaltes glitt über ihren Ringfinger. Verwirrt runzelte sie die Stirn und öffnete die Augen.

Auf ihrem Finger steckte ein Ring.

Er war viel zu groß.

In der Hoffnung auf eine Erklärung wollte sie sich zu ihrem Vater umwenden und war überrascht, als sie ihn auf der anderen Seite des Tisches entdeckte statt hinter sich. Auf seinem Gesicht lag etwas, das nur Schuldbewusstsein sein konnte. Einige lange Momente runzelte sie verständnislos die Stirn, verwirrt über die starken Hände, die sie aufrecht hielten, bis sie begriff, dass sie jemand völlig anderem gehören mussten. Hörbar schnappte sie nach Luft und wirbelte herum, um festzustellen, dass sie dem größten Mann, den sie je gesehen hatte, auf die Brust starrte.

Dunkle, verhangene Augen fingen ihren Blick ein und hielten ihn für einen winzigen Moment fest. Gerade lange genug, dass sie die Feindseligkeit darin sehen konnte. Ihr bot sich nur ein kurzer Eindruck von festen Lippen, einem energischen Kinn und dunklen Haaren, die achtlos mit einem Lederband zusammengebunden waren, ehe der Mann seine Hände fallen ließ und unter vereinzeltem, halbherzigem Applaus zurückwich.

Verwirrt betrachtete Bree erneut den Ring und sah zu ihrem Vater.

Domnall grinste Cuilen an und hielt einen Becher in die Höhe, damit ihn jemand füllte. »Damit ist es vollbracht«, sagte er lächelnd auf Englisch.

Überall erschienen auf magische Weise Becher, und der Wein floss in Strömen. Überall im Zimmer wurde geredet, jetzt aber auf Englisch.

»Aye, heute Nacht wird es viele eifersüchtige Frauen auf Skye geben.«

Ein unterdrücktes Grunzen folgte auf diesen Kommentar.

»Ganz so eine Herausforderung wird deine Hochzeitsnacht nun wohl doch nicht, was, Ruan?«, gluckste jemand. »Bree ist ein hübsches Mädchen.«

Bei diesen Worten begann Brees Herz zu rasen, mit jedem verzweifelten Schlag lichtete sich der Schleier in ihrem Verstand.

»Aye«, stimmte ein anderer lachend ein. »Ich wünschte, ich hätte mich angeboten, Aislin zu heiraten!«

Sie hielt den Atem an.

»Ach, hättest du angeboten, diese Kuh zu heiraten, hättest du auch eine bekommen, sicher kein hübsches Mädchen. Nur Ruan hat so ein Glück!«

Bree zwang ihr wild schlagendes Herz, sich zu beruhigen. Während auf allen Seiten wüst durcheinander geredet wurde, wusste sie, dass das Schlimmste überhaupt geschehen war. Domnall hatte sie hierhergebracht, damit sie Aislins Platz einnahm. Er hatte sie mit diesem Ruan verheiratet.

Es war nicht einmal eine richtige Hochzeit auf den Stufen einer Kirche gewesen, aber das kümmerte niemanden hier. Nein, sie bedeutete Domnall gar nichts. Er hatte nur einen Ersatz gebraucht. Langsam hob sie den Kopf.

Domnall beobachtete sie aufmerksam. »Es gibt nichts, wovor du dich fürchten musst, mein Mädchen«, versicherte er ihr sanft.

Wie von ferne hörte Bree ihre Stimme: »Was hast du getan?«

Kapitel 4
Ein anständiger Ehemann

Die Stille, die auf Brees Worte folgte, war ohrenbetäubend, und mit eisiger Miene wartete sie auf Domnalls Antwort. Dabei wusste sie längst, was er getan hatte.

Sie wollte nur hören, wie er es zugab.

»Ruan ist ein ehrenhafter Mann.« Domnall räusperte sich. »Und du brauchst einen anständigen Ehemann. Das habe ich dir gesagt. Er wird gut zu dir sein und …«

Am liebsten hätte sie sich übergeben.

Direkt vor ihr hatte der Priester gestanden, hatte sie an diesen Fremden gebunden, und sie hatte lediglich seine schmutzigen Fingernägel und die eng stehenden Augen bemerkt. Sie hatte kein Wort gesagt. Hatte es nicht einmal gewusst. Ihre Einwilligung oder auch nur ihr Wissen war nicht erforderlich gewesen. Domnalls Antwort an ihrer Stelle hatte für diese Highlander ausgereicht.

Er war genau wie ihre Mutter.

Langsam brach die enorme Tragweite dessen, was geschehen war und in welcher Lage sie sich nun befand, über sie herein. Sie war mit einem Fremden in einem fremden Land verheiratet, in dem sie noch nicht einmal die Sprache verstand. Sie konnte sich im Augenblick weder bewegen noch denken. In diesem Moment war sie zu nichts in der Lage, außer stumm vor sich hinzustarren, während ihr plötzlich die Knie nachzugeben drohten.

»Bringt dem Mädchen etwas Wein«, befahl jemand. »Sie wird gleich ohnmächtig.«

»Oder übergibt sich«, bemerkte ein anderer.

Jemand schob ihr eine Weinflasche zwischen die kalten Lippen. Die Flüssigkeit brannte ihr in der Kehle, während sich in ihrem Herzen kalte Wut ausbreitete. Sie war eine Närrin gewesen. Ihr eigener Vater hatte sie benutzt, um seine Position im Clan zu verbessern.

Tief in ihrer Seele zerbrach etwas.

Sie reckte das Kinn und trat vor, klammerte sich mit beiden Händen an den Tisch und kümmerte sich nicht darum, was irgendjemand denken mochte. Für einen kurzen Moment genoss sie diese Freiheit. Wie könnte sie sich vor diesen Leuten fürchten? Sie hatten ihr bereits angetan, wovor sie sich am meisten gefürchtet hatte, und sie hatte nichts mehr zu verlieren. Bree hob den Kopf und sah ihrem Vater fest in die Augen. Vorwurfsvoll sagte sie: »Ich habe dir vertraut.«

Wenigstens hatte er den Anstand, den Blick abzuwenden. »Das kannst du immer noch, mein Mädchen. Ich habe nur zu deinem Besten gehandelt, Bree.«

Brees Nasenflügel bebten vor Verachtung, als Domnall in einer beschwichtigenden Geste die Hände ausstreckte. Nur eine Stunde zuvor hätte sie sich in seine Arme geworfen und dort Zuflucht gesucht. Sie war so ein Dummkopf gewesen.

»Fass mich nicht an!«, zischte sie und schluckte unerwartete Tränen hinunter. »Ich will nichts mehr mit dir zu tun haben.« Es war ein Schwur, wie er inbrünstiger noch nie gesprochen worden war.

Domnalls Schultern sanken herab, und er schien vor ihren Augen zu altern. »Ich bin kein junger Mann mehr, Bree. Ich habe dir den besten Ehemann ausgewählt, einen, der sich gut um dich kümmern wird … Und das war nicht nur ich. Afraig hatte da auch ein Wort mitzureden. Ich musste ihr schwören, dir nichts zu sagen, bis es vorbei war.«

Afraig? Wie Messer schnitten die Worte in ihre Seele. Afraig? Niemals! Doch noch während sie den Mund öffnete, um ihn der Lüge zu bezichtigen, während sie ihrem Vater mit bebender Stimme wüste Schmähungen an den Kopf warf, die sie noch nie benutzt hatte, Worte, die eine Frau nie wagen würde, einem Mann zu sagen … wusste sie tief innerlich, dass er die Wahrheit sprach.

Afraigs Gesten, die halb beendeten Sätze – selbst damals hatte sie gewusst, dass die Frau etwas verbarg. Bree hielt sich den Bauch und glaubte, sich nun tatsächlich übergeben zu müssen. Afraig hatte es gewusst. Sie hatte sie mit Domnall nach Schottland geschickt, um diesen Fremden namens Ruan zu heiraten. Während sie immer weiter fluchte, hob sie schützend die Arme, um die Schläge abzuhalten, die einem solchen Ausbruch sicher folgen würden. Trotzdem hörte sie nicht auf.

Zu ihrer Überraschung vernahm sie ein leises Lachen.

Sie wirbelte herum und stellte erstaunt fest, dass ihr frischgebackener Ehemann mit verschränkten Armen am Tisch lehnte. Belustigung funkelte in seinem Blick, während noch vereinzelt Gelächter zu hören war.

»Da hast du aber eine kleine Wilde, Ruan«, bemerkte Cuilen trocken.

»Ja, es sind die Hitzköpfe, die einem Mann einheizen«, fiel jemand lachend ein.

»… und sein Bett in Brand setzen«, fügte eine andere Stimme hinzu.

Ruan wandte sich ab, und verwirrt bemerkte Bree, dass Domnall noch immer stolz strahlte, während weiter Wein ausgeschenkt wurde. Die Männer im Raum betrachteten sie mit offensichtlicher Belustigung und wachsendem Interesse.

Alle außer einem.

Der Mann, der am Kopfende des Tisches saß, schwieg eisern. Sein Gesichtsausdruck ließ ihr die Worte auf den Lippen ersterben.

Nervös duckte sie den Kopf und wich zurück.

Die Männer bewegten sich, sodass sie einen Moment lang freie Sicht auf die Tür hatte. Ohne nachzudenken, rannte sie los, drängte sich durch die Menge, nur um über einen gestiefelten Fuß zu stolpern und bäuchlings auf den mit Schilf bedeckten Boden zu stürzen.

Von allen Seiten zogen sie Hände in die Höhe, Hände, die Bree in Panik versetzten. Womöglich spielten sie mit ihr, wiegten sie in falscher Sicherheit, bevor die Schläge kämen. Ruan war ein großer und starker Mann, unter seinen Schlägen könnte sie sterben. Wat hatte es fast so weit gebracht, viele Male, und er war wesentlich kleiner.

Von wachsender Hysterie ergriffen begann sie zu schreien. Sie kratzte und trat mit all ihrer Kraft um sich, und schließlich ließen die Hände von ihr ab.

Die Männer wichen zurück.

Unbeholfen sprang Bree auf und rannte erneut auf die Tür zu. Dieses Mal stieß sie jedoch aufs Neue mit jenem harten, muskulösen Oberkörper zusammen, während ein Paar ebenso harter, muskulöser Arme sie geschickt bei den Schultern packten, aufrecht hinstellten und sie ohne jegliche Anstrengung festhielten.

Erneut begegnete sie Ruans glühendem Blick.

Ohne darüber nachzudenken, zog sie das Knie an und rammte es ihm in den Unterleib. Augenblicklich ließ er sie los und krümmte sich. Verschwommen hörte sie brüllendes Gelächter. Sie stolperte rückwärts und fiel über den Saum ihres Kleides.

Ruan sprang zu ihr. Mit erschrocken geweiteten Augen packte er sie beim Handgelenk, um sie grob in seine Arme zu reißen.

Wieder schrie sie auf, verschluckte sich fast an einem Schluchzen.

»Ich versuche, dich zu retten, Mädchen!« Scharf übertönte seine Stimme die ihre. »Du willst doch sicher nicht geröstet werden?«

Wie aufs Stichwort brachen die Scheite im Kamin hinter ihr mit einem lauten Krachen zusammen und Funken stoben in den

Raum. Die Tatsache, dass sie beinahe in die Flammen gestürzt war, schien ihr jedoch von geringer Bedeutung angesichts des dunklen Fremden, der sie nun stirnrunzelnd musterte.

Es war einfach zu viel.

Ein tiefes, gequältes Schluchzen stieg in ihr auf, drängte sich ihr über die Lippen, während sie mit ihren Fäusten gegen seine breite Brust schlug.

Leise fluchend ließ er sie los. Er trat einige Schritte zurück, und erneut wandte sie sich zur Tür.

Dieses Mal rannte sie direkt in die Arme einer grauhaarigen Frau.

»Afraig!«, schluchzte sie, hysterisch vor Erleichterung.

Dankbar warf sie die Arme um die Frau, nur um etwas verspätet zu bemerken, dass es gar nicht Afraig war. Trotzdem umarmte die Fremde Bree. Als Ruan schnell und viel auf Gälisch zu reden begann, legte die Alte Bree einen Arm um die Taille.

»Ich bin Isobel, mein Mädchen«, sagte sie und zog sie durch die Tür. »Du siehst vollkommen erschöpft aus, Liebes. Lassen wir die Männer mit ihrem Geschrei allein.«

Als Isobel sie wegführte, erklang hinter ihnen lautes Stimmengewirr. Ruan und Domnall waren über alle anderen hinweg zu vernehmen.

Die Frau brachte Bree die enge, steile Treppe eines Turms hinauf und in ein kleines, spärlich möbliertes Zimmer. Nur ein Bett und eine große Holztruhe standen darin, sonst nichts. Ein warmes Feuer flackerte im Kamin, und der Boden war mit frischem Schilf ausgelegt.

»Ach Mädchen, sie haben dir unrecht getan«, murmelte Isobel und schnalzte missbilligend mit der Zunge.

Einige junge Burschen erschienen mit einer tiefen hölzernen Wanne. Unter großer Anstrengung bugsierten sie sie zwischen das Bett und den Kamin und verschwanden, nur um kurze Zeit später mit Eimern voll heißem Wasser zurückzukommen.

»Aye«, sagte Isobel lächelnd und nickte, »ein schönes warmes Bad wird dir guttun.«

Die Liebenswürdigkeit dieser Frau war einfach zu viel. Bree brach erneut in Tränen aus.

»Von jetzt an bist du in Sicherheit, mein Mädchen«, tröstete Isobel sie und hielt sie in einer warmen, weichen Umarmung. »Du musst keine Angst haben. Einen Besseren als meinen Ruan gibt es nicht.«

Sofort versiegten die Tränen. Diese Frau war Ruans Verbündete, nicht ihre. Wie hatte sie denken können, sie sei in Sicherheit? Bree biss die Zähne zusammen. Gerade hatte sie einen Fremden geheiratet, und die Tatsache, dass sie nichts davon gewusst hatte, dass ihr Vater an ihrer Stelle das Gelübde abgelegt hatte, kümmerte diese Leute von Dunvegan offenbar nicht im Geringsten.

Isobel tätschelte ihr das Haar und trat zurück, um ihr Kleid mit kritischem Blick zu mustern. »Nein, so geht das nicht. Ich werde dir etwas Anständiges auftreiben. Nachher lasse ich dir auch noch etwas zu essen bringen, aber du badest besser, solange das Wasser noch heiß ist.«

Bestimmt scheuchte sie die Burschen aus dem Zimmer, die mit offenem Mund dastanden, und folgte ihnen mit einem mitfühlenden Lächeln in Brees Richtung, bevor sie die Tür mit einem festen Klicken hinter sich schloss.

Einige lange Minuten stand Bree schluchzend neben der Wanne, bevor die Erkenntnis zu ihr durchdrang, dass sie allein war. Augenblicklich traf sie eine Entscheidung. Sie würde verschwinden. Alles wäre besser, als hier zu bleiben, wo ihr Schicksal gewiss war.

Sie hastete zur Tür, schaute vorsichtig die enge, gewundene Treppe hinauf und hinab und verrenkte den Hals in alle Richtungen, um nach dem kleinsten Geräusch zu lauschen. Als sie nichts vernahm, griff sie mit eiskalten Fingern das Seil, das an der Mauer des Turms entlanglief, und schlich sich nach unten.

Ihre Gedanken überschlugen sich. Wasser umgab die Burg, aber nicht weit von hier war Land gewesen. Im flackernden Schein der Fackeln hatte sie bei ihrer Ankunft die formlosen

Umrisse von Bäumen und die schwarzen Schatten von Hügeln gesehen. Vielleicht könnte sie ein Boot stehlen und versuchen, sich in der Heide durchzuschlagen. Sie könnte ihren Weg zurück nach England finden, zu Afraig.

Es war ein absurder Plan, und außerdem, wie die Stimme in ihrem Inneren sie kühl informierte, lächerlich. Einmal hatte sie bereits Schottlands Wildnis durchquert. Es war eine fürchterliche Reise gewesen. Allein und zu Fuß, im nahenden Winter, wäre sie nicht zu bewältigen. Sie ignorierte die warnende innere Stimme und redete sich ein, dass alles besser war, als in Dunvegan die Frau dieses verstörenden Fremden namens Ruan zu sein.

Sie war am Fuß der Treppe, als sie plötzlich Stimmen hörte. Ihr blieb keine Zeit zu reagieren, und sie sah nicht, wie sich die Tür öffnete. Sie hörte nur den markerschütternden Aufprall, als sie mit dem Holz zusammenstieß.

Schmerz explodierte in ihrer Nase, und sie fiel, ein Klingeln in den Ohren.

»Mylady, was tut Ihr hier?«, ertönte eine entschuldigende Stimme irgendwo aus der Dunkelheit über ihr. Starke Arme zogen sie auf die Füße und glitten unter ihre Knie, hoben sie so einfach hoch, als wäre sie ein Kind.

Finger betasteten sanft ihre Nase.

»Sie ist gebrochen«, bemerkte eine tiefe Stimme unbewegt.

Es war Ruans Stimme.

»Bei allen Heiligen, sie blutet wie ein abgestochenes Schwein!«, schnaubte ihr Vater.

Irgendjemand brachte eine Fackel, und sie konnte vage den jungen Mann erkennen, der sie wieder die Treppe hinauftrug. Sein Haar war blond, seine Augen strahlend blau. Als er ihre Musterung bemerkte, lächelte er.

»Ich bin Ewan«, stellte er sich mit einem breiten Grinsen vor, »und ich bin hocherfreut, Eure Bekanntschaft zu machen, Mylady.«

Ganz aus der Nähe ertönte Domnalls laute Stimme: »Aye, Mädchen, Ewan ist ein vertrauenswürdiger junger Mann.«

Bree schluckte einen Schmerzenslaut hinunter, als Ewan sie vorsichtig aufs Bett setzte – in demselben Zimmer, aus dem sie eben geflohen war.

Isobel erschien, tastete vorsichtig Brees Nase ab und bestätigte, dass sie tatsächlich gebrochen war. Gesichter schwammen in ihr Blickfeld. Das des jungen Ewan, das ihres Vaters, noch einmal Isobels, und schließlich sah sie die Furcht einflößende Gestalt, die sie mit finsterer Miene von der Tür aus beobachtete.

Es war Ruan.

Der Blick seiner dunklen Augen brannte sich bis auf den Grund ihrer Seele, und hastig senkte sie die Wimpern, wünschte sich, er würde verschwinden.

»Ruan ist sanftmütig, Bree.« Domnall tätschelte ihr das Knie. »Das wirst du bald erkennen.«

Brees angewidertes Schnauben verwandelte sich unvermittelt in einen Schmerzenslaut. Als sie die Lider wieder öffnete, sah sie durch den Tränenschleier erneut die gewaltige Gestalt ihres Ehemannes, der noch immer am Türrahmen lehnte. Er wirkte mehr als unzufrieden und alles andere als sanftmütig, wie er da wütend mit verschränkten Armen und zusammengezogenen Brauen stand. Er war riesig. Ein Hieb von ihm wäre ihr Ende. Ihr schlug das Herz bis zum Hals.

»Sie ist ein Kind«, verkündete Ruan und sah Domnall finster an. »Sie ist zu jung, kaum älter als Merry. Was hast du getan?«

Domnall legte seinem frischgebackenen Schwiegersohn einen Arm um die Schultern. »Sie ist alt genug, um zu heiraten, Junge«, versicherte er. Seine Stimme wurde leiser, als er ins Gälische verfiel.

Bree verbarg das Gesicht in den Händen und wünschte sie alle fort. Als es endlich still wurde, hob sie vorsichtig den Kopf, um festzustellen, dass ihr Wunsch in Erfüllung gegangen war.

Sie war wieder allein.

Sofort ergriffen erneut Fluchtgedanken von ihr Besitz. Sie warf die Decke zurück, aber kaum hatten ihre Füße den Boden berührt, als Isobel mit einer dampfenden Schüssel und einem Becher eintrat.

»Lass mich noch einmal deine Nase ansehen, Mädchen«, befahl die Frau. In ihrer Stimme lag eine Mischung aus Sorge und Erheiterung. »Du beschäftigst die ganze Burg. Ruan wird mit dir alle Hände voll zu tun haben, was?«

Mit festem Griff drückte die Alte an Brees Nase herum, und Bree musste vor Schmerz würgen.

Isobel schürzte die Lippen. »Es ist kein schlimmer Bruch, aber du wirst einen üblen Bluterguss davontragen. Wir müssen nichts weiter tun als hoffen, dass es gerade verheilt. Das und eine Schüssel Milch für die Feen.« Sie stand auf und glättete ihr Kleid. Einige Sekunden starrte sie unverhohlen, bevor sie fragte: »Warum bist du dort hinuntergelaufen, Mädchen?«

Bree runzelte die Stirn und suchte nach einer passenden Antwort.

Sanft tadelnd warnte Isobel sie: »Du versuchst das besser nicht noch einmal, es ist gefährlich. Die Männer sind betrunken. Um diese Zeit würden sie nicht lange fackeln und sich nehmen, was sie wollen, ob du nun Ruans Frau bist oder nicht. Es ist für Frauen nicht sicher, hier nach Anbruch der Dunkelheit allein herumzulaufen. Dafür hat Tormod gesorgt.«

Beunruhigt erinnerte Bree sich an den kalten Mann in dem Zimmer und die Art, wie seine Blicke über sie geglitten waren. Sein Name war Tormod gewesen.

»Ruan wird ohnehin schon schwer damit beschäftigt sein, dich zu beschützen. Du solltest ihm ein wenig helfen.«

Bei diesen Worten wich Bree zurück und ihre Wut erwachte von Neuem. Soweit es sie betraf, war Ruan genau wie die anderen. Obwohl Isobel das Gegenteil zu glauben schien, nutzte sicher auch er wehrlose Frauen aus.

»Tja, nun …«, murmelte die Frau und warf ihr einen bedächtigen Blick zu. »Mein Ruan ist nicht wie die anderen, Mädchen, du wirst schon sehen.« Sie drückte ihr die warme Schüssel

Haferbrei in die Hände und fügte hinzu: »Iss am besten erst einmal. Effric braucht mich jetzt, ich muss gehen.«

Im Gehen schloss sie leise die Tür.

Nachdenklich musterte Bree erneut diesen einzigen Fluchtweg.

Kapitel 5
Die Heide

Beim Anblick seiner zerkratzten Hände runzelte Ruan die Stirn. Brees Angstschreie hallten ihm noch immer in den Ohren. Mit gepeinigter Miene griff er nach der Weinflasche und knurrte: »Du hättest es ihr sagen sollen.«

»Sie wird dir eine gute Frau sein«, wiederholte Domnall zum vierten Mal, als würde es wahr werden, wenn er es nur oft genug behauptete.

Ruan musterte ihn. Nach Dougalls vorzeitigem Tod hatte er Domnall gut kennengelernt, und er wusste, dass der Mann versuchte, eine Selbstsicherheit zu vermitteln, die er nicht fühlte. Warum hatte Domnall seine einzige verbliebene Tochter an ihn verheiratet? Wieder sah er im Geiste blitzende grüne Augen vor sich, die ihn über Hände hinweg anstarrten, die eine blutende Nase hielten. Sie war so zierlich, viel zu jung und völlig verängstigt. Die Bank senkte sich unter dem Gewicht eines Neuankömmlings, und als er aufsah, begegnete er Ewans breitem Grinsen.

Ruan stöhnte und wandte sich ab, nur um das amüsierte Gesicht seines Onkels zu sehen.

»Was soll all die Schwermut und Verzweiflung?«, fragte Robert mit vor Heiterkeit funkelnden Augen. »Wenn deine Frau jünger und hübscher ist, als du erwartet hast, und noch dazu eine MacBethad, wo ist das Problem? Tormod und Cuilen sind sich einig, dass die Verbindung noch immer gilt. Die Angelegenheit hat sich wahrlich vorteilhaft entwickelt.«

»Sie ist zu jung«, knurrte Ruan und fegte den Becher zur Seite, um direkt aus der Flasche zu trinken und Tormods kostbaren Wein wie Wasser hinunterzuschütten. Zu jung und, soweit er sich erinnern konnte, viel zu anziehend.

»Sie ist erwachsen«, widersprach Domnall, »und es ist geschehen. Es ist nicht mehr zu ändern.«

»Es gibt da noch einen … kleinen Brauch …«, schaltete Ewan sich ein und senkte anzüglich den Blick. »Die Hochzeitsna…«

Ruan fuhr herum. Abrupt wandte der junge Mann den Blick ab und starrte mit großem Interesse die Decke an. Ewan kannte ihn einfach zu gut. Er wusste um den tatsächlichen Grund für sein Entsetzen. Wusste, dass Ruan mit Frauen fertig war, mit allen von ihnen. Seit über zwei wundervoll friedlichen Jahren nichts mehr mit ihnen zu tun gehabt hatte.

Ein altes Weib als Ehefrau wäre in Ordnung gewesen, sie hätte in seine Pläne gepasst. Mit einer jungen und verführerischen Frau wollte er nichts zu tun haben. Einer, die womöglich Gefühle weckte, ohne die er besser dran war.

»Aye, die Hochzeitsnacht«, dröhnte Domnall.

Als von allen Seiten lautstarkes Räuspern ertönte, schrak Ruan aus seinen Gedanken auf. Die derben Scherze überraschten ihn. Das war kaum eine Angelegenheit, über die man Witze machte. Wie konnten sie erwarten, dass er mit einem verängstigten Mädchen die Ehe vollzog, das überraschend nach Lavendel roch? Wochenlang war sie auf dem Rücken eines Pferdes durch die Wildnis Schottlands geritten und hatte eine stürmische Schiffsreise durchgemacht. Sie war schmutzig und erschöpft. Wie konnte sie nach Lavendel riechen? Verärgert über seine abschweifenden Gedanken schnitt er eine Grimasse.

»Aye.« Domnall strahlte vor Stolz. »Du hast ungewöhnlich großes Glück. Bree ist etwas Besonderes. Kühn, stark und hübsch, so, wie es sich gehört für eine Tochter von mir.«

Ruan schnaubte und schlug mit der Faust auf den Tisch, dass die Becher schepperten. Mit finsterem Blick erhob er die Stimme. »Viel kannst du nicht von ihr halten, wenn du sie mit einem MacLeod verheiratest.«

Langsam erhob sich Domnall und stützte beide Hände in weitem Abstand auf den Tisch. »An zweiter Stelle bin ich stolz auf meine Menschenkenntnis«, verkündete er mit ruhiger, aber bestimmter Stimme. »An erster Stelle jedoch darauf, wie ich in den wenigen Situationen, in denen meine Menschenkenntnis mich täuscht, Rache nehme.«

Ruan hielt seinem Blick stand.

»Du magst größer sein als ich, Junge, aber zeig mir, dass ich mich geirrt habe, und du lernst eine andere Seite von Domnall kennen. Eine, die nur wenige überlebt haben, um davon zu berichten.«

Die Anspannung im Raum war beinahe greifbar, bevor sich Domnalls Mund zu einem Lächeln verzog. »Auch wenn du ein MacLeod bist, hältst du nichts davon, Gewalt gegen Frauen zu üben, Junge. Ich weiß das sehr wohl, oder ich hätte dir nicht mein einziges noch lebendes Kind anvertraut. Das Mädchen bedeutet mir etwas. Ob sie das auch glaubt, ist eine andere Sache.«

Ruan spannte den Kiefer an. In der Tat, Domnalls Tochter verdiente einen weit besseren Ehemann. Warum war der Mann so blind? Ruan hatte einer richtigen Ehefrau nichts zu bieten. Wütend schob er den Wein zur Seite und griff nach dem Whisky. Ja, auch Whisky war eine Sünde seiner Vergangenheit gewesen, die er vor langer Zeit aufgegeben hatte. Er runzelte die Stirn. Wollte er wirklich wieder damit anfangen?

Von mehreren Seiten ertönte erheitertes Schnauben, gefolgt von Domnalls unverhohlenem Gelächter.

»Macht es dich etwa nervös?«, stichelte Ewan. »Der Gedanke … mit deiner Braut zu schlafen?«

Ruan zuckte zusammen und packte die Flasche fester.

»Du kommst schon zurecht«, tröstete ihn Domnall und schüttelte sich dann in gespielter Abscheu. »Aislin war ein erbärmlicher Anblick und hatte noch weniger Verstand. Sie war wirklich fetter als ein Ochse.«

»Man sollte nicht schlecht über die Toten reden«, tadelte Robert sanft.

»Aye«, stimmte Domnall zu. Ungerührt zuckte er mit den Schultern, deutete dann aber entschuldigend auf die leere Flasche. »Wein löst einem die Zunge mehr, als gut ist.«

Ruan wischte sich mit dem Unterarm die Stirn. Er hatte nicht vor, mit irgendjemandem zu schlafen. Sein jugendlicher Leichtsinn hatte viele unerfreuliche Folgen gehabt. Er nahm einen weiteren Schluck Whisky und wusste tief innerlich: Sollte je eine anständige Frau von seiner Vergangenheit erfahren, würde sie davonlaufen, so schnell sie konnte. Und er könnte es ihr keineswegs verübeln. Nein, im Augenblick war sein Leben herrlich einfach, friedlich und angenehm, unbehelligt von intriganten Frauen. Dabei wollte er es belassen.

Robert legte ihm eine Hand auf den Arm und warnte: »Vorsichtig, Junge. In deiner Hochzeitsnacht solltest du nicht betrunken sein. Frauen erinnern sich an derlei Dinge eine lange Zeit.«

»Ich werde sie nicht anrühren«, schnaubte Ruan, und sein Stirnrunzeln vertiefte sich. Der Gedanke an diese bemerkenswerten grünen Augen, eingerahmt von rußschwarzen Wimpern, entfachte ein angenehmes Prickeln in ihm. Er verzog das Gesicht, hoffte, dass er nur betrunken war. Was auch immer der Grund war, eine Sache wusste er mit Bestimmtheit: Er musste sich von ihr fernhalten, sodass er nicht sehen und herausfinden könnte, was da außer den erstaunlich grünen Augen noch war.

»Ach komm, es gibt keinen Grund, dich zu fürchten. Das Einzige, woran du denken musst, ist, dass nur der ein wahrhaft starker Mann ist, der seiner Frau Zärtlichkeit zeigen kann.«

Plötzlich zerrte Domnalls kontinuierliche Berieselung mit väterlichen Ratschlägen an Ruans Nerven. Glücklicherweise stieß in diesem Moment Isobel die Tür auf und rauschte in den Raum.

»Wo ist deine Braut, Ruan?«

»Was meinst du damit, Frau?« Abrupt stand Domnall auf.

»Nur für einen Moment habe ich sie allein gelassen, aber nun ist sie weg«, erwiderte Isobel aufgewühlt. »Ich kann sie nicht finden, und ich habe jeden Winkel abgesucht.«

Domnall fluchte.

***

Sich aus der Burg zu schleichen war einfach gewesen.

Wenn sie für den Abend mit ihren Aufgaben fertig waren, gingen die Bediensteten zu einem Boot, das sie in ein Dorf brachte, welches kaum einen Steinwurf entfernt war.

Bree hatte sich einfach eingereiht.

Die Frauen stellten keine Fragen. Vielleicht waren sie zu müde, oder es kümmerte sie einfach nicht. Eine nach der anderen schlurften sie ins Boot, an einem reichlich betrunkenen Jungen vorbei, der ein Ruder wie eine Laute anschlug und laut sang. Jeder Frau verpasste er, wenn sie an ihm vorbei an Bord ging, einen festen Kniff.

Bree verzog das Gesicht, erduldete die Erniedrigung aber schweigend.

Schließlich saßen alle, der Junge senkte die Riemen ins Wasser und ruderte sie die kurze Strecke zum Dorf. Als der Boden des Bootes laut über die Steine in Ufernähe kratzte, stiegen die Frauen aus.

»Irgendwann ertränkst du uns noch mal, Ian«, beschwerte sich eine.

»Na komm, gib mir einen Kuss, Liebste«, lallte Ian mit einem schiefen Grinsen, und es schien ihn nicht im Geringsten zu kümmern, dass die meisten viel älter waren als er.

»Pah«, schnaubte sie angewidert und ließ den Burschen stehen. Bree folgte den Frauen vorsichtig und tat ihr Bestes, so auszusehen, als hätte sie das alles schon tausendmal getan.

Als sie ihren Fuß über die Kante hob, schlug Ian ihr kräftig auf den Hintern.

Sie schrie auf, verlor das Gleichgewicht und fiel beinahe zurück in seine Arme.

Er grölte.

Von den anderen erklang vereinzeltes Gelächter, und zum ersten Mal sahen sie mehrere interessierte Augenpaare neugierig an. Laut schlug ihr das Herz in den Ohren, als sie sich den Plaid über den Kopf zog und zielgerichteten Schrittes durch das Dorf marschierte.

Glücklicherweise folgte ihr niemand.

Binnen weniger Minuten hatte sie das letzte Gebäude hinter sich gelassen und war allein.

Sie war frei.

Frei!

Ein Anflug von Angst überkam sie.

Sie straffte die Schultern und hielt sich daran fest, dass sie frei war.

Es war stockfinster. Dichte Wolken verdeckten den Mond. Unbarmherzig wehte der Wind, ging durch Mark und Bein. Sie ignorierte das Gefühl nahenden Unheils, stolperte voran und fiel, landete bäuchlings im Schlamm.

Es begann zu regnen.

Ein Windstoß riss ihr den Plaid vom Kopf.

Bree rappelte sich wieder auf und zwang sich entschlossen vorwärts, obwohl sie nichts sehen konnte. Innerhalb von Minuten versank sie bis zu den Knien in eisigem Wasser. Heidekraut zerkratzte ihr die Knöchel.

Sie unterdrückte ein Schluchzen.

In der Nähe rieben die Äste der verwachsenen Bäume aneinander und knarrten unheimlich. Das Geräusch jagte ihr einen Schauer über den Rücken.

In ihrem panischen Zustand hatte sie nicht daran gedacht, sich etwas zu essen mitzunehmen. Sie war erst eine Stunde unterwegs und ihr Rock war bereits durchtränkt. Ihr schmerzte die Nase, und beide Füße waren taub. Wie sollte sie eine solche Reise überleben? Zweifel begannen an ihr zu nagen. Sie straffte die Schultern, befreite sich erneut vom Schlamm und stolperte weiter.

Mit dem Voranschreiten der Nacht wurde es nur noch schlimmer. Jeder Windstoß fuhr durch ihre nassen Kleider und brannte wie Feuer auf ihrer Haut. Ihre Kehle war ganz wund, und ihre geröteten Finger schmerzten und reagierten jedes Mal langsamer, wenn sie den feuchten Plaid wieder enger um sich zog.

Das alles war es wert. Sie war frei. Sie würde zu Afraig zurückkehren.

Benommen runzelte sie die Stirn. Afraig hatte sie nach Schottland geschickt, wissend, dass Domnall sie mit Ruan verheiraten würde, sie in dieser sturmgepeitschte Hölle gefangen halten würde. Ihr Stirnrunzeln vertiefte sich. Sie schob den Gedanken an Afraig zur Seite und konzentrierte sich stattdessen auf die Lichtung zwischen den Bäumen vor ihr. Dort wurde der Himmel heller, kündigte den nahenden Tagesanbruch an.

Ihr Magen knurrte. Bald würde sie sich um Essen kümmern müssen, überlegte sie, doch dann verfing sie sich in ihren Röcken, stürzte erneut und landete im eisigen schwarzen Schlamm. Sie spürte noch mehr Wasser in ihre Schuhe dringen. Dieses Mal schien es fast warm. Was würde geschehen, wenn sie es durch irgendein Wunder tatsächlich nach Thurston Hall schaffte? Würde Afraig sie warm einpacken und zurückschicken? Würde sie, Gott behüte, der Ehe mit Raph zustimmen?

Getrieben von Furcht zwang sie sich vorwärts, allerdings plagten sie mehr und mehr Zweifel.

Sie zitterte.

Nie zuvor hatte sie so gefroren oder, wenn sie ehrlich war, solche Angst gehabt und solche Verwirrung verspürt. Schließlich stolperte sie auf eine kleine Lichtung und spähte in die schwindende Dunkelheit.

Ihr Herz setzte aus.

Nicht weit vor ihr schimmerte Dunvegan durch den Regen, mit seinem glitzernden Dorf am Ufer.

Verzweifelt schluchzte sie auf.

Sie würde auf dieser Heide sterben, und Krähen und andere wilde Tiere würden an ihren Knochen nagen. Eine Zeit lang kauerte sie elendig, wo sie war, während der Wind nur noch rauer blies. Als die Sonne aufging, quälte Bree sich schließlich auf die Füße und stolperte zurück in die düstere Heidelandschaft.

Wie in einem Nebel zog der Tag an ihr vorüber. Am trüben Himmel über ihr kreisten und schrien die Möwen. Sie konnte nicht mehr zählen, wie oft sie fiel und die Hügel hinabrutschte, um als klägliches Häuflein an ihrem Fuß zu landen. Mehrere Male hörte sie Hufschläge, doch immer bewegten sie sich an ihr vorbei und ließen sie mit der Frage zurück, ob es nur ein Traum gewesen war.

Als sie sich endlich eine Rast erlaubte, fiel sie in einen unruhigen Schlaf. Beim Aufwachen sah sie die Sonne im Westen untergehen. Sie wusste nicht, wo der Tag geblieben war. Ihre Hände waren rau und bluteten. Ihre Füße konnte sie nicht mehr spüren.

Sie würde sterben.

Zu sterben war viel schwieriger, als sie es sich vorgestellt hatte. Warum war sie davongelaufen? Sicher war es besser, Ruans Frau zu sein, was auch immer der Mann zu tun beschließen würde, als in der kalten Dunkelheit der Heide zu erfrieren. Bei diesem Gedanken begann sie zu schluchzen. Sie war ein Feigling. Mittlerweile wäre sie bereitwillig jedermanns Frau geworden, vielleicht sogar die von Wats Onkel, wenn nur die Schmerzen in ihren Ohren, ihrem Hals, den Händen und den Füßen weggingen.

Schluchzend über ihre Willenlosigkeit kauerte sie im schwarzen Schlamm, zu erschöpft, um sich zu bewegen.

Kapitel 6
Frauen

Die Hunde bellten, und Ruan trieb sein Pferd zum Galopp, Domnall dicht hinter ihm. Gemeinsam mit vielen anderen hatten sie die Nacht und den größten Teil des Tages damit verbracht, nach Bree zu suchen. Am Anfang war es ihm schwergefallen, sich auf dem Pferd zu halten. Wein und Whisky hatten ihren Tribut gefordert. Aber der bitterkalte Wind hatte seinen Verstand bald geschärft.

Auf der Hügelkuppe zog er die Zügel an und beobachtete, wie die Hunde am Fuß der Erhebung herumstreiften. Wahrscheinlich wieder ein Fehlalarm. An seiner Seite hielt auch Domnall. Das Gesicht des Mannes war grau vor Sorge. Die Nacht brach an, und sie wussten beide, wenn Bree keinen Unterschlupf gefunden hatte, würde sie nicht überleben.

»Wir werden sie finden«, wiederholte Domnall bestimmt.

Ruan presste die Lippen zu einer schmalen Linie zusammen. Die ganze Nacht und den gesamten Tag über hatte Domnall nichts anderes von sich gegeben.

»Ja, nun, es ist kein Wunder, dass sie davongelaufen ist«, warf der andere Mann ihm plötzlich vor. »Du machst nicht gerade einen einladenden Eindruck mit der finsteren Miene, die du immer aufsetzt.«

Ruan runzelte die Stirn. Domnalls Worte machten ihn wütend. »Ach? Und was ist mit dir? Sie mit einem Fremden zu verheiraten, ohne dem armen Mädchen auch nur ein Wort davon zu sagen.« Domnall war einfach besorgt, und Ruan war müde. Er wusste, dass es keinen Sinn hatte, aber es tat trotzdem gut zu schreien.

»Bei allen Heiligen, wenn du sie nicht zu Tode geängstigt hättest, wäre sie nicht davongelaufen!«, brüllte Domnall.

»Ihr eigener Vater hat sie hintergangen, nicht ich!«, donnerte Ruan. Vor seinem inneren Auge sah er das zarte Mädchen vor sich stehen, wild dreinblickend und mit bebenden Lippen, während eine Flut an Flüchen aus ihr herausbrach. Die meisten im Raum hatten nicht genug Englisch verstanden, um zu wissen, was sie gesagt hatte, aber er schon. Er lächelte ein wenig. Sie war etwas Besonderes, hatte sich gegen ihren Vater behauptet und war dann mutig in die Wildnis Skyes gegangen, hinaus in die beinahe sicheren Tod. Der Gedanke, dass sie lieber sterben würde, als mit ihm verheiratet zu sein, war jedoch ernüchternd.

Er zog die Brauen finster zusammen.

Domnall wütete noch immer: »… deine verdrehte Seele! Als ihr Ehemann bist du dazu verpflichtet, das Mädchen zu beschützen, Junge, und bisher hast du dabei kläglich versagt!«

Wie von selbst schnellte Ruans Kopf herum. Gerade öffnete er den Mund, um etwas zu erwidern, als Ewan und einige andere in einem Donnerhall von Hufschlägen und aufspritzendem Matsch ankamen.

»Die Hunde haben etwas gefunden«, unterbrach Ewan den Streit und zeigte nach unten.

Am Fuß des Hügels standen die Tiere versammelt und scharrten an einem kümmerlichen Häuflein inmitten des toten Heidekrauts und spröder Farnhalme herum. Ohne ein Wort wandten sie alle gleichzeitig ihre Pferde und galoppierten den Abhang hinab.

Ruan erreichte sie als Erster.

Sie reagierte nicht, hatte sich zu einem zitternden Häuflein Elend zusammengekauert. Ihre Haut fühlte sich kalt an. Er richtete sie auf und stützte sie gegen sein Knie, und ihre Lider flatterten.

»Lebt sie?«, krächzte Domnall, seine Stimme vor Sorge angespannt. Er war auf seinem Pferd geblieben und umklammerte den Sattelknauf.

Ewan warf Ruan eine Flasche Whisky zu, die er ohne viel Federlesens zwischen ihre geschwollenen Lippen zwängte.

Nach einem angespannten Moment des Wartens hustete sie.

Domnall brach in eine laute Mischung aus Segen und Flüchen aus, begleitet von einer geharnischten Gardinenpredigt, die sowohl an Ruan als auch an seine eigensinnige Tochter gerichtet war.

Sie stöhnte.

»Wir sollten sie zurück nach Dunvegan bringen … und zwar schnell«, murmelte Ewan besorgt.

»Ja«, stimmte Ruan zu und sah auf die geschwollene Nase und die rissigen Lippen in ihrem weißen Gesicht hinab. In der letzten Nacht war er viel zu betrunken gewesen, um sich an mehr als ein Paar blitzender grüner Augen und braune Locken zu erinnern. Nun blieben diese Augen geschlossen, und die Locken waren mit Schlamm verkrustet. Ihn überkamen Schuldgefühle. Domnall hatte recht. Er hatte das arme Mädchen zu Tode erschreckt. Es war kein Wunder, dass sie davongelaufen war.

Behutsam schob er einen Arm unter ihre Knie und machte sich daran, sie auf sein Pferd zu heben. Bei seiner Berührung öffnete Bree die Augen. Mit überraschender Kraft schlug sie um sich, und er verlor das Gleichgewicht, ließ sie fluchend fallen. Es gelang ihr, ein paar Schritte zu rennen, bevor sie erneut zu Boden sank.

Domnalls Stimme erklang, voller Stolz doch mit unterschwelliger Sorge: »Aye, sie ist wahrhaftig eine MacBethad, ein starkes Mädchen. Komm, Ewan, ich brauche ein Feuer und Ale … Lassen wir den Mann mit seiner Frau allein.«

Seiner Frau. Ruan verzog das Gesicht. Selbst das Wort zu denken war schon unangenehm. Zu seinem Entsetzen schwang Ewan sich auf sein Pferd.

»Aye«, stimmte der Blondschopf zu, »und ich habe ein Wörtchen mit dem Zwingermeister zu reden. Ich habe noch nie so schlecht ausgebildete Tiere gesehen!«

Ruan öffnete den Mund, um zu protestieren, aber Domnall, Ewan und die anderen waren bereits mit knarzendem Leder und klirrenden Zaumzeug auf dem Weg den Hügel hinauf und ließen ihn mit Bree allein. Nervös räusperte er sich und war unerwartet sprachlos.

Minuten verstrichen. Sie blieb, wo sie war, den Kopf unter ihren Armen verborgen im Schlamm kauernd.

Er begann sich zu fragen, ob sie noch lebte, und berührte sie vorsichtig mit dem Finger an der Schulter. Erschrocken schnappte sie nach Luft, verkroch sich noch tiefer in den Schlamm und hob die Arme, um ihren Hinterkopf zu bedecken.

Ruan blinzelte und begriff, was die Geste bedeutete. Unzählige Male hatte er seine Mutter auf die gleiche Weise vor seinem Vater kauern sehen. Wie konnte das Mädchen nur glauben, er würde eine Frau schlagen, noch dazu eine in ihrem bedenklichen Zustand? Tief getroffen, dass sie so etwas von ihm denken konnte, sagte er: »Hoch mit dir. Ich brauche auch ein Feuer und Ale.«

Zu spät bereute er seinen rauen Ton und seine Worte. Er hätte nicht überrascht sein dürfen, dass sie sofort in Tränen ausbrach und sich noch weiter von ihm zurückzog, doch er war es.

Überfordert brach er in eine Flut von Flüchen aus, die alle den kleiner werdenden Silhouetten von Domnall und seinen Leuten galten. Warum hatten sie ihn mit dieser verängstigten Frau zurückgelassen? Wahrscheinlich würde sie von seinem bloßen Anblick vor Angst sterben. Stirnrunzelnd griff er nach ihr, um ihr aufzuhelfen, doch sie schrie wie am Spieß und versuchte, davonzukriechen, hilflos zappelnd wie ein Fisch im Todeskampf.

Entmutigt trat Ruan einen Schritt zurück.

Sie war am Rande der Hysterie. Um ehrlich zu sein, war er es ebenfalls. Mehrmals brüllte er laut, rief nach Domnall oder überhaupt irgendjemandem. Entweder ignorierten sie ihn mit voller Absicht, oder sie waren zu weit weg, um sein Flehen zu hören.

Er schluckte ein Knurren hinunter und traf eine Entscheidung. Es war offensichtlich, dass Worte zu diesem Zeitpunkt nutzlos waren. Die Sonne sank schnell, und heulen konnte das Mädchen genauso gut auf Dunvegan. Er musste nicht im bitterkalten Wind stehen, wenn er es auch warm und trocken haben konnte. Kurzerhand zog er sie auf die Füße und warf sie sich mühelos über die Schulter. Er tat sein Bestes, das panische Schluchzen zu ignorieren, und ging zu seinem Pferd. Er musste sie zurück nach Dunvegan und aus ihren nassen Sachen bekommen, bevor sie krank wurde oder vor Angst starb.

Mit zusammengebissenen Zähnen hob er sie in den Sattel. Frauen.

Die Zeit hatte zweifelsfrei bewiesen, dass er sie nie verstanden hatte, und diese würde die Schlimmste von allen werden. In weniger als zwei Tagen hatte sie bereits mehr Ärger gemacht, als ihr rechtmäßig zustand.

Als er hinter ihr aufsaß, begann sie zu beben, sodass ihr die Zähne klapperten. Trotzdem widersetzte sie sich beherzt seinen Versuchen, sie in seinen Plaid zu wickeln. Insgeheim bewunderte er ihre Sturheit und Willensstärke. Nach wenigen Augenblicken jedoch sank sie entkräftet gegen seine Brust, zitterte wie Espenlaub und gestattete ihm, sie warm einzuwickeln.

Voller Mitleid für sie trieb er sein Pferd an. Domnall und die anderen waren bereits in der hereinbrechenden Dunkelheit verschwunden. Mit finsterer Miene wünschte er, sie hätten gewartet, aber Dunvegan war nicht weit von hier. Auf der Kuppe des nächsten Hügels hielt er an und goss ihr einen weiteren Schuss Whisky zwischen die klappernden Zähne.

Kraftlos versuchte sie, ihn abzuwehren, und er musste lächeln. Ihre Willensstärke war beeindruckend. Vergebens suchte er nach beruhigenden Worten, da ihm jedoch keine einfielen, zwängte er stattdessen mehr Whisky über ihre Lippen. Sie spuckte und schob die Flasche weg, schnappte wimmernd nach Luft. Zu spät erkannte er, dass er sie fast ertränkt hatte.

Frustriert schob er die Flasche in seinen Gürtel. Warum hatte Domnall ihn mit seiner kostbaren Tochter allein gelassen? Und warum hatte ihn ausgerechnet Ewan ebenfalls verlassen? Er hatte so viel für den Jungen getan. Das war ein schlechter Lohn für seine Mühen.

Der Wind peitschte über die Heide, ihm war kalt bis auf die Knochen, und Bree begann erneut, unkontrolliert zu zittern. Mit einem leisen Befehl trieb er sein Pferd zum Galopp. Mit starrem Blick konzentrierte er sich nur darauf, Dunvegan zu erreichen, während er sein Bestes tat, die Panik der Frau, die nun seine Ehefrau war, zu ignorieren. Zu seiner großen Erleichterung fiel sie bald in einen whiskygetränkten Schlaf, und den Rest der kurzen Strecke legte er schweigend zurück.

Das Abendessen war lange vorbei, aber die meisten tranken noch, als er in die Große Halle von Dunvegan marschierte, Bree wie einen Sack Mehl über seine Schulter geworfen.

Langsam stand Tormod auf und betrachtete die schlammbedeckte Gestalt. »Wenn du sie nicht für ihr Weglaufen verprügelst«, erklärte er schleppend, »werde ich es tun.«

In der folgenden anhaltenden Stille spürte Ruan, wie seine Oberlippe zuckte. Er war erschöpft, ausgekühlt und entnervt, hatte wenig Geduld. Ihm war nicht entgangen, wie Tormods Blicke am Abend zuvor über Brees Körper geglitten waren. Anzügliche, offenkundig lüsterne Blicke. Niemandem war es entgangen. Beinahe fauchend erwiderte er: »Niemand … Niemand rührt meine Frau an, vor allem du nicht.«

Die Ader an Tormods Schläfe begann zu pulsieren.

»Nun«, schaltete sich Domnall ein und räusperte sich. Er erhob sich und fuhr fort: »Das Mädchen wusste nicht, dass sie heiraten sollte. Sie wird keinen weiteren Ärger machen. Sie lebt sich schon ein.«

»Aye«, stimmte Cuilen zu, obwohl seinem Gesicht die Zweifel anzusehen waren.

»Schaff sie am besten ins Bett, Junge, bevor sie sich eine Erkältung holt«, befahl Domnall und schickte sich an, ihn zu begleiten.

»Genau … ins Bett«, ertönte ein lautes Flüstern hinter ihm.

Aufgebracht wirbelte Ruan herum, um nach dem Übeltäter zu suchen, sah jedoch nur ernsthafte Gesichter, wenn auch mit belustigt funkelnden Augen. Noch lauter fluchend marschierte er mit Bree auf der Schulter durch die Halle und brüllte nach Isobel. Er stürmte die Treppe hinauf zu seiner neu zugewiesenen Kammer. Mit einem heftigen Tritt stieß er die Tür auf, dass sie gegen die Wand krachte. Mit wenigen großen Schritten hatte er die Entfernung zum Bett zurückgelegt und ließ Bree kurzerhand darauf fallen.

Sie war schrecklich blass, ihre Nase dagegen geschwollen und violett. Zuerst blinzelte sie verwirrt, doch als sie ihn erkannte, begann sie, wie wild um sich zu treten und zu schlagen. Diesmal umfing er ihre Handgelenke mühelos, aber behutsam, erfüllt von Schuldgefühlen für die Art und Weise, wie er sie auf das Bett geworfen hatte. Er hatte sich herzlos verhalten. Verlegen tätschelte er ihr unbeholfen die Schulter.

Namenloses Entsetzen huschte über ihre Züge.

Ruan öffnete gerade den Mund, um ihr zu versichern, dass er ihr kein Leid zufügen wollte, als das Geräusch von Schritten hinter ihm ihn herumfahren ließ. An der Tür stand Domnall. Der Schatten eines Lächelns umspielte die Lippen des Älteren, während Ewan über seine Schulter spähte. Was sie so amüsant fanden, konnte Ruan sich beim besten Willen nicht vorstellen.

Er verbarg sein Unbehagen und knurrte: »Nun? Was starrt ihr denn so an?«

»Es gibt keinen Grund, wie ein Ochse zu blöken!« Ein Anflug von Erheiterung färbte Domnalls Stimme, als er ins Zimmer trat.

Weitere Worte wurden nicht gewechselt, weil Isobel kopfschüttelnd eintrat. Sie legte Bree eine mollige Hand an die Stirn und schnalzte mit der Zunge: »Na, mein Mädchen, da hast du dir aber einigen Ärger eingebrockt, was? Du wirst Fieber bekommen, wenigstens würde mich das nicht überraschen.«

»Sie ist stark. Sie ist eine MacBethad und …«, setzte Domnall aufs Neue an.

Verärgert über sein immer gleiches Geschwätz schnaubte Ruan und griff nach seiner Whiskyflasche. Wenn er krank war, half ihm Whisky immer – und wenn nicht als Stärkung, so doch, um die Zeit in einem angenehmen Dunstschleier zu verbringen, bis sein Körper sich erholte. Er ignorierte Isobels Protest und zwang mehr von der Flüssigkeit Brees Kehle hinab.

Sie spuckte und schnappte nach Luft und wurde wieder munter genug, um ihn mit einem Blitzen ihrer grünen Augen zu belohnen. Die Intensität der Gefühle, die sich darin widerspiegelten, war betörend. Fasziniert brachte er die Flasche ein weiteres Mal an ihre Lippen, nur um zu sehen, ob sie es noch einmal tun würde. Sie warf ihm einen tödlichen Blick zu, als sie ihm die Flasche entriss und sie mit aller Kraft von sich schleuderte.

Er duckte sich, jedoch nicht, bevor sie seine Wange streifte.

Ja, das Mädchen hatte in der Tat Temperament.

Er musste lachen.

»Da hast du jemanden getroffen, der dir gewachsen ist, mein Junge.« In Domnalls Stimme schwang ein Anflug von Belustigung mit.

Ruan verspannte sich. Es überraschte ihn, dass er die Anwesenheit der anderen vergessen hatte. Hastig trat er zurück, und seine Miene verfinsterte sich erneut.

Bree bemühte sich, sich aufzusetzen, und gab sich schließlich damit zufrieden, sich auf die Ellbogen zu stützen. Sie sah ihren Vater an und schleuderte ihm mit rauer Stimme entgegen: »Du hast geschworen, mich zu beschützen!« Ihre Worte waren kaum hörbar, aber die Verzweiflung in ihrem Ton war herzzerreißend.

»Das habe ich, mein Mädchen«, erwiderte Domnall ruhig und beugte sich vor, um ihr liebevoll die Finger zu drücken. »Ich habe einen starken Mann für dich gefunden, einen, der dich verteidigen und dir den Bauch mit Essen und Kindern füllen wird. Besser kann ein Vater seine Tochter nicht beschützen.«

Kinder. Wie geohrfeigt zuckte Ruan zusammen. Ehefrau. Entnervt suchte er in den Binsen nach seiner Whiskyflasche, und es gelang ihm, den Rest vor dem Auslaufen zu bewahren. Ehefrau. So war das nicht geplant gewesen. Er hatte vorgehabt, Aislin zu ignorieren. Mit einer richtigen Frau wollte er nichts zu tun haben. Davon abgesehen, welche anständige Frau würde irgendetwas mit ihm zu tun haben wollen?

Er wischte sich den Mund am Ärmel ab und schwankte zur Tür, nur um festzustellen, dass ihm der Weg von einigen jungen Männern versperrt wurde, die die hölzerne Wanne und Eimer mit heißem Wasser brachten.

»Ich brauche dich hier.« Isobel schob ihn zurück, während sie Ewan aus der Tür scheuchte. »Mach dich nützlich, Junge, und sieh nach Merry. Sie wird wissen wollen, dass Ruan zurück ist.«

Abwehrend schüttelte Ruan den Kopf. Er würde selbst zu Merry gehen, doch ein wütender Ausbruch vom Bett her zog seine Aufmerksamkeit auf sich. Auf wackligen Beinen stand Bree da, weniger als eine Armeslänge entfernt.

»Vater?«, krächzte sie voller entrüsteter Abscheu. »Vater? Afraig hat immer gesagt, sie weiß nicht, wer es ist!«

Dann nahm sie Ruan den Whisky aus der Hand und legte den Kopf in den Nacken, um einen großen Schluck zu trinken.

Domnalls Gesicht verzog sich zu einem breiten Grinsen. »Aye, und das ist der einzige Beweis, den ich brauche, mein Mädchen. Mit deinen Augen, deinem Temperament und der Art, wie du diesen Whisky hinunterschüttest, kann ich schwerlich abstreiten, dein Vater zu sein«, schnaubte er.

Bree schnaubte auf die gleiche Art, wie Domnall es gerade getan hatte, und verfiel dann in einen Hustenanfall, der sie merklich ins Schwanken brachte.

»Sie fällt gleich«, bemerkte Domnall gelassen und machte keinerlei Anstalten, ihr zu helfen.

Und das wäre sie auch, hätte Ruan sie nicht gefangen. Gequält sah er Domnall an. Es gefiel ihm gar nicht, wie sich dieser weiche weibliche Körper an den seinen presste. Er brauchte kein grünäugiges Mädchen … und besonders nicht Domnalls Tochter, die Gefühle in ihm erweckte, die besser hätten ruhen sollen. Das arme Mädchen verdiente einen anständigen Mann, einen ohne skandalös verkommene Vergangenheit.

Er verzog das Gesicht und fragte sich, ob er sich die Torheiten seiner Jugend jemals verzeihen würde – und warum er jetzt aufs Neue diesen lang vergessenen Pfad beschritt.

Er runzelte die Stirn, als ihm plötzlich bewusst wurde, dass er sich immer wieder in Erinnerung rufen musste, dass er von Frauen genug hatte.

Im nächsten Moment fiel ihm auf, dass er sie noch immer festhielt, und scheinbar im gleichen Augenblick dämmerte die Erkenntnis auf ihrem Gesicht.

Erneut stürzte sich Bree in den Kampf, schlug ihm in den Bauch und zerkratzte ihm die Haut mit ihren Fingernägeln.

»Halt still, du kleiner Satansbraten!«, brüllte Ruan und hielt ihr die Handgelenke hinter dem Rücken fest.

Eine Sekunde lang glaubte er, sie würde sich übergeben. Ihre käsige Haut schien fast gelb, Nase und Wangen wiesen violette und schwarze Verfärbungen auf. Mit ihm verheiratet zu sein hatte ihr nicht gutgetan. Innerhalb von zwei Tagen hatte sie sich von einem Mädchen mit strahlend grünen Augen in ein halb ertränktes, unterernährtes Hühnchen verwandelt. Als ihr Fuß sein Schienbein traf, zuckte er zusammen und korrigierte sich in Gedanken sofort: ein bösartiges halb ertränktes, unterernährtes Hühnchen.

Ein weiterer wohlplatzierter Tritt entlockte ihm eine neue Flut an Flüchen, doch als ihre Tränen zu fließen begannen, echte Tränen, schwand seine Verärgerung. Nichts machte ihn so hilflos wie Frauentränen. Eine rann über ihre Wange. Erfasst von einer Woge des Mitleids wischte er sie sanft mit dem Daumen fort.

Bree schluckte und runzelte die Stirn auf eine Weise, die er nicht einordnen konnte.

Einige lange Augenblicke starrten sie sich wortlos an. Schließlich öffneten sich ihre Lippen. Mit kläglich brechender Stimme erklärte sie: »Ich werde niemanden heiraten!«

Ruan sah in die strahlenden Augen hinab, in denen die Tränen schwammen, und seufzte: »Tja, dafür ist es jetzt ein bisschen zu spät, Mädchen.«

Es sollte tröstend sein, so hatte er zumindest gedacht, aber seine Antwort schien ihren Widerstand nur zu erneuern. Sie ballte die Hände zu Fäusten und schlug auf seine Brust ein, wenn auch mehr aus Frustration als irgendetwas sonst. Trotz seiner größten Bemühungen musste er lächeln. Bis zum letzten Atemzug zu kämpfen war etwas, das er verstehen konnte, selbst in einem hoffnungslosen Fall wie diesem. Seine Lippen zuckten, als er mit Leichtigkeit erneut ihre Handgelenke in einer Hand einfing. Sie hatte ungewöhnlich kleine Hände, perfekt geformt.

Abrupt riss sie sich aus seinem Griff los. Überrascht begegnete er erneut ihrem Blick.

»Wenn du mich anrührst, bist du tot.« Ihre gelallte Drohung endete in einem Schluckauf und ließ sie alles andere als bedrohlich klingen.

Er roch den Whisky in ihrem Atem.

Sein Lächeln wurde breiter.

Einen Moment tasteten ihre Hände in der Nähe seines Gürtels herum, bevor sie sich um das Heft seines Schwertes schlossen. Mit grimmiger Miene versuchte sie, ihn einzuschüchtern. »Ich schneide dir deine Männlichkeit ab, während du schläfst!« Um ihre Behauptung zu bekräftigen, zog sie mehrmals an der Waffe.

Beim dritten Versuch löste sich das Schwert beinahe einen Zentimeter aus der Scheide.

»Aye«, lachte Ruan geradeheraus, während ein anzügliches Lächeln um seinen Mund spielte, »aber dafür würdest du ein noch größeres Schwert brauchen. Wenn du nicht einmal dieses hier hochheben kannst, hast du nicht die geringste Chance.«

Sachte legte er seine Hand über die ihre. Nicht zur Abschreckung, sondern nur um noch einmal zu sehen, wie ihre Augen trotzig aufblitzten.

Wie erwartet taten sie das, und er spürte, wie ihm ein unerwartetes Prickeln des Verlangens überlief. Schockiert schnappte er nach Luft. Was war nur mit ihm los? Hatte er sich die Gegenwart einer Frau so lange versagt, dass alles eine Verlockung war? In ihrer körperlichen Verfassung konnte sie ihn wohl kaum reizen, und ehrlich gesagt roch sie wie ein Misthaufen.

Warum war er überhaupt noch hier? Er sollte gehen. Erschüttert löste er ihre Finger von seiner Brust und schob sie von sich, als wäre sie giftig. Dabei fiel er fast in die Wanne. Fluchend erlangte er sein Gleichgewicht wieder und schüttelte die Hände aus, als wollte er sich von ihrer Berührung befreien. Ja, je weniger er von dieser speziellen Frau sah, umso besser. Sie war beunruhigend.

Er strich seinen Plaid glatt und schickte sich an zu gehen.

In der Tür standen Seite an Seite Domnall und Isobel, beide schweigend und lächelnd.

Ertappt errötete er. Schon wieder hatte er ihre Anwesenheit vergessen. Er fühlte sich merkwürdig entblößt, doch Isobel erlaubte ihm nicht, sich damit aufzuhalten.

»Ich brauche dich jetzt, mein Junge«, erklärte sie und eilte auf ihn zu. »Das Mädchen muss gewaschen werden und …«

Erschrocken zuckte Ruan zusammen. Um Himmels willen, glaubten sie, er würde sie baden?

»Bei allen Heiligen!«, brüllte er aus vollem Hals. »Mir reicht es!«

In seiner Eile zu entkommen, fiel er noch einmal beinahe über die Wanne, während er davonstürmte.

Am Fuß der Treppe holte Domnall ihn ein.

»Ruan, Junge, auf ein Wort.«

Zähneknirschend drehte Ruan sich übertrieben langsam um.

»Du schwingst jetzt besser deinen Hintern wieder da hoch in den Turm, zu deiner Frau«, kommandierte Domnall. Er schien ungewöhnlich vergnügt, doch sein Ton duldete keinen

Widerspruch. Mit einem immer breiter werdenden Grinsen fügte er hinzu: »Es ist deine Hochzeitsnacht.«

Sprachlos starrte Ruan ihn an.

»Die Gültigkeit dieser Ehe darf nicht infrage gestellt werden, Junge, es gibt …«

»Gibt es Probleme?« Durch die Dunkelheit glitt Tormods Stimme heran. »Ist sie schon wieder weggelaufen? Falls ja, kriegt sie von mir die Peitsche zu spüren, bis sie selbst nicht mehr weiß, ob sie tot oder noch lebendig ist.«

Ruan fuhr herum und sah, dass sein Bruder sie vom Bogen am Eingang der Ratskammer aus beobachtete. Sein teigiges Gesicht war kalt und hart.

»Fass sie an, und ich schlitze dich auf wie ein Schwein, Tormod!«, gelobte er leidenschaftlich. »Ist das einfach genug zu behalten?« Es war nicht so, dass er das Verlangen verspürte, seine frisch angetraute Frau zu beschützen. Nun, vielleicht schuldete er dem Mädchen etwas für den fürchterlichen Beginn. Nein, sagte er sich, er wollte das mit Tormod einfach geklärt haben, ein für alle Mal.

Sein Bruder wurde blass vor Wut.

»Es ist alles in Ordnung«, ging Domnall geschickt dazwischen und legte Ruan eine Hand auf die Schulter, um ihn zurückzuhalten. »Der Junge ist gerade eben auf dem Weg in sein Schlafzimmer.«

Hinter Tormod tauchten Cuilen und Robert auf.

Ruan schluckte widerwillig, und dann zog Domnall ihn auch schon die Treppe hinauf.

»Du musst sie nicht anrühren«, zischte ihm der Mann an der Zimmertür ins Ohr, »bleib einfach über Nacht, das ist alles, was du tun musst, Junge.«

Domnall überrumpelte ihn und gab ihm einen kraftvollen Stoß ins Zimmer, dass er stolperte, sich aber wieder fing. Als er sich aufrichtete, sah er Bree auf höchst merkwürdige Weise zusammengesackt in der hölzernen Wanne liegen, die Augen geschlossen und den Mund geöffnet, scheinbar mehr tot als lebendig.

Mit grimmig zusammengezogenen Augenbrauen kommandierte Isobel: »Komm her, Junge.«

Er blieb stehen, denn er hatte nicht vor, diesem alabasterfarbenen nackten Frauenkörper auch nur einen Schritt näher zu kommen.

»Komm her!«, wiederholte Isobel ungewohnt barsch. »Und beeil dich.«

Ruan gehorchte aus reiner Überraschung. Nur selten sprach Isobel so knapp mit jemandem, und als er näherkam, verstand er sie. Narben und langsam verblassende Blutergüsse bedeckten Brees nackte Schultern und den Rücken.

»Die Kleine hat einiges durchgemacht«, sagte Isobel mit schmalen Lippen. Er hörte sie kaum, konnte nur auf die abheilenden Verletzungen starren. Die Reise von England hierher musste eine Qual gewesen sein.

»Sei lieber vorsichtig«, warnte Isobel und wischte sich die Hände am Rock ab, »sie ist betrunken.«

Verwirrt drehte Ruan sich zu ihr um.

»Ach Junge, sie sackt weg.«

Brees Nase war gefährlich nah am Wasser.

»Ich bleibe nicht hier«, protestierte er schnell. Doch als er zurücktrat, war Isobel bereits weg.

Er fluchte heftig, doch ein Gurgeln aus der Wanne brachte seine Aufmerksamkeit gerade rechtzeitig zurück zu Bree, um zu sehen, wie sie selig unter Wasser sank. Erneut fluchend griff er sie beim Schopf und zog sie wieder hoch.

Sie hustete und rang nach Atem, aber ihre Augen blieben geschlossen.

Gegen seinen Willen wanderte Ruans Blick noch einmal zu ihrem Rücken. Sie war schrecklich dünn. Scharf zeichneten sich ihre Rippen und die Wirbelsäule ab. Narben von vergangenen Auspeitschungen zierten ihren Rücken. Er fragte sich, wer es gewagt hatte, sie so grausam zu behandeln. Ihm fiel nicht viel ein, das eine solche Bestrafung gerechtfertigt hätte. Sicher nichts, was ein schmächtiges Mädchen hätte tun können. Er spürte, wie seine Miene sich verfinsterte.

Die Minuten verstrichen, und ungeduldig wartete er auf Isobels Rückkehr. Jedes Mal, wenn Bree unter die Oberfläche sank, kam er pflichtschuldigst zu ihrer Rettung. Schließlich seufzte er und fand sich damit ab, dass Isobel ihn tatsächlich im Stich ließ. Als Bree erneut zusammensackte, hob er sie in einer flüssigen Bewegung, begleitet von einem lauten, frustrierten Knurren, aus der Wanne. Mit abgewandtem Blick trug er sie vorsichtig zum Bett und deckte sie hastig zu.

Eine Zeit lang stand er da, fasziniert von diesem seltsam kämpferischen Mädchen – und zugleich unfähig, die jüngste Kette von Ereignissen zu begreifen, die sein Leben mit ihrem verbunden hatten. Ihn überkam eine Woge der Bewunderung, als er daran dachte, wie tapfer sie trotz solcher Verletzungen gekämpft hatte. Sie verfügte über eine innere Stärke, die er nur bei wenigen, Männern wie Frauen, gesehen hatte.

Während sich sein Herz auf unangenehme Art und Weise rührte, nutzte er die Gelegenheit des noch immer warmen Badewassers und rief sich ein weiteres Mal in Erinnerung, dass er nichts mehr mit Frauen zu tun haben wollte. Außerdem, welche anständige Frau würde ihn überhaupt nehmen?

Kapitel 7
Das Mädchen ist verrückt!

Lächelnd kuschelte sich Bree tiefer in die weichen Decken. Sie musste in Aislins Bett eingeschlafen sein. Die Frau würde alles andere als begeistert sein, aber Bree genoss den Moment der verbotenen Wonne. Bis plötzlich ein Bild von Aislins blassem Gesicht mit dem über ihr betenden Priester eine Flut von Erinnerungen auslöste.

Nein. Aislin war tot.

Benommen zwang sie ihre schweren Lider auseinander.

Sie erkannte nur, dass sie nicht in Thurston Hall war. Im grauen Licht des Morgens waren ein kleiner Kamin, eine Truhe und eine hölzerne Wanne zu sehen, die zwischen die Truhe und das Bett gezwängt war. Verwirrt setzte Bree sich langsam auf. Sie fühlte sich merkwürdig zerschlagen.

Dann sah sie ihn.

Ein Mann lag halb auf dem Fuß des Bettes, halb auf dem Boden ausgestreckt.

Sie schrie.

Augenblicklich sprang er auf, griff noch völlig benebelt instinktiv nach seinem Schwert, stieß aber gegen die hölzerne Wanne. Er verlor das Gleichgewicht und fiel. Kaltes Wasser spritzte auf und ergoss sich über das Bett, und die Eiseskälte brachte ihre Erinnerungen zurück.

Ruan.

Ja, der Mann, der soeben versuchte, auf die Beine zu kommen, und sein nasses, schulterlanges Haar schüttelte, der Mann mit den finster zusammengezogenen Brauen und den dunklen, wütend funkelnden Augen, die sich allein auf sie richteten, war ihr Ehemann. Ihr Vater hatte sie ihm einfach ausgehändigt. Ihrem … Ehemann.

Ihr Schrei endete abrupt in einem kleinen Quietscher.

Sie zog den Kopf ein und schloss die Augen, versuchte verzweifelt, die Erinnerungsfetzen zu ordnen, die alle auf einmal auf sie einstürmten. Der Priester hatte vor ihr gestanden, sie mit bestimmt seit Monaten ungewaschenen Händen gesegnet. Sie hatte mehrmals versucht zu entkommen. Dabei hatte sie sich die Nase gebrochen.

Vorsichtig betastete sie die geschwollene Spitze.

Sie hatte sich auf ein Boot gestohlen und war dann durch die Heide geirrt. Der erbarmungslose Wind war so bitterlich kalt gewesen, dass es fast gebrannt hatte. Sie hatte jegliches Gefühl in ihren Fingern und Zehen verloren.

Ein Schauer lief ihr über den Rücken.

Die Vorstellung vom Sterben war viel einfacher gewesen, solange sie dem Tod nicht Auge in Auge gegenübergestanden hatte.

Im Moment wäre ihr alles lieber, als noch einmal so durchnässt und verfroren zu sein. Beinahe alles, korrigierte sie sich rasch. Alles, was nichts mit dem Mann zu tun hatte, der eben so bedrohlich auf sie herabgestarrt hatte. Es hatte keinen Sinn, sich Sorgen zu machen. Er musste so wütend sein, dass sie den Tag nicht überleben würde.

Mit laut schlagendem Herzen wartete sie und versuchte vergebens, nicht nachzudenken. Die Minuten verstrichen. Die Stille dehnte sich aus. Schließlich, als sie die Anspannung keinen Moment länger aushielt, öffnete sie ein Auge.

Sie war allein.

Hastig sah sie sich um, erwartete fast, er würde aus den Schatten springen, aber das Zimmer war klein, und es gab keinen Ort, an dem ein Mann seiner Größe sich hätte verstecken können.

Dann sah sie die offene Tür.

Er war fort.

Sie stieß einen langen Atemzug aus und wusste nicht, ob sie erleichtert oder besorgt sein sollte. Sie war erschöpft und hatte Schmerzen, hatte weder die Kraft noch den Wunsch, einen weiteren Fluchtversuch zu unternehmen. Aber ebenso wenig wollte sie noch da sein, wenn Ruan zurückkam.

Ein feines Unterhemd und Kleid lagen auf der hölzernen Truhe neben dem Bett. Zitternd sah sie an sich hinab und schnappte erschrocken nach Luft. Sie war nackt. Errötend griff sie nach der Kleidung und zog sich hastig an, während sie eine Entscheidung traf. Sie musste ihren Vater finden. Er hatte dieses Chaos verursacht, und es war seine Pflicht, es zu beseitigen. Sie würde darauf bestehen, dass er sie von Dunvegan wegbrächte.

Da sie Ruan um alles in der Welt aus dem Weg gehen wollte, zwang sie sich trotz ihrer lähmenden Erschöpfung, aus dem Zimmer und die Treppe hinabzugehen. Der Gang am Ende der Stufen schien menschenleer, aber kaum hatte sie die Sicherheit des Turms hinter sich gelassen, als das Geräusch von sich nähernden Schritten sie zur nächsten Tür hasten ließ. Ein kurzer Blick zeigte ein schwach beleuchtetes, aber verlassenes Zimmer, und sie schlüpfte hinein.

Ihre Erleichterung war jedoch nur von kurzer Dauer.

Als ihre Augen sich an die Dunkelheit gewöhnten, sah sie, dass das Zimmer keineswegs leer war. In der Ecke stand ein Mann – der kalte, der während ihrer Vermählung sitzen geblieben war. Mit wässrig grauen Augen hatte er sie beobachtet, dass sie eine Gänsehaut bekommen hatte. Ruan hatte ihn Tormod genannt, und dunkel meinte sie sich zu erinnern, dass er Ruans Bruder war. Gegen einen Stuhl gelehnt hielt er ein Buch, aber er sah nicht auf die Seiten.

Er beobachtete sie.

»Bree.« Sein Blick glitt an ihrem Körper hinab. »Aye, es ist an der Zeit, dass du mich kennenlernst. Ich bin der Laird, der MacLeod.«

Bree schluckte.

Achtlos warf er das Buch auf einen nahen Tisch und trat zu ihr.

Hilflos verfolgte sie, wie er näherkam, wusste, dass sie einen Knicks machen sollte, aber es war ihr unmöglich, sich zu bewegen. Nun stand er dicht vor ihr, zu dicht. Sie konnte Whisky in seinem Atem riechen. Panik überkam sie. Sein Blick schien starr auf ihre Brüste gerichtet.

»Im Augenblick machst du nicht viel her«, nuschelte er mit unsicherer Zunge, »… aber bald bist du wieder ganz die Alte, das verspreche ich dir.«

Die Sonne war gerade erst aufgegangen, und der Mann war bereits betrunken.

Glücklicherweise wurde in diesem Moment die Tür zum Zimmer geöffnet, und schuldbewusst schreckte er auf. Als er dadurch abgelenkt war, stahl sie sich aus dem Raum, um durch den schmalen Gang zu fliehen und eine enge Treppe hinaufzurennen.

Auf der obersten Stufe angekommen atmete sie tief durch und erbebte. Eben war sie kopflos aus der Gegenwart des MacLeod geflüchtet. Er würde wütend sein über ihre Unverschämtheit. Wie sollte sie sich erklären? Wie könnte sie ihm sagen, dass er einfach zu nah bei ihr gestanden hatte? Sie rang die Hände.

»Bree!«

Sie zuckte zusammen.

Tormod war ihr gefolgt.

Bestimmt würde er sie schlagen. Hilflos gegen ihre Angst rannte sie los, stolperte in ihrer Eile fast die Treppe am anderen Ende hinab und stürzte hinaus an die frische Luft. Sie blinzelte im grellen Sonnenlicht und wurde sich dann langsam der vielen Männer bewusst, die sie neugierig ansahen.

Hinter ihr brüllte Tormod, und sie rannte über den Burghof und durch die nächstbeste Tür.

$$***$$

Mit finsterer Miene lehnte Ruan am altehrwürdigen Burgwall, entschlossen, die Wärme der Sonne zu genießen, doch er scheiterte kläglich dabei. Ohne Unterlass plagten ihn Bilder von Brees weißem, verängstigtem Gesicht.

Unbehaglich verlagerte er sein Gewicht von einem Bein aufs andere.

Aye, die Kleine tat recht daran, sich zu fürchten. Er war ein MacLeod, ein Sohn des Schwarzen MacLeod. Sie sollte vor Angst wie gelähmt sein. Er runzelte die Stirn, unerklärlicherweise doch verstört, dass sie es tatsächlich war. Es war eine seltsame Laune des Schicksals, die sie zusammengeführt hatte. Niemals hätte er vermutet, dass Merrys verhängnisvolle Heirat sein eigenes Leben derart beeinflussen würde. Er hatte vorgehabt, von hier wegzugehen. Nun fühlte er sich gefangen.

Warum hatte er auf Robert gehört, als er ihn bekniet hatte, er solle bleiben? Sein Onkel konnte wahrhaftig überzeugend sein. Ruan liebte Dunvegan mit ganzer Seele, aber er konnte nicht unter Tormods Fuchtel leben. Er musste verschwinden. Sobald er dafür gesorgt hatte, dass Merry frei war, würde er sie zu Cameron bringen.

Bree schuldete er gar nichts, aber wieso fühlte er sich wie ein Schuft, so zu denken? Dann war da noch Domnall. Wie könnte er den Mann derart hintergehen? Sie hatten mehr als eine Schlacht gemeinsam geschlagen. Domnalls Sohn war einer seiner besten Freunde gewesen, und davon hatte er ohnehin nicht viele.

Von Schuldgefühlen geplagt stellte er sich anders hin.

Erde und Geröll rieselten auf ihn herab und stürzten in die Bucht. Ruan schirmte die Augen mit der Hand ab und blickte hoch, bevor er alarmiert aufsprang.

Außen an der Ringmauer lief eine Frau entlang, eng an die Steine gepresst. Vor seinen Augen geriet sie ins Stolpern und schlitterte den steilen Hang direkt über ihm herab. Nur mit knapper Not gelang es ihr, den Absturz zu vermeiden, und zögernd stand sie an der Kante, als wägte sie ab, ob sie weiterlaufen sollte.

Die moosbedeckten Steine auf dieser Seite der Burg waren rutschig und scharfkantig. Ein falscher Schritt konnte das Ende bedeuten. Er fragte sich, was sie da trieb, wo doch ganz in der Nähe eine praktische Treppe war. Schon öffnete er den Mund, um sie zu warnen, schloss ihn aber abrupt, als er Brees lange braune Locken erkannte.

Das Mädchen war verrückt.

Eine andere Erklärung konnte es nicht geben.

Doch gerade als er zu dieser Überzeugung gelangte, sah er, wie Tormod die Stufen von der Burgmauer zur Bucht hinabstürmte. Als er Ruan erblickte, blieb er plötzlich stehen und hielt es für nötig, ihm zuzurufen: »Ich habe nur mit dem Mädchen geredet!«

Ja, sein Bruder war jemand, der sie quälen würde. Gottlos genug dafür war er. Wut stieg in ihm auf. Er ballte die Hände zu Fäusten und trat einen Schritt nach vorn. Wie von selbst verzogen sich seine Lippen zu einem Zähnefletschen.

Tormod zuckte die Achseln. Er hakte die Daumen in seinen Gürtel, machte kehrt und verschwand wieder in der Burg.

Ruan konnte ihm nicht folgen, denn plötzlich schrie Bree auf und stürzte, kam geradewegs auf ihn zu. Er war da, fing sie geschickt in seinen Armen auf, verlor dabei jedoch das Gleichgewicht. Flüchtig sah er die geweiteten grünen Augen und eine Nase, die noch stärker geschwollen und noch violetter war als gestern. Sie rollten den Abhang hinab, wundersamerweise ohne den spitzen, gezackten Felsbrocken zu nahe zu kommen. Doch Fetzen von Farngestrüpp blieben an ihren Kleidern hängen, bevor sie im seichten Wasser landeten, Arme und Beine ineinander verkeilt.

Die See war kalt, und Ruan knurrte, nicht gerade erfreut, schon wieder nass zu sein. Er kam auf die Füße und bot Bree ritterlich die Hand, um ihr aufzuhelfen.

Sie weigerte sich, ihn anzusehen. Stattdessen setzte sie sich im seichten Wasser ruckartig auf und schnappte erschrocken nach Luft.

»Es ist ziemlich kalt, du gehst besser zurück ins Bett, bevor du krank wirst«, riet Ruan ihr und machte Anstalten, sie hochzuheben.

Unbeholfen rappelte Bree sich auf, offensichtlich um seiner Berührung aus dem Weg zu gehen, aber ihre nassen Röcke schlangen sich wie Fesseln um ihre Knie und warfen sie direkt in seine Arme. Sie war weich, wohlgeformt. Für einen kurzen Moment schoss ihm das Blut heiß durch die Adern, aber dann nieste sie und brachte ihn wieder zur Besinnung. Wegen dieses kurzen Moments der Schwäche runzelte er die Stirn und schob sie fast grob von sich.

Sie sah immer schlechter aus. In nassen Strähnen klebte ihr das Haar an den blassen, malträtierten Wangen. Ihr zerrissenes Kleid gab den Blick frei auf Kratzer und Blutergüsse. Ruans Stirnrunzeln vertiefte sich, als er sich fragte, ob er dort Tormods Handschrift sah.

Wieder nieste sie. Noch immer standen sie knöcheltief im kalten Wasser, und auch wenn es ihm nicht schaden würde, so war sie offensichtlich ohnehin schon krank.

»Geh lieber zurück in den Turm«, befahl Ruan ruppiger, als er es vorgehabt hatte, als sie mit den Zähnen zu klappern begann.

Sie hob einen Fuß, rutschte aber auf den glatten Steinen aus. Er versuchte, ihr Halt zu geben, aber irgendwie bohrte sich ihr Ellbogen in seinen Bauch. Er machte ein ersticktes Geräusch, trat einen Schritt zurück, verlor dabei aber selbst das Gleichgewicht. Überrascht stolperte er zurück in die Bucht und nahm noch einmal ein Bad im eiskalten Wasser. Ein Wimmern gurgelte unter ihm hervor, und zu seiner Bestürzung stellte er fest, dass er das arme Mädchen dieses Mal mit sich gezogen hatte und auch noch halb auf ihr gelandet war.

Johlendes Gelächter drang an seine Ohren, aber er ignorierte es. Seine dringlichste Sorge war Bree. Voller Mitleid zog er sie auf die Füße. »Ich tu dir nicht weh«, versuchte er ihr tröstend beizubringen, während er sie beinahe aus dem Wasser trug. Das arme Mädchen verdiente ein besseres Leben, als er es ihr bisher beschert hatte. »Du musst dich aufwärmen, bevor du krank wirst.«

Sie schien ihn nicht zu hören.

»Zum Schwimmen ist es etwas frisch, Ruan.«

Einige Männer hatten sich auf den obersten Treppenstufen versammelt, unter ihnen Robert, Domnall und Ewan, die alle grinsten. Er warf ihnen einen vernichtenden Blick zu, aber ein weiteres Niesen von Bree nahm ihm die Entscheidung ab. Stur ignorierte er die gutmütigen Witze, warf sich Bree kurzerhand erneut über die Schulter und stieg die Stufen empor, ohne ein Wort zu sagen.

»Na, mit der hast du alle Hände voll zu tun, Junge.« Roberts Augen funkelten vor Belustigung, als er an ihm vorbeiging.

»Aye«, stimmte Domnall zu, auch wenn in seinen Augen ein Hauch von Sorge lag, »hättest du von einem Mädchen namens Bree etwas anderes erwartet?«

»Ganz und gar nicht, Domnall, ganz und gar nicht«, murmelte Robert. Ein Schatten der Trauer legte sich über seine Züge.

Ruan runzelte die Stirn. Auch er hatte die Geschichten über Bree, Roberts Geliebte, und ihren kurzen Aufenthalt in Dunvegan gehört. Sie war an einem Fieber gestorben, auch wenn manche es Feenunfug nannten und andere schworen, es habe an ihrem schwachen irischen Blut gelegen.

Unvermittelt nieste Bree ein weiteres Mal. Er biss die Zähne zusammen und drängte sich an der versammelten Menge vorbei. Rasch kehrte er zum Turm zurück, um sie erneut auf ihr Bett fallen zu lassen. Gleich darauf erinnerte er sich an ihre Blutergüsse und setzte schon zu einer Entschuldigung an, doch es war zu spät.

Sie hatte das Bewusstsein verloren.

Sie rührte sich nicht. Jemand sollte ihr die nassen Kleider ausziehen. Ihre Haut hatte einen bläulichen Schimmer angenommen. Mit einem Knurren irgendwo zwischen Frustration und Schuldbewusstsein holte er einen trockenen Plaid aus der Truhe. Er warf ihn sich über die Schulter, kehrte zum Bett zurück und griff nach ihrem zerrissenen Kleid.

Augenblicklich verwandelte sie sich in einen Wirbelwind aus kratzenden Fingernägeln und schnappenden Zähnen.

»Ich versuche nur, dir zu helfen!« In ihm loderte Ärger auf, doch seine Worte endeten in einem Keuchen, als sie ihn in den Lenden traf. Mitten auf den Binsen ging er in die Knie und rang nach Luft, und als ihm dann auch noch etwas gegen den Kopf prallte, gab er sich geschlagen.

Ein Knöchel – ein außerordentlich schlanker und hübscher Knöchel – trat auf dem Weg zur Tür über ihn hinweg. Er griff danach und zog fest daran, und prompt fiel sie und landete auf seiner Brust. Im nächsten Moment war sie auf dem Rücken, er rittlings auf ihr, und geschickt hielt er ihre Hände an ihren Seiten fest.

»Hör auf, du kleiner Satansbraten!«, schrie er. Seit dem gestrigen Tag war er immer wieder getreten, geschlagen und durchnässt worden. Ein Kratzer zog sich brennend über seine Wange. Ihm dröhnte der Kopf. Sie machte es einem Mann wahrlich nicht leicht.

Große grüne Augen starrten ihn an. Blitzende Augen, die ihn aus dem Gleichgewicht brachten. Ihm kam wieder das Bild des wohlgeformten, schlanken Knöchels in den Sinn, zusammen mit der Erinnerung an weiche Kurven und nackte Brüste im frühen Morgenlicht.

Er schüttelte den Kopf, um seine Gedanken zu ordnen, und konzentrierte sich auf die violette, geschwollene Nase. Es war eine niedliche Nase. Eine Nase, die zu einem äußerst wilden und faszinierenden zierlichen Mädchen gehörte, das …

Entsetzt über seine abschweifenden Gedanken wich er zurück und stieß barsch aus: »Bei allen Heiligen! Eine Tochter von Domnall würde ich niemals entehren.«

Es war mehr eine Mahnung an ihn als ein Trostversuch.

Sie begann zu zittern. Ihre Lippen und ihre Haut hatten sich violett verfärbt.

»Du siehst schrecklich aus«, sagte er und warf ihr den Plaid über, »zieh dir besser das hier an.«

Wortlos starrte sie ihn an.

Kapitel 8
Keine Witwe

Bree war zu erschöpft, um auch nur einen Finger zu rühren. Ihr schmerzte die Kehle, es klingelte in ihren Ohren, und ihr Bauch zog sich unter schmerzhaften Krämpfen zusammen. Vage war sie sich Ruans Anwesenheit bewusst, der über ihr aufragte, die Brauen zu einer grimmigen Linie zusammengezogen. Ein weiteres Mal hob er sie hoch und legte sie auf das gleiche verfluchte Bett, in dem gleichen verfluchten Zimmer, das bis in alle Ewigkeit zu ihrem Gefängnis bestimmt zu sein schien.

Als ein Schatten über sie fiel, zuckte sie zusammen und schloss die Augen. Doch die Sekunden verstrichen, ohne dass etwas geschah, und sie hob zögernd den Kopf.

Ruan stand neben dem Bett, und auf seinem Gesicht lag ein unergründlicher Ausdruck. Sein Blick fing ihren auf, hielt ihn für einige Zeit, ehe er fragte: »Was hast du außerhalb der Burg gemacht, Mädchen? Wolltest du weglaufen?«

Wegzulaufen? Bei der Erinnerung an das eisige Wasser überkam sie ein unkontrollierbares Zittern. Nein, sie konnte nicht erklären, nicht einmal sich selbst, weshalb sie so kopflos davongerannt war. Sie hatte es einfach getan. In Tormods Gegenwart hatte sie sich schlicht unwohl gefühlt. Ihr blieben die Worte im Hals stecken, und ihre Lippen zuckten.

»Antworte mir, Frau! Hat er dich angefasst?«

Überrascht von der Frage zuckte Bree zusammen. Ruan wollte doch sicher nicht andeuten, dass sein eigener Bruder etwas so Gottloses tun würde.

»Nun, halt dich am besten von ihm fern. Ich traue dem Mann nicht mehr über den Weg.« Ruan bückte sich, um den Plaid vom Boden aufzuheben, und warf ihn mit einem befehlenden »Zieh das an« in ihre Richtung.

Sie versuchte, sich zu bewegen, doch ihr Körper weigerte sich zu gehorchen.

»Um Himmels willen«, bemerkte er nach einiger Zeit trocken. Der Anflug eines Lächelns umspielte seine Lippen. »An dir ist nichts, was einen Mann reizen würde. Ich habe nicht vor, über dich herzufallen.«

Bree erschrak. Während des ganzen von Panik getränkten Tages war ihr dieser Gedanke nie gekommen. Ihre größte Sorge waren Schläge gewesen. Sie hatte ganz vergessen, dass die Bewohner von Dunvegan diesen Mann, diesen Fremden, als ihren Ehemann ansahen. Wahrscheinlich würde er sich nehmen, was er wollte. An diesem Ort war sie in den Augen aller anderen sein Eigentum.

Panisch sprang sie vom Bett und stürzte zur Tür, aber er versperrte ihr den Weg. Sie erreichte nichts weiter, als sich in seine Arme zu werfen. Entsetzt kreischte sie auf, bevor sie markerschütternd zu schreien begann.

»Bei allen Heiligen«, fluchte er. »Ich sollte dich an Armen und Beinen fesseln.«

Dann, auf wundersame Weise, war sie frei. Wieder gelang ihr nur ein einziger Schritt, ehe starke Arme sie von hinten umfingen, sie gefangen hielten. Mit zwei knappen Handgriffen zog Ruan ihr das feine neue Unterkleid mit geübter Leichtigkeit aus. Seine Hände waren heiß auf ihrer kalten nackten Haut.

Mit letzter Kraft setzte sie sich weiter zur Wehr, auch wenn sie wusste, dass sie nicht viel ausrichten konnte. Als ein tiefes, raues Lachen ertönte, sah sie auf, begegnete dem Blick jener glühenden dunklen Augen, die nur wenige Zentimeter von ihren eigenen entfernt waren. Sie waren merkwürdig, diese Augen. Weder Lust noch Wut stand darin, sondern nur Belustigung.

Sie erstarrte.

Ruan grinste.

Sie vermochte nicht zu sagen, wie lange sie so dastanden, bevor er sie sich geschickt über die Schulter warf. Erneut ließ er sie auf das Bett fallen, ohne viel Federlesens und doch auf seltsam sanfte Art und Weise. Mit einer flinken Bewegung warf er den Plaid über ihre nackte Haut und wickelte sie darin ein. Ihre Hände waren nun gefangen, nur den Kopf konnte sie noch bewegen. Er lehnte sie gegen das Kopfteil des Bettes.

Ruan wischte sich die Hände und betrachtete sein Werk, und ein Lächeln spielte um seine Mundwinkel. »Aye, du kleiner Hitzkopf … Das sollte dich eine Weile ruhig stellen.«

Wortlos starrte Bree ihn an. Einige tiefe Kratzer zierten sein Kinn, darüber war ein blauer Fleck auf seiner Wange zu sehen. Sie schluckte. Welcher Mann würde sich nicht für so ein un-ehefrauliches Verhalten rächen? Nun, so gefesselt war sie ihm hilflos ausgeliefert. Schicksalsergeben wartete sie, dass der Gewaltausbruch kam.

Er beugte sich vor und lächelte.

Aus den Augenwinkeln beobachtete sie ihn und verzog ängstlich das Gesicht.

»Warum hat sie geschrien?«

Ruan richtete sich auf, und Bree folgte seinem Blick zu dem großen, blonden jungen Mann, der sie so vorsichtig getragen hatte, nachdem sie sich die Nase gebrochen hatte.

Ewan.

»Warum hat sie geschrien?«, wiederholte Ewan. Härte lag in seinen blauen Augen, aber seine Stimme war leise.

Ruan schwieg einige Augenblicke, das Gesicht zu einer finsteren Miene verkrampft, ehe er in tödlich ruhigem Ton antwortete: »Fragst du … was ich denke, dass du fragst?«

»Aye.« Ewan wurde rot, aber er hielt stand. Mit einer Geste auf Ruans zerkratztes Kinn bohrte er nach: »Also, was ist passiert?«

Ruan klappte verblüfft die Kinnlade herunter.

»Es klang, als ob …«

»Verschwinde!«, explodierte Ruan, marschierte zur Tür und brüllte: »Verzieh dich, bevor ich dir die Prügel verabreiche, die du verdienst!«

Seltsamerweise breitete sich ein Ausdruck der Erleichterung auf Ewans Gesicht aus.

Zu Brees äußerstem Erstaunen verließ der junge Mann das Zimmer – nach einer flüchtigen Verbeugung in ihre Richtung. Offensichtlich war er zufriedengestellt. Es war unfassbar. Ruan hatte die Frage nicht im Geringsten beantwortet – stattdessen hatte er mit körperlicher Züchtigung gedroht, und Ewan hatte lediglich erleichtert gelächelt. An was für einem Ort war sie hier gelandet?

Knurrend trat Ruan die Tür mit solcher Kraft zu, dass sie in ihren Angeln schepperte.

Bree schluckte. Wie konnte Ewan den Mann nur so wütend machen und dann einfach gehen? Am liebsten wäre sie in Tränen ausgebrochen.

Sie war gefangen in diesem Plaid und allein mit einer aufgebrachten Bestie von Mann.

Als er ihren Blick auffing, kam Ruan wieder zum Bett.

Zu ängstlich, um auch nur Luft zu holen, konnte sie nur fassungslos zusehen.

»Du wirst nicht so vor mir zittern!«, verlangte er barsch.

Es wäre so viel einfacher, wenn sie das Bewusstsein verlöre. Verzweifelt versuchte sie, sich dazu zu bringen, in Ohnmacht zu fallen, doch es gelang ihr nicht. Dann aber wurde das Verhalten des Mannes sanfter.

Mit einem tiefen Seufzen wischte er sich mit dem Unterarm über die Stirn.

»Ich habe nicht vor, dich anzurühren, Mädchen, weder aus Wut noch aus Lust«, erklärte er lächelnd. Es war ein verbittertes Lächeln. »Ich wollte nicht heiraten, noch weniger als du – und es ist kein Geheimnis, wie wenig du darauf aus bist.«

Sie blinzelte.

»Aye.« Ruan begann, im Zimmer auf und ab zu gehen, und murmelte vor sich hin, als dächte er lediglich laut nach. »Ich habe dieser gottlosen Vereinigung nur zugestimmt, um Merry zu retten. Sobald ich ihre Freiheit erkämpft habe, werde ich diese Farce beenden. Du hast also nichts zu befürchten. Die Ehe wird nicht vollzogen, aber Tormod und die anderen lässt du besser das Gegenteil glauben.«

Bree hielt den Atem an.

Nach einiger Zeit setzte er sich vorsichtig auf die Bettkante.

Mit laut pochendem Herzen konnte sie sich nicht dem Bedürfnis widersetzen, von ihm wegzurücken.

Er sah die Bewegung, und ein Funkeln trat in seine Augen, gefolgt von einem erneuten Lächeln.

»Es gibt keinen Grund, dass du dich mit deinen Fluchtversuchen umbringst, Mädchen«, versicherte er ihr sanft. »Ich habe kein Interesse an einer Ehefrau, ich werde dich nicht anfassen. Domnall hat meinen höchsten Respekt, und niemals würde ich sein letztes noch lebendes Kind verletzen. Das weiß er. Deswegen muss er diesen verrückten Plan ausgeheckt haben. Sobald ich Merrys Freiheit erreicht habe, können wir diese Ehe annullieren lassen.«

Es war schwer, der Aufrichtigkeit in diesen dunklen Augen zu widerstehen. Verwirrt, aber immer noch misstrauisch bemühte sich Bree, die tief in ihrem Herzen aufkeimende Hoffnung zu ersticken. Sie rief sich in Erinnerung, dass er ein Mann war. Auch ihr Vater war ein Mann. Männer waren von Natur aus einfach nicht vertrauenswürdig. Ihr Vater hatte sie auf übelste Weise hintergangen. Just in diesem Augenblick heckte Ruan womöglich einen bösen Plan aus. Sie konnte sich nicht erlauben, ihm auch nur im Geringsten zu vertrauen.

»Aye, ich bin kaum ein geeigneter Ehemann für Domnalls Tochter.« Ruan machte ein finsteres Gesicht. Dann schüttelte er den Kopf und seine Lippen verzogen sich zu einem reumütigen Lächeln. »Du siehst schrecklich aus.«

Er lehnte sich zu ihr und gab ihr einen spielerischen Klaps aufs Knie.

Bree verschluckte sich vor Schreck.

Auch er selbst schien etwas überrascht zu sein. Hastig sprang er auf die Füße und hielt einen Moment unsicher inne, bevor – zu seiner offensichtlichen Erleichterung – ein Klopfen an der Tür den peinlichen Moment unterbrach.

Die Tür öffnete sich. Breit grinsend schob Ewan den Kopf durch den Spalt und sprach mit sanfter Dringlichkeit auf Gälisch. Mit einem warmen Lächeln in ihre Richtung war der Junge so schnell verschwunden, wie er gekommen war, und schloss die Tür mit einem lauten Quietschen.

Heftig fluchend schlug Ruan mit der Faust gegen den Bettpfosten.

Bree biss sich nervös auf die Lippe und beobachtete, wie er zur Truhe ging und dabei sein nasses Hemd auszog. Als sein Plaid rasch folgte, kam sie zu der beunruhigenden Schlussfolgerung, dass er sie gänzlich vergessen hatte.

Noch nie hatte sie einen Mann unbekleidet gesehen, und ganz sicher niemals einen, der auf so unbekümmerte Weise splitterfasernackt dastand. Es war verstörend, und doch, wenn sie ehrlich war, auch seltsam faszinierend.

Bisher hatte sie ihn nie wirklich angesehen. Jedes Mal hatte sie versucht, in die entgegengesetzte Richtung zu flüchten, oder war zu betrunken gewesen, um sich an irgendetwas anderes als an seine immense Größe und verärgerte Stimme zu erinnern.

Nähere Betrachtung verriet, dass er selbst noch recht jung war. Seine Schultern waren breit, seine Arme muskulös und sein Bauch hart. Er war gut aussehend, sehr gut aussehend. Entgegen ihrer besten Absichten und trotz der ganzen Situation wanderte ihr Blick neugierig abwärts.

Errötend starrte sie ihn an. Obgleich ihre Dreistigkeit sie schockierte, war sie auch merkwürdig gebannt von seinem Anblick.

Plötzlich erinnerte sich Ruan ihrer Gegenwart. Hastig schlang er sich den Plaid um die Taille. Eine Reihe von unergründlichen Gefühlen glitt in rascher Folge über sein Gesicht, dann hastete er zur Tür hinaus, ohne noch einmal zurückzublicken, während er sich im Gehen anzog.

Ratlos, ihre Gefühle in Aufruhr und völlig erschöpft, schloss Bree die Augen.

✳✳✳

Ihr war heiß. Sie verglühte. Verlangte im einen Augenblick nach Wasser und glaubte im nächsten zu erfrieren. Ihre Kehle brannte vor Schmerzen. Ihr dröhnte der Kopf, und jeder Atemzug kostete enorme Kraft. Wieder und wieder spürte sie das trübe, kalte Wasser des Sees über ihrem Kopf zusammenschlagen. Eisig strömte die Flut in ihre Lungen, bis ihre Seele gefror.

Fremde riefen ihren Namen, mehr als einmal drang eine tiefe Stimme in ihre Gedanken und befahl ihr zu trinken. Whisky. Sengend floss er durch ihre Kehle, manchmal erbrach sie ihn gleich wieder. Schweiß tränkte ihren Körper. Endlich, nach einer gefühlten Ewigkeit, fiel ihr das Atmen langsam leichter.

Gänzlich entkräftet fiel sie in einen erschöpften Schlaf.

»Trink, Mädchen«, ertönte eine neue Stimme.

Jemand hielt einen Becher an ihre Lippen. Schon machte sie sich auf die widerliche Schärfe von Whisky gefasst – und war freudig überrascht, stattdessen eine salzige Brühe zu schmecken.

»Aye, du bist stark …«, lobte die Stimme. Sie war zu laut, lästig. »Brühe ist doch viel besser als dieses höllische Gebräu, das Ruan dir ständig einflößt.«

Es musste ihr Vater sein. Nur Domnall hatte eine so durchdringende Stimme. Langsam öffnete sie die Lider, blinzelte im ungewohnten Licht und entdeckte ihn an ihrer Seite. Sein Gesicht wirkte abgespannt und hager, doch die grünen Augen funkelten hell.

»Ach, du hast uns Angst gemacht, Bree«, schimpfte er liebe-voll und berührte mit einer rauen Handfläche ihre Stirn.

Zur Antwort brachte Bree ein schwaches Lächeln zustande. Für einen kurzen glückseligen Moment fühlte sie sich sicher, als würde sie dazugehören – und dann schwand ihr Lächeln. Ihr Vater war der Mann, der sie verraten hatte, der sie mit einem völlig Fremden verheiratet hatte.

Domnall lachte in sich hinein. »Ah, da blitzt das MacBethad-Temperament auf.«

»Sie ist jetzt eine MacLeod«, bemerkte Isobel spitz.

»Sie wird immer eine MacBethad bleiben.«

Bree runzelte die Stirn, verwirrt und überraschend müde. Wie lange war sie krank gewesen? Sie schloss die Augen und schlief wieder ein.

Zuerst verstrichen die Tage auf zusammenhanglose, ver-schwommene Art und Weise. Domnall wachte stets an ihrer Seite, versicherte ihr wieder und wieder, dass Ruan mit Tormod und Cuilen losgezogen war, um Überfälle auf Fearghus, den MacDonald of Duntulm, anzuführen. Auch wenn sie nicht ver-stand, was daran so wichtig war, dass er es bei jeder Gelegenheit wiederholte, war sie insgeheim froh darüber, dass Domnall sich entschlossen hatte, stattdessen bei ihr zu bleiben.

Dass Ruan weg war und kämpfte, hatte für sie wenig Bedeu-tung. Sie kannte den Mann nicht. Sollte er sterben, wäre sie eine Witwe. Es war eine verlockende Vorstellung, aber sie fühlte sich schuldig, so zu denken. So begnügte sie sich damit, zufrieden zu sein, dass er weg war, und hoffte, er würde sich mit der Rückkehr Zeit lassen. Bevor er zurückkam, würde sie wissen, was zu tun war.

Der Morgen war bitterkalt. Die Sonne schien ungewöhnlich hell, und zum ersten Mal, seit sie krank geworden war, fühlte Bree sich annähernd lebendig. Das Fenster war offen, und sie konnte das Geräusch eines kleinen Wasserfalls hören. Es war angenehm. Mit einem dankbaren Seufzen streckte sie sich, nur um gleich darauf nach Luft zu schnappen, als sie eine kleine Gestalt in der Nähe entdeckte.

Der Eindringling hockte auf der Truhe, und einen Augenblick später kam ein Paar braune Augen zum Vorschein. Die Augen schienen viel zu alt für den jungen Körper, zu dem sie gehörten. Ein Lid war zugeschwollen, unzählige gelbe Blutergüsse übersäten beide Wangen. Ein junges Mädchen, das schwarze Haar zu einem strengen Zopf geflochten, betrachtete sie regungslos.

Unsicher fuhr sich Bree mit der Zunge über die trockenen Lippen.

Eine Zeit lang saß das kleine Mädchen einfach nur da, dann flüsterte sie etwas auf Gälisch.

Hilflos schüttelte Bree den Kopf.

Die Kleine runzelte die Stirn, wechselte aber ins Englische: »Gälisch musst du aber noch lernen, es gehört sich nicht, Englisch zu sprechen. Ich bin Merry.«

Merry. Der Name kam ihr bekannt vor.

»Ich bin Ruans Schwester«, erklärte die Kleine und zupfte den Saum ihres Kleides zurecht.

Beim Klang seines Namens zog Bree unwillkürlich die Decke enger um sich.

Gebrüll drang durch das offene Fenster. Es waren die Schreie wütender Männer. Sie erbebte. Sie war noch immer auf Dunvegan. Und Gewalt lag in der Luft.

»… und Ruan spricht vier Sprachen.« Merry redete noch immer. »Er kann lesen. Kannst du lesen?«

Lesen? Bree schüttelte den Kopf und fragte sich, weshalb sie so etwas tun sollte.

»Ich kann es«, verkündete Merry. »Ruan hat es mir beigebracht.«

Eine unbehagliche Stille breitete sich zwischen ihnen aus, und einige Zeit lang blickten sie einander nur an, ehe das junge Mädchen auf einen Stapel Kleider zeigte, der am Fuß des Bettes lag.

»Isobel hat ein neues Kleid für dich aufgetrieben.«

Unter Merrys wachsamen Blicken kroch Bree unter der warmen Decke hervor, um sich das Kleid anzusehen. Sie hob es hoch und sah darunter einen zusammengefalteten MacLeod-Plaid liegen. Niedergeschlagen betrachtete sie ihn. Es wäre eine Kapitulation, wenn sie ihn sich umlegte. Sie wandte ihre Aufmerksamkeit wieder dem Kleid zu und zog es über.

Es war schlicht und für jemanden gemacht, der größer war als sie, aber in brauchbarem Zustand mit lediglich einer verschlissenen Stelle am Rock. Im Raum war es kalt, und sie beäugte den Plaid zitternd. Einen Moment zögerte sie noch, gab sich dann aber geschlagen. Sie wollte nie wieder frieren. Mit einer Grimasse warf sie ihn sich über die Schultern und tröstete sich damit, dass sie ohnehin viel zu schwach war, eine weitere Flucht zu versuchen. Es fiel ihr schwer, sich einzugestehen, dass sie nicht länger den Mut dazu aufbrachte.

Merry war dabei, das Bett zu machen, auf fast zwanghafte Weise strich sie immer wieder die Überdecke glatt. Offensichtlich fand sie das beruhigend. Da Bree das Kind nicht unterbrechen wollte, sah sie durch das kleine Fenster hinab in den Burghof.

Dort liefen einige Männer herum, die wütend diskutierten. Sie waren groß, wirkten gewalttätig und wild. Einige hatten dunkles Haar – und sie konnte nicht sagen, ob Ruan unter ihnen war.

Unwillkürlich erbebte sie.

Das Ufer war nur einen Steinwurf entfernt, aber genauso gut hätte es eine Stunde sein können. Es war nicht das eisige Wasser, sondern die weite, endlose Heidelandschaft am Horizont, bei deren Anblick sie der Mut verließ. Sie verzog das Gesicht, als sie sich an die Kälte erinnerte, die ihr bis in die Seele gedrungen war, und zog den Plaid fester um die Schultern.

Nein, sie hatte nicht den Mut, noch einmal davonzulaufen, zumindest noch nicht. Ruan entgegenzutreten traute sie sich jedoch genauso wenig.

»Ruan kommt bald wieder«, drang Merrys Stimme in ihre Gedanken. »Er ist ausgezogen, um Fearghus zu töten, weil …«

Das Kind verstummte und deutete auf sein malträtiertes Auge. Das genügte, um Bree begreiflich zu machen, dass Fearghus dafür verantwortlich war. Sie unterdrückte den Drang, nach Luft zu schnappen. Wie konnte irgendwer ein Kind so verletzen?

Außer Wat, ergänzte sie im Geiste bitter.

»Es ist nichts, Ruan wird es in Ordnung bringen«, beruhigte Merry sie. Entschlossen hob sie das Kinn und strich ein letztes Mal über das Bett. »Es ist Zeit fürs Mittagessen. Komm.«

Doch das Essen war offenbar bereits vorbei, denn als sie Dunvegans Große Halle betraten, lag sie fast verlassen vor ihnen. Im massiven Kamin brannte ein kleines Feuer, das die aufkommende Dunkelheit nicht zu durchdringen vermochte. Eingeschüchtert setzten sie sich an einen Tisch in der Ecke, und eine freundliche Frau brachte einen Laib Brot und eine Platte Fleisch und Birnen. Bree aß hungrig, doch Merry verbrachte ihre Zeit damit, Brot abzureißen und die Stücke in Reihen anzuordnen.

»Du solltest etwas essen«, sagte Bree und bot ihr ein Stück Fleisch an. Als Merry nicht reagierte, hielt sie es ihr dichter vors Gesicht und beharrte: »Essen macht dich stark. Dann wirst du schneller wieder gesund.« So langsam klang sie wie Afraig.

Misstrauisch sah Merry sie an, und Bree fürchtete schon, sie würde das Fleisch wegschlagen.

»Ich schätze, ich sollte dir vertrauen«, lenkte das Mädchen schließlich ein, wenn auch widerwillig. »Jetzt, wo du mit Ruan verheiratet bist. Das heißt, wir sind Schwestern.«

Bree runzelte die Stirn. Über Ruan wollte sie jetzt nichts hören.

Keine von beiden sprach während des restlichen Mahls. Merry aß nur, was Bree ihr anbot, und machte keine Anstalten, von sich aus etwas zu nehmen. Stattdessen konzentrierte sie sich auf die Brotreihen und schien sich daran zu stören, wenn sie nicht die exakt gleiche Länge hatten.

Neugierig beobachtete Bree sie. Ein merkwürdiges Kind war das, aber Dunvegan war auch ein merkwürdiger Ort. Sie hatten sich gerade beide die Hände abgewischt, als Domnalls Stimme plötzlich hinter ihnen ertönte. Bree zuckte zusammen.

»Ah, Bree! Schön, dich hier unten zu sehen, mein Mädchen.«

Sie nickte zur Begrüßung, unsicher, ob sie erfreut oder weiter wütend auf ihn sein sollte.

»Es ist an der Zeit, dass du Effric kennenlernst«, verkündete ihr Vater. »Tormods Ehefrau, die Lady of Dunvegan.«

»Effric ist verrückt.« Merry legte den Kopf schief. »Alles, was sie macht, ist aus dem Fenster sehen. Niemand schert sich um sie.«

»Aye, aber sie ist die Burgherrin«, wandte Domnall ein. »Vielleicht wird ihr Brees Gesellschaft guttun.«

»Bree?« Ungläubig sah Merry ihn an. Mit einem Ausdruck auf dem Gesicht, der nicht zu ihren jungen Jahren passen wollte, fügte sie hinzu: »Dann hast du keine Ahnung von Effrics Wahnsinn. Sie wird Bree hassen wie niemanden sonst.«

»Warum?«, fragte Bree beunruhigt, doch Merry runzelte nur die Stirn und huschte davon. Offensichtlich wollte sie mit dieser Lady of Dunvegan nichts zu tun haben.

»Die Dame war mal ein kleines bisschen verliebt in Ruan.« Mit einer Handbewegung wischte Domnall die Sache beiseite. »Nichts, worüber du dir Sorgen machen musst. Komm.«

Unbehagen regte sich in Bree, begleitet von einer guten Prise Wut auf ihren Vater, der sie erst in diese Lage gebracht hatte. Er fasste sie beim Ellbogen und dirigierte sie zum Kamin.

»Sie ist Tormods dritte Frau, und sie kann einem leidtun, mein Mädchen.« Domnall beugte sich dicht zu ihrem Ohr und deutete auf einen Stuhl, der zum Feuer ausgerichtet war. »Da.«

Diesen Polsterstuhl hatte Bree schon zuvor bemerkt, war aber davon ausgegangen, dass er leer war.

Als sie näher kamen, schaute ein Gesicht an der Lehne vorbei. Eine Frau erhob sich, als wolle sie sie begrüßen, wobei sie einen kleinen verzierten Käfig mit einem gelben Vogel darin umklammerte.

Ein ranziger, unangenehmer Geruch wehte Bree entgegen. Als sie näherkam, erkannte sie, dass mit Tormods Ehefrau etwas ganz und gar nicht stimmte. Aus der Ferne wirkte Effric liebreizend, bei näherer Betrachtung jedoch war ihr blondes Haar schlaff und ungewaschen und ihr Kleid zerknittert und ebenso schmutzig wie ihre bloßen Füße. Im Grunde war sie eine junge Frau, auch wenn sie kaum so aussah. Die erstaunlichste Entdeckung war allerdings, dass der Ursprung des unangenehmen Geruchs die Lady of Dunvegan selbst war.

»Lady Effric«, grüßte Domnall sie mit einer respektvollen Verbeugung, »darf ich Euch meine Tochter Bree vorstellen?«

Ausdruckslos starrte die Frau vor sich hin, scheinbar hatte sie das Interesse verloren.

Nach einem leichten Räuspern fügte Domnall leise hinzu: »Ruans Frau.«

Die Worte hatten eine verblüffende Wirkung. Augenblicklich fokussierten sich die trüben blauen Augen.

»Bree?«, wiederholte Effric.

»Ja, Mylady.« Bree schluckte und sank in einen nervösen Knicks.

Einige Sekunden lang sagte Effric nichts, dann kreischte sie plötzlich mit zornbebender Stimme: »Ist das wahr? Ist das wahr?«

Unwillkürlich wich Bree zurück.

»Was ist los?«, rief Isobel, die soeben in die Halle eilte, gefolgt von einer hochschwangeren Frau mit flammend rotem Haar.

»Ruan ist verheiratet?«, schrie Effric weiter. »Verheiratet?«

»Domnall!«, schimpfte Isobel und warf dem Mann einen strafenden Blick zu. »Halt den Mund, Mann. Ich sagte, ein bisschen Gesellschaft, und den Jungen solltest du nicht erwähnen.«

»Sie hat nicht reagiert, Frau!«, erklärte Domnall ungerührt und schien sich keiner Schuld bewusst zu sein. »Ich konnte ja nicht ahnen, dass sie …«

»Ruan ist mit dieser Hure verheiratet?«, schrie Effric und wirbelte herum, um Bree eine Ohrfeige zu versetzen.

Bree taumelte zurück und hielt sich die Wange, mehr erschrocken als verletzt, während Domnall wütend aufbrüllte. Grob packte er Effrics Handgelenk und verdrehte es ihr hinter den Rücken. Es kam zu einem kurzen Handgemenge.

Effric begann zu heulen: »Das ist gelogen! Ruan gehört mir! Alles Lüge!«

»Ach Mädchen«, seufzte Isobel und sah die Lady of Dunvegan kopfschüttelnd an. »Nun hast du uns so lange Wahnsinn vorgespielt, dass du ihm schließlich tatsächlich erlegen bist. Es fällt mir schwer, dich zu bedauern, nach allem, was du getan hast.«

»Ruan gehört mir! Er wird immer mir gehören!« Effric stieß ein schrilles Kreischen aus.

»Was geschehen ist, ist geschehen, Mädchen«, erwiderte Isobel sachlich. »Erinnere dich an all die Spielchen, die du gespielt hast, um Herrin von Dunvegan zu werden. Dein Wunsch ist erfüllt. Du bist Tormods Frau, nicht Ruans.«

»Kein Ehegelübde ist für Ruan von Bedeutung! Er hat in mehr Ehebetten geschlafen als sonst jemand!«, heulte Effric. Mit ausgestrecktem Arm wies sie auf Bree und fügte hinzu: »Ich werde diese Hure hängen lassen!«

»Niemand nennt meine Tochter eine Hure«, donnerte Domnall, »selbst du nicht, Mädchen, egal wie verrückt du bist!« Er packte die sich windende Frau hoch und zerrte sie hinter sich her aus der Halle. Isobel blieb ihm dicht auf den Fersen.

Während Effrics Schreie verklangen, trat die rothaarige Frau mit einem entschuldigenden Lächeln zu Bree, eine Hand auf ihren gerundeten Bauch gelegt.

»Die Arme ist wirklich verrückt. Seit Monaten hat sie mit niemandem gesprochen. Wir dachten, sie würde einfach dahinsiechen«, bemerkte sie. »Ich bin Jenna.«

Jenna war groß, jung und ziemlich hübsch. Die Sommersprossen, die ihre Nase bedeckten, passten auf äußerst ansprechende Weise farblich zu ihrem Haar. Sie war aufgeweckt, voller Leben und man fühlte sich bei ihr wohl.

»Ich habe gehört, du warst krank. Setz dich besser, bevor du ohnmächtig wirst. Ich leiste dir ein wenig Gesellschaft, bis Domnall zurückkommt«, erklärte Jenna. Mit einem stolzen Lächeln tätschelte sie ihren prallen Bauch, während sie sich auf der nächstbesten Bank niederließ.

Nach kurzem Zaudern nahm Bree unsicher ihr gegenüber Platz und rieb sich die schmerzende Wange. Dunvegan wurde mit jedem Tag beängstigender. Wenn Domnall zurückkehrte, würde sie darauf bestehen, dass er sie von diesem Ort wegbrachte.

»Das Kind kommt sicher bald …«, begann Jenna stolz, verstummte jedoch plötzlich.

Ein Neuankömmling schlurfte in die Halle. Es dauerte einige Augenblicke, bis Bree in ihm den Priester erkannte, der ihr und Ruan das Eheversprechen abgenommen hatte. Nicht, dass sie sich irgendetwas versprochen hatten, überlegte sie bitter. Die Worte ihres Vaters hatten gereicht. Sie straffte die Schultern und wandte sich dem Geistlichen zu, als er näher kam.

Sein ergrauendes Haar hing ihm in schmierigen Strähnen ums Gesicht, und unter seinen Fingernägeln hatte sich noch mehr Schmutz gesammelt. In seiner zerknitterten Kutte machte er eine ausgenommen ungepflegte Figur. In seinen wässrigen Augen lag ein kalter Ausdruck, als er Jenna mit offensichtlicher Abneigung ansah.

»Nur eine Dirne prahlt mit einem Kind der Sünde«, warf er ihr zur Begrüßung an den Kopf. »Du solltest auf Knien für deine verlorene Seele beten.«

Jennas Lippen wurden sichtbar schmaler. »Euch auch einen guten Tag, Silas.«

Der Priester zuckte die Achseln, bevor er Bree einen bösen Blick zuwarf. »Eine fromme Ehefrau fügt sich.«

Jenna schnaubte. »Das ist ja eine nette Art, die Frau deines Bruders zu begrüßen«, bemerkte sie spitz.

Bree blieb vor Überraschung der Mund offen stehen.

»Eine gottesfürchtige Frau gehorcht«, fuhr der Geistliche unbeirrt fort. »Deine Schreie waren bis nach Dunscaithe zu hören!«

Seine Brauen zogen sich zu einer finsteren Linie zusammen, ganz wie bei Ruan, und als er sich vorwurfsvoll vor ihr aufbaute, sank Bree das Herz. Trotz seiner vernachlässigten Erscheinung war er ein beängstigender Mann. Sie wollte ihm entgegenschleudern, dass sie nichts Unrechtes getan hatte, aber die Worte blieben ihr im Halse stecken. Das bisschen Mut, das sie hatte aufbringen können, schwand schnell.

»Beichte!«, befahl Silas drohend.

Bree schluckte und wollte sich erklären, aber es fiel ihr schwer, sich zu konzentrieren, als der Blick des Mannes sich senkte und auf sehr unpriesterhafte Weise auf ihrem Busen verharrte. Ihre Angst schlug in schockierte Empörung um.

»Ich habe nichts zu beichten«, brachte sie angespannt hervor, auch wenn ihre Stimme zitterte. Es war schwer gewesen, die Worte auszusprechen. Trotzdem. Sie hatte sie gesagt.

Jenna lachte erfreut. »Such dir woanders Seelen, die du retten kannst, Silas.«

Mit finsterem Blick zischte Silas: »Fürchte das Feuer der Hölle, Hure!«

Unbeeindruckt zuckte Jenna die Achseln.

Silas wandte sich wieder Bree zu und musterte sie einen Augenblick, ehe er sich die Stirn abwischte und aus der Halle stürmte. Er verschwand durch den gleichen Torbogen, durch den ihr Vater Effric getragen hatte.

»Aye, soll er für Effrics verdorbene Seele beten«, knurrte Jenna. »Es ist merkwürdig, dass Effric heute gesprochen hat. Andererseits war sie immer hinter Ruan her. Sie ist engherzig, hatte einen grausamen Zug an sich, bevor sie dem Wahnsinn verfallen ist. Mir wäre es lieber, sie bliebe still, als dass sie wieder zu ihrem alten Selbst findet, aber Isobel glaubt, da ist noch etwas zu retten. Ich bin mir aber nicht so sicher.«

Bree nickte zustimmend. Es war offensichtlich, dass Effric Ruans Geliebte gewesen war. Der Gedanke löste bei ihr jedoch keinerlei Reaktion aus. Ruan konnte mit jeder Frau das Bett teilen. Dann würde er wenigstens ihrem fernbleiben.

»Dunvegan ist ein düsterer Ort«, murmelte Jenna und rutschte auf der Suche nach einem bequemen Platz auf der Bank herum. »Das war es nicht immer.«

Bree schaute sie an, gespannt auf das, was sie erfahren würde.

Schließlich lächelte Jenna. »Ah, viel besser.«

Pflichtschuldig erwiderte Bree das Lächeln. Sie krallte die Finger fest in ihren Rock, während sie darauf wartete, dass Jenna ihr die merkwürdigen Einwohner Dunvegans erklärte, doch die junge Frau gähnte nur und schlief ein.

Als auch nach einiger Zeit nichts darauf hindeutete, dass Domnall in absehbarer Zeit zurückkehren, Jenna aufwachen oder Merry wieder auftauchen würde, machte Bree sich mit steifen Gliedern auf den Weg in ihr Turmzimmer. Noch lange lag sie in der Dunkelheit der Nacht wach und machte sich Sorgen.

Ruan hatte ihr klar zu verstehen gegeben, dass er kein Interesse daran hatte, seine ehelichen Rechte einzufordern.

Konnte sie ihm vertrauen? Sonderbarerweise wollte sie es. Bei der Vorstellung, die kalte Heide zu durchwandern, erzitterte sie. Noch einmal würde sie das nicht durchstehen. Beunruhigend war auch das merkwürdige Verhalten von Effric und Merry. Silas machte ihr Angst und Tormod noch mehr.

Aber was würde sie tun, wenn ihr Vater sie nicht fortbrachte?

Dann gäbe es keinen anderen Ort, an den sie gehen könnte. Sie wäre in dieser dunklen Burg mit diesen verstörenden Menschen gefangen.

Es dauerte lange, ehe sie in einen unruhigen Schlaf fiel.

Kapitel 9
Die irre Lady of Dunvegan

»Steh auf, du faule Hure!«

Bree fuhr aus dem Schlaf hoch.

»Wenn Domnall hört, dass du sie so nennst, wirst du das bereuen«, meldete sich Isobels Stimme ruhig im kalten Morgengrauen. »Und du hast versprochen, dich zu benehmen, Mädchen. Bree soll dir Gesellschaft leisten.«

Mit zusammengekniffenen Augen konnte Bree gerade so die Umrisse zweier Frauen ausmachen.

»Hoch mit dir!«, keifte Effric, offenbar wenig beeindruckt von Isobels Warnung.

Steif kroch Bree aus den Decken.

»Ich bin Herrin auf Dunvegan, nicht du! Hier wird nicht im Bett herumgelungert«, schimpfte Effric und hob die Hand, um Bree zu ohrfeigen, doch gerade noch rechtzeitig packte Isobel sie beim Arm.

Effric funkelte sie böse an, und während sie hinter dem Rücken versuchte, ihre Hände zu befreien, fuhr sie fort: »Du wirst arbeiten, keine Sonderbehandlung. Letzten Monat ist uns das Küchenmädchen davongelaufen. Du wirst ihren Platz einnehmen.«

»Nein, Effric, Bree soll nicht in der Küche arbeiten. Sie soll dir Gesellschaft leisten, solange sie nicht mir hilft«, erklärte Isobel seufzend, während sie noch immer Effrics Hände festhielt.

»Vielleicht würde etwas Musik dich beruhigen. Bree, kannst du die Laute spielen?«

Bree schüttelte den Kopf.

»Dann wird euch beiden Handarbeit guttun.«

Effric biss sich auf die Lippe. Sie schien protestieren zu wollen, doch nach einem durchdringenden Blick von Isobel überlegte sie es sich anders: »Und danach wirst du mich persönlich bedienen, Bree. Nun mach schon!«

Unter Effrics kritischen Blicken zog Bree sich hastig ihr Kleid über, während sie vergebens wünschte, Isobel hätte den Mund gehalten. Viel lieber hätte sie die düstere Küche Dunvegans geschrubbt, als Effric zu bedienen. Sie folgte Effric durch die dunkle Burg und fragte sich, was die Frau vorhatte. Einige Male erhaschte sie einen Blick auf Merry, die ihnen heimlich folgte.

Schließlich erreichten sie Effrics Kemenate.

Der Raum war groß, die Einrichtung edler als alles, was sie bisher hier gesehen hatte. Mehrere Felle lagen auf dem Boden und ein großes auf dem Bett. Einige Stühle mit kunstvoll bestickten Kissen standen an einem Tisch. Dahinter zierte ein kleiner Wandteppich das Mauerwerk.

Effric ging zum Fenster, zupfte an ihrem Ärmel herum und starrte schweigend auf die Bucht hinaus.

Da sie nicht wusste, was sie sonst tun sollte, stand Bree geduldig in der Mitte des Zimmers, die Hände hinter dem Rücken gefaltet, während Isobel einige Körbe voll Garn und einen Webstuhl zusammentrug.

»Du hast deine Handarbeiten immer so geliebt, Mädchen«, erklärte Isobel mütterlich. »Vielleicht solltest du eine neue beginnen. Du könntest eine Webarbeit von deinem Kanarienvogel machen, Liebes. Du liebst den Kleinen doch so!«

»Bree muss gehen«, verlangte Effric mit schriller Stimme. »Sie gehört nicht hierher.«

Bree stimmte ihr aus vollem Herzen zu und konnte sich ein Nicken nicht verkneifen.

Isobel warf ihr einen finsteren Blick zu, bevor sie Effric ruhig mitteilte: »Sie kann nicht gehen, Mylady. Daran gibt es jetzt nichts mehr zu ändern.«

Bree blickte zu Boden und fühlte sich merkwürdig beschämt.

»Sie wird nicht im Wohnturm leben!« Effric schlug mit der Faust auf den Tisch, und ihre blauen Augen füllten sich mit Tränen. »Nicht hier.«

»Das haben Cuilen und Tormod entschieden«, entgegnete Isobel und schüttelte entschieden den Kopf, bevor sie sich an Bree wandte. »Liebes, würdest du Effric bitte eine Schüssel Haferbrei holen?«

Dankbar für die Atempause, ganz gleich, wie kurz sie war, tat Bree, worum Isobel sie gebeten hatte.

Viel zu schnell war sie zurück. Sie stellte die Schüssel auf den Tisch, während Effric sich vor und zurück wiegte. Bevor sie reagieren konnte, holte die Frau aus und fegte die Schüssel beiseite, dass der Inhalt in alle Richtungen spritzte. Im nächsten Moment krallte sie die Hände in Brees Haar und begann unter lautem Geschrei, brutal daran zu zerren.

Mit einem erschrockenen Aufschrei ging Bree in die Knie und hielt sich den Kopf.

Es dauerte einige lange Minuten, ehe Isobel Effrics Finger freibekam.

»Du bist die Lady of Dunvegan«, erinnerte sie die Jüngere scharf und zog sie zurück ans Fenster. »Benimm dich auch so.«

Effric begann zu schluchzen. Sie griff sich eine Haarbürste von einem Tisch in der Nähe und warf sie nach Bree. »Aus meinen Augen! Bleib mir aus den Augen!«

Bree ergriff bereitwillig die Flucht.

Da sie nicht wusste, wohin sonst sie gehen sollte, kehrte sie in ihr Zimmer zurück, wo sie Merry vorfand, die geschäftig herumräumte, obwohl alles bereits makellos ordentlich war.

»Du solltest besser von hier fortgehen«, sagte das Mädchen und fuhr wieder und wieder mit den Händen über die Decken, um die Falten zu glätten.

Bei diesen Worten seufzte Bree laut. Kurz brannten ihr Tränen in den Augen, und sie ging zum Bett, um sich auf die Kante zu setzen. Als sie Merrys tadelnden Blick sah, begab sie sich stattdessen zur Truhe.

»Ich kann sonst nirgendwo hin«, gestand sie schweren Herzens.

Es war die Wahrheit. Wie deprimierend. In Thurston Hall wäre es noch gefährlicher. Ihre Mutter würde sie mit Raph verheiraten. Diesmal würde Afraig es nicht verhindern können. Domnall und Cuilen würden sie wahrscheinlich auch nicht auf Dunscaithe wohnen lassen. Ob es ihr gefiel oder nicht, sie saß hier fest. Hastig blinzelte sie ihre Tränen fort.

»Ruan bringt mich von hier weg«, verriet Merry. »Damit sie … mich nicht zurückschicken können.«

»Zurück?« Bree schniefte, dankbar für die Ablenkung von ihren eigenen Problemen.

»Aye, zurück zu Fearghus«, murmelte die Kleine und deutete mit einer unbeholfenen Geste auf ihr Auge. »Er ist mein Ehemann.«

»Dein Ehemann?« Schockiert schnappte Bree nach Luft, und ihre Augen weiteten sich. Sie erschauerte. Dieser Ort war durch und durch barbarisch.

Um Merrys willen straffte sie die Schultern und lächelte, während sie tief durchatmete. Sie würden jetzt nicht an Ehemänner denken. Stattdessen würde sie sich glücklichere Tage ins Gedächtnis rufen und diesem Kind vielleicht für ein paar kurze Momente helfen.

Um die gedrückte Stille zu beenden, dachte sie an Afraigs Erzählungen zurück und begann: »Kennst du die Geschichte …«

Die gesamte nächste Woche über war Effric niedergeschlagen und reagierte auf nichts und niemanden. Isobel, der offensichtlich etwas an der Lady of Dunvegan lag, blieb an ihrer Seite.

»Es tut mir leid, dass sie dich verletzt hat, mein Mädchen«, entschuldigte sie sich mit einer herzlichen Umarmung bei Bree. »Sie ist einfach nicht sie selbst. Halt dich fürs Erste besser von ihr fern. Es gibt keinen Grund, ihr noch mehr Kummer zu bereiten.«

Dem fügte sich Bree nur zu gerne. Stattdessen verbrachte sie ihre Zeit mit Merry, gemütlich unter den Plaids in ihrem winzigen Zimmer, und erzählte jede Geschichte, an die sie sich erinnern konnte.

Hauptsächlich um das Mädchen bei Laune zu halten, sprach Bree so viel Gälisch, wie sie konnte, bis sie selbst überrascht war, wie leicht die Sprache ihr von den Lippen ging. Scheinbar hatte sie doch mehr von Afraig gelernt, als ihnen beiden bewusst gewesen war.

Merry hörte fasziniert zu. Jeden Tag verblassten ihre Blutergüsse ein wenig mehr, und die Schwellung an ihrem Auge ließ nach. Sie fand noch immer Trost in ihren Ritualen – dem Glätten der Bettdecke und ihren ordentlichen Brotreihen bei Tisch –, aber Tag für Tag dauerten diese Rituale weniger lange.

In stillem Einvernehmen erwähnten beide mit keinem Wort ihre Ehemänner.

Etwa eine Woche war auf diese angenehme Weise vergangen, und Bree hatte sich bis auf eine leichte Müdigkeit völlig von ihrer Krankheit erholt. Merry hatte es sich zur Gewohnheit gemacht, nachts an ihre Seite geschmiegt zu schlafen, und die ständige Gesellschaft der Kleinen tröstete Bree.

Eines Morgens erwachte sie und sah Merry auf der Truhe sitzen. Ein strahlendes Lächeln lag auf ihrem kleinen Gesicht.

»Ich kann sehen!«, flüsterte sie verzückt und deutete auf das nun offene Auge. »Ich kann sehen!«

Bree lachte und spürte, wie ihr ein Stein vom Herzen fiel. Stürmisch zog sie das kleine Mädchen in eine Umarmung. Im nächsten Moment tanzten sie ausgelassen durchs Zimmer, sangen und lachten aus purer Freude daran.

Laut krachte die Tür gegen die Wand.

Mit wild pochendem Herzen sprangen sie auseinander.

»Wo hast du dich versteckt?«, verlangte Effric zu wissen, das Gesicht zu einer misstrauischen Grimasse verzogen. »Und wer war bei dir?«

Bree spähte an Effric auf der Suche nach Isobel vorbei, aber von der war nichts zu sehen.

»Nun?«, fauchte Effric. »Ruan wird es nicht gefallen zu hören, dass seine Frau bei einem anderen Mann gelegen hat.«

»Bree war bei mir«, unterbrach Merry sie hitzig, stemmte die Hände in die Hüften und baute sich schützend vor Bree auf. »Und ich schätze eher, Ruan wird es nicht gefallen zu hören, was du über seine Frau verbreitest. Aber das ist auch egal, denn niemand wird dir glauben.«

Effric starrte sie mit bebenden Nasenflügeln an. Sie hob die Hand, als wolle sie Merry schlagen, besann sich dann aber eines Besseren. Stattdessen zischte sie: »Mir nach! Beide!«

Bree zögerte. Wo war Isobel? Sollte sie überhaupt auf diese Frau hören? Isobel hatte ihr gesagt, sie solle sich von Effric fernhalten. Unsicher biss sie sich auf die Lippe.

»Isobel kann dir jetzt nicht helfen«, höhnte Effric, als könne sie ihre Gedanken lesen. »Sie ist im Dorf und hilft, ein weiteres von Tormods Bälgern auf die Welt zu bringen.«

Überrascht sah Bree sie an. Die Frau wirkte nicht im Geringsten verrückt. Zweifelnd trat sie einen Schritt auf sie zu. Merrys Hand glitt in ihre. Bei dieser kleinen Geste stiegen ihr unerwartet Tränen in die Augen. Sie hatte nicht damit gerechnet, an diesem Ort eine Verbündete zu finden, so klein sie auch sein mochte.

Effric führte sie erneut in ihre privaten Gemächer, wo sie ihnen befahl, sich in die Mitte des Raumes zu stellen und auf ihre Anweisungen zu warten. Sobald sich eine von beiden rührte, warf die Frau etwas nach ihnen, mal eine Bürste, mal einen Kamm oder einen Becher.

Von Isobel war nichts zu sehen, und niemand sonst schien sich darum zu scheren, was Effric trieb. Einige Male war Bree versucht, einfach zu gehen, aber sie war sich unsicher, welche Strafe ein solches Handeln nach sich ziehen mochte. Auch wenn Effric nicht ganz bei Verstand war, sie war immer noch die Lady of Dunvegan.

Als schließlich die Nachmittagssonne ins Zimmer schien, begann die Frau, vor ihrem Fenster auf und ab zu gehen und mit sich selbst zu reden. Schließlich befahl sie Bree in äußerst herablassendem Ton: »Bring mir etwas zu essen, Weib.«

Es war eindeutig als Beleidigung gedacht, doch Bree war dankbar für die Möglichkeit, ihrer Anwesenheit zu entfliehen. Nach einem Knicks folgte sie Merry zu dem engen Durchgang hinab zur Küche.

»Sie ist schrecklich«, flüsterte Merry, die neben ihr her hüpfte, »aber sie macht mir keine Angst.«

Bree nickte ermutigend. Sie wünschte, sie könnte dasselbe von sich behaupten, aber ihr machte Effric Angst. Isobels Einschätzung, die Burgherrin sei harmlos, konnte sie sich keineswegs anschließen. In den Augen dieser Frau lag etwas Beunruhigendes.

Die Köchin in der Küche sah sie finster an, schob ihr aber einen Holzteller hin. Gerade hatte sie ihn genommen, als sie Merry aufschreien hörte. Augenblicklich stürzte sie durch die Tür und erblickte verschwommen eine große Gestalt, die nach der immer noch kreischenden Merry griff.

Bree pochte das Herz bis zum Hals. Sie war der festen Überzeugung, Merrys Ehemann sei gekommen. Es war unbegreiflich, wie jemand einem verletzten Kind Schaden zufügen konnte. Irgendwo tief aus ihrem Inneren stieg eine nie gekannte Wut auf, und ohne wirklich zu wissen, was sie tat, griff sie an und hieb mit dem Teller nach Merrys Angreifer.

Jetzt schrie Merry noch lauter. Jemand anders brüllte. Noch während Bree auf die riesige Gestalt einschlug, erkannte sie das Gesicht von Merrys Angreifer. Die Augen waren dunkel, glühend – und schockgeweitet.

Ruan.

Doch es war zu spät.

Der Holzteller traf ihn hart an der Schulter und der Schläfe. Brot, Hammelfleisch und Eintopf flogen in alle Richtungen, als er zu Boden ging. Bevor er auf dem Rücken landete, packte er im letzten Moment ihr Handgelenk und zog sie mit sich.

In einem Knäuel aus Armen und Beinen landeten sie am Boden, und dann lag sie flach auf dem Rücken, unter seiner Brust eingeklemmt, die sich hastig hob und senkte.

Er verzog das Gesicht, rieb sich das Ohr und schüttelte den Kopf, ehe er ihr seine Aufmerksamkeit zuwandte. Starr vor Angst konnte Bree nichts tun, als abzuwarten. Sekundenlang bohrte sich sein unergründlicher Blick in den ihren, dann teilten sich seine Lippen.

»Bist du aber … eine kleine … Wildkatze«, raunte er atemlos.

Bree öffnete den Mund, um sich zu erklären, brachte jedoch nur ein nervöses Quieken zustande.

Verwirrt runzelte Ruan die Stirn und sagte: »Ich verstehe dich nicht, Mädchen.«

Sie schluckte und versuchte es erneut, doch ohne Erfolg.

Jetzt spürte sie seine Brust zucken, aber erst als sich um seine Augen herum feine Fältchen bildeten, begriff sie, dass er lachte.

»Halb tot habe ich dich zurückgelassen.« Seine Lippen zuckten. »Ich dachte, bei meiner Rückkehr würde ich ein Grab besuchen, nicht, dass ich mich gegen eine kleine Wildkatze zur Wehr setzen müsste, die mit dem Abendessen auf mich losgeht!«

Bree erstarrte. Wie konnte er amüsiert sein? Plötzlich konnte sie seiner eindringlichen Musterung nicht länger standhalten. Sie senkte den Blick, und er landete auf seinen Lippen. Volle Lippen, scharf gezeichnet und wie aus Stein gemeißelt. Und ein wenig verstörend.

Seltsam beschämt und verwirrt, weil sie ihn anstarrte, wandte sie erneut den Blick ab. Dieses Mal glitt er zu den Furchen zu beiden Seiten seines Mundes, bevor sie den kantigen Kiefer und das dunkle Haar wahrnahm, das achtlos mit einem Lederband zurückgebunden war.

Auf einmal war sie sich seines massigen Körpers auf ihr äußerst bewusst, spürte jeden Zentimeter des Beins, das er so achtlos über ihres gelegt hatte. Seine Muskeln fühlten sich an ihrem Körper ganz hart an. Die Hitze, die er ausstrahlte, brachte sie seltsam aus der Fassung.

Sie spürte, wie ihr die Farbe in die Wangen schoss.

Als sie seinem Blick noch einmal begegnete, änderte sich Ruans Gesichtsausdruck.

Sie war sich nicht sicher, was sie in diesen dunklen Tiefen sah, aber instinktiv wusste sie, dass es nichts mit Wut oder Gewalt zu tun hatte. Auf eine bizarre Weise ängstigte sie das nur noch mehr.

Er verlagerte sein Gewicht und murmelte: »Fast einen Monat habe ich im Dreck verbracht, habe gegen die MacDonalds um mein Leben gekämpft. Ohne einen Kratzer bin ich davongekommen, nur um nach Hause zu kommen und von einem schmächtigen Mädchen angegriffen zu werden.«

Ihr schnürte sich die Kehle zusammen, aber es gelang ihr zu krächzen: »Merry hat geschrien … und …«

»Sie mit nichts als Brot zu verteidigen und auch noch so auszusehen wird euch beiden nichts als Ärger einbringen«, warnte er mit leiser Stimme.

Verwirrt runzelte Bree die Stirn. Etwas in der Miene dieses Mannes ließ ihr Herz schneller schlagen. Sie legte die Hände an seine Brust und wollte ihn von sich schieben, doch das war ein Fehler. Seine Brust war breit, hart und muskulös. Er war beunruhigend und aufregend zugleich.

»Halt still«, befahl er, aber sein Tonfall strafte den barschen Befehl Lüge.

Sie wurde rot, wünschte sich plötzlich fort und zappelte trotzdem.

Ruans Kiefer verkrampfte sich. Leise fluchend kam er auf die Füße und zog sie ebenfalls hoch. Rasch glitt sein Blick nach unten, huschte über ihren Leib.

»Du solltest dich hier nicht allein herumtreiben, besonders nicht heute Abend«, informierte er sie knapp. »Die Männer sind betrunken, und es gibt hier nur wenige Frauen.«

Bree schluckte und trat nervös einen Schritt zurück.

»Aye«, fuhr Ruan fort und betrachtete sie nachdenklich. »Ich werde meine liebe Mühe damit haben, mich von deinem Bett fernzuhalten.«

Ein unterdrücktes Lachen verriet ihr, dass sie nicht allein waren. Domnall, Robert und einige andere, die sie nicht kannte, hatten sich in der Nähe versammelt.

»Sie!«, korrigierte Ruan sich rasch. Unbehaglich räusperte er sich und erklärte: »Ich meinte … *sie* fernzuhalten … von deinem Bett!«

Erst, als sie die leichte Röte auf seinen Wangen sah, erinnerte sich Bree deutlich genug an seine Worte, um den Grund für die Heiterkeit der anderen zu verstehen. Sie spürte, wie ihr die Hitze ins Gesicht stieg. Rasch trat sie einen weiteren Schritt zurück und stolperte über ihre Röcke.

Ruan sprang vor und griff nach ihrem Arm, um sie festzuhalten.

Sprachlos starrte sie auf seine Finger.

»Nicht ganz, was du erwartet hast, was, Junge?« Bei Domnalls donnernder Stimme zuckten sie beide zusammen. »Frag am besten Robert, wie man mit einem MacBethad-Mädchen umgeht.«

»Ach, was weiß ich schon davon?«, schaltete sich Robert ein. »Bree hat gemacht, was sie wollte, das weißt du genau … So wie jeder MacBethad, den ich je kennengelernt habe.«

Verwundert drehte Bree sich zu dem grauhaarigen Mann um.

»Er spricht von meiner Bree, Mädchen«, erklärte Robert MacLeod mit einem schiefen und traurigen Lächeln auf seinen wettergegerbten Zügen. »Domnalls Schwester … vor vielen Jahren.«

»Ich habe noch ein paar Dinge zu erledigen. Du solltest zurück in den Turm gehen, Bree«, unterbrach ihn Ruan schlecht gelaunt. Mit finsterer Miene ließ er sie los. Dann, als habe er ihre

Anwesenheit bereits vergessen, schenkte er Merry ein strahlendes Lächeln und hob sie auf die Arme.

Vergnügt quietschte das kleine Mädchen.

Bree verzog das Gesicht.

Wie hatte sie diesen fröhlichen Laut mit einem Schrei verwechseln können? Sie runzelte die Stirn, erbost über ihre eigene Dummheit.

Sie war so eine Närrin.

»So langsam begreift der Junge es, was?«, bemerkte Domnall amüsiert.

»Aye«, stimmte Robert ihm zu, »aber eine Weile wird er es noch abstreiten.«

»Ich bin immer noch hier.« Ruan warf den beiden einen drohenden Blick zu. »Ich wäre euch dankbar, wenn ihr eure ach so witzigen Bemerkungen außerhalb meiner Hörweite austauschen würdet.«

»Ruan!« Plötzlich stand Effric am Fuß der Treppe. »Es tut gut, dich wohlauf zu sehen.«

»Mylady.« Ruan verbeugte sich und hob die Augenbrauen. »Es tut gut, Euch umherlaufen zu sehen.«

Effric strahlte über seine höfliche Geste. Ihre Wimpern flatterten, doch dann entdeckte sie Bree, und ihr Mund verzog sich zu einer dünnen Linie. »Bree, ich brauche dich. Komm auf der Stelle mit.«

Bree zögerte. Einen Augenblick lang wünschte sie, Ruan würde ihr befehlen zu bleiben, aber er verfolgte nur interessiert das Geschehen. Als sie an ihm vorbeiging, zog Merry ihn zu sich hinunter und flüsterte ihm etwas ins Ohr.

Bree runzelte die Stirn. Natürlich kam niemand zu ihrer Rettung. Dies war die Stellung, die ihr gebührte. Sie stapfte besonders laut die Treppen hinauf. Niemand bemerkte es, und es half nur wenig, um ihre wachsende Frustration zu beschwichtigen.

»Folge mir. Sofort!«, zischte Effric.

Unsanft stieß sie Bree durch den Korridor, schloss die Tür zu einer kleinen Kammer direkt gegenüber der Treppe auf und bedeutete Bree, einzutreten.

Zögernd gehorchte Bree. In dem Raum war kein Licht, und sie konnte nichts sehen. Dann traf sie etwas am Hinterkopf, sie stürzte nach vorn und verlor das Bewusstsein.

Kapitel 10
Spinnen und gut aussehende Männer

Es war dunkel. Ihr war kalt. Ihr schmerzte der Kopf, und sie spürte, dass sie mit Stoffstreifen geknebelt und gefesselt war. Sie lag auf altem Stroh und wagte nicht, darüber nachzudenken, worauf noch. Stirnrunzelnd versuchte sie sich zu entsinnen, wie sie hierhergekommen war, dann erinnerte sie sich an Effric.

Sie zerrte an den Fesseln, um sich zu befreien. Besonders sorgfältig waren sie nicht verknotet. Gedämpfte Geräusche drangen durch die Dunkelheit. Sie versuchte, ihren Herzschlag zu beruhigen, um besser hören zu können. Gelächter, das Klirren von Bechern und einige raue Lieder verrieten ihr, dass das Abendessen im Gang war und sie sich in der Nähe der Großen Halle befand. Hoffnung keimte in ihrer Brust.

Es dauerte nicht lange, bis sie ihre Hände befreit hatte, und kurz darauf war sie auch den Knebel los. Sie kroch durch die Dunkelheit, fand die Tür und rüttelte am Griff. Sie ließ sich nicht öffnen. Sollte sie um Hilfe rufen? Wenn sie es täte, wer würde kommen? Ruan hatte sie vor den Männern hier gewarnt. Wo war er? Wusste er überhaupt, dass sie verschwunden war? Und kümmerte es ihn?

Als etwas über ihren Fuß lief, schrie sie auf. Es ertönte ein Quieken. Ihr lief ein Schauer über den Rücken. Ratten hasste sie fast so sehr wie die Dunkelheit und Pferde. Der Schock über ihre Situation ließ nach und wich wachsender Panik.

Ein sanftes Kitzeln streifte ihre Haut, und sie schrie erneut. Sie hüpfte herum, versuchte verzweifelt abzuschütteln, was auch immer es war, bevor sie sich wieder zur Tür wandte. Erneut dachte sie daran, um Hilfe zu rufen, doch Ruans Warnung klang ihr eindringlich in den Ohren. Es wäre wohl das Klügste zu warten, bis der Feierlärm verhallte.

Eine weitere Ratte quiekte, und Bree brach in Tränen aus. Es war ein anstrengender Tag gewesen, und ihr Kopf schmerzte. Sie sank zu Boden, barg das Gesicht an ihren Knien und erlaubte sich zu weinen.

Sie wusste nicht, wie lange sie so schluchzend dagesessen hatte. Es fühlte sich an, als hätte ihre Folter Tage gedauert, bevor sie jemanden an der Tür rütteln hörte. Verzweifelt und nicht länger besorgt, wer auf der anderen Seite stehen würde, schrie sie hysterisch. Die Tür schwang auf, und das Licht der Fackel blendete sie. Panisch stürzte sie nach vorn, direkt in die Arme ihres Retters.

Er war groß, imposant und wie ein Fels in der Brandung. Erleichtert warf sie ihm die Arme um den Hals.

Ruan.

Überrumpelt wich er einen Schritt zurück, doch dann legte er ihr tröstend einen Arm um die Mitte.

»Ich habe es dir doch gesagt!« Böse funkelte Merry ihren Bruder an. »Was ist passiert, Bree? Du stinkst wie ein Schweinestall. Da ist eine Spinne in deinem Haar!«

Bree schrie auf und schlug wild um sich.

Ein dumpfes Geräusch war zu hören, und Ruan fluchte, hielt sich die Nase.

»Halt still, du kleiner Satansbraten«, fuhr er sie mit finsterem Blick an und drückte Merry die Fackel in die Hand. Gekonnt packte er Bree bei den Handgelenken und warf sie sich über die Schulter.

Bree versuchte, sich zu wehren, aber er war zu stark. Ebenso gut hätte sie versuchen können, die Mauern Dunvegans selbst zu bewegen, während er sie durch die Große Halle – vorbei an Domnalls und Roberts erstaunten Gesichtern – und hinauf in den Turm trug.

Sich sehr wichtig vorkommend, lief Merry ihnen hinterher und trug die Fackel.

Innerhalb weniger Minuten hatte Ruan das Schlafzimmer erreicht und beugte sich vor, um Bree herunterzulassen. Noch immer hielt er ihre Arme hinter ihrem Rücken und drückte Bree eng an seine Brust, sodass sie jeden einzelnen harten, straffen Muskel an seinem Bauch spürte. So hielt er sie einen langen Augenblick. Er war ihr derart nah, dass ihr unbehaglich wurde. Bei dem Glitzern in seinen Augen musste sie an einen Falken denken, der eine Maus beäugte.

Abrupt ließ er sie los.

»Was ist passiert, Bree?« Merry hüpfte auf die Truhe und machte es sich bequem.

Zittrig holte Bree tief Luft und fuhr sich mit der Zunge über die trockenen Lippen. Plötzlich war ihr einfach alles zu viel. Tränen begannen zu fließen. Irgendwo tief aus ihrem Inneren brach es aus ihr hervor, ein ganzer Schwall von Worten.

Sie redete und redete, im Grunde nur wirres Zeug, aber sie konnte nicht aufhören. Da war so viel: Wat, sein Onkel und die kaltherzige Bereitwilligkeit ihrer Mutter, sie für Schafe einzutauschen, Afraigs Verrat und auch der ihres Vaters. Da war die außerordentliche Ungerechtigkeit einer erzwungenen Ehe mit einem finster dreinblickenden Fremden, auch wenn ihr vage bewusst war, dass eben dieser finster dreinblickende Fremde ihr sanft die Schulter tätschelte.

Es spielte keine Rolle. Da war Effric, vor der sie Angst hatte, und nun auch noch die anderen merkwürdigen Bewohner Dunvegans. Sie war mit Ratten allein in der Dunkelheit gewesen. Sie hasste Ratten. Sie hasste Spinnen. In diesem finsteren, kalten Loch waren sowohl Ratten als auch Spinnen gewesen. Der Raum hatte entsetzlich gestunken. Selbst jetzt hatte sie den widerlichen, ranzigen Geruch noch in der Nase.

Mittlerweile weinte sie hemmungslos und wischte sich mit dem Ärmel die Tränen ab, dann wurde ihr etwas an die Lippen gepresst. Eine brennende Flüssigkeit versengte ihr die Kehle. Whisky.

Sie keuchte und würgte.

»So«, brummte Ruan, »das sollte dich aufwärmen, Mädchen.«

Bree holte langsam, zittrig Luft, war sprachlos vor Überraschung.

Um Ruans Mundwinkel zuckte es, als er ihr den Whisky erneut an die Lippen hielt.

Kopfschüttelnd schob sie die Flasche weg.

»Aye, widerwärtiges Zeug«, stimmte er zu. Er wog die Flasche in der Hand, ehe er sie leerte. »Erst die letzten vier Wochen über habe ich wieder zu trinken angefangen. Schon vor Jahren hatte ich dem Alkohol und den Frauen abgeschworen … Ich sollte wahrlich … mit all dem abgeschlossen haben … Ich bin mir wirklich nicht sicher …«

Seine Stimme verstummte, und erst jetzt bemerkte Bree, dass sie viel zu dicht bei ihm stand. Merry war verschwunden. Irgendwie war Bree zu ihm gelangt. Sie stand zwischen seinen starken Oberschenkeln, sein Arm war lässig um ihre Taille geschlungen. Während sie sich an seinem Hemd festklammerte, spürte sie, wie seine Brust sich hob und senkte. Entsetzt versuchte sie, ihren Fingern zu befehlen, sich zu lösen, doch sie verkrampften sich nur noch weiter, gruben sich noch tiefer in den Stoff.

Der Blick seiner dunklen Augen bohrte sich in den ihren, und plötzlich hatte sie ein Gefühl, als würde sie ertrinken. Von weit weg hörte sie ihre bebende Stimme: »Danke, dass du … mich gerettet hast.«

»Dafür musst du Merry danken. Das Mädchen ist sehr von dir eingenommen.« Ruan schenkte ihr ein schiefes Lächeln, bevor er ernst wurde. »Ich bin es, der dir danken sollte. Für alles, was du für meine kleine Schwester getan hast.«

Bree schluckte und blieb, wo sie war. Sie sollte weggehen, aber der stählerne Arm, der ihre Taille umschlang, war merkwürdig tröstlich. Was war nur mit ihr los? Sie sollte davonlaufen. Konnte sie denn nicht mehr klar denken?

Ruan lehnte sich vor, seine Lippen streiften ihr Ohr. Ein warmer Schauer lief ihr über den Rücken.

»Ich hatte … ein wenig zu viel … Whisky«, murmelte er, als wolle er sich entschuldigen. »Du solltest lieber … das Kleid ausziehen.«

Angst überkam sie, aber sie konnte sich nicht rühren.

»Ich meinte, es wechseln«, verbesserte sich Ruan hastig und räusperte sich, »nicht ganz ausziehen. Ja, ich weiß … du musst es ausziehen, um dich umzuziehen … aber … du kannst nicht nackt bleiben …«

Die leichte Röte, die seinen Hals hinaufkroch, beschwichtigte sonderbarerweise ihre Sorge.

Plötzlich riss ihm offenbar der Geduldsfaden: »Bei allen Heiligen, Frau, genug Geschwätz! Gerade hast du noch gejammert, dass dein Kleid stinkt wie ein Schweinestall, um Himmels willen. Ich wollte nur helfen. Zieh dich um, und gut ist es.«

Ihr Kleid stank tatsächlich. Sie roch, als hätte sie sich im Dreck gesuhlt – außerdem waren da Spinnen gewesen. Bei der Vorstellung, dass die vielleicht noch immer in ihren Röcken herumkrabbelten, erfasste sie neuerliche Panik. Mit einem Satz war sie von ihm fort und begann, auf den Boden zu stampfen, schüttelte ihre Röcke in einem wilden Tanz.

Mit offenem Mund starrte er sie an.

Etwas kitzelte sie am Hals, und sie schnappte nach Luft, versuchte, es fortzuwischen. »Ist sie weg? Ist sie weg?«

Ruan sah sie finster an. »Hast du den Verstand verloren?«

»Diese Spinnen!« Bree zitterte unkontrolliert, stand kurz vor einem Schreikrampf. Verzweifelt zerrte sie an den Bändern ihres

Kleides und hatte es schon halb ausgezogen, als ihr verspätet Ruans Anwesenheit wieder einfiel.

Er starrte sie mit einem Ausdruck an, über den sie es vorzog, nicht nachzudenken.

Sie wurde rot. Das Kleid vor sich zusammenhaltend, trat sie einen Schritt zurück. Es musste der Whisky sein, der sich so auf sie auswirkte.

Ruan blinzelte und schüttelte träge den Kopf, bevor er sich schwankend gegen das Bett lehnte. Er schlüpfte aus seinem Hemd und Plaid und beförderte seine Kleidung fluchend und mit einem Tritt durchs halbe Zimmer. Bäuchlings warf er sich aufs Bett, rollte sich auf den Rücken und legte sich einen muskulösen Arm über das Gesicht.

Als er keine Anstalten machte, sich noch einmal zu rühren, beeilte Bree sich, ihr Kleid und Unterhemd loszuwerden. Sein langsamer, regelmäßiger Atem verriet ihr, dass er eingeschlafen war. Sie holte tief Luft. Es war ein ermüdender Tag gewesen. Nur zu gern hätte sie ebenfalls geschlafen, aber nun war das Bett von einem Mann belegt.

Vorsichtig warf sie einen verstohlenen Blick in seine Richtung.

Ruan lag auf dem Rücken, nackt und ohne sich um seine Blöße zu kümmern. Selbst in der zunehmenden Dunkelheit konnte sie jeden Zentimeter von ihm sehen. Er war schlank, doch muskulös, sein Bauch definiert und seine Oberschenkel kräftig. Ehe sie es verhindern konnte, hatte sie ihn schon einerseits schüchtern, andererseits auch neugierig gemustert. Ihr Puls beschleunigte sich, und Wärme durchflutete sie.

Verwirrt und mit wachsender Scham wandte sie den Kopf ab. Der Whisky musste ihr Urteilsvermögen trüben.

Es war kühl.

Schuldbewusst hüllte sie sich in Ruans abgelegten Plaid und sog den eigenartig angenehmen Geruch nach Heidekraut und Rauch ein. Sie gähnte. Nun musste sie noch einen Platz zum Schlafen finden. Das laute, ausgelassene Gelächter, das von der

Halle heraufdrang, vertrieb jeden Gedanken daran, das Zimmer zu verlassen. Nein, Ruan hatte nicht gescherzt, als er sie gewarnt hatte, dass Dunvegan gefährlich war.

Das winzige Zimmer bot nur wenig Alternativen. Der Boden war ungeeignet, die dünne Schicht Binsen würde kaum gegen die Kälte ankommen. Das Bett, ausgefüllt von einem nackten Mann, stand vollkommen außer Frage. Das Einzige, was übrig blieb, war die Truhe.

Die erwies sich als hart, kalt und unbequem. Eine Zeit lang saß Bree darauf, die Stirn auf die Knie gelegt, und versuchte, sich warmzuhalten, während die Nacht immer kälter wurde.

Ruan begann zu schnarchen.

Unbehaglich rutschte sie auf dem Holz herum. Ein Feuer gab es nicht, und das Zimmer wurde minütlich kälter. Der Mann auf dem Bett seufzte im Schlaf zufrieden. Sie warf ihm einen gereizten Blick zu. Für eine Weile rieb sie die Finger aneinander. Ihre Nase fühlte sich eiskalt an. Zitternd erinnerte sie sich zurück an die Kälte der Heide.

Ruan drehte sich auf die Seite und zog die Decke mit sich. Er schien sich außerordentlich wohlzufühlen. Neidisch musterte Bree ihn. Es war einfach nicht gerecht, dass der Mann nackt und völlig unempfindlich gegen die Kälte dalag, während sie frierend auf der harten Truhe kauerte.

Als ihre Nase zu laufen begann, geriet ihre Entschlossenheit ins Wanken.

Ruan schlief tief und fest.

Sie könnte sich am Fußende des Bettes zusammenrollen und morgen früh wieder verschwunden sein, noch bevor er aufwachte. Er würde nie etwas davon erfahren. Außerdem war er ohnehin nicht an ihr interessiert. Domnall hatte gesagt, dass ihm die Mädchen nur so nachliefen. Er musste eine Geliebte haben.

Der Gedanke setzte sich fest und vermittelte ihr ein Gefühl von Sicherheit. Natürlich könnte ein so gut aussehender Mann sich die Frauen aussuchen. Erleichterung breitete sich in ihr aus.

An ihr hätte er kein Interesse. Sie wollte sich nicht eingestehen, dass dieser Gedanke deprimierend war.

Die Zeit strich dahin. Schließlich verfluchte Bree ihre Feigheit und glitt ans Fußende des Bettes, fest davon überzeugt, dass Ruans Herz vergeben war.

Auf der Suche nach einem warmen Plätzchen kroch sie unter die Decke. Es war erstaunlich, wie willensschwach sie war – bereit, jegliche Überzeugung zu verraten, um ein wenig Unbehagen zu vermeiden. Sie rollte sich zu einem kleinen Ball zusammen und genoss die weiche Wärme, während sie sich schwor, dass sie zuerst wach werden und vor Sonnenaufgang verschwinden würde.

***

»Was für ein feiner nackter Hintern, Junge!«, bemerkte eine Frau belustigt.

Benommen runzelte Bree die Stirn und wünschte, die Stimme würde weggehen. Ihr war wunderbar warm. Seit Jahren war ihr nicht mehr so herrlich warm gewesen.

»Isobel?«, brummte eine Stimme an ihrem Ohr.

Bree verzog das Gesicht wegen des lauten Grollens. Sie wollte nicht aufwachen. Es war so behaglich. Für einen Augenblick fragte sie sich, was die bleiernen Gewichte über ihrer Brust und ihren Beinen waren, aber es kümmerte sie nicht. Sie waren der Grund für die köstliche Wärme. Mit einem genüsslichen Lächeln kuschelte sie sich tiefer unter die Decke, bereit, wieder in den Schlaf zu sinken.

Das Gewicht bewegte sich. Etwas kitzelte sie an der Wange. Überrascht hob sie die Lider und sah ein paar lange, dunkle Haarsträhnen, die über sie fielen.

Ruan musterte sie, mit sichtlichem Interesse, aus nächster Nähe.

Ihr Herz setzte aus.

»Das Ding stinkt, Junge. Ich gebe es in die Waschstube.«

Aus den Augenwinkeln sah Bree, wie Isobel Ruans Hemd auf Armeslänge von sich hielt.

»Ach Bree, was hast du nur mit deinem Kleid angestellt? Es riecht wie ein Misthaufen«, tadelte Isobel gleich darauf und warf auch Brees Kleid auf den Haufen. »In Merrys Zimmer habe ich noch eins für dich. Ich hole es dir. Noch nie habe ich ein Mädchen gesehen, das so schnell seine Kleider aufbraucht wie du, Liebes!«

Bree schluckte, während Ruan sie weiterhin anstarrte.

»Bleib nur im Bett mit deiner kleinen Frau, Junge. Nach den jüngsten Ereignissen werden dir die wenigsten einen Vorwurf daraus machen«, fuhr Isobel fort, und ihr altes Gesicht strahlte vor Heiterkeit.

Verzweifelt durchkämmte Bree ihre Erinnerungen. Sie war am Fußende des Bettes unter die Decke geschlüpft. Wie war sie unter dem Mann gelandet?

Ruan hatte sich nicht gerührt. Er lag halb auf ihr und betrachtete sie noch immer auf eine Weise, über die sie nicht wagte, weiter nachzudenken. Ihre Lippen waren wie gelähmt, aber ihr fehlten ohnehin die Worte. Sie wusste nicht, wie lange sie so dalagen. Die Zeit schien stillzustehen, doch dann drang durch das Fenster der gellende Klang von Dudelsäcken herein.

Überrascht zuckte sie zusammen, und ihr Ellbogen traf etwas Hartes.

Ruan knurrte, setzte sich auf und rieb sich das Kinn. »Das ist nur der Dudelsackspieler mit der Morgenklage.«

»Aye«, stimmte Isobel zu, die ins Zimmer zurückkehrte und ein anderes Kleid auf der Truhe ablegte, »das ist die Art, wie anständige Leute aufwachen, mein Mädchen.«

»Das hier … brauche ich«, grummelte Ruan und zog Bree den Plaid weg, wandte jedoch höflich die Augen ab. Im Gehen wickelte er sich darin ein und ging gerade an Isobel vorbei, als es laut an der Tür klopfte. Er riss sie auf und stand einem grimmig dreinblickenden Ewan gegenüber.

»Sie haben Sean gefunden«, sagte der blonde Jüngling düster.

»Heilige Mutter Gottes.« Isobel brach die Stimme, und ihre Schultern senkten sich betrübt.

Ruan sog scharf die Luft ein und schlug mehrmals mit der Stirn gegen die Wand, bevor er seufzte: »Ich gehe es ihr sagen.«

»Dein Neffe … Andrews Sohn … Duncan …« Ewan verstummte.

Ruans Kopf ruckte hoch, aber seine Miene hatte sich verändert. Der Kummer auf seinen Zügen verschwand.

»Jetzt werden wir es nie erfahren.« Ewan räusperte sich und warf ihm einen langen Blick zu. »Tot, die Kehle von einem Ohr bis zum anderen aufgeschlitzt.«

»Heilige Mutter Gottes«, wiederholte Isobel. Dieses Mal war ihr Tonfall lediglich pflichtbewusst.

»Nun denn«, sagte Ruan und seufzte schwer, »ich gehe dann mal zu Jenna.«

An der Türschwelle zögerte er, wandte sich halb in Brees Richtung, zuckte dann aber mit den Achseln und schob sich an Ewan vorbei. Im nächsten Moment war er verschwunden.

Bree seufzte erleichtert, froh darüber, dass der Mann weg war. Er war beunruhigend, in jeder Beziehung. Als sie sich die glühenden Wangen rieb, begegnete sie Isobels wissendem Blick.

»Ach, Mädchen«, sagte die Frau leise und legte den Kopf schief. »Raus aus dem Bett mit dir, wir haben Arbeit zu erledigen. Ich schicke dich zur Molkerei hinunter. Jenna braucht ein wenig Hilfe.«

Kapitel 11
Jennas Kummer

Vor der Molkerei hielt Ruan inne, wie betäubt von der Nachricht von Seans und Duncans Tod. Die letzten paar Wochen waren zermürbend gewesen. Bei den vielen Überfällen auf Fearghus waren eine Menge Pfeile geflogen, aber eine beachtliche Anzahl derer, die in seine Richtung gezielt hatten, waren von hinten gekommen.

Eines Abends hatte er sein Pferd ins Unterholz gelenkt, um die Schuldigen aufzuspüren, und war über eine unerwartete Szene gestolpert. Ja, der Tod seines Bruders Andrew war ein Schock gewesen, aber nicht, weil er gelitten hatte oder gestorben war. Männer starben im Kampf. Das war Schicksal.

Nein, Andrew hatte sein Leben durch die Hand ihres Onkels Robert verloren. Robert hatte ihm die Kehle durchgeschnitten, ohne ein Wort der Erklärung. Stattdessen hatte er lediglich auf den Köcher voller Pfeile gedeutet, den Andrews tote Finger noch immer umklammert hatten.

Die Pfeile hatten mit Andrews Tod nicht aufgehört, aber ihre Anzahl hatte abgenommen. Kurz darauf war Robert zu Pferd verschwunden, aber zuvor hatte er Ruan noch geraten, Andrews Sohn Duncan zu meiden.

Mehrere Tage war sein Onkel weg gewesen, bevor er zurückgekehrt war, um Ruan zu versichern, dass es nun vorbei war. Mehr hatte Ruan nicht hören wollen, und damit war die Unterhaltung beendet gewesen.

Von jenem Zeitpunkt an hatte der Beschuss endgültig aufgehört, und weder er noch Robert hatten seither davon gesprochen. Irgendwann würden sie es tun, aber Ruan wollte nicht hören, ob Duncan daran beteiligt gewesen war. Nein, nicht der Junge, den er als Kind lachend auf den Knien geschaukelt hatte.

Das Herz wurde ihm vor Trauer schwer. Er würde nie verstehen, warum seine Brüder ihrem Nachwuchs eingeredet hatten, Ruan sei auf ihren Tod aus und wolle jeden töten, der seiner Machtergreifung auf Dunvegan im Wege stand. Nichts könnte weiter von der Wahrheit entfernt sein. Er schüttelte den Gedanken ab, um sich auf Jenna zu konzentrieren. Nun musste er ihr sagen, dass ihr Geliebter Sean tot war.

Jenna war immer seine liebste Halbschwester gewesen. Auch wenn manche auf Dunvegan sie eine Hure nannten und sie mieden, weil sie das Kind eines verheirateten Mannes austrug, hatte er sie nicht verurteilt. Wie konnte er? Sie war seine Schwester, und das Kind war unschuldig. Er seufzte. Ja, die Geschichte zwischen Sean und Jenna war von Anfang an aussichtslos gewesen, aber jetzt gab es nichts mehr, was man noch dagegen hätte unternehmen können.

Sie musste ihn kommen gesehen haben. Mit einem Aufschrei warf sie sich in seine Arme.

»Dann ist er tot«, schluchzte sie und barg das Gesicht an seiner Schulter.

»Ja, Kleines«, seufzte Ruan und hielt sie fest.

Eine Weile weinte sie sich einfach aus, bevor sie begann, von dem Baby zu reden.

»Ich werde mich um euch beide kümmern, Jenna«, versicherte ihr Ruan, wischte ihre Tränen mit seinem Ärmel fort und tätschelte ihren Bauch. »Es gibt keinen Grund, sich zu fürchten.«

Ein leises Geräusch veranlasste ihn, sich umzudrehen. Ein wenig abseits stand Bree auf dem Pfad, das Haar hing ihr in feuchten Locken über den Rücken. Das arme Mädchen sah blass und müde aus, obwohl der Tag gerade erst anfing. Hinter ihr entdeckte er Merry, die mit einem langsamen Humpeln aufschloss.

Er biss die Zähne zusammen.

Die Frauen unter seiner Obhut litten. Nervös beobachteten sie ihn, als er Jenna fort von der Käserei und hinunter ans Wasser führte.

Der Morgen wurde zum Nachmittag, während er seine Schwester tröstete und ihr einfach zuhörte. Sie verbrachten ihre Zeit damit, durch das Dorf und die angrenzenden Felder zu spazieren. Es fiel ihr schwer, an einer Stelle zu verweilen.

Schon als sie ihm unter Tränen ihren Zustand gebeichtet hatte, hatte er versprochen, sich um Jennas Wohl und das ihres Kindes zu kümmern. Dieses Versprechen würde er halten, auch wenn er noch nicht wusste, wie er das bewerkstelligen sollte. Ihm blieb nichts mehr. Robert würde helfen, aber Ruan hatte nie etwas anderes von dem Mann angenommen als seine Liebe.

Es war schon spät, als er schließlich sein Pferd sattelte und mit Jenna zu ihrem winzigen Bauernhof in einiger Entfernung ritt. Er vergewisserte sich, dass sie etwas aß und fest eingeschlafen war, bevor er sich langsam zurück auf den Weg nach Dunvegan machte und dabei über die Zukunft nachdachte. Ohne Seans Mitarbeit würde Jenna den kleinen Bauernhof nicht bewirtschaften können.

Kaum hatte Ruan einen Fuß in den Burghof gesetzt, als Effric sich auf ihn stürzte. »Ruan.« Lächelnd fasste sie ihn beim Arm. »Ich habe dich vermisst.« Ihre Lider senkten sich flatternd.

Ruan musterte sie mit einer Mischung aus Misstrauen und Neugierde. Als Effric angekommen war, hatte er sie zunächst bemitleidet. Das hatte nicht lange angedauert. Schon bald hatte sich die neue Lady of Dunvegan als intrigant und unausstehlich herausgestellt. Seit ihrer ersten Begegnung hatte sie ihm nachgestellt und sich einfach geweigert zu glauben, dass sein Mangel an Interesse echt war.

Dann war sie verrückt geworden, und wie der Rest des Clans hatte er sie größtenteils vergessen. Doch es gab noch immer etwas zu bemitleiden, führte er sich vor Augen. Mit Tormod verheiratet zu sein war für jedes Verbrechen eine zu harte Strafe.

»Bald könntest du Laird sein!«, flüsterte Effric und versperrte ihm den Weg. »Hast du gehört? Duncan und Andrew sind tot und …«

»Aye«, unterbrach Ruan sie stirnrunzelnd, »aber ihr Tod hat mit mir nichts zu tun.«

»Aber jetzt stehen nur noch drei andere zwischen dir und …«, setzte sie an und legte ihm die Hände auf die Brust.

»Wie kannst du so etwas sagen?«, verlangte Ruan empört zu wissen und stieß sie von sich.

Effrics Lippen pressten sich zu einer dünnen, weißen Linie zusammen. »Eifrig darauf bedacht, zu deiner neuen Hure zu kommen, was?«

Bree. In den letzten paar Stunden hatte er keinen einzigen Gedanken auf das Mädchen verwendet. Jennas Trauer war seine größte Sorge gewesen. Auch während des Feldzugs gegen die MacDonalds hatte er nur selten an seine frisch angetraute Ehefrau gedacht, die auf Dunvegan mit dem Tod rang. Am Leben zu bleiben war bei Weitem wichtiger gewesen. Wenn er an sie dachte, dann mit der Gewissheit, dass sie bei seiner Rückkehr gestorben sein würde.

Keineswegs war er darauf gefasst gewesen, sich ihren überraschend grünen Augen mit den dunklen Wimpern und ihrem üppigen braunen Haar gegenüberzusehen. Aye, sie war ein Mädchen, das sein Blut in Wallung bringen konnte, wenn er es zuließ. Unbehaglich verzog er das Gesicht.

»Ruan?«

Effrics schrille Stimme holte ihn in die Gegenwart zurück. Stirnrunzelnd zog sie an seinem Ärmel, sichtlich hin und her gerissen zwischen Wut auf ihn und dem Wunsch, ihn zu verführen. »Komm mit mir«, flüsterte sie.

Gierig glitten ihre Finger unter seinen Plaid. Er zog ihre Hand weg und stieß ein entnervtes Seufzen aus. In der Vergangenheit hatte sie ihn mit einem Elan verfolgt wie keine andere. Er hatte geglaubt, die Angelegenheit sei erledigt.

Grob packte er sie bei den Schultern, drehte sie herum und verkündete drohend: »Ich bin nicht an dir interessiert, und das werde ich auch nie sein. Du kannst mir glauben, wenn du mich weiterhin begrapschst, wirst du die erste Frau sein, die ich je geschlagen habe!«

»Oh, das würde mir nichts ausmachen, Ruan«, gurrte sie und beugte sich aufreizend vor.

Ungläubig starrte Ruan sie an.

»Ich bin ganz dein, tu mit mir, was du willst«, wisperte sie und rieb sich herausfordernd an seiner Brust.

Die Frau war tatsächlich verrückt, es gab keine andere Erklärung. »Aber ich will dich nicht«, knurrte er und schob sie energisch von sich.

»Ist es wegen Bree?«, fauchte Effric mit bebenden Nasenflügeln.

Als ihm Brees Panik vom vergangenen Abend wieder in den Sinn kam, richtete Ruan sich zu seiner vollen Größe auf und verkündete scharf: »Ob du verrückt bist oder nicht, Effric, du wirst Bree nichts zuleide tun. Falls doch, sperre ich dich eigenhändig in einen Turm. Das, oder ich schicke dich zu deinem Vater zurück. Aye, und nach gestern werde ich dich Tag und Nacht bewachen lassen, um solchen Unfug in Zukunft zu verhindern!«

Effric keuchte und wurde kreidebleich. Einen Moment lang starrte sie ihn finster an, bevor sie abrupt kehrtmachte und davoneilte.

Kurz fragte er sich, ob sie gefährlich sein mochte oder ob er zu grob gewesen war. Er würde Ewan auf sie ansetzen, damit Bree vor ihr sicher war.

Lächelnd dachte er an den wilden Ausdruck auf Brees Gesicht, als sie den Holzteller geschwungen hatte, um Merry zu beschützen. Es war eine törichte Tat gewesen, aber mutig. Ja, er hatte von Anfang an gewusst, dass das Mädchen Feuer besaß.

So zurückhaltend ihr Auftreten auch wirken mochte, schwach war sie keinesfalls.

Als er sich beim Lächeln ertappte, runzelte er die Stirn. Was tat er da? Verschwendete er tatsächlich Zeit darauf, über ein Mädchen nachzudenken? Nein. Von Frauen hatte er genug. Sie hatten ihm nichts als Ärger eingebracht, und er täte gut daran, das nicht zu vergessen.

»Ruan, mein Junge«, ertönte Isobels fröhliche Stimme hinter ihm, »Robert möchte, dass du zu ihm kommst.«

Er verlangsamte seine Schritte, um neben ihr zu gehen, und hob ritterlich ihren Korb auf seine Schulter.

»Robert hat mir ein wenig von den Vorkommnissen erzählt«, berichtete sie mit leiser Stimme. »Dass deine Brüder versuchen, dich zu töten.«

Ruan wurde die Kehle eng. Es klang so nüchtern und kalt. Er wollte es nicht hören. »Das weiß ich nicht mit Sicherheit.« Selbst in seinen eigenen Ohren klang sein Protest schwach. Er seufzte. »Nun ja, mittlerweile hat Tormod schließlich Grund dazu. Er glaubt, ich hätte Merry gerettet, um den Clan zu spalten.«

»Dann ist er dumm«, schnaubte Isobel. »Du hast den Clan schon lange vorher gespalten, und er ist ein Narr, wenn er das nicht weiß.«

Überrascht sah Ruan sie an.

»Siehst du es denn nicht, Junge?«, fragte sie lächelnd. Sie hob ihre runzlige Hand, um ihm die Wange zu streicheln. »Aye, es gibt niemanden, der nicht dich als den MacLeod will.«

»Hör auf!« Ruan atmete tief durch. »Davon will ich nichts mehr hören, solches Gerede ist viel zu gefährlich.«

Isobel zuckte unbeeindruckt die Achseln.

Ihre Reaktion beunruhigte ihn. Mit Absicht wechselte er das Thema und bemerkte: »Merry scheint glücklicher. Manchmal sehe ich sogar das Mädchen aufblitzen, das sie war, bevor …«

»Aye.« Isobel lächelte. »Sie hängt an Bree wie eine Klette. Das ist mal ein Mädchen.«

»In deinen Augen kann Merry aber auch nichts falsch machen«, zog Ruan sie liebevoll auf. »Ich sollte eifersüchtig sein, dass sie meinen Platz in deinem Herzen eingenommen hat.«

»Oh, unsere Kleine liebe ich auch«, erwiderte Isobel schmunzelnd, »aber gerade habe ich von Bree gesprochen, mein Junge. Von dem Wunder, das sie bei unserer Merry vollbracht hat, auf ihre ganz eigene, ruhige Weise.«

Ruan blinzelte überrascht. Offensichtlich war auch Isobel Brees Zauber erlegen. Plötzlich kamen ihm ihre weiblichen Rundungen und ihre weiche Haut in den Sinn. Zu seinem Schrecken spürte er, wie seine Wangen warm wurden. Unruhig trat er von einem Bein aufs andere. Er war viel zu alt, um wegen einer Frau zu erröten.

Isobel streckte die Hand aus und zwickte ihn ins Ohr. »Robert wartet auf dich, mein Junge.«

Mit diesen Worten nahm sie ihm den Korb wieder ab und ging davon, ließ ihn einfach stehen. Sie hatte ihm viel Stoff zum Nachdenken gegeben.

Langsam betrat er das Zimmer.

Das Gespräch mit Robert war besorgniserregend. Mehrere angesehene Clanälteste waren auf der Seite seines Onkels. Sie alle drängten ihn, sich gegen seine verbliebenen Brüder zu erheben – sie zu beseitigen, bevor es ihnen gelang, ihn zu töten.

Er wollte das nicht hören. Noch immer konnte er nicht glauben, dass seine nächsten Verwandten sein Blut wollten. Er wollte nicht sehen, wie Robert all dem auf die ihm eigene, ruhige Weise mit einem schlichten Nicken zustimmte. Dass Robert ihn anstiften wollte, das Blut seiner Brüder und Neffen zu vergießen, war einfach zu viel für ihn. Er konnte jetzt nicht darüber nachdenken.

Mit dröhnendem Schädel verließ er den Raum und machte sich auf den Weg in die Große Halle.

Tormod war bereits da, saß mit ausgestreckten Beinen an der Tafel des Lairds. Seine Aufmerksamkeit war sichtlich von irgendetwas im hinteren Teil des Saals gefesselt. Als Ruan seinem

Blick folgte und das Objekt von Tormods Faszination entdeckte, spürte er, wie sein Blut zu kochen begann.

Bree saß ruhig und für sich an einem Tisch am anderen Ende der Halle und sprach mit niemandem.

Ihm stellten sich die Nackenhaare auf, und er marschierte zielstrebig zur Tafel und baute sich vor Tormod auf.

Wenigstens hatte sein Bruder den Anstand, schuldig auszusehen, auch wenn er sein Bestes tat, dies zu verbergen.

Keiner von beiden sagte etwas.

Tormod sank lediglich tiefer in seinen Stuhl und tastete nach seinem Becher.

Ruan wandte sich ab. Er würde Ewan ebenfalls auf Tormod ansetzen, auch wenn sicher nicht einmal sein Bruder die Dummheit begehen würde, seinem Verlangen nach Bree nachzugeben.

Bree sah ihn nicht kommen. Sie saß allein, schob das Essen auf dem Teller herum.

Als er aufgewacht war und sie schlafend in seinem Bett vorgefunden hatte, war eine Flut der verschiedensten Gefühle über ihn hereingebrochen. Sie hatte sich so eng zusammengerollt, dass es unmöglich bequem sein konnte.

Wieder zuckten seine Mundwinkel, als er sich an ihr Entsetzen zurückerinnerte. Sie war völlig außer sich gewesen, in seinem Bett zu liegen – etwas, das vielen anderen Frauen ein triumphierendes Lächeln entlockt hatte. Blinzelnd rief er sich zur Ordnung, als ihm bewusst wurde, in welche Richtung seine Gedanken abschweiften.

Aye, das Mädchen hatte jedes Recht darauf, bestürzt zu sein. Auch wenn er Frauen nicht länger als Spielzeug betrachtete, wie sollte irgendeine respektable Dame ihm das glauben? Als ihm wieder einfiel, dass er auch noch betrunken gewesen war, eine weitere Schwäche seiner Vergangenheit, verzog er peinlich berührt das Gesicht. Er war fertig mit dem Zeug. Inbrünstig schwor er sich, nie wieder Alkohol über seine Lippen zu lassen. Er hatte sich doch gewiss nicht an ihr vergangen.

Während sein Selbstbewusstsein schwand, wurde er langsamer und fragte sich, ob er vielleicht lieber einfach verschwinden sollte.

»Ruan!« Merry flitzte an ihm vorbei, griff seinen Ärmel und zog ihn mit sich.

Widerwillig erlaubte er seiner kleinen Schwester, ihn zum Tisch zu bringen, und nahm vorsichtig neben Bree Platz. Sie versteifte sich ein wenig, aber nicht so sehr, dass es ein Hinweis auf irgendeinen Fehler seinerseits gewesen wäre. Augenblicklich spürte er, wie die Anspannung von ihm abfiel.

Merry plapperte munter drauflos, hauptsächlich an Bree gerichtet. Ruans Aufmerksamkeit wanderte zu den Männern, die nach und nach in die Halle kamen. Die meisten von ihnen sprachen über den Feldzug gegen Fearghus. Robert schien ein paar Worte über die Gefallenen zu sagen und warf Ruan einen Blick zu.

Mit zusammengebissenen Zähnen ignorierte er die unausgesprochene Frage seines Onkels. Nein, er war nicht bereit, gegen seine eigene Verwandtschaft Krieg zu führen, egal, was sie taten.

Michael traf ein, zusammen mit seinem Sohn Gerland. Es war merkwürdig, die beiden hier zu sehen. Normalerweise kamen sie nur selten nach Dunvegan, doch da Tormod kinderlos war, könnte Dunvegan nach den jüngsten Todesfällen bald ihnen gehören.

Ruan lehnte sich zurück und verschränkte die Hände im Nacken. Tormod hasste Michael beinahe so sehr, wie er ihn hasste. Durchaus amüsiert beobachtete er, wie sie zusammen an der Tafel saßen und keiner sich in der Anwesenheit des anderen so recht wohlzufühlen schien.

Eine Zeit lang unterhielten sie sich leise und blickten dann wie auf ein Stichwort zu Bree.

Ruan versteifte sich.

Irgendetwas hatten die beiden vor. Nach ihrem Verhalten zu urteilen, hatte es mit Bree zu tun. Er runzelte die Stirn und setzte sich anders hin. Er konnte das Mädchen nicht allein lassen, nicht jetzt.

Jemand füllte seinen Becher, und gedankenverloren stocherte er im Essen herum, das vor ihm stand. Zunächst saßen nur wenige an seinem Tisch, aber mit der Zeit wurden es mehr. Die ersten beiden Männer fragten ihn nach seiner Meinung zu einem Streit über irgendwelche Schafe. Er sagte sie ihnen. Andere kamen zu ihm und wollten wissen, was er wegen eines ausgetrockneten Brunnens tun würde, der dadurch versiegt war, dass jemand anders einen Bach umgeleitet hatte. Auf einen Mann, der seine Axt vermisste, folgte ein Fall von verbotener Liebe.

Nachdem er seine Meinung zur fünften Angelegenheit geäußert hatte, hielt er inne und wurde sich dessen bewusst, was er da tat. Diese Clanmitglieder ließen ihn ihre Streitigkeiten regeln, behandelten ihn wie ihren Laird. Das war äußerst gefährlich, wo doch Tormod und sein Bruder nur wenige Meter entfernt waren.

Robert saß nicht weit von ihm und beobachtete ihn schweigend, während ein Lächeln um seine Lippen spielte.

Der ganzen Situation überdrüssig, stand Ruan abrupt auf. Er schnappte sich Bree und zog sie aus der Halle. Schweigend kam sie mit, aber sobald sie in seinem Zimmer waren, blieb sie unsicher an der Tür stehen, als wäre sie bereit, jeden Moment die Flucht zu ergreifen.

»Ich tu dir nichts«, versprach er, um das unbehagliche Schweigen zwischen ihnen zu brechen.

Sie glaubte ihm nicht, davon war er überzeugt.

Zum Glück war Merry ihnen gefolgt.

Kapitel 12
Vertraue niemandem

Bree war erleichtert, als Merry ins Zimmer schlüpfte.

Zwar war sie dankbar für Ruans Schutz in der Halle, aber in der Enge des Schlafzimmers fühlte sie sich unbehaglich. Sie wusste noch immer nicht genau, wie er über sie dachte. Womöglich hielt er sie für ein schamloses Flittchen, das sich ihm begierig an den Hals geworfen hatte, während er schlief. Sie wurde jedes Mal rot, wenn sie daran dachte, wie sie unter ihm erwacht war. Jetzt, in seiner Anwesenheit, spürte sie, wie ihr die Farbe den Hals hinaufkroch.

Merrys Gegenwart bot jedoch die perfekte Ablenkung. Ruan schenkte seiner kleinen Schwester seine ganze Aufmerksamkeit und begann, das Feuer zu schüren und Geschichten für sie zum Besten zu geben. Er konnte gut erzählen und hatte es offensichtlich schon manches Mal getan.

Strahlend und kichernd kam das junge Mädchen zum Bett und kuschelte sich mit Bree unter einen warmen Plaid. Es war ein friedlicher Moment, und beide wurden angenehm schläfrig, während sie bis tief in die Nacht hinein Ruans Stimme lauschten.

Bree erwachte früh am nächsten Morgen und stützte sich auf einen Ellbogen. Neben ihr in der Mitte des Bettes lag Merry ausgestreckt, die dunklen Locken um das langsam verheilende Gesicht herum ausgebreitet. Auf der anderen Seite lag Ruan auf dem Rücken, einen Arm angewinkelt unter seinen Kopf geschoben. Sein langsamer, gleichmäßiger Atem verriet ihr, dass er noch schlief, und erneut gab sie ihrer Neugier nach und betrachtete ihn ganz aus der Nähe.

Er sah ziemlich gut aus. Obwohl sie sich größte Mühe gab, es nicht zu tun, begann sie langsam, ihn zu bewundern.

»Na los, raus damit, was ist, Mädchen?«, fragte er plötzlich mit zuckenden Mundwinkeln, obgleich seine Lider geschlossen blieben.

Sie fuhr so heftig zusammen, schämte sich so, dass er sie beim Starren ertappt hatte, dass sie sich dabei den Kopf stieß. Davon wachte Merry auf und schreckte hoch. Noch vom Schlaf verwirrt, begann sie, wild um sich zu schlagen und treten, und im nächsten Moment purzelten alle drei aus dem Bett, rieben sich die verschiedenen schmerzenden Körperteile und warfen sich gegenseitig böse Blicke zu. Mit einem gedämpften Fluch stand Ruan auf, marschierte aus dem Zimmer und schlug die Tür hinter sich zu.

Kurze Zeit später steckte Isobel den Kopf durch den Türspalt. »Effric ruft nach dir, mein Mädchen. Sie will dich um Verzeihung bitten.«

Bree verzog das Gesicht und presste die Lippen zu einer schmalen Linie zusammen. Sie traute der Lady of Dunvegan einfach nicht über den Weg.

»Das Mädchen mag nicht ganz bei Sinnen sein«, begann Isobel mit einem mitfühlenden Lächeln, »aber ich glaube nicht, dass sie dir etwas antun wird, Liebes. Sie ist eifersüchtig, das ist alles. So langsam scheint sie ihren Frieden damit zu machen, dass Ruan jetzt dir gehört. Es tut so gut, sie lächeln zu sehen, höflich und freundlich. Vielleicht kann ich der Kleinen doch noch helfen.«

Dass Ruan jetzt dir gehört … Warum schlug ihr Herz bei diesen Worten plötzlich schneller?

»Ich werde bei euch bleiben. Ich lasse dich nicht allein«, versprach Isobel, die eine andere Ursache hinter ihrem Zögern vermutete.

Widerstrebend erlaubte Bree der Frau, sie mit sich zu ziehen, allerdings hauptsächlich, weil sie immer noch mit der verstörenden Ablenkung jener Worte zu kämpfen hatte: *Ruan gehört jetzt dir.*

Effric war allein, stand an dem kleinen, fein gearbeiteten Vogelkäfig, der auf einem Tisch bei der Tür abgestellt war. Als Bree sie mit einem Knicks begrüßte, reagierte sie nicht.

»Weißt du noch«, erinnerte Isobel sie, »was du gesagt hast, Mädchen, vor nicht einmal einer Stunde?«

Langsam trat Effric vor, die Hände hinter dem Rücken verschränkt, und blieb vor Bree stehen.

Isobel nickte ihr aufmunternd zu.

»Aye«, sagte Effric mit dunkler Stimme, »das ist es, was ich dir zu sagen habe!«

Mit einer raschen Bewegung zog sie ihre Hand aus den Falten ihres Rockes, wo sie sie versteckt gehalten hatte. In einem Sonnenstrahl, der durchs Fenster fiel, blitzte die Klinge eines kleinen Dolches auf.

Bree konnte sie nur schockiert anstarren, aber dann schrie Isobel auf und griff nach Effrics Hand, genau als der Dolch herabfuhr. Schlagartig setzte sich auch Bree in Bewegung. Mit einer schnellen Drehung ihres Oberkörpers sprang sie aus dem Weg und hielt sich einen Arm vors Gesicht.

Die Klinge traf sie am Handrücken, ritzte die Haut.

Krachend flog die Tür auf, und Ewan stürzte herein. Mit einem Blick erfasste er die Situation, entwaffnete Effric und hatte sie im Nu überwältigt.

Blass und zitternd blieb Bree stehen, wo sie war.

Effric begann, hysterisch zu heulen: »Mein Ruan, sie hat mir meinen Ruan weggenommen!«

Es war eine chaotische Szene. Nach und nach drängten sich auch andere ins Zimmer, unter ihnen Tormod, Robert und Ruan.

Plötzlich stand Ruan vor Bree, berührte sie sanft an der Wange, wirkte dabei jedoch nachdenklich. Er drehte sich zu

Tormod um und verkündete: »Ich bringe Bree weg von hier. Mit diesem Ort ist sie fertig!«

»Ihr werdet hier leben«, widersprach Tormod und verschränkte die Arme vor der Brust. »Ich bin der MacLeod, und ich befehle dir zu bleiben.«

Ruan schnaubte verächtlich. Langsam ging er auf seinen Bruder zu und baute sich drohend vor ihm auf. »Zwing mich doch.«

Er nahm Bree am Arm und brachte sie aus der Burg, hinunter zum Dock und in ein Boot.

»Du kannst bei Jenna bleiben und ihr auf dem Hof helfen«, erklärte Ruan angespannt, während er die kurze Strecke zum anderen Ufer ruderte. »Sie kann die Hilfe gebrauchen, und ich bin mir sicher, dir wird die Burg nicht besonders fehlen. Ich werde dafür sorgen, dass man sich um Effric … kümmert.«

Bree schluckte und brachte ein Nicken zustande. Immer noch unter Schock hielt sie sich die Hand. Es war nur ein kleiner Schnitt, aber ein beunruhigender.

Das Boot erreichte den Strand, und Ruan sprang hinaus, um sie mit einer mühelosen Bewegung ans Ufer zu heben. Still und distanziert führte er sie zu den Ställen. Er sattelte ein Pferd und schwang sich hinauf, dann lehnte er sich hinunter und streckte ihr eine Hand entgegen, um sie hochzuziehen.

Bree zauderte.

»Was ist?«, fragte Ruan, während sein Blick sich verfinsterte.

Sie presste die Lippen aufeinander. Wie konnte sie ihm sagen, dass sie Pferde hasste? Pflichtschuldig ergriff sie seinen Arm. Seine Haut war warm, löste eine merkwürdige Unruhe in ihr aus, aber ihr blieb keine Zeit, sich weiter ablenken zu lassen, als er sie ohne viel Federlesens hinter sich aufs Pferd zog.

»Halt dich fest«, befahl er knapp.

Als das Tier einen Satz nach vorn machte, klammerte sie sich verzweifelt an seiner Taille fest, worauf er leicht hustete. »Entschuldigung …«, murmelte sie an seinem Rücken und verzog das Gesicht.

Er erwiderte nichts, sondern löste nur ihre Finger und schob sie ein Stück höher.

Bree runzelte die Stirn und wand sich innerlich. Unter ihren Händen spürte sie seine harten Muskeln. Wenn sie ihre Wange so eng an seinen Rücken presste, konnte sie den Duft nach Rauch und Heidekraut riechen, der in seinem Plaid hing. Ihre Ohren begannen zu brennen, und sie war dankbar, dass er ihr Erröten nicht sehen konnte. Warum nur wurde sie in letzter Zeit so oft rot?

Ruan ritt schweigend weiter und lenkte das Pferd auf einen Schafspfad, der zwischen zwei kleinen, schilfbewachsenen Seen entlangführte. Ein Stück weiter erspähte sie eine Ruine, irgendeine ehemalige Verteidigungsanlage, die nur noch aus flechtenüberzogenen Steinen bestand.

Die Landschaft war rau, unwirtlich. Gerade fragte sie sich, wie viel weiter sie noch reiten müssten, als das Pferd schnaubte und den Kopf hochwarf und sie damit völlig überrumpelte. Sie verlor den Halt und sah den Boden auf sich zurasen. Plötzlich rollte sie durchs Heidekraut und kam in einem Haufen feuchter, modriger Blätter rutschend zum Liegen.

Für einige lange Augenblicke konnte sie nicht atmen, dann schob sich Ruans besorgtes Gesicht in ihr Blickfeld.

»Bist du verletzt, Mädchen?«, fragte er und reichte ihr eine Hand.

Bree schluckte, ein wenig überrumpelt. Er wartete auf eine Antwort, bevor er sie sanft auf die Füße zog. Mit angewiderter Miene wischte sie sich die schmutzigen Hände an ihrem Rock ab und zuckte leicht zusammen, als sie aus Versehen den Schnitt berührte.

»Aye, das tut mir leid«, murmelte Ruan und griff nach ihrer Hand. »Ich werde nicht zulassen, dass sie dich noch einmal verletzen. Mit denen bin ich fertig.«

Bree hielt still. Es war eigenartig, hier mit Ruan auf der windigen Heide zu stehen, während er zärtlich ihre Hand in seiner hielt. Sie hätte frieren sollen, stattdessen war ihr ungewohnt warm. Auf einmal war sein Blick zu viel für sie. Sie entzog ihm ihre Finger und trat einen Schritt zurück.

Ruan sagte nichts, hob sie dieses Mal aber allein in den Sattel und führte das Pferd über die Pfade, die sich zwischen Ginster und Heidekraut dahinschlängelten. Es dauerte länger. Offensichtlich hatte er es jedoch nicht eilig. Es war sonderbar angenehm. Von ihrem Platz hoch zu Ross hatte sie freie Sicht in alle Richtungen, aber hauptsächlich beobachtete sie den Mann vor sich.

Jennas kleiner Bauernhof lag auf einem Hügel, und einladend stieg der blaue Rauch eines Torffeuers daraus auf. Getrocknete Kletterpflanzen rankten sich über die schwarze Steinwand, und vereinzelt wuchs Gras auf dem mit Heidekraut gedeckten Dach. Vor der Tür grasten einige Schafe. Ruan schritt zwischen ihnen hindurch, und entrüstet blökend stoben sie auseinander, während ihnen das Gras noch aus dem Maul hing.

Als Ruan sich bückte und das Haus betrat, blickte ihm eine strahlende Jenna entgegen.

Bree blieb in der Tür stehen und wartete, während die beiden sich leise unterhielten.

Im nächsten Moment schnappte Jenna schockiert nach Luft und kam zu Bree. »Armes Mädchen. Ich hätte nie gedacht, dass Effric so etwas tun könnte. Immer herein mit dir, ich bin froh, dich hier zu haben.« Sie machte eine einladende Geste mit der Hand, lehnte sich dabei jedoch schwer gegen die Tür.

»Jenna, du solltest dich ausruhen.« Besorgt legte Ruan ihr einen Arm um die Schultern und zog sie vor den Kamin. »Kümmere dich jetzt erst einmal nur um dich selbst und unser Kleines. Das mit Effric erledige ich schon.«

Jenna lächelte reumütig und ließ sich mit einem lauten Seufzen in einen Stuhl sinken. »Kannst du heute Nacht ein wenig bleiben, Ruan? Es ist schwer, so allein zu sein … jetzt schon.«

»Aye, ich bleibe«, erwiderte er ohne Zögern. Lächelnd tätschelte er ihr den Bauch.

Es war eine besitzergreifende Geste, und da verstand Bree.

Jenna war seine Geliebte. Sie erwartete sein Kind.

Schockiert und seltsam aus der Bahn geworfen wandte sie den Blick ab. Ihr wurde das Herz schwer. Sie war so eine Närrin. In letzter Zeit hatte Ruan sie abgelenkt, ihre Gedanken auf verwirrende Pfade gelockt, aber sie täte gut daran, im Gedächtnis zu behalten, dass der Mann sie ebenso wenig hatte heiraten wollen wie sie ihn. Offensichtlich liebte er Jenna. Sie hätte es wissen müssen. Trotzdem spürte sie unerklärlicherweise, wie ihr Tränen in die Augen stiegen. Sie ballte die Hände zu Fäusten. Was stimmte nicht mit ihr? Sie scherte sich nicht um diesen Mann!

Ruan drückte Jenna einen Kuss auf den Scheitel. »Ruh dich aus, Liebes. Bree wird sich um alles Nötige kümmern. Ich muss noch einmal zurück nach Dunvegan.«

Mit einem leichten Nicken in Brees Richtung verließ Ruan sie.

Bree atmete tief ein und betrat schüchtern den Raum. »Du liebst ihn«, platze es aus ihr heraus. Sie war verwirrt. Sofort bereute sie die Worte. Warum nur hatte sie das gesagt? Sie klang eifersüchtig.

»Ruan? Oh ja, ich liebe ihn aus tiefster Seele!« Jenna öffnete für einen Moment die Augen, lange genug, um neugierig eine Braue zu heben. »Es gibt weit und breit kein Mädchen, das ihn nicht liebt.« Sie lachte. Doch als sie Brees Miene sah, unterbrach sie sich, und ihre Augen weiteten sich alarmiert. »Ach Mädchen, mittlerweile ist er ein anderer Mann, viel erwachsener. Er hat seine Fehler eingesehen. Die wilden Zeiten sind vorbei. Wahrscheinlich sind die meisten Geschichten über ihn nicht einmal wahr. Du weißt ja, wie Gerüchte gern ein Eigenleben entwickeln.«

Einen Moment rührte Bree sich nicht, doch dann musste sie nachhaken: »Geschichten?«

»Wie viele Frauen er hatte und all das … Es ist egal«, wiegelte Jenna ab. Sie schüttelte den Kopf und schloss den Mund, fügte dann aber doch noch hinzu: »Es ist eine viel geringere Zahl, als erzählt wird, und ich muss es wissen. Das alles war jugendlicher

Leichtsinn, sonst nichts. Er gehört zu den Menschen, die allen ihre Sünden vergeben, aber sich selbst nicht. Mittlerweile ist er so überzeugt, für ihn sei alle Hoffnung verloren, dass der törichte Mann gar nicht sieht, dass er es jetzt verdient, die wahre Liebe zu erleben. Manchmal glaube ich, er genießt es ein wenig zu sehr, sich zu quälen.«

Verlegen nickte Bree, beschämt darüber, dass sie Jenna veranlasst hatte, über die Angelegenheit zu sprechen. Hastig suchte sie nach einem Weg, das Thema zu wechseln, aber dieses Problem löste Jenna für sie, indem sie sich wieder zurücklehnte und die Augen schloss.

Wütend auf sich selbst verzog Bree das Gesicht. Es war nicht abzustreiten. Etwas lag ihr auf dem Herzen, und das konnte nur eines bedeuten: Unerklärlicherweise hatte sie Gefühle für Ruan entwickelt. Wie hatte sie so dumm sein können? Sie konnte Jenna kaum ansehen, ohne sich schrecklich schuldig zu fühlen.

Um ihre düstere Laune abzuschütteln, begann sie, das kleine Haus auf Vordermann zu bringen, während Jenna einschlief. Als die Nachmittagssonne am Himmel stand, wandte sie sich dem vernachlässigten Garten zu und machte sich daran, ihn für den Winter vorzubereiten.

Es tat gut, von der Burg weg zu sein. Von Zeit zu Zeit kam ihr Afraig in den Sinn, aber sie war noch immer wütend, dass die Frau sie nach Schottland und zu Ruan geschickt hatte.

Ruan.

Er war beunruhigend, aber auch freundlich. Das konnte sie nicht länger abstreiten, was auch immer es mit seiner Vergangenheit auf sich haben mochte.

Nun, da sie seine Beziehung zu Jenna verstand, gab es keinen Zweifel mehr, dass er die Ehe annullieren würde. Aber was würde ihre Zukunft bringen? Was sollte sie tun? Ein wenig Sorge bereitete ihr das schon. Würde ihr Vater erneut versuchen, sie zu verheiraten? Die Ungewissheit lastete schwer auf ihren Schultern.

Stirnrunzelnd rupfte sie verdorrte Kletterpflanzen und Unkraut aus, viel heftiger, als es nötig gewesen wäre.

Ab und zu sah sie nach Jenna, aber die schlief tief und fest. Erst spät am Abend wachte sie auf, als der Duft von Suppe und frischem Bannockbrot durch die Hütte zog. Sie wirkte noch immer müde, aß aber herzhaft und erzählte Bree viele Geschichten über Ruan.

Sie liebte ihn offensichtlich sehr. Um ihre Augen herum waren feine Lachfältchen zu sehen, als sie sich vorlehnte, ihr das Knie tätschelte und Detail um Detail über ihn preisgab.

»Aye, er ist überaus loyal, hat bloß ein wenig mehr Charme, als gut für ihn ist. Als Junge war er ziemlich einsam, nur deswegen war er so freizügig mit den Mädchen«, wiederholte Jenna eindringlich.

Bree nickte, verzog leicht gequält das Gesicht und fragte sich, ob Jenna in Wahrheit sich selbst zu überzeugen versuchte. Die Situation war ihr äußerst unangenehm, und sie war sehr erleichtert, als Jenna endlich ins Bett ging, um weiterzuschlafen.

Nachdem sie noch ein wenig aufgeräumt hatte, betrachtete sie mit einem zufriedenen Nicken ihr Werk. Es war ein langer, aber erfüllender Tag gewesen. Vielleicht konnte sie eine Stelle als Dienstmädchen finden. Sie seufzte und versuchte, sich nicht um die Zukunft zu sorgen, doch es fiel ihr schwer.

Wenn sie nur einen kleinen Bauernhof finden könnte, so wie diesen hier, könnte sie ihre Tage damit zubringen, sich um den Garten, die Schafe und die Ziegen zu kümmern. Sie hätte alles, was sie zum Leben brauchte.

Plötzlich spürte sie einen Anflug von Eifersucht. Jenna hatte alles, sogar einen Mann, der sie offensichtlich liebte. Ruans Augen leuchteten auf, wenn er sie ansah.

Als ihr bewusst wurde, in welche Richtung ihre Gedanken wanderten, schnaubte Bree und verdrehte die Augen über ihre Torheit. Was war nur in letzter Zeit mit ihr los, dass sie sich insgeheim wünschte, ein Mann wie Ruan würde sie begehren? Und warum dachte sie überhaupt an so etwas? Derart dumme Gedanken hatte sie noch nie gehabt.

»Du bist so was von töricht«, zischte sie leise, während sie einige Schaffelle neben dem Kamin auslegte und eine Wolldecke darüberbreitete. »Solch eine Närrin.«

Entschlossen straffte sie die Schultern und bemühte sich, ihre Gedanken zu ordnen, indem sie im Geiste die Arbeiten des nächsten Tages durchging. Sie würde mit dem Morgengrauen aufstehen müssen. Es gab noch immer viel zu tun an Jennas Häuschen. Am Nachmittag hatte sie ein Loch im Dach bemerkt. Zu Hause hatte sie das oft repariert, daher konnte sie das auch hier tun. Gleich morgen würde sie sich darum kümmern.

Sie fragte sich, was Merry wohl machte und wo sie diese Nacht schlafen würde. Sicherlich würde jemand dem Mädchen erzählen, wo sie war – sie wollte nicht, dass das Kind sich Sorgen machte. Als sie selbst begann, sich zu sorgen, hörte sie draußen Stiefel auf dem Kies knirschen.

Alarmiert sprang sie auf und schalt sich in Gedanken, weil sie vergessen hatte, die Tür zu verriegeln. Mit wild klopfendem Herzen gelang ihr ein einziger Schritt in diese Richtung, bevor die Tür langsam aufschwang.

Es war Ruan.

Erleichtert atmete sie auf.

Ruan lächelte entschuldigend. Mit dem Kinn deutete er auf Jenna und fragte: »Schläft sie?«

Bree nickte. Mit leicht zittrigen Beinen ließ sie sich auf die Schaffelle sinken.

»Armes Mädchen«, murmelte er und schüttelte den Kopf über Jenna. Er verriegelte die Tür und fügte hinzu: »Effric ist in ihrem Zimmer eingeschlossen. Die Ältesten werden sich beraten, um zu entscheiden, was mit ihr geschehen soll.«

Bree nickte. An Effric wollte sie nicht wirklich denken. Geistesabwesend strich sie mit der Hand über den Pelz. Wie gewöhnlich fühlte sie sich in Ruans Anwesenheit unbehaglich. Ein Schatten fiel über sie, und als sie aufblickte, ragte er vor ihr auf.

Einen Moment lang musterte Ruan sie, dann warf er einen Plaid neben die Schaffelle. Schwer ließ er sich darauf nieder.

Er war viel zu nah, und Bree zog sich nervös zurück.

Ruan sah die Bewegung, lächelte jedoch nur und streckte die Stiefel zum Feuer hin.

»Solltest du nicht neben Jenna schlafen?«, fragte Bree schließlich angespannt und verfluchte sich innerlich für ihre brennenden Ohren.

»Wieso? Bist nicht du diejenige, die in Gefahr ist?«, entgegnete er mit hochgezogener Augenbraue, bevor er leise lachend hinzufügte: »Wenn schon sonst nichts, besteht schließlich immer noch die Gefahr, dass du wegläufst.«

»Es gibt nichts, wo ich hinlaufen könnte«, gestand sie mit gepresster Stimme ein, verkroch sich in ihre Decke und rutschte noch ein Stück von ihm weg. So wahr es auch sein mochte – die Worte tatsächlich auszusprechen war wie eine Bestätigung, dass sie sich in ihr Schicksal gefügt hatte. Sie verzog das Gesicht.

Mitfühlend streckte Ruan eine Hand aus, aber sie zuckte zurück. Was machte der Mann da? Jenna würde das sicher missverstehen. Mit einem nervösen Blick in seine Richtung rückte sie die Schaffelle ein Stückchen von ihm weg.

Als sie sich erneut darauf niederließ, wandte sie ihm demonstrativ den Rücken zu. Sie hatte keine Zeit, sich weiter zu ärgern. Er lehnte sich zu ihr herüber und legte ihr leicht eine Hand auf die Schulter.

Mit heftig pochendem Herzen richtete Bree sich kerzengerade auf, doch es gelang ihr, einen finsteren Blick aufzusetzen. Sie wies mit dem Kinn in Jennas Richtung.

Ruan lächelte zögerlich, offensichtlich verwirrt.

»Jenna«, brachte sie mühsam hervor und hoffte, dass ihm nicht ihre errötenden Wangen auffielen. »Jenna liegt gleich da drüben!«

»Ja, und?« Ruans dunkle Brauen zogen sich zusammen. Einen Moment musterte er sie, bevor er die Finger öffnete und ein kleines Messer offenbarte. »Ach, du kleine Wildkatze, ich wollte dir nur das hier geben. Ich habe nicht vor, über dich herzufallen.«

Bree spürte eine noch heißere Röte in ihre Wangen steigen und hoffte inständig, das Kaminfeuer spendete nicht genug Licht, als dass er es sehen konnte. Was stimmte bloß nicht mit ihrem Verstand? Natürlich war er nicht an ihr interessiert.

Sie kam sich schrecklich töricht vor und griff nach dem Messer, doch da packte er sie beim Handgelenk und zog sie zu sich. Überrascht fiel sie schwer gegen seine Brust.

»Aye«, flüsterte Ruan, ein Funkeln in den Augen. »Ich weiß nicht, was du verbrochen hast, Mädchen, aber es muss außergewöhnlich abscheulich gewesen sein. Ein Mädchen, das sich nichts hat zuschulden kommen lassen, könnte nie so verflucht sein, um unter den Söhnen des Teufels persönlich zu landen.«

Bree schluckte und war sich nur zu deutlich der harten Muskeln bewusst, auf denen sie lag. Ihr Herz schlug noch schneller. »Was meinst du?«, brachte sie mit dünner Stimme heraus.

»Vertraue hier niemandem«, murmelte Ruan in ihr Haar, »am allerwenigsten den Söhnen eines MacLeod. Halte dich von Tormod fern. Ich kenne seine Pläne nicht, aber da ist etwas in seiner Stimme, wenn er über dich redet.«

Ihre Finger wurden eiskalt, als er sie um das Heft des Messers schloss.

Dann spannte er den Kiefer an und setzte sich auf, schob sie von sich. »Leg dich da drüben vors Feuer. Ich bin müde. Du kannst mir das Messer ins Herz rammen, wenn ich mich auch nur in deine Richtung drehe.«

Bei der Erwähnung von Tormod erfasste Bree Angst, und als sie zurück auf ihr Pelzlager kroch, hielt sie das Messer fest umklammert. Verschwunden waren die Träumereien, vertrieben durch die finstere Realität. Dunvegan war ein unwirtlicher Ort und seine Einwohner waren gefährlich, Ruan zweifelsohne auch.

Es dauerte lange, bis sie schlafen konnte.

Bree erwachte früh am nächsten Morgen, um festzustellen, dass Ruan verschwunden war und Jenna noch immer friedlich schlummerte. Zärtlich lag ihre Hand auf ihrem gewölbten Bauch.

Die Eifersucht war nicht mehr so stark, und Bree verspürte Erleichterung. Was für unbedeutende Gefühle sie auch immer für Ruan entwickelt haben mochte, sie verschwanden bereits wieder. Als sie den Wassereimer nahm und in den kühlen Morgen hinausschlüpfte, um den Hügel zu dem schmalen Bach hinabzusteigen, war ihr deutlich leichter ums Herz.

Das Wasser war braun, voller Heidekraut und Torf. Unwillig verzog sie das Gesicht. Alles auf dieser Insel war braun. Sie kniete sich ans Ufer und tauchte den Eimer ins Wasser.

Es war eiskalt, und augenblicklich fror sie bis auf die Knochen. Erschaudernd erinnerte sie sich an ihr knappes Entkommen vor einem eisigen Schicksal auf der Heide. Ruan hatte sie gerettet. Lächelnd dachte sie daran zurück, wie sanft er gewesen war, und plötzlich huschten Bilder durch ihren Kopf, wie er nackt vor ihr gestanden hatte.

Er hatte gut ausgesehen. Nie hätte sie vermutet, ein nackter Mann könnte anziehend sein. Bei diesem Gedanken errötete sie, und beschämt, dass sie schon wieder an ihn dachte, schlug sie gegen den Eimer.

»Du bist eine solche Närrin«, schimpfte sie verärgert und hieb etwas heftiger auf den Eimer ein. »Eine Närrin. Eine Närrin!«

»Ach Mädchen, es ist doch nur ein armer kleiner Eimer«, grollte Ruans tiefe Stimme an ihrem Ohr.

Mit einem Aufschrei sprang Bree auf und rutschte dabei im Schlamm aus. Einen Augenblick strauchelte sie am Ufer des Bachs, bevor sie den Kampf ums Gleichgewicht verlor. Ehe sie jedoch in das braun dahinströmende Wasser stürzen konnte, umfing ein starker Arm geschickt ihre Taille und zog sie zurück.

Sie hielt den Atem an, war sich der harten, muskulösen Brust, an die sie so fest gepresst wurde, äußerst bewusst. Schließlich wurde es ihr unbehaglich und ihre Wangen drohten sie zu verraten, also versuchte sie, sich von ihm zu lösen.

Ruans Reaktion bestand aus einem Anspannen seiner Arm-muskeln. Mit einem Funkeln in den Augen beugte er sich zu ihr und raunte: »Verrate mir doch bitte, was dieser kleine Eimer getan haben kann, um einen solchen Zorn und die Bezeichnung Närrin zu rechtfertigen?«

Bree schluckte. Der Mann brachte sie völlig aus der Fassung. So dicht bei ihm fiel ihr das Denken schwer. Nervös erwiderte sie: »Ich habe von mir selbst gesprochen. Ich bin die Närrin.«

»Ach, eine Närrin?« Ruan schnaubte belustigt. »Weswegen?«

Die Wahrheit konnte sie ihm wohl kaum sagen. Sie stemmte die Hände ein wenig fester gegen ihn und runzelte die Stirn. »Lass mich los.«

Einen Moment lang glaubte sie nicht, dass er es tun würde, aber dann senkte er die Arme und griff nach dem Eimer. »Den nehme ich dann wohl lieber.«

»Das kann ich doch machen«, widersprach Bree rasch und streckte die Hand nach dem Henkel aus. Ihre Finger berührten sich, und sie zuckte zurück, gerade als er sich ihrem gekränkten Protest fügte und losließ.

Der Eimer fiel zu Boden und übergoss sie beide mit kaltem Wasser.

Nach Luft ringend und leicht entsetzt begann Bree zu stot-tern: »Ich … ich …«

»Findest du es so abstoßend, mich zu berühren?«, unterbrach Ruan sie. In seiner Stimme lag ein anzüglicher Unterton.

Sie blickte auf. Er beobachtete sie genau, die Brauen kritisch zusammengezogen, aber wütend schien er nicht zu sein. Unge-betene Erinnerungen kamen ihr in den Sinn, wie er so kühn und nackt im Zimmer gestanden hatte, und sie wurde feuerrot. Beschämt griff sie erneut nach dem Eimer.

»Ach, du kleine Wildkatze, den nehme ich«, raunte Ruan ihr ins Ohr und streckte die Hand aus, um sie über ihre zu legen. »Du solltest dich ein wenig ausruhen.«

Nervös zog Bree die Hand zurück. Seine Haut war so warm, dass es ihr unbehaglich war. Hastig wich sie einige Schritte zurück und beobachtete aus den Augenwinkeln, wie er den Eimer füllte. Dann wandte er sich ihr mit einer Verbeugung zu.

»Bitte, nach Euch, Mylady«, sagte er mit einem Lächeln.

Er war ausgesprochen gut aussehend. Daran gab es keinen Zweifel. Es war kein Wunder, dass so viele Frauen sich in ihn verliebt hatten. Sie konnte kaum glauben, wie ihr Herz raste, und atmete tief durch. Abrupt machte sie auf dem Absatz kehrt und kämpfte sich durch den rutschigen Schlamm zurück den Hügel hinauf, während sie sich der Tatsache überdeutlich bewusst war, dass Ruan leise pfeifend dicht hinter ihr folgte.

Sie war dankbar, dass Ruan seine Aufmerksamkeit in der Hütte ganz Jenna widmete. Er setzte sich auf die Kante des Bettes und erklärte, dass er woanders etwas zu erledigen hatte und zurückkommen würde, sobald er konnte.

»Pass auf dich auf, Lieber«, antwortete Jenna. Müde lächelte sie ihn an, während er ihr einen Kuss auf die Stirn drückte. Mit einem ausgiebigen Gähnen drehte sie sich direkt wieder um und schlief weiter.

Einen Moment betrachtete Ruan sie stirnrunzelnd. Er wirkte besorgt. Als Bree an ihm vorbeiging, streckte er die Hand aus und griff nach ihrem Handgelenk, zog sie zu sich.

»Pass gut auf sie auf«, bat er und erhob sich. »Ich sehe mal, ob Isobel in den nächsten Tagen vorbeikommen und einen Blick auf sie werfen kann.«

Bree nickte und versuchte, ihm ihre Hand zu entziehen, doch sein Griff wurde fester.

»Und ruh dich aus, Mädchen«, fuhr er fort und blickte sie mit seinen dunklen Augen eindringlich an. »Es gibt keinen Grund, so hart zu schuften. Du siehst ein wenig blass aus.«

Bree schluckte unbehaglich, aber ihr gelang ein Nicken. Erneut bemühte sie sich, ihre Hand zu befreien.

»Findest du mich wirklich so unerträglich?«, scherzte Ruan, doch seine Augen hatten sich verengt und seine Stimme klang heiser.

»Nein!«, stritt Bree ab und räusperte sich. »Ich … ich werde mich immer an deine Güte erinnern … und …«

»Erinnern?« Ruan neigte den Kopf zur Seite, noch immer hielten seine Finger ihr Handgelenk umfangen. »Weißt du irgendetwas über mich, das ich nicht weiß? Sterbe ich bald?« Seine Mundwinkel zuckten.

»Ich meinte … wenn diese … Ehe annulliert ist«, brachte Bree heraus und mied errötend seinen Blick. Es war wirklich schwer, mit ihm zu reden.

Er blinzelte und lockerte seinen Griff abrupt. »Aye.« Er nickte knapp. »Ich habe noch etwas zu erledigen. Ich werde sehen, ob Isobel abkömmlich ist.«

Ohne einen Blick zurück schritt er zur Tür und war verschwunden.

Bree schaute auf ihr Handgelenk und dann schuldbewusst zu Jenna. Nein, sie konnte sich nicht ausruhen, egal, was Ruan sagte. Sie musste sich beschäftigen und sich auf irgendetwas anderes als diesen dunkeläugigen und beunruhigenden Mann konzentrieren.

Der Tag war hektisch. Am Vormittag sammelten sich Wolken am Horizont, es drohte Regen. Schnell machte sich Bree an die Arbeit. Sie hatte entdeckt, dass das Loch im Dach größer war als ursprünglich gedacht. Es dauerte länger als geplant, das benötigte Heidekraut zu sammeln und es zu bündeln.

Ab und zu kam Jenna an die Tür und protestierte, Ruan könne sich darum kümmern, wenn er zurückkehrte. Bree schüttelte jedes Mal höflich den Kopf und versicherte ihr, dass sie die Aufgabe entspannend fand.

So war es schließlich auch. Die Arbeit lenkte sie ab. Je weiter der Nachmittag voranschritt, desto leichter wurde ihr ums Herz. Sie entschied, dass sie ihre merkwürdigen Gefühle der letzten Tage falsch interpretiert haben musste. Langsam begann sie in Ruan so etwas wie einen Bruder zu sehen. Möglicherweise würde er ihr helfen, nach der Annullierung Arbeit zu finden. Vielleicht würde sie ihn danach fragen.

Bree war gerade mit dem letzten Heidekrautbündel auf das Dach geklettert, als sie die ersten Regentropfen spürte. Zufrieden lächelte sie. Sie hatte sich die Zeit gut eingeteilt. Um nicht über ihren Rock zu stolpern, raffte sie den Stoff, bevor sie ein wenig höher kletterte und das letzte Bündel an seinen Platz stopfte.

»Gute Arbeit, mein Mädchen, gute Arbeit.« Sie lächelte über sich selbst.

»Aye, gute Arbeit«, pflichtete ihr eine tiefe Stimme amüsiert bei.

Bree fuhr jäh herum, um Ruan an der Dachkante lehnen zu sehen. Dabei verlor sie den Halt und begann abzurutschen. Verzweifelt griff sie nach dem sorgsam festgesteckten Heidekraut, und es gelang ihr, ihren Fall zu stoppen.

»Vorsichtig, Mädchen«, riet ihr Ruan, und ein Lächeln umspielte seine Lippen, bevor sein Blick an ihr hinabwanderte.

Bree tat es ihm gleich und errötete. Ihr Rock hatte sich im Heidekraut verfangen, sodass ein Gutteil ihres Beins entblößt war. Sie biss sich auf die Lippe und zerrte am Stoff, wobei sie sich auf dem rutschigen Dach kaum halten konnte.

Dann legte sich unerklärlicherweise Ruans starke Hand um ihren Knöchel und zog ruckartig daran – und sie rutschte hilflos ab. Mit ihrem ganzen Gewicht fiel sie auf ihn, dass er zu Boden ging. Sein Kopf prallte hart auf, und er blieb reglos liegen.

Bree hielt den Atem an und blieb, wo sie war, aber als Ruan sich nicht rührte, krabbelte sie hastig von ihm hinunter. Seine dunklen Wimpern blieben geschlossen. Vorsichtig stieß sie ihn an der Schulter an. »R…Ruan?«

Er antwortete nicht.

Plötzlich wurde sie panisch. Sie rüttelte kräftiger an seiner Schulter, erhob ihre Stimme und rief verzweifelt: »Jenna. Jenna!«

Sofort wurde die Tür der Hütte aufgestoßen und Jenna kam zu ihr gelaufen. »Was ist passiert?«, keuchte sie und ließ sich schwerfällig auf die Knie nieder.

»Er ist vom Dach gefallen!« Bree hörte, wie ihre Stimme zitterte. »Ich glaube, er ist verletzt. Er bewegt sich nicht und …«

Ein wenig verwirrt starrte Jenna sie an und unterbrach sie: »Vom … Dach? Das sind nur ein paar Fuß, Liebes.«

Es stimmte, das Dach endete nicht weit über dem Boden.

Bree runzelte die Stirn, dann schluckte sie nervös. »Er hat mich hinuntergezogen und …« Sie verstummte. Auf keinen Fall sollte Jenna etwas missverstehen. »Ich meine … Ich … Ich bin abgerutscht … Ich glaube, ich habe ihn umgeworfen, und er hat sich den Kopf angeschlagen …«

Jenna beugte sich über Ruans Gesicht und richtete sich dann mit finsterer Miene wieder auf. »Hilf mir hoch, Mädchen.«

Bree sprang auf und stützte Jenna am Ellbogen. »Soll ich Isobel holen? Ist er …« Er war doch sicher nicht tot? Oder doch? Entsetzt blickte sie Jenna ins Gesicht.

»Für dich überlege ich mir noch eine passende Bestrafung«, schnaubte Jenna und trat Ruan in die Seite. »Vor Schreck hätte ich beinahe das Kind verloren! Ich habe dir gesagt, du sollst dem Mädchen helfen, nicht mit ihr spielen!«

Verblüfft sah Bree, wie Ruan die Augen öffnete und in sich hineinlachte.

»Ach, es hat viel mehr Spaß gemacht, zuzusehen«, gab er zurück. Er streckte die Hand aus und griff nach Brees Knöchel, ruckte noch einmal daran.

Prompt verlor Bree das Gleichgewicht und landete erneut auf ihm. Es schien ihm keineswegs etwas auszumachen. Stattdessen fand er die ganze Angelegenheit offensichtlich lustig.

Verdattert und beschämt rappelte Bree sich auf. Wie konnte der Mann sich vor den Augen seiner Geliebten so benehmen? Um Jenna nicht zu beunruhigen, behauptete sie hastig: »Er ist nicht er selbst. Sicher denkt er sich nichts dabei. Er muss sich den Kopf angeschlagen haben.«

Sie raffte die Röcke und rannte in die Hütte, ohne noch einen Blick auf einen der beiden zu wagen. Was trieb der Mann da eigentlich? Ihr zitterten ein wenig die Finger, als sie ein paar Handvoll Hafer in eine hölzerne Schüssel warf.

Die Tür schwang auf und Ruan trat herein.

»Es war nur Spaß, Mädchen«, erklärte er von der Tür aus. »Ich habe es nicht böse gemeint.«

Bree versteifte sich. Mit der finstersten Miene, die sie zustande brachte, murmelte sie: »Dann denk wenigstens an Jenna.« War ihm denn nicht klar, dass sie so etwas missverstehen konnte?

»Aye.« Ruan räusperte sich und schien zu begreifen.

Er trat beiseite, um Jenna hereinzulassen.

»Mir geht es gut, Liebes, mach dir um mich keine Gedanken«, versicherte Jenna Bree mit einem strahlenden Lächeln.

Ein wenig verwirrt wandte Bree sich um und starrte sie an. Die beiden anderen wiederum musterten Bree und wirkten nun selbst etwas befremdet.

Schließlich wechselten sie einen Blick, gingen auf die andere Seite der Hütte und begannen, sich über den Zustand irgendwelcher Schafe zu unterhalten.

Bree wandte sich wieder dem Bannockteig zu, konzentrierte sich auf ihre Arbeit und versuchte, an nichts anderes als die Liste ihrer Aufgaben zu denken.

Der Abend verlief unbehaglich. Ruan erwähnte, dass Merry und Isobel versuchen würden, am folgenden Tag vorbeizukommen, aber ansonsten ging er Bree aus dem Weg. Die meiste Zeit konzentrierte er sich auf Jenna.

Es war spät, als Bree endlich ihre Schaffelle neben dem erlöschenden Feuer ausbreitete, während noch immer das leise Gemurmel von Ruans und Jennas Stimmen zu vernehmen war.

Sie musste müde gewesen sein. Beinahe augenblicklich war sie eingeschlafen. Es war ihr nicht einmal bewusst gewesen, bis sie mit einem Mal jäh wach wurde. Es dauerte einen Augenblick, ehe sie wieder wusste, wo sie war.

Die Hütte erbebte unter den krachenden Schlägen einer Axt, die auf Holz traf, und auch der letzte Rest Benommenheit verschwand. Rasch sprang sie auf.

»Bree!«, schrie Tormod betrunken durch die Tür. »Du hast mich wütend gemacht!«

Bree schluckte.

»Mach dir keine Sorgen, Liebes«, erklang Jennas leise Stimme. »Ruan wird sich um ihn kümmern.«

Ruan war bereits an der Tür und riss sie ruckartig auf. Breitbeinig und mit verschränkten Armen stand er im Mondlicht.

»Ruan!« Tormod schluckte erschrocken und torkelte rückwärts.

Die Blicke der Brüder trafen sich, bis Ruan kühl auf die Axt schaute, die in der Tür steckte, und eine Augenbraue hob.

Eine tödliche Stille senkte sich über die Szene.

»Du bist hier«, murmelte Tormod und leckte sich nervös die Lippen.

»Und warum bist du hergekommen?« Ruan legte den Kopf schief.

»Bree«, lallte Tormod. »Ich muss mit dem Mädchen sprechen.«

»Worüber musst du mitten in der Nacht sprechen?« Ruan trommelte mit den Fingern auf seinem Arm, und unter seiner Haut spannten sich die Muskeln.

Tormod wischte sich die schweißnasse Stirn.

»Wenn ich dich noch einmal in Brees Nähe erwische, mache ich dich einen Kopf kürzer«, drohte Ruan und trat vor. Mit zusammengebissenen Zähnen fuhr er fort: »Ob du der MacLeod bist oder nicht. Und da Gewalt das Einzige ist, was du verstehst, gebe ich dir eine kleine Erinnerungshilfe.«

Verständnislos starrte Tormod ihn an.

Es war ein ungleicher Kampf. Tormod war zu betrunken, um sich ernsthaft zu verteidigen. Kurz darauf stolperte er davon und hielt sich den stark blutenden Mund und die Nase.

In Bree rangen Betroffenheit und überwältigende Freude miteinander. Es war ihr unmöglich, nicht bewundernd zu Ruan aufzuschauen. Sie hoffte, dass es Jenna nicht auffallen würde.

Ruan zog die Axt aus der Tür und warf sie schnaubend auf die Truhe. »Das sollte ihn auf Abstand halten. Morgen früh kümmere ich mich um die Tür, und dann bespreche ich mich mit Robert, was …«

»Ruan«, fiel ihm Jenna mit schmerzerfüllter Stimme ins Wort. »Sieh lieber zu, dass du Isobel herholst. Das Kind kommt.«

Kapitel 13
Ich bin nicht verliebt!

Den gesamten Tag und bis tief in die Nacht hinein lag Jenna in den Wehen, hechelte und keuchte, litt entsetzliche Schmerzen. Bei Tagesanbruch war Isobel eingetroffen und mit ihr Merry, die ihre Kräutersammlung trug.

Sofort hatte die ältere Frau Bree eingespannt und sie angewiesen, eine ganze Reihe von Tees aufzugießen – einige, die Jennas Leiden mildern sollten, andere, um die restlichen Beteiligten wach zu halten.

Zeitweise konnte Jenna nicht still sitzen und bestand darauf, in der Hütte auf und ab zu laufen. Dann wieder kauerte sie auf dem Stuhl, während sie ihr den Rücken massierten. Bree ging regelmäßig nach draußen, um Ruan und jene, die mit ihm warteten, über den Stand der Dinge zu informieren.

Mit jeder verstreichenden Stunde wuchs die Anspannung, aber Bree tat ihr Bestes, Isobels Versicherungen, dass alles in Ordnung war, nach draußen weiterzugeben. Beim Anblick der endlosen Leiden von Jenna reifte in Bree der Entschluss, lieber zu sterben, als jemals ein Kind auf die Welt zu bringen.

»Es dauert zu lang!«, schrie Jenna unter Qualen.

»Ja, die MacLeods brauchen ihre Zeit, Mädchen. Es muss ein Junge sein. Die trödeln für gewöhnlich ein wenig«, bemerkte Isobel und winkte Bree zu sich. »Hier, Mädchen. Halte Jenna ein wenig die Hand, meine ist schon taub.«

Es tat schrecklich weh. Mit jeder Wehe umklammerte Jenna Brees Finger, dass ihnen beiden die Tränen über die Wangen liefen.

Nach einiger Zeit erbarmte sich Isobel und nahm wieder Brees Platz ein. Sie schickte sie nach draußen, um die anderen über den langsamen Fortschritt zu unterrichten. Dieser Kreislauf setzte sich den Tag über und bis lange in die Nacht hinein fort. Bree wusste nicht mehr, wie oft sie bereits die immer gleiche Nachricht überbracht hatte.

Der Abend war hereingebrochen. Glücklicherweise deutete nichts auf Regen hin. Riesig hing der Mond am Himmel, umgeben von hell funkelnden Sternen, als Bree erneut aus der Hütte stolperte und erschöpft gähnte.

Ruan und Ewan hatten ein Feuer gemacht. Merry hatte die Hütte verlassen und sich zu ihnen gesellt, nachdem sie entschieden hatte, dass das Kinderkriegen nicht mehr interessant war, und andere Leute aus dem Dorf kamen und gingen. Jemand röstete ein Kaninchen auf einem Spieß. Alle Gespräche verstummten, als Bree erschien.

»Ist es vorbei?«, fragte Ruan, der sich bereits erhob und auf sie zukam.

»Nein«, antwortete Bree kopfschüttelnd.

Ruan war sichtlich besorgt. Seit Jennas Wehen eingesetzt hatten, hielt er sich in der Nähe der Hütte auf. Er hatte kaum etwas gegessen. Es war herzerwärmend, dass ihm so viel an dem Kind lag. Welche Geschichten Jenna auch immer gemeint hatte, als sie von seiner Vergangenheit als rau und herzlos gesprochen hatte, heute war er ein guter Mann.

Sie gähnte noch einmal und versuchte, ihre wirren Gedanken zu ordnen. »Isobel sagt, diese Dinge brauchen Zeit, besonders beim ersten Kind. Ich bin sicher, dein Sohn wird bald zur Welt kommen.«

Ruan hielt inne und hob die Augenbrauen, gleichzeitig sah Ewan vom Feuer auf.

»Ich bin sicher, es ist alles in Ordnung«, wiederholte Bree müde.

»Ruan?«, fragte Ewan leise.

»Mein … Sohn?« Mit einer Handbewegung bedeutete er Ewan zu schweigen, während er auf Bree herabsah. »Aye, ich kann mir vorstellen, dass das seine Zeit braucht.«

Aus Ewans Richtung ertönte ein unterdrücktes Prusten.

Ruan warf ihm einen finsteren Blick zu.

»Ja«, stimmte Bree zu, plötzlich schüchtern. »Isobel sagt, die MacLeods lassen sich gern Zeit.« Sie versuchte zu lächeln, aber Ruans prüfender Blick machte sie nervös.

»Wir lassen uns Zeit?«, entgegnete Ruan leise. Sein Gesichtsausdruck veränderte sich, und er hakte nach: »Bei der Geburt oder beim Schwängern?«

Nun war es an Bree, die Stirn zu runzeln.

»Was versuchst du mir zu sagen, Mädchen?«, fragte Ruan, und in seinen dunklen Augen lag ein sonderbares Leuchten, fast so, als würde er insgeheim lachen. »Beschwerst du dich etwa?«

»Beschweren?«, wiederholte Bree, und ihr Stirnrunzeln vertiefte sich. »Die Geburt deines Sohnes hat doch nichts mit mir zu tun.«

»Ach nein? Und wie mein Sohn mit dir zu tun hat«, widersprach er. Seine Lippen verzogen sich auf höchst eigenartige Weise. »Ich dachte, von einem Ehemann wolltest du nichts wissen.«

»Ich … habe doch gar keinen Ehemann«, erwiderte Bree ein wenig steif. Er redete wirres Zeug. Hätte sie es nicht besser gewusst, hätte sie gedacht, er würde sich auf ihre Kosten einen Scherz erlauben.

»Ach nein?« Er beugte sich zu ihr, um ihr ins Ohr zu flüstern: »Vielleicht solltest du mehr Zeit mit mir verbringen. Mit deinen Augen und diesen Locken könnten die Dinge bald ganz anders stehen.«

Sicher deutete sie seinen Tonfall falsch. Er musste über die Maßen erschöpft sein. Verärgert machte sie auf dem Absatz kehrt und schlug ihm die Tür vor der Nase zu, allerdings nicht bevor sie deutlich hörte, wie er in sich hineinlachte. Sie hoffte inständig, dass Jenna diese befremdliche Unterhaltung nicht gehört hatte.

Darüber hätte sie sich keine Gedanken machen müssen. Jenna hatte gar nichts gehört. Sie lag in den letzten Wehen, kauerte tief über den Hocker gebeugt und schrie aus vollem Hals.

Endlich kam das Baby auf die Welt und gab sogleich einen durchdringenden Schrei von sich. Bree wäre beinahe in Ohnmacht gefallen, und Jenna tat es tatsächlich. Isobel lachte gutmütig über sie beide. Kurz darauf drückte sie Bree ein kleines, faltiges, in einen Plaid gewickeltes Wesen in die Arme.

»Ein kleines Mädchen«, verkündete Isobel zufrieden. »Und sie hat die Haare ihrer Mutter.«

Es war ein Mädchen.

Kurz überlegte Bree, ob Ruan enttäuscht sein würde.

»Na los, stell die Kleine ihrer Verwandtschaft vor, während ich mich um Jenna kümmere«, drängte Isobel freundlich. »Nun geh schon, bevor du mir noch umkippst, Mädchen. Du hast dich wacker geschlagen.«

Ängstlich besorgt hielt Bree das weinende Bündel in den Armen. Nie zuvor hatte sie ein Baby gehalten. Sie war sich nicht sicher, ob es ihr gefiel. Es war beängstigend. Etwas so Kostbares hätte Isobel ihr nicht einfach so anvertrauen dürfen.

Auf Zehenspitzen durchquerte sie den Raum und öffnete die Tür. Erfreute Jubelrufe der versammelten Zuschauer empfingen sie. Sie kamen näher, Ruan grinste breit, Merry stand neben ihm.

»Deine … Tochter«, sagte Bree nervös und war erleichtert, den Säugling weggeben zu können, bevor sie ihn aus Versehen fallen ließ. Aufmerksam musterte sie seine Miene, fragte sich, ob er enttäuscht sein würde, dass es kein Junge war.

Ruans dunkle Augen verengten sich.

Unerklärlicherweise spürte sie einen Stich der Enttäuschung. »Eine Tochter ist … ein ebensolches Glück wie ein Sohn«, erklärte sie. Sie fühlte sich verpflichtet, das hilflose Baby zu verteidigen.

»Aye, nach unserer letzten Unterhaltung habe ich es mir schon fast gedacht, Mädchen«, schnaubte Ruan. Er warf den Kopf zurück und lachte. »Für wen genau hältst du Jenna?«

Plötzlich fühlte Bree sich unsicher.

Ruan legte ihr die Finger unters Kinn und zwang sie, ihn anzusehen. »Bei allen Heiligen, ich dachte, du weißt, dass sie meine Schwester ist.«

Um sie herum erklang vereinzelt Gelächter.

»Um Himmels willen, jedes Mädchen im Umkreis von einer Stunde hat denselben Vater wie ich, Jenna eingeschlossen!« Ruan lehnte sich vor und zwickte spielerisch ihre Nasenspitze.

Sie hatte gedacht, sie wäre zuvor schon errötet, aber da hatte sie sich gewaltig geirrt. Ihre Haut schien in Flammen aufzugehen, als eine spürbare Woge tiefer Röte sie von Kopf bis Fuß überzog.

Mit einem lauten Lachen schob er sich an ihr vorbei in die Hütte und nahm seine neugeborene Nichte mit sich.

✳✳✳

Es dauerte bis tief in die Nacht, bevor in der Hütte Ruhe einkehrte.

Isobel war nach Dunvegan zurückgekehrt, und Jenna schlief friedlich mit ihrer neugeborenen Tochter im Arm. Vor dem Feuer rollte sich Bree wieder in der unbequemen Stellung zusammen, die ihr am liebsten schien, und Merry lag wie immer an ihrer Seite.

Ruan lehnte sich auf seinem Stuhl zurück, balancierte ihn auf zwei Beinen. Bree aufzuziehen bereitete ihm Vergnügen. Bei jedem Funkeln ihrer grünen Augen beschleunigte sich sein Puls. Diese Augen waren gefährlich. Er sollte sie ignorieren, aber trotz seiner größten Bemühungen war ihm das unmöglich.

Sie war zutiefst beschämt gewesen, als sie erfahren hatte, dass Jenna seine Schwester war. Auch wenn es ihn amüsierte, war das Missverständnis in anderer Hinsicht erstaunlich. Für was für einen Halunken sie ihn gehalten haben musste! Offenbar hatte sie bereits viele der alten Geschichten gehört. Er fragte sich, welche. Die meisten entsprachen nicht einmal der Wahrheit, aber er wusste, dass wenig Hoffnung bestand, sie davon zu überzeugen.

Es ärgerte ihn, dass seine Gedanken sich immerzu um Bree drehten. Wie konnte er vergessen, dass die meisten Frauen bloß habgierig und lästig waren? Aye, und die ehrenwerten sahen in ihm nichts als einen Schuft, weder fähig zu Liebe noch zu Treue.

Selbst Bree hatte geglaubt, er hätte seine frisch angetraute Ehefrau zu seiner Geliebten gebracht, damit sie dieser als Zofe diente. Für was für ein Ungeheuer hielt sie ihn? Frauen waren ihm einfach unbegreiflich.

Mit einem lauten Knall ließ er den Stuhl zurück auf alle vier Beine fallen.

Von dem Geräusch wachte der Säugling auf. Als das dünne Jammern durch die Dunkelheit drang, schlüpfte er reumütig aus der Hütte in den kalten Nachtwind, in der Hoffnung, den Kopf freizubekommen – doch das misslang ihm gründlich. Immer wieder wanderten seine Gedanken zu Bree. Er wollte nicht darüber nachdenken, was das bedeutete, und kehrte schließlich zurück, um seinen Plaid neben Merry auszubreiten und die Augen zu schließen.

Doch der Schlaf ließ lange auf sich warten.

Am Morgen waren sie alle am Ende ihrer Kräfte. Das Neugeborene döste nur ab und zu und leistete ansonsten ganze Arbeit dabei, sie alle wach zu halten. Jenna schien das nicht im Geringsten zu kümmern, auch wenn sie müde war. Sie hatte offensichtlich die Liebe ihres Lebens gefunden.

Obgleich es faszinierend zu beobachten war, fühlte Ruan sich plötzlich von Frauen erdrückt, die auch noch alle außergewöhnlich schwierig waren. Selbst die Kleine, die Jenna letzte Nacht auf die Welt gebracht hatte, quälte ihn bereits. Wie sollte er sie ernähren, ganz abgesehen von den anderen dreien? Er besaß nichts außer seinem Namen.

Als die Sonne aufging, rappelte Bree sich auf und begann, Haferbrei zu kochen, während sie hinter vorgehaltenem Arm gähnte. Sie tat ihr Bestes, um ihm aus dem Weg zu gehen, und die meiste Zeit gelang es ihr auch recht gut.

Warum empfand er das als Herausforderung? Wiederholt ertappte er sich dabei, wie er versuchte, dieses lebhafte Funkeln in ihren grünen Augen zu wecken. Er musste verrückt sein.

Kopfschüttelnd versuchte er, zur Vernunft zu kommen. Er musste die Hütte verlassen, bevor er den Verstand verlor. Mit großer Erleichterung bemerkte er einige lose Steine unter dem Fenster, und Ewans Ankunft war die perfekte Gelegenheit, sich davonzumachen. Er zeigte auf die Steine und erklärte: »Ich repariere das mal besser gleich.«

Im Eimer waren genügend Muscheln, die er zu Mörtel hätte mahlen können, aber er musste die frische, salzige Luft atmen. Er musste einfach weg von so viel Weiblichkeit auf einer Stelle. Mit einem befriedigenden Schlag fiel die Tür der Hütte hinter ihm zu.

Leichtfüßig sprang er über die niedrige Steinmauer und ging hinunter zum blassgelben Strand. Auf Knien schaufelte er mit den Händen ein paar Handvoll der winzigen Schneckenhäuser und getrockneten Seetang zusammen und ließ sie gedankenverloren durch seine Finger rinnen. Dies war schon immer einer seiner Lieblingsplätze gewesen.

Er war noch nicht lange am Strand, als er Bree und Merry auf sich zukommen sah. Sie mussten sichtlich gegen den Wind ankämpfen. Alarmiert ließ er den Eimer fallen, doch Merrys breites Lächeln deutete darauf hin, dass alles in Ordnung war.

»Isobel hat uns geschickt, um dir zu helfen«, unterrichtete sie ihn und hüpfte fröhlich umher. »Sie sagt, wir brauchen etwas frische Luft.«

Bree war nicht gerade begeistert, hier zu sein. Das war offensichtlich. Skeptisch beobachtete sie ihn, und er ertappte sich dabei, dass er lächelte wie ein Dummkopf, unfähig, damit aufzuhören. Sie war so ein misstrauisches Mädchen. Jemanden wie sie hatte er noch nie getroffen. Wer könnte einer solchen Herausforderung widerstehen?

Nachdem er ihr gezeigt hatte, nach welchen Muscheln und Schneckenhäusern sie Ausschau halten sollte, reichte er ihr den Eimer – nur um eine Entschuldigung zu haben, nach ihrer Hand zu fassen.

Anfänglich verständnislos wartete sie höflich darauf, dass er sie losließ. Während er mit den Fingern über ihr Handgelenk strich, wuchs seine Erheiterung, und ihre Gleichgültigkeit verwandelte sich in Verwirrung.

Sie zog die Hand weg.

»Ach, Mädchen, ich beiße nicht«, murmelte er mit gesenkten Lidern und fügte dann anzüglich hinzu: »Nun, vielleicht schon, aber die, die ich beiße, scheint es nicht besonders zu stören.«

»Das geht mich nichts an«, erwiderte Bree steif und bückte sich, um ein Schneckenhaus aufzuheben.

Wenn er ehrlich war, war er ein kleines bisschen beleidigt. Aye, mehr als ein kleines bisschen – sein Stolz war schwer getroffen. Es gab nur wenige Mädchen, die seinem Charme widerstehen konnten. Nicht, dass er sie umwarb, rief er sich hastig in Erinnerung.

Verärgert verschränkte er die Arme vor der Brust. Was würde sie tun, wenn er sie an sich zog und küsste? Als ihm bewusst wurde, was er da dachte, fluchte er plötzlich und hielt mitten in der Bewegung inne. Was war nur mit ihm los?

Beinahe wäre er über Merry gestolpert. O ja, Brees Misstrauen war ansteckend. Merry musterte ihn mit finsterem Blick, und ihre zusammengezogenen Augenbrauen verhießen Ärger. Schon öffnete er den Mund, wollte sich verteidigen, als er Robert in vollem Galopp auf sich zu reiten sah.

»Neuigkeiten!«, rief sein Onkel und zog neben ihm die Zügel an. »Komm sofort in die Große Halle. Bring Bree mit.«

***

Erfüllt von einer düsteren Vorahnung betrat Ruan Dunvegan, Bree dicht auf seinen Fersen.

Vergessen stand das Mittagsmahl auf den Tischen, während die Clanmitglieder sich um einen erschöpften und verletzten Jungen versammelten, der auf Tormods Stuhl saß. Als er Ruan erspähte, hellte sich seine Miene auf, und er warf sich ihm in die Arme. Unvorbereitet stolperte Ruan einen Schritt zurück, erwiderte jedoch die Umarmung des Jungen.

»Ruan!« Der Junge schluckte. »Fearghus … Fearghus …«

»Atme tief durch, Colin.« Beruhigend legte Ruan ihm eine Hand auf den Kopf.

Es dauerte etwas, bis es Colin schließlich gelang, die Einzelheiten zu erzählen. Fearghus war mit seinen Männern über die Clangrenze geritten, hatte einige Felder und eine Handvoll Hütten in Brand gesteckt. Als Colin gesehen hatte, dass seine Familie in ihrer Hütte eingesperrt und das Dach in Flammen gesetzt worden war, hatte er die Flucht ergriffen.

Ruan erblasste.

Ihm war übel. Das war seine Schuld. Er hatte das verursacht. Nur aus Rache ging Fearghus auf seine Leute los. Tief betroffen sank er auf die nächste Bank.

»Dieses Blut klebt an deinen Händen, Ruan«, erklärte Tormod laut. Eifrig blickte er in die Gesichter der Männer um ihn herum, erwartete offensichtlich ihre Zustimmung.

Grimmiges Schweigen schlug ihm entgegen.

»Aye«, murmelte Ruan schließlich. »Das kann ich nicht leugnen.«

Eine Woge des Unmuts lief durch die Halle.

Tormod leckte sich nervös mit der Zunge über die Lippen.

»Nein«, fuhr Ruan fort. Er stand auf, hob die Hände und wandte sich an den Clan: »Ich bin schuld, aber ich werde es wiedergutmachen.«

Überall erklangen zustimmende Rufe.

»Es ist nicht deine Schuld, Ruan!«, bemerkte ein Mann.

Andere schlossen sich ihm an, sagten Ähnliches.

»Ruhe!«, donnerte Tormod. Er verschränkte die Hände vor seinem Wanst, und sein Doppelkinn bebte vor Empörung. »Hätte Ruan den MacDonald nicht angegriffen, wäre das nie …«

»Hättest du Merry nicht verheiratet, hätte Ruan sie nicht zurückholen müssen«, unterbrach Robert ihn ruhig. »Wir sollten sofort losreiten. Fearghus könnte noch mehr Überfälle geplant haben, wir sollten ihn abfangen.«

In der Halle erhob sich zustimmendes Gemurmel.

»Du reitest mit?«, wandte Robert sich kühl an Tormod. »Und Michael und Gerland auch?«

Unwillkürlich trat Tormod einen Schritt zurück. »Aye, Michael und Gerland sicher, aber ich sollte hierbleiben, um … mich um … Dinge zu kümmern.«

Ruckartig hob Ruan den Kopf. In Gedanken an Tormods unerwartetes Auftauchen vor Jennas Hütte warnte er seinen ältesten Bruder: »Wenn du sie anfasst, töte ich dich, ohne mit der Wimper zu zucken, Tormod. Das lass dir gesagt sein.«

Tormods schlaffe Wangen zitterten, als er das Kinn reckte. »Du wagst es, dem MacLeod zu drohen?«, zischte er.

»Aye«, erwiderte Ruan ungerührt.

Einige der umstehenden Clanmitglieder nickten offen zustimmend.

»Ruans Frau weckt solche Loyalität?«, schleuderte ihnen Tormod entgegen, erblasste aber, offensichtlich verunsichert.

»Wir alle lieben Bree«, erklang Roberts klare Stimme. Er nickte den Männern zu, auf ihre Plätze zurückzukehren. »Ewan wird Bree beschützen, während wir fort sind«, fuhr Robert ruhig fort. »Der Junge kann nicht mit uns kommen, es ist am besten, den Earl of Mull aus dieser Sache herauszuhalten.«

»Du solltest mit uns reiten, Tormod«, forderte Ruan seinen Bruder offen heraus und verschränkte die Arme vor der Brust.

»Ich muss mich hier um wichtige Angelegenheiten kümmern.« Tormod sprach mit lauter Stimme, aber sie klang dennoch dünn, beinahe unsicher.

»Dann führt Ruan uns an«, verkündete Robert. Er hob den Arm, reckte die Faust in die Luft. »Er ist ein MacLeod!«

Sämtliche Clanmitglieder in der Halle brüllten zur Antwort: »Ein MacLeod! Ein MacLeod! Ruan MacLeod!«

Aus Tormods Gesicht wich jegliche Farbe.

Ruan legte seinem Onkel eine Hand auf den Arm: »Auf ein Wort, Onkel?«

Unter dem durchdringenden Blick seines Bruders zog er Robert beiseite.

Sobald sie außerhalb Tormods Hörweite waren, funkelte er seinen Onkel finster an. »Was hast du vor? Ich habe mich nicht einverstanden erklärt mit eurem törichten Plan, und ich werde nicht zulassen, dass diese Männer …« In dem Geschrei, das mittlerweile durch die Halle dröhnte, ging der Rest seiner Worte unter.

Robert nahm Bree und Ruan am Arm und führte sie weg, während um seine Lippen ein zufriedenes Lächeln spielte.

»Was hast du getan?«, verlangte Ruan von seinem Onkel wütend zu wissen. »Bist du von Sinnen?«

»Jetzt liegt es nicht mehr in deinen Händen, mein Junge. Das ist eine Angelegenheit für den Clan«, erwiderte Robert mit einem nachsichtigen Lächeln zu seinem Neffen. »Aber vorher gibt es noch ein paar Dinge, um die wir uns kümmern müssen. Wenn wir zurückkehren, wird sich der Clan versammeln, um darüber zu beraten. Jetzt geh zu den Ställen, wir treffen uns dort.«

Ruans Blick verfinsterte sich weiter, und schweigend machte er sich auf den Weg. Vage war er sich bewusst, dass Bree ihm noch immer folgte. Sollte Tormod seinen Tod bisher noch nicht gewollt haben, so wollte er ihn nun mit Sicherheit. Der Vertrauensbeweis der Clanmitglieder in der Halle hatte das besiegelt. Er wünschte, die Clanmitglieder hätten geschwiegen. Er seufzte. Was hatte Fearghus dazu getrieben? Dieses Ausmaß von Gewalt war ungewöhnlich. In der Vergangenheit hatte der Mann sich meist damit zufriedengegeben, Kühe und Schafe zu stehlen.

Als er die Ställe betrat, stieß er mit Ewan zusammen. Der Junge prallte zurück und ließ den Sattel fallen, den er auf der Schulter trug.

»Nein«, sagte Ruan und schüttelte den Kopf. »Du nicht, Junge, heute reiten wir ohne dich. Dein Vater hat mit dieser Sache nichts zu tun.«

Ewan öffnete den Mund, um zu protestieren.

»Außerdem brauche ich dich für etwas anderes. Du musst Bree beschützen, auch wenn ich nicht glaube, dass Tormod sich in ihre Nähe wagt. Es ist besser, auf Nummer sicher zu gehen«, fuhr Ruan fort, ergriff Ewan beim Arm und zog ihn mit sich. »Und wenn ich nicht zurückkomme, bringst du Merry und Bree zu Cameron.«

»Aye.« Robert nickte, als er zu ihnen trat und den letzten Teil mithörte. »Das ist ein guter Plan. Vielleicht sollten wir die beiden schon jetzt dorthin schicken, bis die Angelegenheit geklärt ist.«

»Geklärt?« Ruan wandte sich seinem Onkel zu. »Robert, ich habe dir gesagt, dass ich nicht der Grund dafür sein werde, dass ein Bruder gegen den anderen kämpft …«

»Ja, und das wirst du auch nicht, das schwöre ich dir, Junge«, unterbrach Robert ihn und packte ihn fest bei den Schultern.

Skeptisch starrte Ruan ihn an, bevor er sich an Ewan wandte: »Hast du verstanden, Junge?«

»Aye«, stimmte Ewan zu und nickte, wenn auch widerwillig.

In den Ställen wurde es betriebsam. Männer führten Pferde aus den Boxen, während Ruan von draußen auf dem Hof das Klirren von Metall vernahm, als andere ihre Waffen inspizierten. Ruan ging zu seinem Pferd, doch aus den Augenwinkeln beobachtete er Bree. Mit düsterer Miene stand sie da, die Hände fest ineinander verschränkt.

Ihn überrollte ein ungekannter Beschützerinstinkt, vermischt mit etwas, von dem er wusste, dass er es abstreiten sollte, und etwas, das er nicht zur Kenntnis nehmen wollte.

»Ich wollte nie eine Ehefrau«, murmelte er an Ewan gewandt und warf den Sattel auf den Rücken des Pferdes.

Unruhig stampfte das Tier auf und warf den Kopf nach hinten.

Ewan hob eine Augenbraue, erwiderte jedoch nichts, während er half, den Sattelgurt festzuziehen.

»Verflucht, und wenn schon eine Ehefrau, dann wenigstens keine ehrbare Dame!« Frustriert verzog Ruan das Gesicht.

Ewan räusperte sich.

Ruan hatte äußerst wenig für das belustigte Funkeln übrig, das in den Augen des Jungen tanzte. Geschickt schwang er sich in den Sattel, bevor er sich hinunterlehnte und knurrte: »Aye, sie bedeutet mir gar nichts. Dazu gibt es keinen Grund. Sie sieht mich als das, was ich bin. Das arme Mädchen will bloß weg von mir, und kannst du es ihr verübeln?«

Wieder stampfte sein Pferd auf, und Ewan hielt mit ruhiger Hand den Kopf des Tieres.

»Und Verlangen spüre ich schon gar nicht nach ihr«, fluchte Ruan leise. Das musste so sein. Sicherlich konnte er sich davon überzeugen, dass es so war. Entnervt schlug er auf den Sattelknauf, weil er wusste, dass er sich nur etwas vormachte. »Sie ist noch lästiger als der Rest.«

Unter diesem Ausbruch tänzelte das Pferd zur Seite.

»Hast du dazu gar nichts zu sagen?«, fuhr Ruan Ewan zornfunkelnd an.

»Nein«, antwortete Ewan. In seinen Augen glitzerte etwas, das Erheiterung gefährlich nahe kam. »Ich bin nicht derjenige, der sich selbst zum Narren hält.«

Finster sah Ruan ihn an, zog jedoch fragend eine Augenbraue hoch.

»Ich bin nicht derjenige, der dabei ist, sich zu verlieben«, erklärte Ewan mit einem dreisten Grinsen.

Bei dem Wort »verlieben« gab Ruan seinem Pferd die Sporen. Sofort machte es einen Satz nach vorn. Er zog scharf an den Zügeln und das Tier bäumte sich ungehalten auf. Es war lächerlich. Auch wenn er noch nie wirklich eine Frau geliebt hatte, war er doch sicher, dass so etwas viel länger dauerte, als Ewan andeutete.

Die Männer waren beinahe fertig. Er musste aufbrechen.

Mit einem Schenkeldruck trieb er das Pferd vorwärts und beobachtete, wie auch Gerland und Michael aufstiegen. In der Nähe sah er, wie Merry sich an Bree klammerte, ihr die Arme um den Hals schlang. In ihren großen braunen Augen schimmerten ungeweinte Tränen. Inbrünstig wünschte er sich, er könnte seine kleine Schwester trösten, und fragte sich, ob es je eine Zeit geben würde, da sie sich nicht um seine Rückkehr sorgen musste.

Dann wanderte sein Blick zu Bree. Ihr Gesicht war kreideweiß. Aye, er sehnte sich danach, das arme Mädchen entspannt zu sehen, ein Lächeln auf diesen Lippen zu entdecken. Überrumpelt von einer Woge jenes ungewohnten Beschützerinstinkts erhob er seine Stimme, um sich an die Clanmitglieder zu wenden, die zurückblieben: »Ihr könnt Tormod ausrichten, sollte er meine Frau auch nur ansehen, zieh ich ihm bei lebendigem Leib die Haut ab. Aye, ob er der MacLeod ist oder nicht!«

Auf seine Worte hin brach Jubel aus.

Noch während er wegen des Leuchtens in Roberts Augen das Gesicht verzog, setzte er hinzu: »Und dafür werdet ihr alle geradestehen, das schwöre ich euch!«

Es stand ihm nicht zu, diesen Männern irgendetwas zu befehlen, aber es schien ihnen nichts auszumachen. Stattdessen jubelten sie nur noch lauter und klopften sich gegenseitig auf die Schultern, als hätte er gerade erklärt, dass er den Clan aufteilen würde. Er runzelte die Stirn.

Auf Ewans Gesicht breitete sich ein breites Grinsen aus.

Im Schutz der ohrenbetäubenden Ausrufe der Clanmitglieder rief er dem Jungen ins Ohr: »Ewan, falls ich nicht zurückkehre, bring sie beide zu Cameron. Beide. Versprich es mir!«

Ewan berührte mit einem Finger seine Lippen. »Ich schwöre es bei meinem letzten Blutstropfen.«

Ruan nickte zufrieden und zog erneut scharf an den Zügeln, um vor Bree und Merry anzuhalten. »Ich komme wieder, meine kleine Merry«, versprach er und legte sich die Hand aufs Herz. »Ich schwöre, das ist das letzte Mal, dass du dir solche Sorgen machen musst. Später bringe ich dich, wohin auch immer du willst.«

»Paris?«, fragte Merry mit bebendem Kinn.

»Aye, ich bringe dich nach Paris. Das schwöre ich dir«, gelobte Ruan, bevor er sich an Bree wandte. Gegen seinen Willen erbebte sein Herz, als er ihren Gesichtsausdruck sah. Es war Bewunderung. Sie sah ihn voller Bewunderung an. Oh ja, Ewan war gefährlich scharfsinnig. Er war wirklich dabei, sich in das Mädchen zu verlieben. Was für ein Narr er gewesen war, es abzustreiten. Zum ersten Mal fragte er sich, ob es möglich wäre, ihr Herz zu gewinnen, während er zugleich erstaunt war, dass er überhaupt mit dem Gedanken spielte.

»Aye, wenn ich zurückkehre, reden wir, *mo ceisd*«, sagte er nur, dann gab er seinem Pferd die Sporen.

***

Es war eine höllische Woche. Sie ritten scharf und schliefen wenig, während sie die Männer jagten, die für den gottlosen Überfall verantwortlich waren.

Einige Male fand Ruan sich in der Hitze des Gefechts von hinten unter Beschuss, wie schon bei ihrem letzten Feldzug. Ein Pfeil streifte ihn sogar an der Schulter. Er teilte seinen Verdacht mit niemandem, wurde aber noch wachsamer. Ihm graute vor der Wahrheit, er wollte noch immer nicht glauben, dass seine eigenen Brüder versuchten, ihn zu töten.

Sie spürten ein paar von Fearghus' Männern auf, die in den Bergen in der Nähe einiger Höfe lagerten, und erledigten sie. Wenige Tage später stießen sie auf weitere. Ruan versuchte, die Männer zu befragen, doch jedes Mal machten Michael und manchmal auch Gerland seine Anstrengungen zunichte, indem sie Vorwände fanden, die Gefangenen zu töten, ehe er irgendwelche Informationen aus ihnen herausholen konnte.

Es war frustrierend.

Er erfuhr nichts über Fearghus' Gründe, den Überfall zu befehlen – eine Tatsache, die an sich schon merkwürdig war. Wenn Fearghus aus Rache handelte, hatte er erwartet, das zu hören. Er hätte schwören können, dass zwei der Männer mit einem Akzent aus dem Norden sprachen. Einer war definitiv ein Franzose, und es stellte ihn vor ein Rätsel, wie sie in Fearghus' Dienste gelangt waren.

Es war ein besonders düsterer Tag. Die dichten, bedrohlichen Wolken weigerten sich standhaft, auch nur einen Sonnenstrahl durchzulassen. Den Abend verbrachte Ruan damit, den umliegenden Wald auszukundschaften. Es war spät, als er endlich im Lager ankam, wo er erfuhr, dass Robert mit Michael ausgeritten war, um einige verdächtige Spuren zu untersuchen.

Müde und doch rastlos ließ Ruan sich am Feuer nieder und grübelte.

Er traute Michael nicht und machte sich Sorgen, dass Robert mit ihm unterwegs war. Lange hatte er noch nicht dort gesessen, als sich klagende Rufe unter den Männern um ihn herum erhoben. Als er aufsprang, entdeckte er Roberts Pferd, das den anderen ohne seinen Reiter folgte.

Er konnte sich nicht entsinnen, auf sein Pferd gestiegen zu sein, als er es neben Michael zügelte. Seine Aufmerksamkeit galt allein dem graugesichtigen Mann, den sein Bruder in den Armen hielt.

»Er ist tot«, verkündete Michael. Wie von fern drang seine Stimme an Ruans Ohren. »Wir konnten nichts mehr für ihn tun.«

»Aye«, murmelte Gerland zustimmend.

Als er endlich seine Stimme wiederfand, fragte Ruan heiser: »Habt ihr den Mann getötet, der das getan hat?«

»Er ist zu Pferd entkommen«, antwortete Michael. »Wir haben angehalten und versucht, Robert zu retten.«

Ruan senkte den Kopf und wartete auf die Tränen, doch seltsamerweise wollten sie nicht kommen. Ihm wurde das Herz schwer. Für all das war er verantwortlich. Erst Colins Familie und nun sein Onkel. Ihr Blut klebte an seinen Händen. Er konnte nicht denken. Nichts wirkte noch real.

»Wir müssen zurück nach Dunvegan«, drängte Michael. »Dieser Feldzug ist vorbei.«

Stumm sah Ruan zu, wie die Männer das Lager räumten und auf ihre Pferde stiegen, um nach Dunvegan zurückzukehren. Er schloss sich ihnen nicht an. Stattdessen schwor er, dass er nicht heimkehren würde, ehe er Roberts Tod gerächt hätte. Er wandte sein Pferd in Richtung Dunscaithe, ohne sich um die Handvoll Männer zu kümmern, die sich entschieden, ihm zu folgen. Ein aussichtsloses Unterfangen, hatte Michael gesagt, doch Ruan schob die Warnung seines Bruders beiseite.

Die Zeit verstrich wie in einem Nebel. Es war spät am nächsten Tag. Seit Stunden verfolgten sie eine Spur. Als die Sonne bereits tief stand, erspähte Ruan den flüchtenden Reiter und preschte mit neu erwachter Kraft vorwärts. In wildem Galopp hügelabwärts drang er durch ein Wäldchen hindurch, seinem Ziel dicht auf den Fersen.

Dieses Mal traf ihn das Sirren des Pfeils unvorbereitet.

Dieses Mal verfehlte er sein Ziel nicht.

Ohne einen Laut fiel Ruan vom Rücken seines Pferdes.

Kapitel 14
Mo Ceisd

Die ganze Woche sorgte sich Merry um Ruans Sicherheit, und Bree musste sich eingestehen, dass es ihr genauso ging. Es war schon seltsam, dass sie nun doch seine Frau sein wollte, jetzt, da die Möglichkeit drohte, er würde womöglich nicht zurückkehren. Sie verbrachten ihre Tage mit Ewan an ihrer Seite in Jennas Hütte und beobachteten den Jungen, wie er gedankenverloren mit seinem Dolch spielte. Es war eine beruhigende Geste. So wussten sie, er würde nicht zögern, die Waffe zu benutzen.

An den Abenden unterhielt Ewan sie alle, den noch namenlosen Säugling eingeschlossen, mit solch wilden Geschichten, dass sie – trotz seiner gegenteiligen Beteuerungen – einfach nicht wahr sein konnten. Es war in der Dunkelheit der Nacht, lange nachdem Merry mit ihrem Kopf in Brees Schoß eingeschlafen war, als der Jüngling Bree erzählte, wie Ruan losgeritten war, um seine kleine Schwester zu retten. Er war ein ungewöhnlicher Mann, und gegen besseres Wissen spürte sie, wie ihr Herz schneller schlug. *Mo ceisd.* Ruan hatte sie *mo ceisd* genannt. Sie rätselte über die Bedeutung der Worte: Mein Problem. Es war wenig verwunderlich, dass er sie als Problem ansah, aber er hatte auf so verstörend sanfte Art gesprochen. Ihr lief ein Schauer über den Rücken. Er war ein beunruhigender Mann, ein Rätsel.

Es kam der Tag, an dem die Männer mit Roberts Leichnam zurückkehrten – ein Tod, der den gesamten Clan erschütterte.

Mit Ruans Entscheidung, zurückzubleiben und den Mörder zu jagen, hätte er noch mehr Herzen gewonnen, hätten sie ihm nicht bereits alle gehört. Ein Tag verging, dann einige weitere. Alle machten sich Sorgen, selbst Ewan, auch wenn er sein Bestes tat, das zu verbergen.

»Er ist ein starker Mann. Es geht ihm gut«, versicherte er ihnen zum fünften Mal.

Spät am nächsten Nachmittag hämmerte Silas an Jennas Tür und bestand darauf, dass Bree und Ewan sofort nach Dunvegan zurückkehrten. »Schlechte Neuigkeiten« war alles, was sie aus ihm herausbekamen, aber in seinen Augen lag ein befriedigtes Glitzern.

Bree wurde das Herz schwer, als sie dem Priester folgte. Lange bevor sie die Große Halle betraten, hörten sie Effric schreien, und Bree wusste, dass etwas Schreckliches geschehen war.

Vor dem Kamin ging Tormod auf und ab, die Hände hinter dem Rücken verschränkt. Effric, die auf dem Boden zu einem Häuflein zusammengesunken war, ignorierte er demonstrativ. Heulend und klagend zerrte sie an ihrem Haar und zerkratzte sich auf höchst beunruhigende Weise die Wangen.

»Tot«, schluchzte sie mit brechender Stimme. »Tot!«

Michael saß halb auf der Tischkante und schwang lässig das Bein, während Isobel in der Nähe saß und reglos vor sich hinstarrte, die Nase gerötet, das Gesicht grau.

Brees Herz setzte für einen Schlag aus, und plötzlich fiel ihr das Atmen schwer.

»Tot«, flüsterte Effric.

»Aye«, höhnte Tormod sichtlich zufrieden. »Ruan ist tot, Bree. Du bist jetzt Witwe.«

Verblüfft richteten sich alle Blicke auf ihn.

»Kein Grund zur Sorge, Mädchen«, fuhr Tormod aufgeblasen fort. »Ich sorge dafür, dass du gut versorgt bist, wirklich gut versorgt.«

Isobels Stimme bebte unter dem Ansturm der Gefühle. »Das Mädchen sollte zu seinem Vater geschickt werden.«

»Ich bringe Bree jetzt weg«, erklärte Ewan heiser und legte die Hand auf seinen Dolch.

»Dich hätte ich schon vor Monaten rauswerfen sollen!«, brüllte Tormod, hob eine Hand und winkte einige fremde Männer herbei, die in der Halle herumlungerten. »Schließt dieses Weib in ihr Zimmer ein und schickt den Welpen des Earls heim. Ich habe für keinen von beiden Verwendung!«

Es war schnell vorüber. Ewan kämpfte heldenhaft, aber vier stark bewaffneten Männern hatte er nichts entgegenzusetzen. Mit einem harten Schlag auf den Hinterkopf verlor er das Bewusstsein. Bree schnappte entsetzt nach Luft, als sie ihn davonschleiften.

»Dafür wirst du bezahlen«, schrie Isobel, als sie auch sie wegzerrten.

Kreischend rannte Effric ihr nach.

Stille senkte sich über die Halle. Innerhalb weniger Minuten hatte Tormod sämtliche Pläne Ruans für ihre Sicherheit zunichtegemacht. Benommen sah Bree, wie der Mann sich feixend die Hände rieb.

»Du bist ein wirklich reizendes Mädchen.« Anzüglich musterte er sie. »Aye, eines, das einem Erben schenken kann.«

Sie starrte ihn an, noch immer unter Schock und unfähig, zu glauben, was er damit anzudeuten schien, doch als er näherkam, platzte sie heraus: »Du bist verheiratet!«

Tormods Grinsen wurde breiter, und träge glitt der Blick seiner Glupschaugen über ihren Körper, als er behauptete: »Effric ist verrückt. Niemand würde mir eine Annullierung verweigern.«

Da war etwas Wahres dran. Bestimmt, ganz bestimmt würde ihr Vater sie retten, doch ihr wurde das Herz schwer, denn sie wusste, er könnte nicht rechtzeitig hier sein, während Tormods Pläne mit jeder Minute verdorbener wurden. Sie wich einen Schritt zurück, aber er folgte ihr. Verzweifelt tastete sie nach dem versteckten kleinen Messer, das Ruan ihr gegeben hatte, doch sie erlaubte sich noch nicht, an ihn zu denken – und dann waren plötzlich Tormods Hände auf ihr.

»Aye, Effric hat keine Bedeutung.« Er leckte Bree über den Hals und schob ihr die Zunge ins Ohr. »Jetzt wird es Zeit, dass ich dir meinen Erben einpflanze.«

»Nein!«, schrie Bree heiser, zog das Messer aus seiner Scheide und stach damit zu.

Fluchend fasste Tormod sich ans Ohr, und Blut rann zwischen seinen Fingern hervor. Er hob die Hand und schlug ihr ins Gesicht. Sie verlor das Gleichgewicht, doch im selben Moment zog er sie mit dem freien Arm an sich. Massig und stark, wie er war, kämpfte sie vergebens. Benommen hielt er sich die Hand vors Gesicht und starrte auf das Blut an seinen Fingern. Über seine Wange zog sich eine tiefe Wunde.

Sie hatte ihm beinahe das halbe Ohr abgeschnitten.

»Dafür wirst du bezahlen«, krächzte Tormod, packte sie bei den Haaren und presste seine Lippen auf ihren Mund.

Sie würgte. Sein Mund schmeckte nach Whisky und Zwiebeln. Dann hörte sie Stoff reißen, und seine Hände waren auf ihrer Haut. Mit neu erwachter Kraft schlug sie zurück und riss sich los, um zu schreien. Wieder schlug er sie, diesmal noch härter. Ihr verschwamm die Sicht, als ein stechender Schmerz durch ihren Kopf schoss. Für einen Moment war sie unfähig, sich zu bewegen. Er packte sie fester, drängte sie gegen die Tafel, als eine leichte Bewegung beim Kamin ihre Aufmerksamkeit erregte und ihr Herz vor Freude einen Satz machte.

Dort an der Wand lehnte Ruan, stützte sich schwer gegen die Steine. Seine Haut war weiß, aber in seinen dunklen Augen loderte eine Wut, die ihr die Seele wärmte.

»Ruan«, keuchte sie erleichtert.

»Pah, du trauerst doch wohl nicht um ihn«, grunzte Tormod und presste sich an sie, während seine Lippen sich erneut auf ihre senkten.

Bree sah, wie auch Ewan wieder erschien, aber Ruan kam bereits auf sie zu.

»Aye, sie trauert ganz sicher nicht um mich«, zischte Ruans kalte Stimme, während er seinem Bruder einen Dolch an den Hals drückte. »Nicht, solange ich noch am Leben bin.«

Tormod erstarrte ungläubig.

Bree spürte sein Herz an ihrer Brust hämmern, dann stieß sie ihn mit aller Kraft von sich. Dieses Mal ließ er sie los.

»Du solltest tot sein«, entschlüpfte es Tormod. Seine blassen Lippen zuckten, während er krampfhaft nach Luft schnappte.

»Nein, du hast erneut versagt.« Ruans Stimme war leise. Steif stand er da, schwankend und zur Seite gekrümmt. Dann wandte er sich an Bree: »Geht es dir gut, Mädchen?«

Er zog sie in eine beschützende Umarmung, von der sie nicht gewusst hatte, dass sie sich danach sehnte, bis seine Arme sie umfingen. Nickend legte sie ihre Wange an seine breite Brust und schluckte. In diesem Moment verstand sie, weshalb Merry ihn so vergötterte.

Clanmitglieder drängten sich in die Halle.

»Du hast einiges zu erklären, Tormod«, rief einer aus der Menge.

»Aye.« Leidenschaftliche Wut lag in Ruans Stimme. »Aber ich bin kaum in der Stimmung dafür. Ich habe dir geschworen, wenn du meine Frau anfasst, schlitze ich dir die Kehle auf – Bruder oder nicht, MacLeod oder nicht.«

Er drückte den Dolch fester in die Haut an Tormods Hals, und im Sonnenlicht vom Fenster her glitzerte die Klinge.

Tormod quiekte und klang dabei erstaunlich wie ein Schwein bei der Schlachtung, aber dann schnappte Ruan plötzlich nach Luft. Erschrocken musste Bree zusehen, wie er die Augen verdrehte und nach hinten kippte. Gerade noch rechtzeitig trat Ewan vor, um ihn aufzufangen.

Auf Ruans Hemd breitete sich ein leuchtend roter Fleck aus.

»Er ist verletzt!«, keuchte Tormod, während er sich ans Ohr und an den Hals fasste, als wolle er sich versichern, dass er noch in einem Stück war.

»Bete lieber, dass er nicht stirbt«, drohte Ewan grimmig.

Ein Schrei hallte durch den Saal, begleitet von Stimmengewirr. Durch die versammelte Menge ging ein Raunen, dann kam Isobel herbeigelaufen. Bei Ruans Anblick liefen ihr Tränen über die Wangen. Sichtlich erleichtert zog sie ihn fest an ihre Brust, während sie gleichzeitig hektisch auf die Tür zu Tormods Kammer deutete.

Verwirrt warf Bree einen Blick dorthin, wo die Clanmitglieder auseinanderwichen.

An einem Seil hing Effrics lebloser Körper von einem Deckenbalken und schwang noch leicht hin und her. Ihr Kopf war zur Seite geneigt. Vor den Augen aller rutschte der ehemaligen Lady of MacLeod ein Schuh vom Fuß und landete mit einem dumpfen Aufprall in den Binsen.

✳✳✳

Effrics Selbstmord trübte die Stimmung, aber die Freude über Ruans unerwartete Rückkehr überwog.

»Das Mädchen konnte den Gedanken an seinen Tod einfach nicht ertragen«, sagte Isobel immer wieder kopfschüttelnd, während sie Ruan vorsichtig in sein Bett manövrierten.

»Robert?«, stöhnte Ruan, als er zu sich kam. Er griff nach Isobels Arm. »Ich muss mit ihm sprechen, kannst du ihn hereinrufen?«

Isobel zögerte und blinzelte hastig Tränen weg.

»Was ist los?« Ruan runzelte die Stirn.

»Du musst dich ausruhen, mein Junge«, sagte Isobel. Sie legte ihm eine Hand auf die Stirn. »Aye, du hast jetzt schon Fieber. Wahrscheinlich wird es bald noch schlimmer.«

»Ich muss mit Robert sprechen«, beharrte Ruan und zog die Brauen noch dichter zusammen. »Ich … habe Fearghus' Männer gejagt … Ich glaube … Warum habe ich das getan?« Verwirrt hielt er inne. »Ich bin mir sicher, einige von ihnen waren Franzosen.«

»Robert ruht sich aus«, erwiderte Isobel und tätschelte ihm die Wange. »Ich lasse Bree bei dir, während ich etwas zum

Verbinden hole. Wir müssen die Blutung stoppen. Bis dahin trink das hier.«

Mit einem müden Lächeln nahm Ruan den Whisky entgegen, doch zwischen seinen Augenbrauen stand noch immer eine steile Falte, als ihm die Lider flatternd zufielen.

Isobel drückte Bree eine Schüssel Wasser und einen Lappen in die Hände und versicherte ihr: »Er ist ein starker Kerl, Liebes. Wasch ihn, ich bin gleich zurück.«

Aufmunternd drückte sie Bree die Schulter und ging. Zum ersten Mal an diesem Tag gestattete Bree sich einen zitternden Atemzug der Erleichterung, aber das Gefühl hielt nicht lange an.

Das viele Blut bereitete ihr Sorgen.

Zaghaft zupfte sie an dem besudelten Hemd, das mit verkrustetem Schweiß und Dreck an der Wunde festklebte. Anfangs versuchte sie, behutsam zu sein, aber das war unmöglich. Sie fürchtete, er würde ihr unter den Händen verbluten, und wollte ihm das Hemd über den Kopf ziehen. Augenblicklich schlug er wild um sich. In ihrer Panik zerrte sie mit einem Ruck an dem Stoff und riss es ihm vom Leib.

»Heilige Mutter Gottes!«, schrie Ruan, und die Haare standen ihm wirr um den Kopf. »Versuchst du, mich umzubringen?«

Bree öffnete den Mund und wollte schon zurückschreien, verlor aber die Stimme, als sie die Wunde erblickte, die sich über seine nackte Brust zog. So etwas hatte sie noch nie gesehen. Das Fleisch war lila und schwarz, die geschwollenen Wundränder mit Blut und verfilztem Haar verkrustet. Sie hielt sich eine Hand vor den Mund.

»Die Männer mussten … den Pfeil herausschneiden … Es war ziemlich dunkel … Er …«, erklärte Ruan schwach und verstummte, während ihm die Farbe aus dem Gesicht wich.

Bree nickte knapp und griff mit zitternder Hand nach dem feuchten Lappen.

»Dreh dich um, wenn du dich übergibst, Mädchen.«

Es war zu viel. Sie konnte die wachsende Übelkeit nicht länger ignorieren. Flüchtig erhaschte sie einen Blick auf dunkle, amüsiert glitzernde Augen, dann eilte sie zum Nachttopf und übergab sich. Einen Moment später erklang vom Bett her ein leises Lachen, und mit brennenden Wangen kehrte sie zurück.

»Vergib mir«, flüsterte sie mit erstickter Stimme. »Ich habe noch nie … so etwas …«

Gequält verzog sie das Gesicht und hob den Lappen auf, begann, seine Brust abzutupfen, und fragte sich, ob sie erneut zum Nachttopf stürzen sollte.

»Ich hatte schon Schlimmere«, behauptete er und versuchte ein beruhigendes Lächeln.

Bree schluckte, wrang den Lappen aus und fragte: »Du … du tust das nicht oft, oder?«

»Du meinst, du willst wissen, ob *du* das oft tun musst?« Ruan biss unter sichtlichen Schmerzen die Zähne zusammen, doch ihm gelang ein halbherziges Grinsen. »Ich hoffe nicht.«

Matt lächelte Bree zurück und widmete sich dann wieder der Wunde.

Zischend sog er den Atem ein.

»Tut mir leid.« Sie schluckte und zog sich alarmiert zurück.

»Es muss ja sein«, seufzte Ruan schicksalsergeben. Als er die Whiskyflasche sah, die Isobel ihm zugeworfen hatte, breitete sich ein Grinsen auf seinem Gesicht aus.

Von da an zuckte er kaum noch, wie sie bemerkte, während sie behutsam mit der Wundreinigung fortfuhr. Die Wunde war erst zur Hälfte gesäubert und das Wasser in der Schüssel bereits so rot wie Blut. Bei dem Geruch blähten sich ihre Nasenflügel. Sie stellte die Schüssel auf die andere Seite des Bettes, um ihren rebellierenden Magen in den Griff zu bekommen.

»Du hast das noch nie getan, oder?«, murmelte er mit schwerer Zunge.

»Nein.« Bree schüttelte den Kopf. »Ich habe noch nie eine so schwere Verletzung gesehen.«

»Nein, *mo ceisd*, nicht das«, Ruans Stimme klang kehlig, sinnlich. »Ich meine, die nackte Brust eines Mannes berührt.«

Ruckartig wich Bree zurück und stieß dabei gegen die Schüssel. Als das blutige Wasser ins Bett schwappte, griff sie hastig danach. Ruan stöhnte vor Schmerzen, als ihr Ellbogen sich in seinen Bauch grub.

»Tut mir leid!«, keuchte sie.

Die Decke zierten rote Flecken und beinahe hätte sie sich wieder übergeben, doch als sich Ruans starke Finger um ihr Handgelenk schlossen und sie näher zu ihm zogen, war alle Übelkeit vergessen.

»Pah, da gibt es nichts zu verzeihen«, sagte er mit einem verruchten Funkeln in den Augen. »Ich kann mir nichts Besseres vorstellen, als im Bett zu liegen, Whisky zu trinken und ein Mädchen auf mir liegen zu haben, das von der Taille an aufwärts nackt ist.«

Bree erstarrte, schockiert über seine Worte, aber noch mehr darüber, wie ihr Puls plötzlich unregelmäßig zu hämmern begann.

»Ach, und mir wurde erzählt, du wärst tot, dann hieß es schwer verwundet. Stattdessen finde ich dich halb betrunken mit einem hübschen Mädchen im Bett.« Offensichtlich erleichtert lachte Isobel vor sich hin, als sie gefolgt von Ewan wieder ins Zimmer kam. »Ich habe dir ja gesagt, Bree, er ist stark!«

Errötend versuchte Bree, sich zu befreien, aber Ruan hielt sie sanft und doch unnachgiebig am Arm fest. Seine Berührung brannte wie Feuer auf ihrer Haut. Sie biss sich auf die Lippe.

»Bedeck dich, Bree«, murmelte er und senkte demonstrativ den Blick, während seine Mundwinkel zuckten. »Ewan sollte dich so nicht sehen.«

Verwirrt runzelte sie die Stirn und sah dann an sich hinab. Augenblicklich schnappte sie nach Luft. Sie war tatsächlich bis zur Taille nackt. Tormod hatte ihr das Mieder zerrissen und auch einen guten Teil des Unterhemdes. Sie errötete noch mehr und beeilte sich, den zerrissenen Stoff zusammenzuziehen. Wie konnte der Mann es wagen, sie auszulachen! Sie hatte um sein Leben gebangt, hatte diese abscheuliche Wunde versorgt, und dabei hatte er sich die ganze Zeit betrunken und sie begafft. Sie reckte das Kinn und gestattete sich, ihren Ärger zu zeigen, aber bei dem Ausdruck auf seinem Gesicht wurde ihr unbehaglich. Da war noch etwas außer dem Humor, etwas, bei dem sie zugleich weglaufen und bleiben wollte.

»Robert«, murmelte Ruan. Er fasste Ewan fest beim Arm. »Ich muss mit ihm sprechen, Junge.«

Ewan versteifte sich, nickte dann aber. »Gut, aber das wird warten müssen.«

Stirnrunzelnd kämpfte Ruan sich hoch, als wolle er aufstehen, brach dann aber vor Schmerzen zusammen und verlor sofort das Bewusstsein.

»Aye«, bemerkte Isobel. Grimmig schürzte sie die Lippen. »Er ist nur halb bei Verstand, aber im Moment ist es besser so.«

Dann war Merry da und warf sich hysterisch auf Ruan, was dafür sorgte, dass er wieder aufwachte. Unterdessen eilte Isobel geschäftig umher und verteilte Aufgaben. Schon bald hatte sie alle eingespannt, und kurz darauf war Ruans Wunde versorgt und die Bettlaken ausgetauscht.

»So.« Zufrieden nickte Isobel, nachdem Ruan brav den letzten Schluck Brühe getrunken hatte. »Du hast Fieber, aber du bist stark wie ein Ochse. Verglichen mit der letzten Verwundung, mit der du heimgekommen bist, ist das nur ein Kratzer.«

Ruan lächelte müde und wandte den Kopf ab.

Ewan und Merry wurden aus der Tür gescheucht, und für Bree gab es eine Wanne dampfend heißes Wasser, in das großzügig Kräuter gestreut worden waren. Auf dem Fußende des Bettes lag ein neues Unterkleid für sie bereit.

»Er wird schon wieder, Mädchen«, versprach Isobel. Im Vorbeigehen zwickte sie Bree liebevoll in die Wange. »Na los, mach dich sauber, das Wasser wird kalt, und ich brauche die Wanne.«

Damit ließ sie Bree allein.

Misstrauisch schaute Bree zu Ruan.

Er schien zu schlafen, aber in der Hinsicht hatte er sie schon einmal getäuscht.

Einige Zeit lang beobachtete sie sein langsames, rhythmisches Atmen, bevor die Ereignisse des Tages sie langsam einholten. Als sie sich an Tormods Hände auf ihrer Haut erinnerte, befreite sie sich mit rasender Eile aus dem zerrissenen Kleid. Ja, sie musste sich seinen Gestank und den Geruch von Ruans Blut abwaschen. Mit Mühe gelang es ihr, ein plötzliches Schluchzen zurückzuhalten. Sie stieg in die Wanne und begann, sich kräftig die Hände zu schrubben. Als sie sich zum fünften Mal das Haar ausspülte, trat Isobel wieder ein.

»Bei allen Heiligen, Kind, warum hockst du denn in dem eisigen Wasser?«, rief sie und griff nach einem Leinentuch, zog Bree aus der Wanne und rubbelte sie kräftig ab. Mütterlich befahl sie: »Na komm, Mädchen, keine Tränen mehr.«

Bree schluckte. Sie hatte gar nicht bemerkt, dass sie weinte.

»Ins Bett mit dir.« Isobel schob sie zu den weichen, warmen Decken. Es wäre sehr einladend gewesen, hätte Ruan nicht darin gelegen.

Bree zögerte.

»Er wird sich mindestens eine Woche lang nicht bewegen können«, versicherte ihr Isobel und schob sie vorwärts. »Und du hast nichts zu befürchten, selbst wenn er es könnte.« Da war ein Funkeln in ihren Augen, als sie Bree unter die Plaids steckte.

Es hatte keinen Sinn, sich zu widersetzen. Bree hatte Afraig oft genug in genau dieser Stimmung gesehen. Es war egal. In wenigen Minuten wäre Isobel fort und sie könnte tun, was sie wollte. Sie zog sich die Decken bis zum Kinn und wartete, während das Badewasser geleert und die Wanne weggebracht wurde. Die ganze Zeit kämpfte sie gegen die Versuchung an, den Mann anzusehen, der weniger als eine Armeslänge von ihr entfernt lag. Als Isobel sich an seine Seite setzte und ihm eine Hand auf die Stirn legte, gab sie schließlich nach. Seine Wimpern waren ungewöhnlich lang und schwarz. Ihr Blick wanderte hinab zu seinen Lippen, und sie verspürte plötzlich das merkwürdige Verlangen, sie mit dem Finger zu berühren, aber dann bemerkte sie Isobels wissendes Lächeln.

»Er wird schon wieder, mein Mädchen«, versprach die ältere Frau erneut und eilte dann zur Tür hinaus.

Kaum war sie gegangen, als Ruan murmelte: »Vergib mir, dass ich nicht früher hier war, Mädchen. Ich werde nicht zulassen, dass Tormod dich jemals wieder berührt.« Die pechschwarzen Wimpern hoben sich, und der Blick seiner dunklen Augen traf brennend den ihren.

»Du bist wach«, flüsterte sie verunsichert. Er war ihr unbehaglich nah.

Erheiterung breitete sich auf seinen Zügen aus. »Aye. Ich habe keine Sekunde geschlafen.«

Entsetzt wich sie zurück und fiel in ihrer Eile, zu entkommen, prompt aus dem Bett. Mit heißen Wangen erhob sie sich aus den Binsen.

»Die … ganze Zeit? Du hast mich die ganze Zeit beobachtet?« Es war mehr ein Vorwurf als eine Frage.

»Aye.« Seine Mundwinkel hoben sich. »Es gibt nichts, wofür du dich schämen müsstest.«

Mit geballten Fäusten stand sie da, und schon wieder liefen ihr Tränen über die Wangen.

»Weine nicht.«

Die Sanftheit in seiner Stimme machte es nur noch schlimmer, und auch die letzten Dämme brachen.

»Genug jetzt!« In seinem Ton lag wieder die gewohnte Schärfe. »Komm ins Bett.«

Krampfhaft schluchzend brach Bree zusammen. Sie war sich nicht einmal sicher, weshalb sie weinte, nur, dass sie nicht aufhören konnte. Es war ein Tag voller Aufregungen gewesen, hatte sie durch ein Wechselbad der Gefühle geschickt, dass sie es nicht länger ignorieren konnte. Zusammenhanglos brach aus ihr hervor, wie Silas ihnen gesagt hatte, Ruan sei tot, und dann war da Tormod gewesen. Beim bloßen Gedanken an seinen Namen wurde ihr schlecht. Was war das nur für ein Mann? Tief war er mit seiner widerlichen Zunge in den Mund eingedrungen. Noch immer konnte sie die ekelerregende Mischung aus Zwiebeln und verfaulenden Zähnen schmecken. Würgend wischte sie sich mit dem Handrücken den Mund, kauerte tränenüberströmt in den Binsen, bis sich feste Finger um ihren Arm schlossen und sie hochzogen. Etwas presste sich gegen ihre Lippen. Eine vertraute Flüssigkeit glitt ihr brennend durch die Kehle. Whisky. Sie schnappte nach Luft, hustete.

»Da, das sollte dich von den Zwiebeln befreien.«

Es dauerte einige Augenblicke, bis ihr klar wurde, dass Ruan sich von seiner Seite des Bettes herübergelehnt hatte, um ihr aufzuhelfen.

»Du solltest … dich ausruhen.« Sie schluckte, wischte sich mit dem Handrücken die Tränen fort.

»Das werde ich, sobald du im Bett bist«, erwiderte Ruan mit zusammengebissenen Zähnen. Er versuchte, sich auf seinem Ellbogen abzustützen, verzichtete dann aber mit schmerzverzerrter Miene darauf.

»Du solltest dich nicht bewegen. Du verletzt dich noch!«, protestierte Bree durch ihren Schluckauf hindurch besorgt.

Er hob eine Augenbraue, zuckte dann gequält zusammen und legte sich vorsichtig zurück. »Willst du mich jetzt doch nicht loswerden?«

Verwirrt starrte sie ihn an, doch dann entwich ihm ein Stöhnen.

Er begann, am ganzen Leib zu zittern.

Weniger als eine Stunde später hatte er hohes Fieber.

***

Die nächsten drei Tage verbrachte Bree an seiner Seite, geplagt von Schuldgefühlen. Wenn er jetzt starb, hätte sie auf ewig das Gefühl, als habe sie einen Fluch über ihn gebracht. Wieder und wieder hatte er sie gerettet, und sie hatte ihm dafür nichts als Ärger eingebracht. Isobel versicherte ihr, dass das Fieber zu erwarten gewesen war und dass es ihn heilen würde. Sie beharrte darauf, dass Ruan jung und stark sei und schon schlimmere

Verletzungen überstanden hatte, aber Bree fiel es schwer, das zu glauben. Unermüdlich blieb sie lange Tage und Nächte an seiner Seite, kühlte ihm die fiebrige Stirn, hielt ihm einen Becher an die ausgetrockneten Lippen und flößte ihm geduldig Flüssigkeit ein.

Abgesehen von einem gelegentlichen Stöhnen litt Ruan stumm.

Kapitel 15
Die Flucht

Spät am Abend des vierten Tages öffnete Ruan die Augen.

»Ich wusste, dass du stark genug bist!« Isobels freundliches Lächeln erschien verschwommen in seinem Blickfeld. »Du hast zu viel, wofür es sich zu leben lohnt.«

Blinzelnd erinnerte er sich zurück an den Pfeil, seine qualvolle Entfernung und den schmerzumnebelten Ritt zurück nach Dunvegan. Dann sah er wieder Tormods lüstern grinsendes Gesicht über einer entsetzten Bree vor sich.

»Bree.« Seine Lippen waren trocken und rissig.

»Aye, sie liegt gleich da drüben auf dem Kissen, mein Lieber«, beruhigte ihn Isobel und deutete mit dem Kinn neben ihn.

Ungewohnt schwach wandte Ruan mit großer Anstrengung den Kopf, um Merry an seiner Seite zu sehen. Sie lag mit dem Kopf auf Brees Schulter. Beide schliefen.

Plötzlich übermannten ihn die Gefühle.

»Aye, die beiden sind dir nicht ein Mal von der Seite gewichen«, erklärte Isobel mit einem nachsichtigen Lächeln.

Im gleichen Moment setzte Merry sich auf, und mit einem glücklichen Lächeln stürzte sie sich auf ihn und übersäte ihn mit Küssen.

Ruan lächelte erschöpft und zauste ihr das Haar. Über Merrys Schulter hinweg erhaschte er einen Blick auf Bree. Sofort begann sein Herz schneller zu schlagen, und er schloss die Augen. Ihm fehlte die Kraft, sie erneut zu öffnen.

Es dauerte eine Weile, bis er das nächste Mal aufwachte, doch diesmal fühlte er sich wesentlich kräftiger.

Neben ihm regte Bree sich im Schlaf. Mit einem Seufzen drehte sie sich herum und hob unbewusst eine Hand, als wolle sie damit nach Merry tasten. Zu seiner Überraschung änderte sie die Richtung, legte sie ihm auf die Brust und schob ihr Bein auf seines.

Überwältigt von einer Woge höchst ablenkender Gedanken und Empfindungen holte er tief Luft, und bei ihrer sanften Berührung wurde ihm die Kehle eng. Sie kuschelte sich enger an ihn. Ihr Haar war überall, roch schwach nach Lavendel. Tief atmete er den berauschenden Duft ein.

Aye, er war ein Narr.

Er konnte es nicht abstreiten: Er war verzaubert.

Von diesem Moment an ging es mit seinen ehrbaren Absichten bergab.

Vorsichtig, um sie nicht zu wecken, lehnte er sich zurück und betrachtete sie fasziniert. Währenddessen war er sich der Hand, die leicht auf seinem Oberschenkel ruhte, äußerst bewusst. Je länger sie dort verharrte, desto stärker wurde das seltsame Gefühl irgendwo zwischen Genuss und Panik, bis er ihre Finger mit leichtem Bedauern stattdessen auf seinen Bauch legte. Es half kaum. Hitze breitete sich in ihm aus. Wie gebannt spürte er, wie sich ihre Weichheit an ihn presste, und unwillkürlich glitt seine Hand leicht über ihre Hüfte, während sich ihr Bein enger um das seine schlang.

Sie war so unfassbar weich.

Von Verlangen überwältigt, kämpfte er darum, diesen Drang zu kontrollieren, sie an sich zu ziehen und ihre Lippen mit seinen zu bedecken.

»Halt still«, murmelte Bree, die Lider noch geschlossen. »Du weckst deinen Bruder.«

»Er ist wach«, flüsterte Ruan ihr ins Ohr.

Nach einer kurzen Pause riss sie die Augen auf.

Sie bewegten sich beide gleichzeitig, und Ruan zuckte unter plötzlichen Schmerzen zusammen.

»Ich … Verzeih mir«, bat Bree und setzte sich aufrecht hin, hielt sich die Hände an die Wangen.

Ruan erwiderte nichts, verspürte Scham über sein Verhalten. Heilige Mutter Gottes, warum war er so schwach? Warum musste er sich ständig in Erinnerung rufen, dass er genug von Frauen hatte?

Bree flüchtete eilends, und an ihrer Stelle kehrte Isobel zurück, um ihm wieder einmal Brühe und Haferschleim einzuflößen. Doch sie weigerte sich, ihn mit Robert sprechen zu lassen. Es gelang ihm, die ganze Schüssel leer zu essen, ehe ihn erneut der Schlaf übermannte.

Er erwachte abrupt, mitten in der Nacht, aufgeschreckt von der Erinnerung an Roberts Tod.

Keuchend setzte er sich auf.

Vage war er sich bewusst, dass Bree und Merry ihn fragten, was los war, aber er war zu sehr mit seinen Gefühlen beschäftigt, um zu antworten. Schwer legte sich die Schuld auf seine Schultern, bis sie drohte, ihn zu erdrücken. Robert war gestorben. Aye, und es war seine Schuld. Er war für den Tod seines Onkels verantwortlich. Wohl wahr, er hatte seine Schwester retten müssen, aber er hatte es auf die falsche Art und Weise getan. Nun waren unschuldige Kleinbauern und Robert tot, wegen seiner Entscheidung, loszureiten, ohne sich um die Konsequenzen zu scheren. Warum hatte er so überstürzt gehandelt? Sicher hätte es einen anderen Weg gegeben.

»Was ist?« Zitternd drang Merrys Stimme aus den Schatten.

Wie hätte er ihr das sagen können?

Bree zündete eine Kerze an. Ihre Hände bebten.

Er machte ihnen Angst.

»Robert«, brachte er schließlich mit erstickter Stimme hervor. »Ich … erinnere mich.«

Niemand sagte etwas. Was gab es da auch zu sagen?

Taumelnd erhob er sich vom Bett, ohne Brees Hilfe anzunehmen. Dankbar hieß er den Schmerz willkommen, der seine Schulter durchfuhr. Durch ihn konnte er sich auf das konzentrieren, was er zu tun hatte. Er musste diesen Ort verlassen. Und zwar bald, bevor er noch mehr Leid verursachte. In Dunvegan zu bleiben war keine Option mehr.

»Du solltest nicht auf sein«, warnte Merry. »Isobel wird das gar nicht gefallen.«

Er antwortete nicht. Stattdessen ging er zum Fenster, stieß die Läden auf und starrte in den Nachthimmel. Er konnte das Meer hören, wie es gegen die Felsen schlug, ein Geräusch, das ihn immer getröstet hatte. Immer wieder versuchte Merry, ihn dazu zu bewegen, dass er ins Bett zurückkehrte, aber er ignorierte sie. Die kalte Luft reinigte seine Gedanken. Schließlich fasste er einen Plan. Als Erstes würde er Bree und Merry zu Cameron bringen.

Als er schließlich zurück ins Bett ging, weil er einsah, dass er sich ausruhen musste, schliefen die beiden. In den kommenden Tagen würde er seine Kraft brauchen. Ungewohnt müde und schwach legte er sich neben Merry und versuchte einzuschlafen, aber er fand dabei keine Erholung.

Mit dem Sonnenaufgang erhob sich Merry. Vorwurfsvoll deutete sie auf einen kleinen roten Fleck an seiner Schulter. »Ich habe dir gesagt, du sollst dich ausruhen«, tadelte sie ihn mit einem bösen Blick. »Ich hole Isobel.«

Lächelnd sah er seiner Schwester hinterher, als sie im Korridor verschwand. In den letzten paar Wochen hatte sie sich verändert, war noch stärker geworden, als sie es vor ihrer verhängnisvollen Hochzeitsnacht ohnehin gewesen war. Bree schlief noch, offensichtlich erschöpft, ihre Locken fielen über das Kissen. Unter halb geschlossenen Lidern hervor beobachtete er sie. Er ignorierte seinen schneller werdenden Puls und fragte sich, ob er diese grünen Augen je vor Freude leuchten oder diese Lippen lächeln sehen würde. Mit einem unterdrückten Seufzen kam er wankend auf die Beine, verspürte bei dem Gedanken an Roberts Verlust einen scharfen Stich der Trauer. Er war fast wieder am

Fenster, als sich die Tür öffnete und Isobel eintrat, gefolgt von Ewan.

»He!« Lachend fing der blonde Jüngling ihn auf, als er das Gleichgewicht verlor. »Es ist zu früh für dich, aufzustehen!«

»Ich muss gehen«, brachte Ruan zwischen zusammengepressten Zähnen hervor, aber er erlaubte Ewan, ihn zurück zum Bett zu führen.

»Nein, du musst dich ausruhen«, widersprach Isobel vehement, »mindestens eine Woche noch.«

»Nein«, entgegnete er in einem Ton, der keinen Widerspruch duldete. »Je länger ich bleibe, umso mehr Leid bringe ich über alle hier, mich selbst eingeschlossen.«

Obwohl sie es versuchten, konnten weder Isobel noch Ewan ihn umstimmen.

Am Ende behielt er die Oberhand.

Sie wussten, dass er so oder so gehen würde, und niemand konnte abstreiten, dass Tormod seinen Tod wollte. Nun, da Robert aus dem Weg war, hatten sich die Chancen noch vergrößert, dass er Erfolg haben würde. Seine Sorge galt weniger ihm selbst als denen, die zu Schaden kommen würden bei dem Versuch, Tormods Pläne zu vereiteln.

Nein, er bestand darauf, dass er noch in dieser Nacht gehen musste. Seine Verletzung schmerzte noch, aber er konnte es aushalten. Er konnte auf einem Pferd sitzen … gerade so.

Isobel ließ sich nicht davon abbringen, sie zu begleiten. Wegen Merry, betonte sie, aber er wusste, dass sie sich um ihn sorgte. Sie beschlossen, dass Isobel und Merry schon im Laufe des Tages aufbrechen würden, unter dem Vorwand, Jenna zu besuchen. Sie würden Ewan dabei helfen, passende Pferde zu besorgen, und würden sich mit den Tieren in einiger Entfernung verstecken. Nach Anbruch der Dunkelheit würde Ewan ein Boot auftreiben und Bree und Ruan zum Versteck rudern, bevor er zu seinem Vater zurückkehrte. Dieser Teil des Plans ging dem Jungen gehörig gegen den Strich, und es dauerte fast eine Stunde, ehe Ruan ihn davon überzeugt hatte, für den Augenblick nach Mull zurückzukehren. Ihre Reise über Skye und Inchmurrin würde gefährlich werden, denn Tormod würde ihm folgen – doch das konnte er Ewan nicht sagen.

Er seufzte.

Wenn alles gut ging, wären sie noch vor Monatsende in Inchmurrin. Wohl wahr, wenn er Dunvegan verließ, würde er seine Seele zurücklassen, aber trotzdem würde er es tun. Nach Jenna und ihrem Kind würde er später schicken, wenn Cameron ihn als Gefolgsmann akzeptiert hatte. Cameron würde sich sträuben, aber er hatte keine Wahl. Außer seiner Kampfeskraft und seiner Loyalität hatte Ruan nichts anzubieten. Er würde von vorn beginnen.

Roberts Wunsch würde er damit nicht entsprechen, aber es würde weiteres Blutvergießen verhindern.

Erneut seufzte er. Beim Gedanken an seinen Onkel spürte er eine tiefe, brennende Leere in seinem Inneren. Ungeduldig wartete er auf die Tränen, die noch immer nicht kommen wollten. Die Schuld war zu groß. Er straffte die Schultern. Für Robert und Colins Familie war es jetzt zu spät. Ruan konnte nur alles dafür tun, dass so etwas nicht noch einmal geschah. Trauern konnte er später. Jetzt musste er handeln. Das hatte Robert ihm gut beigebracht.

Mit unverhohlenem Widerwillen zog Ewan ab, um Merry und Isobel aus der Burg zu begleiten. Für Ruan gab es nichts zu tun, außer zu warten und zu schlafen. Bree schien nervös, doch das konnte er ihr nicht verübeln. Rastlos ging sie vor dem kleinen Fenster auf und ab und tat ihr Bestes, ihn zu ignorieren. Hin- und hergerissen zwischen Erheiterung und Schuldgefühlen wandte er sich schließlich ab. Er würde mit seinen Kräften haushalten müssen, wenn er die ganze Nacht reiten wollte.

Eine leichte Berührung von Bree weckte ihn, eine Locke fiel nach vorn und kitzelte ihn an der Nase. Er hatte nicht vorgehabt, einzuschlafen. Für einen kurzen Augenblick spürte er keine Schmerzen, keine Reue, nur eine Woge des Verlangens. Wie von selbst legte sich seine Hand über ihre. Im Kerzenschein wurden ihre Augen groß, aber dann durchzuckte ein plötzlicher Schmerz seine Brust und der Moment war vorbei. Knurrend erinnerte er sich plötzlich daran, dass er schon bald durch die kalte, nasse Nacht würde reiten müssen. Bree zog sich zurück, als er die Zähne zusammenbiss und die Beine über die Bettkante schwang.

Als er sich hochkämpfte, überkam ihn unerwartet ein Schwindelanfall. Wäre Bree nicht zur Stelle gewesen, wäre er gestürzt.

Trotzdem landeten sie fast auf dem Boden – er war viel schwerer als sie.

»Heilige Mutter Gottes«, keuchte er und klammerte sich an ihre Schulter, als sich Übelkeit zum Schwindel gesellte.

»Das hier ist keine gute Idee.« Bree schluckte, in ihrer Stimme war deutlich die Sorge zu hören.

»Mir geht es gut, Mädchen«, log er und verzog das Gesicht. Mit purer Willenskraft zwang er sich, einen Fuß vor den anderen zu setzen.

In warme Plaids gehüllt und mit Schwert und Dolch am Gürtel fühlte er sich schon etwas kräftiger. Bree hatte ihm mehr helfen müssen, als ihm behagte. Unter anderen Umständen hätte er ihre schüchterne, zaghafte Berührung genossen, aber in Gedanken war er noch immer bei seinem Onkel.

Die enge Treppe hinabzugehen erwies sich als schwierig, aber es gelang ihm, und mit jedem Schritt wuchs seine Zuversicht. Aye, er hatte sich genug erholt, um seinen Plan auszuführen. Auf der untersten Stufe blies Bree die Kerze aus und lauschte aufmerksam, ehe sie die Tür öffnete.

Zum Glück war die Luft rein, und unbemerkt schlüpften sie aus der Burg und zum Anleger.

Die Wache, die am Tor postiert war, saß gegen die Burgmauer gelehnt und schnarchte. Auf dem in den Fels gehauenen Weg lagen Würfel verstreut.

Ruan runzelte die Stirn über diese Nachlässigkeit und war versucht, den Taugenichts zu tadeln, aber dann trat Ewan grinsend ins Mondlicht.

»Betrunken … endlich«, kommentierte er und deutete auf den Mann. »Und es hat den ganzen Abend gedauert.«

»Es ist ziemlich blamabel, dass es dir überhaupt gelungen ist«, murmelte Ruan missbilligend und machte sich auf den Weg zum wartenden Boot. Er schaffte es, ohne Hilfe einzusteigen, und verspürte dabei nur einen leichten Schmerz.

Bree folgte ihm schweigend.

»Bist du dir sicher, Ruan?«, hakte Ewan leise nach, als er die Riemen zu Wasser ließ.

»Aye«, antwortete Ruan mit einem Nicken. Er hatte keine Wahl.

Wortlos begann Ewan zu rudern.

Das Wasser in der Bucht um die Burg war relativ still, eine schwarze Fläche voller Schatten, in der sich der ungewöhnlich helle Mond widerspiegelte, der Dunvegan und die Hügel dahinter beleuchtete und die Szene für immer in seine Erinnerung brannte. Er bezweifelte, dass er die Burg je wiedersehen würde. Ein Teil von ihm würde immer zu diesen Hügeln gehören und sich nach der welligen Heidelandschaft sehnen, die in zerklüftete Klippen überging. Blass schimmernd thronte die Burg über der Bucht, die dichten Wälder umrahmten das Dorf. Nach und nach entschwand Dunvegan aus seinem Sichtfeld, und er sog jede Sekunde in sich auf, bis nichts mehr davon zu sehen war.

Ewan ruderte einige Zeit, bevor er sich auf den Weg zum Ufer machte und eine dunkle Baumreihe ansteuerte.

»Ihr kommt spät«, rief Merry, als sie näher kamen. Platschend kam sie ihnen vom Ufer entgegen, um ihnen zu helfen, das Boot an Land zu ziehen. »Wir haben uns schon Sorgen gemacht.«

»Ach, Mädchen!«, rief Isobel. »Du wirst ganz nass!«

Ruan watete ans Ufer und zerzauste ihr das Haar. »Ich fürchte, so leicht wirst du mich nicht los, meine kleine Merry.«

»Dich brauche ich nicht mehr«, entgegnete Merry. Grübchen bildeten sich auf ihren Wangen. »Ich habe mir um Bree Sorgen gemacht.«

Ruan ertappte sich bei einem überraschten Lächeln. Unauffällig warf er Bree einen Seitenblick zu, als sie zu ihnen aufschloss und den Saum ihres Kleides auswrang. Im Mondlicht war ihr Gesicht blass, angespannt und besorgt. Ohne darüber nachzudenken, drückte er ihr aufmunternd die Schulter.

Augenblicklich spannten sie sich beide an.

Hastig zog er die Hand zurück und wandte sich an Ewan, und um sein Unbehagen zu überspielen, fragte er knapp: »Die Pferde?«

»Aye.« Ewan räusperte sich, und das unterdrückte Lächeln, das um seine Mundwinkel spielte, verschwand. »Diese zwei wird Tormod in den nächsten Tagen nicht vermissen.« Er deutete auf die Tiere, die in der Nähe angebunden waren.

Stirnrunzelnd musterte Ruan sie. Es waren uralte Tiere. Er bezweifelte, dass Tormod sie überhaupt jemals vermissen würde. »Nur zwei?«, murmelte er wenig begeistert.

»Wir brechen besser auf«, drängte Isobel und sah kurz auf, während sie ein kleines Bündel an einen der Sättel band. »Merry und ich reiten auf dem Schecken. Bree, du sitzt vor Ruan, damit du das Pferd führen kannst, falls er das Bewusstsein verliert. Was sehr wahrscheinlich ist, so, wie du aussiehst, Junge.«

Bei der Vorstellung, Bree so nah bei sich zu haben, runzelte Ruan die Stirn, aber der anhaltende Schmerz in seiner Wunde erinnerte ihn daran, dass Isobel recht hatte. Mit Ewans Hilfe gelang es ihm, auf das Tier zu steigen. Angespannt saß er da, als der Jüngling Bree um die Taille fasste und sie zu ihm hochhob. Er biss die Zähne aufeinander. Ihre Locken waren überall. Finster zog er die Augenbrauen zusammen. Er durfte nicht den Kopf verlieren. Auf keinen Fall konnte er sich erlauben, abgelenkt zu werden. Ungeduldig schob er ihre Mähne beiseite und warnte mit leiser Stimme: »Halt dein Haar aus meinem Gesicht.«

Sie versteifte sich und flocht sich rasch einen Zopf, während Isobel und Merry sich von Ewan verabschiedeten.

Ruan sah sich um und versuchte, nicht dauernd an die schlanke Gestalt zu denken, die zwischen seinen Schenkeln saß.

Nicht einmal der Schmerz von seiner Wunde reichte aus, um zu verhindern, dass sein Körper reagierte. »Halt still«, knurrte er.

Nachdem schließlich auch Ruan und Bree Ewan Lebewohl gesagt hatten, ritten sie fort und ließen ihn allein im Mondlicht zurück.

Ruan wusste nicht mehr, wie oft er während dieser unbarmherzigen, langen Reise mit den Zähnen geknirscht hatte. Es war ein kleines Wunder, dass er überhaupt noch Zähne hatte. Jeder Schritt, den das Pferd tat, sandte einen gnadenlosen Messerstich durch seine Wunde. Schwer lastete die Trauer über den Abschied von Dunvegan auf ihm, und an Roberts Tod zu denken, gestattete er sich erst gar nicht – noch nicht.

Bree erwies sich als ständige Ablenkung davon, aber eine, die er lieber nicht gehabt hätte. Wenn sie sich an ihn presste, hätte sein Körper vor Verlangen gebrannt, wenn er es zugelassen hätte. Er wischte sich mit dem Ärmel über die Stirn und fing dabei unabsichtlich eine Strähne ihres gelockten Haares ein. Ungebeten kam ihm der Gedanke daran in den Sinn, wie sie ausgesehen hatte, als sie geschlafen hatte, die Locken über das Kissen gefächert. Sein Blut erhitzte sich.

»Bei allen Heiligen!«, fluchte Ruan laut und schlug nach den niedrig hängenden Ästen, die in den Weg hineinragten.

Zuerst waren sie einem Bach gefolgt, der sich am Rand einer steilen, steinigen Schlucht entlangwand, dann hatten sie einen Sumpf durchquert. Am Fuß der Klippen wurde der Wald dichter und verschluckte jegliches Licht, das der Mond ihnen hätte spenden können. Sie kamen nur langsam voran. Nach einer gefühlten Ewigkeit gab eine Lücke zwischen den Bäumen den Blick auf den Himmel frei. Der Tag brach an. Das blasse Licht nahm zu, als sie hügelan aus dem Wald und hinaus auf die offene Heide ritten.

In der Ferne entdeckte Ruan den Old Man of Storr, der sich in der aufgehenden Sonne rosa färbte. Er trieb die beiden Pferde zu einem schnelleren Tempo an, und eine Weile ritten sie noch weiter, bevor er schließlich im Schatten der schwarzen Klippen die Zügel anzog.

»Wir machen hier kurz Rast«, murmelte er und stieg erleichtert ab. Er war erschöpft und hatte große Schmerzen, aber er hatte es geschafft.

»Herr im Himmel, bin ich froh, diese Felsen zu sehen«, murrte Isobel und warf Ruan einen scharfen Blick zu. »Du bist geritten, als wäre der Leibhaftige hinter dir her, Junge.«

Ruan schnaubte. Nein, der Leibhaftige war nicht hinter ihm her. Am liebsten hätte er herausgeschrien, dass der Teufel auf seinem Schoß gesessen hatte, mit duftendem Haar, das ihm ins Gesicht geweht war.

Isobel sah ihn an und drückte ihn auf den nächsten Felsen hinunter und tadelte ihn: »Wir hätten warten sollen. Du hattest es zu eilig, Junge.«

Wie ein Nebel legte sich die Müdigkeit über Ruan. »Aye, und genau aus diesem Grund wird niemand glauben, dass wir dumm genug waren, zu verschwinden«, seufzte er schwer und versuchte, aufzustehen. »Die Pferde ...«

»Um die können sich die Mädchen kümmern.« Isobel runzelte die Stirn. »Du wirst mir nicht wieder krank, dafür habe ich keine Zeit.«

Ruan sträubte sich nicht. Ergeben ließ er sich auf den Boden gleiten, lehnte sich müde gegen einen großen Stein und senkte den Kopf. Ein warmer Plaid wurde ihm um die Schultern gelegt. »Dank dir, Isobel.« Er gähnte.

»Gern geschehen«, erwiderte Bree zögernd.

Überrascht öffnete er ein Auge. Sie versuchte ein Lächeln, aber ihre Lippen waren zu angespannt. Er beobachtete, wie sie zu Merry ging und die beiden sich gemeinsam mit den Sätteln abmühten. Ein Teil von ihm wünschte, er hätte die Kraft, zu helfen – er hätte diese Aufgabe in Windeseile erledigt –, aber der Rest von ihm genoss die erstaunlich faszinierende Art, wie sie sich bewegte. Mit zur Seite geneigtem Kopf ließ er seinen Blick über ihre schlanke Gestalt wandern und genoss das Pulsieren seines Blutes, bevor ihm bewusst wurde, wohin seine Gedanken schweiften.

Er atmete scharf aus und schloss die Augen.

Kapitel 16
Reenan

Ruan schien schwer krank. Seine Haut war grau, und er litt offensichtlich Schmerzen. An seiner Schulter leuchtete ein frischer roter Blutfleck.

»Er sollte im Bett sein, der törichte Junge«, murmelte Isobel, während sie in der Satteltasche nach ihrem Kräuterbündel suchte. Ihre Miene war ernst.

»Er ist stark«, entgegnete Merry laut – zu laut.

Tröstend drückte Bree ihr die Hand.

Besorgt sahen sie zu, wie Isobel die Wunde reinigte und sie mit Kräutern bedeckte. Sobald sie sich davon überzeugt hatte, dass es nicht länger blutete, setzte sie sich auf die Fersen zurück. »Bree, Liebes, ich brauche etwas Hilfe.«

Insgeheim wappnete Bree sich gegen das Unwohlsein, doch als sie dieses Mal vortrat, blieb die erwartete Übelkeit aus. Seine Wunde heilte erstaunlich schnell, und überrascht stellte sie fest, dass stattdessen seine muskulöse Brust ihre Gedanken fesselte. Er war schlank und stark, seine Haut merkwürdig heiß, als sie sie berührte. Die ungewohnten Eindrücke machten sie immer nervöser, und als sie ihm schließlich das Hemd zugeschnürt hatte, machte sie beinahe einen Satz in ihrer Hast, von ihm wegzukommen.

Isobel hob eine Braue, aber ihre alten Augen funkelten, und Bree zog den Kopf ein, um die Röte zu verbergen, die ihr in die Wangen stieg.

»Na kommt, wir sollten uns ein wenig ausruhen«, befand Isobel. »Und ein Mädchen auf jeder Seite sollte ausreichen, um ihn warmzuhalten.«

Im Handumdrehen fand Bree sich neben ihm wieder, während Isobel schon die Decke feststeckte. Dann klopfte sich die alte Frau die Hände ab und betrachtete zufrieden ihr Werk.

»Ich halte für eine Weile Wache«, verkündete sie und ließ sich auf einem nahen Stein nieder. »Lasst uns ein wenig Kraft schöpfen, bevor der Junge aufwacht und uns wieder antreibt.«

Bree kuschelte sich tiefer in den Plaid. So dicht bei Ruan spürte sie seinen gleichmäßigen Atem, und er strahlte eine enorme Hitze aus, vermutlich vom Fieber. Seine Augen blieben geschlossen, und er schien nichts von seiner Umgebung mitzubekommen – obgleich sie sich noch allzu deutlich erinnerte, dass er sie bereits einige Male an der Nase herumgeführt hatte. Dieses Mal jedoch wachte er unter ihrer neugierigen Musterung nicht auf. Seine Wimpern waren unglaublich lang und pechschwarz. Erneut fühlte sie diesen unwiderstehlichen Drang, den Bogen seiner Unterlippe mit der Fingerspitze zu berühren. Stirnrunzelnd schalt sie sich für ihre närrischen Gedanken in letzter Zeit und zwang sich stattdessen, sich damit zu beschäftigen, was die Zukunft bringen würde.

Einige Zeit später erwachte sie.

Ein dichter Nebel hatte sich über sie gesenkt, und die Berge über ihnen verschwanden in den Wolken. Der Tag neigte sich dem Ende zu, während die Sonne tief am Horizont kraftlos schimmerte. Feine Regentropfen kitzelten sie an der Stirn. In der Ferne grollte Donner und kündigte ein heraufziehendes Gewitter an.

Ruan hatte sich nicht gerührt und machte auch keine Anstalten dazu. An seine Schulter gekuschelt schlief Merry und schnarchte leise mit offenem Mund.

Ein kleines Stück entfernt hatte sich Isobel zusammenge-kauert und war offenbar während ihrer Wache eingeschlafen.

Vorsichtig schlüpfte Bree unter dem Plaid hervor und sah sich um.

Die Pferde grasten in einiger Entfernung und waren im Nebel nur als große, sich träge bewegende Schatten zu erkennen. Alles war ruhig. Falls Tormod ihnen gefolgt war, hätte er schon sehr viel Glück haben müssen, sie in diesem Nebel zu finden. Erleichtert atmete sie auf und erschauerte dann. Es wurde käl-ter. Ruan brauchte einen Unterschlupf und Wärme. Ein Feuer würde helfen, wenn sie unter diesen Umständen überhaupt eines entfachen konnte.

Sie suchte nach etwas Trockenem als Brennstoff und ging vorsichtig in immer größeren Kreisen um das Lager. In einiger Entfernung fand sie eine kleine Schlucht, an deren Grund einige umgestürzte Bäume lagen. Unter ihren Füßen gerieten die Steine ins Rutschen, als sie sich schlitternd auf den Weg nach unten machte. Gleich bei ihrem ersten Schritt am Grund versank sie knöcheltief im Sumpf und krabbelte alarmiert zurück. Sie hatte schon viele Geschichten von Unglücklichen gehört, die zufällig in einen Sumpf gerieten. Ein solcher Tod war grausam – ein langsames Versinken, bevor man spurlos verschwand und nie wieder gesehen wurde.

Die Bäume waren unerreichbar.

Plötzlich bemerkte sie eine schnelle Bewegung und glaubte, eine Gestalt durch den Nebel huschen und die andere Seite der Schlucht hinaufeilen zu sehen. Unbehaglich raffte sie ihre schlammbefleckten Röcke und kletterte durch das nasse Heide-kraut wieder hinauf. Sie hörte Stimmen und rannte zurück zum Lager.

Ruan war wach und lehnte an Merrys Schulter, während Iso-bel aufgeregt hin und her ging. Als sie Bree entdeckten, atmeten sie sichtlich erleichtert auf.

»Hier ist es gefährlich, Mädchen!«, erklärte Isobel und lief zu ihr. »Es gibt überall steile Felsen und Sumpflöcher. Ich habe schon das Schlimmste befürchtet!« Sie zog Bree an ihre gut gepolsterte Brust.

»Aye«, stimmte Merry ein.

Ruan öffnete den Mund, blieb jedoch still, als seine Aufmerksamkeit sich auf etwas hinter ihrer Schulter richtete. Überrascht hob er die Augenbrauen.

Bree wirbelte herum und begegnete dem neugierigen Blick einer jungen Frau mit strahlend blauen Augen. Ihre helle Haut war großzügig mit Sommersprossen übersät. Groß war sie nicht, aber ihre Haltung war königlich und ihre schlanke Gestalt strahlte Stärke aus. In einem losen Zopf fiel ihr das blonde Haar über den Rücken. Einen Arm hatte sie schützend um die Schultern eines vielleicht zehnjährigen Jungen gelegt, während ein kleineres Kind vorsichtig hinter ihrem Rock hervorspähte. Beide sahen ihr ähnlich und hatten auch ihre Statur, ein offensichtliches Zeichen, dass sie ihre Kinder waren.

»Ach, Beathan.« Sanft drückte sie den Arm ihres Sohnes. »Ich glaube, hier lauert keine Gefahr. So, wie es aussieht, sind das nur ein paar erschöpfte Reisende, mein Schatz.«

»Reenan!«, erklang Ruans tiefe Stimme.

Überrascht zuckte die Frau zusammen und reckte den Hals, um an Bree vorbeizusehen. Ihr fiel die Kinnlade herunter, als sie ihn entdeckte. »Ruan! Na, das ist aber eine Überraschung! Was führt dich her?«

Um Ruans Lippen erstrahlte ein Lächeln, doch gleich darauf brach er in einen Hustenanfall aus. Gekrümmt vor Schmerzen lehnte er sich schwer gegen Merry.

Reenan eilte an seine Seite.

Ihm gelang ein schwaches Grinsen, als sie ihn zum nächsten Felsen führte. »Dein hübsches Gesicht ist ein erfreulicher Anblick«, sagte er.

»Was machst du denn hier? Und du bist verletzt!« Reenan berührte seine Schulter, zog die Hand jedoch zurück, als er scharf ausatmete. »Beathan, hol den Karren. Wir schaffen diesen Narren aus dem Regen. Wäre das Mädchen nicht am Sumpf aufgetaucht, hätte ich euch niemals entdeckt – und selbst so ist es ein Wunder bei diesem Nebel!«

»Bree, Liebes, dort ist es doch gefährlich.« Missbilligend schnalzte Isobel mit der Zunge und schüttelte den Kopf.

Bree spürte ihre Ohren rot werden.

»Aye, aber ich bin froh, dass sie es getan hat«, knurrte Ruan und kämpfte sich hoch.

Hilfsbereit legte ihm Reenan einen Arm um die Taille und runzelte dann die Stirn. »Was ist passiert?« Es war eine intime Geste, und in Bree regte sich eine unbekannte, aber starke Empfindung. Sie fragte sich, wer genau diese Reenan eigentlich war. Recht hübsch war sie, und Ruan war offensichtlich froh, sie zu sehen. Nach Jennas Erzählungen war er mit vielen Frauen recht freizügig gewesen. Bree runzelte die Stirn.

»Ich hatte überlegt, zu dir zu kommen«, gestand Ruan zwischen zusammengepressten Zähnen hindurch, »aber jetzt, wo Michael nicht da ist, wollte ich dir keinen Ärger machen – und mir folgt mit Sicherheit Ärger auf den Fersen.«

»Das ist ja nichts Neues.« Reenan lachte heiser. »Obwohl es gut ist, dass Michael im Norden ist – für diesen letzten Kuss will er immer noch dein Blut sehen.«

Ruan schnaubte mit einem schiefen Grinsen. »Ich war betrunken, ich wusste nicht, wen ich da vor mir hatte.«

»Du solltest den Stolz einer Frau nicht so verletzen«, erwiderte Reenan neckend. »Nun, ihr bleibt bei mir, bis du wieder bei Kräften bist, Ende der Diskussion. Ich habe dich sehr vermisst. Aber du solltest wissen, dass Lorna jetzt bei mir lebt.«

Ruan zog die Brauen zusammen, bevor ihn ein neuer Hustenanfall überkam.

Reenan kicherte. »Aye, das ist ein Bett, bei dem du bereust, dich hineingelegt zu haben, was? Ich habe es dir immer und immer wieder gesagt, das kann …«

»Darf ich dir Bree vorstellen«, unterbrach Ruan sie eilig und nickte in Brees Richtung. »Meine Frau.«

Der Schock stand Reenan ins Gesicht geschrieben. Etwas verspätet überspielte sie ihn mit einem Lächeln. »Verheiratet! Ruan verheiratet! Gott allein weiß, wie viele das versucht haben. Ich hätte nie gedacht, dass ich diesen Tag noch erleben würde, an dem der mächtige Ruan sich verliebt.«

»Ich habe nichts von Liebe gesagt«, knurrte Ruan kehlig.

Bree wusste nicht, was sie mehr verärgerte – die Tatsache, dass sie von einer Lorna und den Horden von Frauen hören musste, die versucht hatten, ihn zu heiraten, oder dass er eben erklärt hatte, er liebe sie nicht. Natürlich liebte er sie nicht. Das wusste sie, aber es war dennoch ärgerlich zu hören. Sie drehte sich auf dem Absatz um und ging den Pferden nach. Diese Wiedervereinigung wollte sie nicht länger mitansehen.

Weit waren die Tiere nicht gewandert. Sie griff nach den Zügeln, aber ihre schwächlichen Versuche, sie zum Mitkommen zu bewegen, wurden völlig ignoriert. Bedächtig kauten die Pferde die trockenen Grashalme und betrachteten Bree einige Augenblicke, bevor sie ihre Köpfe freischüttelten und wegspazierten. Offensichtlich hatten sie entschieden, dass Bree nichts als eine unbedeutende Lästigkeit war. Giftig blickte sie ihnen hinterher. Pferde hatte sie schon immer gehasst.

»Ich helfe dir«, erklang eine zarte Stimme.

Als Bree sich umdrehte, entdeckte sie ein Mädchen, das etwas jünger als Merry sein musste und sie breit angrinste. Sie hatte das blonde Haar und die strahlend blauen Augen ihrer Mutter. Müßig fragte Bree sich, wie viele Kinder Reenan hatte.

Im Handumdrehen hatte das Mädchen die Pferde dazu gebracht, gehorsam mitzukommen, und verstimmt folgte Bree ihr.

Ein Stück weiter wurde ein klappriger Karren sichtbar. Innerhalb kürzester Zeit war er mit all ihren Habseligkeiten beladen, Ruan mittendrin. Reenan beugte sich hinab und sagte ihm etwas ins Ohr, während sie den Plaid bis zu seinem Kinn hochzog, und plötzlich flammte sein Temperament auf.

»Es reicht, Frau!«, knurrte er. »Du solltest besser als alle anderen wissen, dass ich unfähig bin zu lieben. Nun ja, es ist jedenfalls kein Fehler, den ich je wieder begehen werde. Die Vergangenheit ist tot und begraben.«

»Pah, solche Geschichten bleiben selten vergraben«, gab Reenan schnippisch zurück.

Ruan schäumte vor Wut.

»Vor drei Monaten ist ihr Mann gestorben, und sie ist meine Cousine. Ich kann sie ja wohl kaum vor die Tür setzen.«

Darauf knurrte Ruan nur.

»Du hast mir immer noch nicht verraten, was ihr so weit hier draußen macht«, wechselte Reenan das Thema, »und so, wie es aussieht, ist der Grund kein erfreulicher.«

»Nein«, gestand Ruan und wurde etwas blasser, »es sind schlechte Neuigkeiten der schlimmsten Sorte. Robert ist tot.«

Einen Moment starrte sie ihn nur an, dann klopfte sie ihm auf die Schulter. Auf ihr Zeichen setzte ihr Sohn den Karren schlingernd in Bewegung. Während Isobel vorn zu Reenan auf den Sitz stieg, folgte Bree mit den Kindern und Merry zu Fuß. Der Karren knarzte so laut, dass jegliche weitere Unterhaltung unmöglich war – nicht, dass es so aussah, als wollte Ruan sich unterhalten. Reglos lag er hinten auf dem Karren, Augen und Mund fest geschlossen.

Brees Gedanken wanderten zu Lorna. Offensichtlich war sie seine Geliebte oder war es gewesen. Ihr Stirnrunzeln vertiefte sich. Mit großer Sicherheit war Lorna wunderschön. Ihr Kiefer verkrampfte sich, während sie sich fragte, weshalb sie das störte. Sie hatte keinerlei Anspruch auf diesen Mann.

Der Nebel war so dicht, dass kaum etwas zu erkennen war. Manchmal lichtete er sich und enthüllte, dass sie sich von den Bergen entfernten, felsige Steine und grasbewachsene Abhänge passierten. Am Wegesrand konnte sie die Stämme von schlanken Birken und gelegentlich einer Kiefer ausmachen.

Es dauerte nicht lange, bis ein großer Bauernhof unerwartet aus dem Nebel auftauchte. Über dem Dach hing der beißende

Rauch eines Torffeuers, der aus einem Schornstein emporstieg. Im nächsten Moment flog die Tür auf und einige weitere Kinder kamen herausgerannt, riefen aufgeregt durcheinander.

Reenan fing sie mit ausgebreiteten Armen auf und bugsierte sie alle ins Haus.

Kaum waren sie eingetreten, als eine große, gertenschlanke Frau aus den Schatten trat.

Bree seufzte.

Lorna war noch viel schöner, als sie es sich vorgestellt hatte. Sie war die Art Frau, die andere mit einem bloßen Blick zu einem schäbigen Nichts herabwerten konnte. Ihr feuerrotes Haar umrahmte ein makelloses, hellhäutiges Gesicht. Sie besaß die gleichen strahlend blauen Augen wie der Rest ihrer Verwandtschaft. Als diese leuchtenden Augen auf Ruan fielen, erstrahlte pure Freude auf ihrem Gesicht und sie warf sich in seine Arme.

Es war einfach zu viel.

Ohne lange nachzudenken, machte Bree auf dem Absatz kehrt und warf die Tür mit heimlicher Befriedigung krachend hinter sich zu.

Diese Befriedigung währte nicht lange.

Ihr war merkwürdig schwer ums Herz.

Der Nebel hatte sich gelichtet und gab den Blick frei auf eine kurze Baumreihe neben einem niedrigen Steingebäude in der Nähe. Während sie darauf zuging, schalt sie sich innerlich. Sie war eifersüchtig. Irgendwie hatte sie zugelassen, dass der Mann ihr unter die Haut ging. Wie konnte sie nur? Was stimmte nicht mit ihr? Sie war nicht annähernd so stark, wie sie es sich wünschte.

Bei der kleinen Steinhütte angekommen, ging sie um die Ecke und wäre beinahe über eine Schar Gänse gestolpert. Schnatternd stoben die Vögel auseinander und flatterten mit den Flügeln. Abwesend murmelte Bree eine Entschuldigung und musste ein Schluchzen unterdrücken, während sie weiterstapfte.

Warum weinte sie? Schniefend wischte sie sich mit einer Ecke des Plaids die Tränen ab und stolperte voran. Da fiel ein Schatten über ihren Weg, und als sie aufsah, blickte sie in Ruans unergründliche Miene. Er umrundete ein paar Fässer und verstellte ihr den Weg.

»Warte«, bat er heiser, »es ist nicht, wie du denkst. Nun … zumindest nicht alles. Ich … glaube, ich sollte das erklären.« Er fuhr sich mit der Zunge über die Lippen und setzte hinzu: »Vielleicht.«

Hätte sie es nicht besser gewusst, hätte sie geglaubt, er wäre nervös. Er schien seltsam befangen. Für einen kurzen Augenblick wollte sie ihm zuhören, doch dieses Verlangen hielt nicht lange an. Sie musste wieder an die wunderschöne Frau in der Hütte denken. Zweifellos wünschte er seine Ehefrau fort, damit er mit Lorna zusammen sein konnte. Der Gedanke schmerzte.

Wütend darüber, dass ihr die Tränen kamen, versuchte sie, sich an ihm vorbei zu drängen. Das Handgemenge dauerte nur kurz. Noch während sie ihr Knie hochriss, wirbelte er sie äußerst geschickt herum und hielt ihr die Arme hinter dem Rücken fest, an seine Brust gedrückt.

Schwer atmend hörte sie auf, sich zu wehren. Wirr hingen ihr die braunen Locken ins Gesicht. Sollte er doch denken, er hätte gewonnen, er würde seinen Griff ohnehin bald lockern müssen. Er war noch immer schwach. Mit jeder Minute wütender werdend blies sie sich das Haar aus dem Gesicht. Ungebeten stiegen vor ihrem geistigen Auge Bilder auf, wie er Lorna küsste. Frustriert stampfte sie mit dem Fuß auf, um die Vorstellung zu vertreiben, und streifte dabei ungewollt sein Schienbein.

Lauthals fluchend sprang Ruan zurück, ohne sie jedoch loszulassen. »Ich wäre dir äußerst dankbar, wenn du stillhalten würdest«, zischte er mit zusammengebissenen Zähnen.

Ohne zu wissen, was über sie kam, warf sie den Kopf nach hinten gegen seine Brust und versuchte mit aller Macht, ihn von sich zu stoßen.

Wieder wirbelte er sie herum, sodass sie ihn jetzt ansah. Da war etwas in seinem Gesichtsausdruck, das ihr die Kehle zuschnürte, aber dann schüttelte sie den Kopf und fand ihren

Ärger wieder. »Lass mich los!«, befahl sie. »Du solltest deine liebreizende Lorna besser nicht warten lassen.«

Er schloss seine ausdrucksstarken Augen, verstärkte seinen Griff um ihre Handgelenke.

Sie zuckte zusammen.

»Ach komm, Mädchen.« Reenans Stimme erschreckte sie beide. »Ruan hat dieses Biest nie geliebt. Sie war ein Fehler, den er nicht wiederholen wird, und es ist lange, lange her!«

Ruan fluchte leise, während sich Brees Stirnrunzeln vertiefte. Es mochte ja sein, dass er die Frau nicht geliebt hatte, aber ihre Gesellschaft genossen hatte er dennoch, und letzten Endes gab es da kaum einen Unterschied. Mit einer heftigen Bewegung riss sie sich los, doch er fing sie erneut ein und zog sie fest an sich.

»Diese Zeiten hat er hinter sich gelassen, Mädchen, und zwar schon vor einigen Jahren«, fuhr Reenan unbekümmert fort. »Es gibt nichts, worüber du dich sorgen müsstest.«

»Halt den Mund, Reenan!« Ruan warf ihr einen finsteren Blick zu.

»Sie soll wissen, dass Lorna und die anderen dir nichts bedeuten«, erwiderte Reenan fest. »Aye, und außerdem war das ein ziemlich durchtriebener Haufen Weibsbilder, du törichter Kerl. Dir ist noch immer nicht klar, wie sehr du selbst ein Opfer warst.«

»Die anderen?«, krächzte Bree, und ihre Verärgerung wuchs.

»Reenan!«, polterte er. »Du hast genug gesagt!«

»Pah, bei Weitem nicht, und es ist nur richtig, dass sie es weiß. Sie ist deine Frau«, schnaubte Reenan, bevor sie die Stimme senkte. »Ich muss ja sagen, beinahe hätte ich es dir abgenommen. ›Ich habe keine Zeit für die Liebe …‹«

»Ruhe!«, donnerte Ruan.

Reenan schnalzte mit der Zunge und zog spöttisch eine Augenbraue hoch. »Nur, wenn du mit Bree sprichst, wie es richtig ist.«

An seiner Schläfe begann eine Ader zu pochen. »Ich hatte ja noch kaum eine Gelegenheit! Du quasselst mehr als ein Waschweib.«

»Kein Grund, dich so darüber aufzuregen«, flötete Reenan ungerührt. Mit einem kecken Grinsen wandte sie sich an Bree: »Hunde, die bellen, beißen nicht, Mädchen.«

»Zum Teufel!« Ruan verlor endgültig die Geduld und brüllte: »Kein Wunder, dass Michael sich bei jeder Gelegenheit davonmacht!«

»Ich gehe dann jetzt«, fuhr Reenan fort, als hätte Ruan nichts gesagt. »Sag ihm ruhig ordentlich die Meinung. Ich warne ihn schon seit Langem, dass er irgendwann den Preis für seine Dummheiten wird zahlen müssen. Aber heute ist er ein anderer, Liebes.«

»Bei allen Heiligen, Frau, verschwinde«, flehte Ruan förmlich.

Reenan schürzte die Lippen, allerdings mit einem deutlich belustigten Funkeln in den Augen, und zog ihren Plaid enger um sich. Fröhlich winkend machte sie sich auf den Weg zurück ins Haus.

Zu Brees Erleichterung ließ Ruan sie abrupt los. Erneut ergriff Verwirrung Besitz von ihr, während sie einige Schritte zurückwich und sich die Handgelenke rieb.

»Verzeih mir.«

Die Sanftheit in seiner Stimme brachte sie aus dem Konzept, und überrascht sah sie auf.

»Ich … wollte dir nicht wehtun.« Er verzog das Gesicht und deutete mit einem leichten Nicken auf die roten Stellen auf ihrer Haut. Dann streckte er die Hand aus.

»Fass mich nicht an«, flüsterte Bree mit leicht zittriger Stimme. Sie musste nachdenken, und seine Nähe war verstörend. Es überraschte sie, dass er seine Hand zurückzog – und dass sie es von ihm überhaupt verlangt hatte. Was geschah mit ihr?

»Aye.« Ruans Miene wurde düster. »Ich bin ein Mann, der viele Sünden auf sich geladen hat, bin unwiderruflich verdorben. Ich benutze Frauen, solange sie ihren Zweck erfüllen, und verlasse sie dann. Ja, ich habe Lorna benutzt, und sie war nicht die Erste, aber sie war die Letzte.«

Sein Ton war sarkastisch, doch darunter lag ein Hauch aufrichtigen Bedauerns.

Abwehrend wandte Bree sich zur Seite und murmelte: »Ich will das wirklich nicht hören.« Es würde zu sehr schmerzen.

»Genauso wenig, wie ich mich daran erinnern will«, erwiderte er verstimmt. »Es gibt nichts, was ich daran ändern kann. Es ist geschehen.«

Plötzlich wollte Bree es sehr wohl hören. Trotzig hob sie das Kinn. Wenn sie ehrlich war, wollte sie, dass er sie wieder und wieder auf Knien um Verzeihung anflehte.

Fragend hob er eine Augenbraue.

Unsicher und verwirrt wandte sie hastig den Blick ab.

»Komm«, brummte Ruan. »Ich sollte lieber zurückgehen, solange ich noch kann.«

In der Tat wirkte er etwas blass. Sie folgte ihm mit einigen Schritten Abstand, wollte nachdenken. Das Knirschen seiner Stiefel war das einzige Geräusch, das das Schweigen zwischen ihnen unterbrach. Mit jedem Schritt wuchsen ihre Angst und Wut. Sie konnte nicht aufhören, sich auszumalen, wie er Lorna und andere Frauen leidenschaftlich küsste. Wieso steigerte sie sich da so hinein?

Ruan öffnete die Tür und wurde augenblicklich von aufgeregt quietschenden Kindern umringt. Anscheinend hatte Reenan insgesamt sechs, von denen Beathan der Älteste war. Aus dem Augenwinkel suchte Bree nach Lorna. Zu ihrer Erleichterung war die Frau nicht zu sehen. Isobel kniff sie liebevoll in die Wange und zog sie ins Haus.

Ruan sank auf einen Hocker in der Nähe des Feuers und ignorierte alle außer der Horde von Kindern zu seinen Füßen. Das Kleinste schaukelte er auf den Knien und kitzelte die anderen, während sie fröhlich um ihn herum hüpften. Schließlich saßen aber alle bei ihm und hörten ihm zu, wie er Geschichten erzählte.

Mühsam versuchte Bree, den einschmeichelnden Rhythmus seiner Stimme auszublenden, und setzte sich so weit weg von ihm wie möglich. Statt ihn anzuschauen, verfolgte sie, wie Reenan aus einem blubbernden Kessel Fischeintopf in hölzerne Schüsseln schöpfte. Dann rief Isobel sie alle zum Essen.

Es war eine ausgelassene Mahlzeit, und die Hütte hallte wider von Gelächter, aber Bree fiel es schwer, mit einzustimmen. Schweigend saß sie da, aß ihren Eintopf und beobachtete die anderen mit etwas, das sie endlich als unverhohlenen Neid anerkannte.

Sie war auf alles hier eifersüchtig. Eifersüchtig auf die Fröhlichkeit um sie herum und eifersüchtig auf Ruans Beziehung zu Reenan. Sie war definitiv eifersüchtig auf Lorna und die Tatsache, dass er die Frau geküsst hatte und sie nie. Bei diesem Gedanken errötete sie heftig und konzentrierte sich auf ihr Essen. Zum ersten Mal in ihrem Leben gestand sie sich ein, wovon zu träumen sie sich nie erlaubt hatte. Sie wollte, was Reenan hatte: ein eigenes Zuhause mit gesunden, glücklichen Kindern. Ihre Aufmerksamkeit wanderte zu Ruan. Wenn sie ehrlich war, wollte sie einen echten Ehemann. Einen Ehemann, der sie allein liebte und nie durch liebreizende Frauen mit gertenschlanker Figur und weichem blondem Haar in Versuchung geriet.

Sie musste ihn angestarrt haben, denn Ruan hob fragend eine Augenbraue, und für einige lange Momente trafen sich ihre Blicke, bevor sie wegsah. Den Rest der Zeit verbrachte sie damit, unruhig hin und her zu rutschen und in ihrem Eintopf herumzustochern, bis Ruan sich entschuldigte und ohne Erklärung das Haus verließ.

Bree holte tief Luft und versuchte, nicht verärgert zu sein, doch sie scheiterte kläglich.

Natürlich war er gegangen, um seine Geliebte zu treffen. Sie würde ihren Frieden damit machen müssen, aber im Augenblick spürte sie nur eine ungewohnte Verbitterung. Mit finsterem Blick saß sie da und starrte in ihren Eintopf, bis Reenan ihn ihr abnahm und ihr stattdessen einen Eimer in die Hand drückte.

»Ach, ich habe die Schafe vergessen«, erklärte die Frau. »Kannst du sie melken gehen, Mädchen, hinter dem Stall, es

sind vier. Mach dich lieber an die Arbeit, bevor es zu spät wird.«
Sie stapelte die Schüsseln aufeinander und scheuchte die Kinder
freundlich aus dem Weg. »Ins Bett mit euch, ihr kleinen Rabau-
ken. Morgen müsst ihr alle früh raus, es ist Zeit für die Heuernte.«

»Aye, es sieht aus, als könnten wir eine Weile schlechtes
Wetter bekommen«, stimmte Isobel ihr zu, während sie sich
daran machte, Reenan zu helfen.

Bree nahm den Eimer und schlüpfte hinaus, dankbar für die
Entschuldigung, zu entkommen. Erst dann wurde ihr bewusst,
dass sie keine Ahnung hatte, wie man ein Schaf molk.

»So viel anders als bei einer Kuh kann es nicht sein«, murmelte sie ärgerlich und versuchte, nicht an Ruan zu denken.
Wahrscheinlich war er genau in dieser Minute dabei, Lorna leidenschaftlich zu küssen. Eigentlich war er krank. Doch offensichtlich konnte ihn nichts davon abhalten, diese Frau zu treffen.
Bree musste jedoch zugeben, dass Lorna wunderschön war, ganz
anders als sie.

Mit gestrafften Schultern fasste sie den Eimer fester und
ging zum Schafpferch ein paar Meter weiter. Es war dunkel, nur
schwach schimmerte der Mond hinter den Wolken hervor und
warf eine unheimliche Atmosphäre über den Hof.

Tränen brannten in ihren Augen, und Bree runzelte über
sich selbst die Stirn. Warum war sie in letzter Zeit so weinerlich?
Sie biss sich auf die Lippe und beschloss, ihr närrisches Herz zu
hüten und sich auf ihre Aufgabe zu konzentrieren. Kaum war sie
über die niedrige Steinmauer geklettert, als sie Stimmen hörte.

Sie zögerte, sah sich in der zunehmenden Dunkelheit um –
und dann drang Ruans tiefes Lachen hinter der knorrigen Eiche
am anderen Ende des Pferchs hervor. Der sanfte, liebliche Tonfall
der Antwort darauf erfüllte sie mit Wut und einem Gefühl der
Demütigung.

Es war eine Sache, sich ihn mit Lorna vorzustellen. Etwas
ganz anderes war es, den Beweis dafür zu hören.

Dann fluchte Ruan. Seine Stimme war laut, wütend.

Wider besseres Wissen schlich Bree vorsichtig näher.

»Das wird nie passieren«, sagte Ruan verächtlich.

»Du bist grausam. Warum hast du dich so verändert?« Tränen klangen aus Lornas Stimme.

Als auf diese Frage nur Schweigen folgte, huschte Bree noch dichter zu der Eiche und spähte durch das Unterholz.

Ruan stand breitbeinig und mit verschränkten Armen da.

Vor ihm war Lorna, versuchte, ihm die Arme um den Hals zu schlingen, aber mit einer verärgerten Geste schob er sie weg.

»Willst du mich betteln sehen?«, fuhr Lorna ihn an, bevor sie einen Schmollmund machte und ihm mit einem Finger über die Brust strich. »Du hast mich viele Dinge tun sehen, nicht wahr?« Ihr Ton war anzüglich.

Bree runzelte die Stirn.

»Lieber würde ich dich gar nicht sehen«, entgegnete Ruan und schlug ihre Hand weg. »Ich bin fertig mit dir. Das war ich schon vor drei Jahren.«

Ein unerklärliches Hochgefühl kämpfte mit ihrer Eifersucht, während Bree hinter dem Baum kauerte.

Lornas Mund wurde hart. Eine lange Stille folgte, dann warf sie sich ihm an den Hals, als wollte sie ihn zwingen, sie in die Arme zu schließen, aber Ruan trat bloß gelangweilt einen Schritt zur Seite.

Die Frau verlor das Gleichgewicht und landete zu seinen Füßen.

»Du bist ein herzloser Schuft!«, fauchte Lorna und kämpfte darum, wieder auf die Beine zu kommen. »Was siehst du nur in diesem schrecklichen Mädchen?«

»Bree ist meine Frau«, erwiderte Ruan mit stählernem Unterton.

»Frau«, äffte Lorna ihn arrogant nach und rümpfte angewidert die Nase. »Also hast du sie geschwängert, ist es das? Warst du gezwungen, sie zu heiraten?«

»Ich bin fertig mit dir, und das schließt auch diese Unterhaltung mit ein«, erwiderte Ruan mit einem abfälligen Schnauben. »Mit meiner Höflichkeit für dich ist es jetzt vorbei, auch wenn ich noch eines zu sagen habe.« Kurz hielt er inne, um dann mit bedächtiger Langsamkeit hinzuzufügen: »Ich bin dankbar.«

»Dankbar?«, wiederholte Lorna sanft, und ein gerissenes Lächeln umspielte ihre Lippen.

»Aye.« Ruan nickte.

Gequält verzog Bree das Gesicht.

»Aye«, wiederholte Ruan und trat zur Seite, als Lorna näherkam. »Dafür, dass du mir gezeigt hast, was für ein gefährliches Netz gesponnen werden kann, wenn ein Mann nicht aufpasst, in wessen Bett er steigt. Diesen Fehler habe ich seither nie wieder begangen.«

Lorna zuckte zurück, als hätte er sie geschlagen.

Gelassen verschränkte Ruan die Arme und funkelte in der folgenden Stille auf die rotblonde Frau vor sich hinab.

Schließlich zog sie ihr Tuch enger um sich. »Das Kind war nicht von dir«, zischte sie. »Ich bezweifle, dass du überhaupt Kinder zeugen kannst!«

Als er weiterhin schwieg, machte sie auf dem Absatz kehrt und verschwand im dichter werdenden Nebel.

Obwohl sie wütend war, verspürte Bree auch eine gewisse Genugtuung. Als Ruan sich unerwartet bewegte, zuckte sie hastig zurück. Etwas Feuchtes schnüffelte an ihrem Nacken. Mit einem erschrockenen Aufschrei fiel sie gegen die weichen, warmen Körper von neugierigen Schafen. Blökend stampften sie mit den Hufen, während sie sich hochkämpfte und die Flucht ergriff.

»Wer ist da?«, rief Ruan.

Bree floh durch den Pferch, sprang über die niedrige Mauer und platzte in die Hütte.

Überrascht blickten Isobel und Reenan vom Tisch auf.

»Was ist los, Bree?«, erkundigte Isobel sich besorgt.

Bree hielt für einen Moment inne, bemühte sich mit klopfendem Herzen, wieder zu Atem zu kommen, und errötete dann entsetzlich. Sie konnte schwerlich zugeben, dass sie spioniert hatte. Unentschlossen bedeckte sie ihre erhitzten Wangen mit den Händen.

»Die Milch, Mädchen?«, fragte Reenan sanft und mit einem verwirrten, aber ermutigenden Lächeln. »Na geh schon los und hol sie.«

Bree fummelte am Türriegel herum und trat wieder hinaus in die hereinbrechende Dunkelheit. Auf ihren brennenden Wangen fühlte die Luft sich kühl an.

Als eine vorsichtige Überprüfung keinen offensichtlichen Hinweis auf Ruans Anwesenheit ergab, atmete sie erleichtert auf, bevor der Gedanke, er könnte Lorna gefolgt sein, ihre Stimmung augenblicklich verschlechterte. Missmutig kletterte sie zurück in den Pferch und suchte eine Weile vergebens nach dem verschollenen Eimer, ehe ihr unter der ausladenden Eiche der trübe Schimmer von Metall ins Auge fiel.

Neugierig folgten ihr die Schafe, als sie darauf zuging. Glücklicherweise waren Lorna und Ruan verschwunden. Mit gemischten Gefühlen griff sie nach dem Eimer. Einen Moment starrte sie ihn bloß an, dann wirbelte sie grimmig herum und rannte geradewegs in eine große, dunkle Gestalt.

Instinktiv schrie sie auf und schwang den Eimer über ihren Kopf.

Kapitel 17
Angriff eines Eimers

Auch wenn er darauf nicht vorbereitet war, gelang es Ruan, seinen gesunden Arm hochzureißen und den Schlag halbwegs abzufangen. Der Eimer streifte lediglich seine Wange. Aber er hätte wissen müssen, dass das Mädchen augenblicklich zum Angriff übergehen würde. Ihre Nerven waren gespannt wie eine Bogensehne. Mit einem unterdrückten Fluch nahm er ihr den Eimer ab und sprang aus reinem Selbsterhaltungstrieb vor, um sie zu überwältigen. Sie war klein, aber wild, und in dem folgenden Gerangel stolperte er zurück, fiel über eines der Schafe und landete zwischen den Tieren auf dem Boden.

Ruan schnappte vor Schmerz nach Luft, als er mit seiner verwundeten Schulter auf die kalte Erde prallte.

»Zum Teufel, bei dir muss man aber auch wirklich hart im Nehmen sein!«, fluchte er, während in ihren betörend grünen Augen der Schock des Erkennens aufblitzte. Aye, stellte er mit einem anerkennenden Blick fest, auch in anderem Zusammenhang brachte sie bei ihm Härte ins Spiel. Ohne zu wissen, was da eigentlich über ihn kam, schnappte er sich ihr Handgelenk und zog sie mit einem Ruck zu sich nach unten.

Mit einem überraschten Aufkeuchen fiel sie auf seine Brust. Völlig im Bann seiner niederen Instinkte wälzte er sich behände herum und hielt sie unter sich fest. Dort gefiel sie ihm viel besser. »Du bist aber auch ein rabiates kleines Ding, nicht wahr?«, raunte er ihr ins Ohr, und sein Puls ging schneller, als er sich ihres nachgiebigen Leibes unter seinem bewusst wurde.

»Was erwartest du?«, erwiderte Bree ein wenig atemlos.

»Wenn du mich in der Dunkelheit angreifst.«

»Ich? Angreifen?« Ruan bewegte seine Wangenmuskeln, als wolle er prüfen, ob noch alles funktionierte. »Ich war nicht derjenige, der den Eimer wie eine Waffe geschwungen hat.«

»Sei froh, dass es nicht dein …« Sie stutzte und tastete über ihre Röcke, offensichtlich auf der Suche nach dem kleinen Messer, das er ihr gegeben hatte.

»Wie das hier?« Ruan grinste und verlagerte sein Gewicht, um das fragliche Messer zu ziehen. »Das war jetzt schon das zweite Mal, dass du es verloren hast. In meiner Tasche wird es dir nicht viel nützen. Aber vielleicht behalte ich es lieber.« Spielerisch wirbelte er es durch die Luft und musterte sie höchst erheitert. »Auf diese Weise ist mein Leben vermutlich angenehmer.«

In einem offensichtlichen Versuch, ihn einzuschüchtern, schaute sie ihn finster an – und sah dabei einfach nur niedlich aus, wie ein Kätzchen, das sein winziges rosa Schnäuzchen zu einem putzigen Fauchen verzog. Seine Aufmerksamkeit wanderte zu ihrem Mund und ihren vollen, geschwungenen Lippen. Es waren Lippen, die er mehr als alles andere auf der Welt kosten wollte. Um Himmels willen, was war denn los mit ihm?

»Nun, ich bitte um Verzeihung«, behauptete Bree und wirkte nicht im Geringsten reuevoll. »Wenn du mich jetzt loslassen würdest? Ich habe zu tun, und ich bin mir sicher, du … musst irgendwo hin.«

»Muss ich das?« Erstaunt hob Ruan eine Augenbraue. Sie lag unter ihm, in ihren Augen brodelte es. Die meisten Frauen, die er kennengelernt hatte, waren von der zurückhaltenden, koketten Art gewesen, die sich nie dazu herablassen würden, ihre Gefühle so offen zu zeigen. Sie waren leicht zu vergessen gewesen, weitaus weniger faszinierend. Reumütig musste er sich jedoch eingestehen, dass er sich auch wenig Mühe gegeben hatte, sie kennenzulernen. Sobald sie irgendetwas Unbequemes gesagt hatten, war er von dannen gezogen. Nun, daran konnte er heute nichts mehr ändern. Stirnrunzelnd wandte er seine Aufmerksamkeit wieder Bree zu. »Und wo genau muss ich hin?«

»Das weiß ich doch nicht.« Sie war feuerrot geworden und presste ihre Lippen zu einer schmalen Linie zusammen. »Aber ich bin mir sicher, dass sie sehnsüchtig auf dich wartet.«

Blinzelnd nahm er ihre Andeutung zur Kenntnis, verärgert, aber auch merkwürdig zufrieden. »Bist du eifersüchtig?« Er lächelte, als ihre Augen erneut aufblitzten.

»Ich habe wohl kaum einen Grund, eifersüchtig zu sein.« In ihrem Ton lag Herablassung, als sie das Wort aussprach.

Ruans Lächeln wurde breiter. »Aye, du bist eifersüchtig.« Neckend beugte er sich dichter zu ihr hinab. »Für gewöhnlich erwartet eine Frau einen treuen Ehemann. Es ist äußerst selten, dass sie ihn ermutigt, mit einer anderen das Bett zu teilen – zumindest, solange sie nicht selbst seine Fähigkeiten als Liebhaber entdeckt hat.« Eigentlich hätte er vor Scham für sein Verhalten in Grund und Boden versinken müssen. Doch ihm war bereits aufgefallen, dass er in ihrer Gegenwart dazu neigte, alle Vernunft über Bord zu werfen und sich mit nichts als niederen Gelüsten zu befassen.

Bree versteifte sich. »Treu? Männer kennen dieses Wort überhaupt nicht. Alles, worauf eine Ehefrau wirklich hoffen kann, ist, nichts über die Frauen zu erfahren, mit denen ihr Mann schläft.«

Überrascht blinzelte Ruan, und sie nutzte die Ablenkung, um sich zu befreien. Er wartete, während sie sich aufrappelte, bevor er sich ebenfalls erhob, wobei er den Schmerz ignorierte. Er stellte sich dicht vor sie. »Ich sehe, du hast also einiges gehört. Ich war jung und dumm und nie verheiratet, und es ist Jahre her. Ich weiß … es ist schwer zu glauben, aber …«

»Das geht mich nichts an«, unterbrach Bree ihn steif.

»Ich denke, das tut es doch. Du siehst ziemlich wütend aus.« Er wollte sich erklären, aber sie hatte keinen Grund und auch sichtlich kein Interesse daran, ihm zu glauben.

»Lass dich von mir nicht aufhalten«, teilte Bree ihm mit und griff nach dem Eimer. »Ich würde es wirklich lieber nicht wissen.«

Beleidigt reckte er das Kinn. »Ach, so denkst du also von mir? Dass ich meine eigene kleine Frau entehren würde? Hältst du mich wahrhaftig für einen solchen Schuft?«

»Ich bin schwerlich deine Frau«, entgegnete Bree und hielt den Eimer eng an sich gedrückt. »Bald wird diese Ehe annulliert, dann kannst du tun und lassen, was du willst.«

Verärgert stieß er den Atem aus, überrascht darüber, dass sie die Annullierung ansprach, während er dieses Vorhaben schon so gut wie vergessen hatte.

»Tun und … lassen … was immer es ist … das du tun willst … mit … mit all diesen Frauen, wer auch immer sie sind, selbst Reenan!« In ihren Augen schimmerten Tränen.

Aye, es war offensichtlich, dass seine Vergangenheit sie schmerzte, aber sie hielt ihn für einen viel schlimmeren Schürzenjäger, als er je gewesen war. Als sie versuchte, die Flucht zu ergreifen, entriss er ihr den Eimer und warf ihn weg, bevor er Bree mit seinem gesunden Arm einfing.

»Lass mich gehen«, zischte sie.

»Nun warte doch, ich habe nie mit Reenan geschlafen. Sie ist wie eine Schwester für mich!«, erklärte Ruan in einem verzweifelten Versuch, seinen Ruf zu retten, falls das überhaupt noch möglich war.

»Sie hat gesagt, du hättest sie geküsst«, widersprach Bree, und ihre grünen Augen wurden schmal.

»Ich war ein wenig betrunken, als ich sie auf Eilean Donan zum letzten Mal gesehen habe, und ein wenig offenherzig mit den Mädchen. Da habe ich eben auch sie geküsst.« Als Brees Stirnrunzeln sich vertiefte, fügte er hastig hinzu: »Direkt vor ihrem Ehemann! Ich meine, ich … wusste nicht, wer sie war … Ich habe alle geküsst. Ich war … betrunken, sehr betrunken«, schloss er lahm und verzog das Gesicht, als ihm bewusst wurde, wie sich das anhören musste. Diese gestammelte Erklärung war wohl kaum entlastend. Es wäre besser gewesen, hätte er geschwiegen.

»Alle?« Brees Blick durchbohrte ihn wie ein Dolchstoß.

»Zum Teufel, entscheide dich«, verlangte er, unerklärlicherweise verärgert. »Du hast gesagt, du wolltest es nicht wissen.«

»Das will ich auch nicht!« Bree versuchte, sich an ihm vorbeizudrücken, Tränen glitzerten in ihren Augen. »Lass mich einfach in Ruhe.«

»Ruan?«

Reenans Stimme drang durch die Dunkelheit. Durch die offene Tür des Hauses fiel ein Lichtstrahl auf sie beide.

»Aye«, rief Ruan zurück und räusperte sich.

Bree entwand sich ihm und sprang über die niedrige Mauer des Pferchs. Sofort folgte er ihr.

»Ach, da seid ihr«, stellte Reenan fest und trat zufrieden nickend zurück, als er hinter Bree auftauchte. »Ich war etwas besorgt um Bree, allerdings … grundlos, wie es scheint.«

Stumm betrat er hinter Bree die Hütte.

Erheiterung tanzte in Reenans blauen Augen, als sie ihn musterte, und gleich darauf unterzog sie Bree einer ähnlich intensiven Prüfung. Er senkte den Blick und sah einige Fetzen Stroh an seinem Plaid und Brees Röcken hängen.

»Ich werde die Schafe melken, Mädchen«, sagte Reenan mit einem wissenden Lächeln. »Ich hatte nicht vor zu stören.«

Ruan sah, wie Bree tief errötete, verschränkte seine Arme vor der Brust und runzelte die Stirn. Ihre Unterhaltung war noch lange nicht vorbei. Seine Frau hielt ihn für einen Schürzenjäger von der schlimmsten Sorte, glaubte, er hätte mit jeder Frau auf Skye geschlafen und fortwährend Pläne geschmiedet, hinter ihrem Rücken noch weitere zu erobern. Es war absurd, fast so sehr wie die Erkenntnis, dass er es mittlerweile ganz angenehm fand, an sie als seine Frau zu denken. Aye, er kannte die Wahrheit. Er wollte, dass sie genau das war, aber nicht, wenn sie ihn verabscheute – und daran bestand kaum ein Zweifel.

»Du solltest dich ausruhen, Junge«, mahnte Isobel, erhob sich von einem niedrigen Hocker und winkte ihn zu sich ans

Feuer. »Und jetzt schaue ich mir diese Wunde an. Nicht, dass du wieder Fieber bekommst.«

Teilnahmslos ließ Ruan sich von Isobel ein weiteres Mal den Verband wechseln. Er saß auf dem Hocker, verärgert darüber, wie Bree ihn ignorierte, dass sie nicht einmal den kleinsten Blick in seine Richtung warf. Mit jeder Minute wuchs sein Groll.

Reenan kehrte zurück, um ihre Kinderschar ins Bett zu stecken, bevor sie eine mit Heidekraut gefüllte Pritsche dicht an das ersterbende Feuer in der Mitte der Hütte zog.

»Du schläfst dort, zusammen mit Bree«, verkündete sie, zeigte auf die Bettstatt und warf einige wollene Plaids darüber. »Merry und Isobel können bei mir schlafen.«

Bree versteifte sich und öffnete schon den Mund, um zu protestieren, doch Ruan war schneller.

»Danke, Reenan«, erklärte er sich einverstanden, nur um es Bree heimzuzahlen.

Im ersten Moment war Brees schockierte Miene in gewisser Weise erheiternd. Normalerweise reagierten Frauen mit einem erfreuten Lächeln und verführerischem Augenaufschlag auf die Aussicht, bei ihm zu schlafen. Aber die Tatsache, dass seine eigene Frau nichts dergleichen tat, verschlechterte seine Stimmung unerwartet noch weiter. Dann blies Reenan die Kerze aus, und Dunkelheit senkte sich über den Raum. Einzig das Feuer im Kamin spendete jetzt noch ein gedämpftes, warmes Glimmen. Das Kichern der Kinder verstummte allmählich, bis sie alle fest eingeschlafen waren.

Ruan blieb sitzen, wo er war, dachte über Bree nach.

Nervös blickte sie mehrmals in seine Richtung, aber als er keine Anstalten machte, zu ihr zu kommen, ließ sie sich schließlich auf der Pritsche nieder und verkroch sich unter den Decken. Er wartete. Erst als ihre Atemzüge in einen leisen, ruhigen Rhythmus verfielen, erhob er sich, um auf die zierliche Gestalt seiner Frau zu blicken.

Es wäre ein Fehler, bei ihr zu schlafen, aber er war erschöpft. Seine Schulter schmerzte, und die Aussicht, sich auf den kalten

Boden zu legen, war noch weniger reizvoll. Zumindest versuchte er sich einzureden, dass das der Grund war, als er sich neben ihr ausstreckte. Augenblicklich verspannte sich Bree, und hastig zog er sie an sich, wobei er sich sagte, dass er lediglich einen Angriff von ihr vermeiden wollte.

Ihr Haar kitzelte in an der Wange.

»Ich war … ein wenig … wild vor einigen Jahren«, flüsterte er ein leises Geständnis. »Ich habe Dinge getan, für die ich mich schäme, aber … die einzige Wahl, die mir noch bleibt, ist, diese Dinge nicht zu wiederholen. Ich kann nur sagen, dass ich die ganze Angelegenheit bereue, auch wenn das alles war, lange bevor wir uns begegnet sind, und nicht annähernd so schlimm, wie du glaubst.« Er war sich nicht sicher, weshalb er sich eigentlich entschuldigte. Vorgehabt hatte er es nicht. Ihn hatte einfach plötzlich das Bedürfnis dazu überkommen.

Bildete er es sich ein oder war ihr Rückgrat etwas weniger angespannt?

Ermutigt fuhr er fort: »Hätte ich gewusst, was die Zukunft bringen würde, hätte ich nie eine solch törichte Vergangenheit gelebt. Ich habe kein Interesse an anderen Frauen, und ich habe nicht vor, mit irgendjemandem zu schlafen außer …«

Schockiert hielt er abrupt inne. Beinahe hätte er gesagt »außer mit dir«.

Die Vorstellung war beängstigend, was dachte er sich bloß?

»Zum Teufel!«, fluchte er und vergaß leise zu sein. Seine Stimme hallte durch die Dunkelheit in der Hütte.

Die jüngeren Kinder schraken hoch.

Gequält verzog er das Gesicht. Das war unbedacht gewesen.

Während Reenan ihre Kinder wieder zur Ruhe brachte, löste er sich von Bree und schob sich weit weg, bis ganz an die Kante der Pritsche, bevor er brummte: »Es gibt keinen Grund, warum ich dich um Verzeihung bitten sollte.«

Mit finsterer Miene machte er sich auf eine lange Nacht gefasst, doch dann schlief er überraschend schnell ein. Als die Sonne durch die offene Tür fiel und ihm das Gesicht wärmte, wachte er auf und hatte das Gefühl, als sei nicht viel Zeit vergangen.

Reenan war am Tisch beschäftigt. Bree war nirgends zu sehen.

»So, so, du bist also wach, du alter Holzkopf.« Grüßend lächelte Reenan ihn an.

»Aye, und auch dir einen guten Morgen.« Ruan sah sie finster an und stützte sich auf einen Ellbogen.

»Es ist Nachmittag.« Reenan klopfte sich den Dreck von den Händen und blieb am Fuß der Pritsche stehen. »Du solltest es einfach hinter dich bringen und sie küssen, mein Lieber.«

Vor Überraschung weiteten sich Ruans Augen, und eine ungewohnte Verlegenheit ergriff Besitz von ihm. Er stand auf.

»Aye, und ich weiß, dass du mich gehört hast«, beharrte Reenan und legte ihm eine Hand auf den Arm. »Sie sieht nicht, wie verliebt du bist, und ...«

»Sie verabscheut mich«, fiel Ruan ihr ins Wort. Gereizt schüttelte er sie ab. »Und kannst du es ihr verübeln?«

»Pah, nur wegen deiner Vergangenheit bist du es heute wert, geliebt zu werden«, entgegnete Reenan und stemmte die Hände in die Hüften. »Kein Mädchen könnte sich einen treueren oder zärtlicheren Mann wünschen.«

»Tja, aber ich bezweifle, dass sie das auch so sieht«, antwortete Ruan mit einem Schulterzucken, mit dem er die Angelegenheit für erledigt erklären wollte.

Reenan brach in herzhaftes Gelächter aus. »Wie kannst du so blind sein? Ein Mädchen, das dich ansieht, wie sie es tut, fühlt vieles, aber nichts davon hat auch nur ansatzweise mit Abscheu zu tun. Mach die Augen auf, Mann. Sie muss dich nur eine Zeit lang um Vergebung betteln hören, bevor sie darauf vertrauen kann, dass dein Herz für immer ihr gehört. Es braucht nur ein wenig Anstrengung, und schon ...«

Zu seiner großen Erleichterung kamen in diesem Moment Reenans Kinder ungestüm herein, stürzten sich auf ihn und schienen entschlossen, ihn nach draußen zu schieben. Dankbar, ihrer neugierigen Mutter zu entkommen, tat er ihnen den Gefallen. Draußen sah er Bree und Merry, die unter Isobels Aufsicht Heubündel von Reenans Karren luden.

Er machte Anstalten zu helfen, aber alle drei warfen ihm strenge Blicke zu.

»Ihr brecht schon bald genug wieder auf«, erklang Reenans Stimme neben ihm, und sanft, aber bestimmt drückte ihn die Frau auf die niedrige Steinmauer um den Schafspferch. »Setz dich hin und ruh dich aus. Du wirst deine Kräfte früher brauchen, als dir lieb ist.«

Er seufzte, erkannte die Weisheit in ihren Worten und schloss die Augen, genoss die Wärme der Sonne.

Nach einiger Zeit packte Isobel die Kinder in den Karren, um eine neue Ladung Heu zu ernten, und ließ Bree zurück, um die Bündel an der Hütte aufzustapeln.

Das kam ihm sehr gelegen.

Er verschränkte die Arme und beobachtete sie unter halb geschlossenen Lidern hervor. Flüchtig erlaubte er sich, darüber nachzudenken, ob Reenan recht haben könnte. Was würde Bree tun, wenn er sie küsste? Würde sie zuschlagen oder würden sich ihre Lider schließen und ihre Lippen öffnen? Sein Puls raste, und plötzlich stand er neben ihr und bückte sich, um mit seinem gesunden Arm ein Heubündel aufzunehmen.

»Du solltest dich ausruhen«, tadelte Bree. Sie runzelte die Stirn und griff nach dem Bündel, um es ihm abzunehmen. »Reenan hat gesagt, du sollst dich setzen.«

Spielerisch zog er das Heu weg, nur ein wenig, und legte seine freie Hand über ihre. »Aye, aber diese winzigen Bündel wiegen nichts«, erwiderte er. »Mit getrocknetem Gras kann ich mir wohl kaum etwas tun.«

Er ließ seine Hand über ihrer liegen, wartete ab, ob sie ihre zurückziehen würde, aber sie hielt still. Ihre Wangen zierte ein leichtes Rosa, kaum die Reaktion einer Frau, die ihn verabscheute. Sein Puls ging schneller. Vielleicht hatte Reenan recht.

Er könnte ihr Herz gewinnen, wenn er vorsichtig war. Nicht, dass er es verdiente ... verbesserte er sich mit leichter Bitterkeit.

Erneut zog sie an dem Heubündel, und er gab nach. Stattdessen entschied er sich, zurück zu der Mauer zu gehen und sich zu setzen.

»Aye«, sagte er und gab vor, geschwächt zu sein, nur weil er in ihrer Nähe bleiben wollte, »vielleicht sollte ich mich noch ein wenig länger ausruhen.«

Sorge trat auf ihre Züge, und er fühlte sich beinahe schuldig, weil er sie in die Irre führte.

»Ich schaffe das schon«, stimmte Bree eilig zu. »So schwer ist es nicht.«

Lächelnd beobachtete er sie eine Zeit lang, wie sie schweigend arbeitete. Sie war nervös, unsicher. Gerade überlegte er, was er sagen könnte, fragte sich, worüber sie gern sprechen würde, als er Lorna entdeckte, die um die Ecke der Hütte kam. Ihm sank das Herz. Die Frau schien zielstrebig auf ihn zuzukommen. Als Bree neugierig seinem Blick folgte, übermannte ihn ein überstürzter Impuls.

In einer einzigen fließenden Bewegung stand er auf, griff Bree am Arm und brachte sie aus dem Gleichgewicht, sodass sie geradewegs gegen ihn fiel. Als sie ihm überrascht das Gesicht zuwandte, senkte er seine Lippen auf ihre.

Ihr Mund war warm, weich und überraschend köstlich.

Er hatte schon viele Frauen geküsst, doch nie hatte er annähernd so etwas empfunden wie in diesem Moment. Für einen winzigen Augenblick teilten sich ihre Lippen unter seinem Kuss, und eine wilde Hitze überwältigte ihn und drohte, ihn in die Knie zu zwingen. Er wollte sie lieben, beschützen und nehmen – alles zugleich. Mit einer Hand umfasste er ihren Hinterkopf, wie von selbst glitten seine Finger durch ihr Haar. Sie schien unter seinen Händen zu schmelzen, doch dann rief Merry etwas, und der Augenblick war vorbei.

Verwirrt zog Bree sich zurück.

Ein kleiner Teil von ihm bemerkte erfreut, dass sie zögerte. Sie schien nicht wütend zu sein, aber ihn selbst hatte sein Verhalten ziemlich überrumpelt. Wo war seine Selbstbeherrschung hin? Eben hatte er sich geschworen, langsam vorzugehen, ihr Herz zu gewinnen. Nun hatte er seine Chancen zweifellos verspielt.

»Was ist los?« Stirnrunzelnd kam Merry auf sie zu. »Was macht ihr da?«

Mit einem Räuspern zog Bree den Kopf ein und begann energisch, das Heu zu den Schafen in den Pferch zu werfen.

Kapitel 18
Der Kuss

Bree war völlig aus der Bahn geworfen, und sie atmete erleichtert auf, als Merry ihren großen Bruder mit sich zog. Ihre Wangen brannten noch immer, zweifellos würden sie noch tagelang feuerrot sein. Er musste sie geküsst haben, um Lorna wütend zu machen. Und auch wenn sie es insgeheim aufregend gefunden hatte, war es doch eine schwere Enttäuschung.

Sobald Lorna verschwunden war, hatte er sein Ziel offensichtlich erreicht, denn er war einfach weggegangen.

Sie musste sehr schlecht geküsst haben. Von einem Moment zum anderen war er völlig distanziert gewesen, und er hatte kein Wort gesagt.

Er hatte sie einfach stehen lassen.

Ganz eindeutig, er hatte sie benutzt, um Lorna loszuwerden. Es war kaltherzig und grausam, also warum konnte sie nicht aufhören, an das Gefühl seiner Lippen auf ihren zu denken? Sein Kuss war drängend, zärtlich und bestimmend zugleich gewesen, genau wie der Mann selbst, und viel intensiver, als sie es sich je hätte vorstellen können.

Es dauerte einige Zeit, bis sie ihre Gedanken geordnet hatte. Während die letzten Spuren des Tageslichts hinter den Bergen verblassten, betrat sie mit neuer Entschlossenheit die Hütte. Ruan saß am Tisch, ihm gegenüber ein alter Mann mit faltigem Gesicht und einem nahezu zahnlosen Mund. Beide lachten.

»Das ist der alte Rory«, stellte Reenan ihn ihr vor und scheuchte die Kinder von einem Stapel frischer Bannockbrote weg. »Er bringt euch morgen früh nach Eilean Donan.«

Bree biss sich auf die Lippe, als Ruan sich zu ihr umwandte. Einen Moment lang betrachtete er sie, aber seine Miene war reserviert. Anscheinend hatte er den Kuss bereits vergessen, und dann sagte Rory etwas, worauf sie beide erneut in Lachen ausbrachen.

Bree war entrüstet.

Der Mann benahm sich, als existierte sie überhaupt nicht.

Ihr Abendessen nahm sie zwischen den Kindern sitzend ein und ignorierte alle um sich herum. So früh, wie es nur eben ging, ließ sie sich auf ihrer Pritsche beim Feuer nieder, rollte sich auf den Bauch und breitete die Arme aus, um so viel Platz wie möglich einzunehmen. Nicht, dass Ruan daran gedacht hätte, sich zu ihr zu legen. Er schien sich darauf einzurichten, die ganze Nacht hindurch mit Reenan und Rory am Tisch zu sitzen und zu reden.

Noch immer verärgert schlief sie ein und wachte schließlich vom Knarren der Tür auf.

Im Türrahmen vor dem zartrosa überhauchten Himmel war Ruans Silhouette zu sehen.

»Zeit, aufzubrechen«, murmelte Isobel gähnend aus der Dunkelheit hinter ihr.

Es war Morgen.

Mit einem fröhlichen zahnlosen Grinsen kam auch der alte Rory, bereit für die Reise zum Festland, während sie sich noch schlaftrunken aufrappelte. Kurz fragte sie sich, wo Ruan geschlafen hatte, aber schon bald war sie zu sehr damit beschäftigt, Reenan mit dem Frühstück zu helfen und zu packen, um weiter darüber nachzudenken.

Kurz darauf waren sie aufbruchbereit. Sie trat aus der Hütte und sah auf die braune Heidelandschaft hinaus, die sanft im Wind wogte. Es war merkwürdig. Noch vor einem Monat hätte sie jede Gelegenheit, Skye zu verlassen, beim Schopf ergriffen, doch nun spürte sie bei der Vorstellung einen leichten Stich und fragte sich, ob sie je zurückkehren würde.

Sie war etwas traurig, aber nur etwas, als sie sich den anderen bei der Verabschiedung anschloss.

»Hab etwas Geduld mit dem Mann«, flüsterte Reenan ihr ins Ohr und tätschelte ihr liebevoll die Wange. »Er ist …«

»Aye, und wir sehen uns bald wieder, Reenan«, unterbrach Ruan sie, legte ihr eine Hand auf die Schulter und zog sie weg, bevor sie weitersprechen konnte.

»Ach Ruan«, protestierte Reenan. Sie hob das Kinn und zuckte mit den Schultern. »Dann leide eben, du hast es so gewollt. Wenn du nur zuhören würdest …«

»Ich habe zugehört«, fiel ihr Ruan ins Wort. Er nickte Bree knapp zu. »Es wird Zeit, dass wir aufbrechen.«

Als die letzten Abschiedsworte gesagt waren, schlossen sie zu Rory auf, der sie in schnellem Tempo den Pfad entlangführte.

»Wo sind die Pferde?«, fragte Merry, die fröhlich neben ihnen her hüpfte.

»Die gehören jetzt Rory«, erwiderte Isobel und warf sich ein kleines Stoffbündel über die Schulter. »Wir laufen zum Boot, mein Mädchen. Es ist nicht weit.«

»Die Viecher kann er gern behalten«, schnaubte Merry herablassend. »Die waren ohnehin nutzlos.«

Das kleine Mädchen fuhr fort mit seinem Geplapper und lief kurze Zeit später nach vorn, um Rory und Ruan zu begleiten. Dankbar ließ Bree sich hinter alle zurückfallen. Obwohl sie nicht sicher war, was Reenan hatte sagen wollen, war es offensichtlich etwas, das Ruan wusste und dem er nicht zustimmte. Sie runzelte die Stirn und fragte sich, wie der Mann ihre Gedanken so komplett vereinnahmen konnte. Mit großer Anstrengung zwang sie ihre Aufmerksamkeit auf die Landschaft um sie herum.

Bei ihrer Ankunft war der Nebel so dicht gewesen, dass sie nicht bemerkt hatte, wie nah sie am Meer waren. Der Pfad zum Ufer war uneben und steil, ein schmaler Durchgang zwischen zwei Klippen, der zu einem feinen Sandstrand hinabführte. Über ihrem Kopf glitten Möwen auf dem Wind und stießen ihre traurigen Rufe aus.

Im Wasser wartete ein großes Schiff auf sie. Einige Männer sprangen ans Ufer, um Ruan herzlich zu begrüßen. Über dem böigen Wind konnte sie nicht verstehen, worüber sie mit ihm redeten, aber nach den überraschten Blicken zu urteilen, die sie ihr zuwarfen, konnte sie dafür dankbar sein. Sie wollte nicht hören, wie Ruan ihre Anwesenheit erklärte. Erneut allen mitteilte, dass er sie nicht liebte. Sie runzelte die Stirn.

Das Schiff war alt, aber seetüchtig, mit Fässern und Kisten beladen und lag bereits tief im Wasser. Die Männer versicherten ihr, dass es sicher war, und hoben sie an Bord. Gemeinsam mit Merry ließ sie sich am Heck nieder.

Kurz darauf stachen sie bereits in See. Kein Dudelsackspieler spielte, damit die Ruderer im Takt blieben, und Bree war dankbar dafür. Stattdessen schmetterten die Männer ein Lied nach dem anderen, immer wieder unterbrochen von brüllendem Gelächter. Ruan war der Lauteste von allen.

Klatschend schlugen die Wellen gegen den Rumpf, und Bree verzog das Gesicht, bemüht, ihren Magen ruhig zu halten.

Stetig glitt das Schiff voran, aber mit der Zeit wurden Wind und Wellen stärker. Bald schaukelten sie in scheußlichen, schwankenden Bewegungen hin und her. Sie versuchte, sich auf die spektakuläre Küstenlandschaft zu konzentrieren, aber es dauerte nicht lange, bevor sie den Kampf verlor und sich über Bord lehnte, um sich zu übergeben.

Den Rest des Tages verbrachte sie mit der Wange auf der Reling, aus Angst, dass ihr wieder schlecht wurde.

Die Sonne ging bereits unter, als Isobel ausrief: »Es ist fast geschafft, Liebes, diese Burg ist ein willkommener Anblick.«

Vorsichtig hob Bree den Kopf, um auf einer felsigen Insel in kurzer Entfernung Eilean Donan zu erblicken. Schafe mit langen Hörnern grasten auf den schroffen, bewaldeten Abhängen, die sich aus der Bucht erhoben. Der Wind hatte sich gelegt und die See schien so glatt wie Glas, was den letzten Teil der Reise um ein Vielfaches angenehmer machte, bis das Schiff endlich auf Grund lief.

Am Dock erschien eine Gruppe von Männern, angeführt von einem großen, rundlichen Kerl namens Simon. Auf seinem breiten Gesicht zeigte sich ein strahlendes Grinsen, als er Ruan entdeckte.

»Es ist viel zu lange her, Junge«, rief Simon lachend, als sie sich zur Begrüßung umarmten.

Bree schloss die Augen und brachte nicht den Willen auf, sich zu bewegen, während die Männer die Fässer und Kisten ausluden. Nach der rauen Überfahrt tat es gut, in der späten Nachmittagssonne zu sitzen, auch wenn sie sich noch immer auf dem infernalischen Schiff befand. Das unregelmäßige Schaukeln unter den Schritten der Männer drohte, ihren Magen erneut durcheinanderzubringen, aber jeder ihrer Versuche, die Kraft aufzubringen, von Bord zu gehen, scheiterte kläglich.

Unerwartet glitten Hände um ihre Schultern und unter ihre Knie und hoben sie in einer fließenden Bewegung hoch. Sie keuchte auf und riss die Augen auf.

»Ach, *mo ceisd*«, hauchte Ruan ihr sanft ins Ohr, »du kannst hier jetzt nicht schlafen.«

Mo ceisd. Bei seinem Tonfall begann ihr Herz zu rasen, auch wenn sie über die Worte, die sie noch immer als »Problem« betitelten, die Stirn runzelte. Ihr blieb jedoch keine Zeit, darüber nachzudenken, als er sie über die Reling und in Simons wartende Arme hob. Im nächsten Moment setzte der Mann sie am Ufer ab und Ruan sprang zu ihr herab.

»Deine … Schulter«, brachte sie stockend heraus, verunsichert durch seine Nähe.

»Die verheilt«, antwortete er mit einem leichten Lächeln. Seine Hand hob sich ihr entgegen, doch wie aus dem Nichts erschien Merry und griff danach.

»Komm«, forderte das Mädchen etwas gereizt und zog an seinen Fingern. »Ich habe es satt zu warten.«

Lachend führte Ruan sie vom Wasser die engen Stufen zur Burg hinauf. Moos und goldener Seetang hingen an den schwarzen Steinen auf ihrem Pfad.

Kaum hatten sie das offene Torhaus passiert und den Burghof betreten, als sie sich einem wütenden Mann mit grauem Haar und einem feinen Netz von Narben über seiner linken Augenbraue gegenübersahen.

»Ruan!«, bellte er. Drohend ruhte seine Hand auf seinem Dolch. »Wie kannst du es wagen, hierherzukommen, nach dem, was du getan hast?«

Überrascht zog Ruan die Brauen hoch. »Und was genau meinst du damit, Dougald?«

»Als ob du das nicht wüsstest!«, schrie der Mann, und sein Kiefer bebte vor Anspannung.

Langsam versammelte sich eine kleine Menge und beobachtete die beiden interessiert.

»Nun ja …« Ruan verzog verblüfft das Gesicht. »Ich weiß wirklich nicht …«

»Noch heute Nacht wirst du meine Sheila heiraten!« Dougald hob seinen Dolch und schwang die Klinge. »Ich will dir nicht wehtun, Junge, aber das werde ich, wenn du das mit meiner Tochter nicht in Ordnung bringst. Bis jetzt dachte ich immer, du seist ein Mann von Ehre.«

In sichtlich wachsender Verwirrung runzelte Ruan die Stirn. »Sheila? Ich bin mir nicht sicher …« Abrupt änderte er seine Strategie, als er Dougalds wilde Miene sah. »Ja, nun, ich bin mir sicher, dass Sheila reizend ist, Dougald. Aber ich bin bereits verheiratet.«

Dougald starrte ihn an und begann zu fluchen. Er trat einen Schritt vor, hielt aber inne, als sich eine junge Frau ihren Weg durch die dichter werdende Menge bahnte. Sie trat aus dem Kreis der Zuschauer nach vorn, und es war nicht zu übersehen, dass sie ein Kind unter dem Herzen trug.

Ruans Augen wurden schmal, und ihm schien zu dämmern, worauf das hinauslief. »Ah ja«, bemerkte er kühl. »Das muss Sheila sein.«

»Nichts als Scherereien hat man mit dir«, spie der Mann. »Jetzt kannst du meine Tochter nicht einmal heiraten, wie es rechtens wäre.«

»Das Kind ist nicht von mir.« Ruans Stimme wurde kälter. »Und ich kann mich nicht erinnern, Sheila je zuvor gesehen zu haben.«

»Aye, sag die Wahrheit, Mädchen«, schaltete sich Simon ein und trat zu Ruans Unterstützung vor. »Selbst Ruan kann dich nicht schwängern, wenn er nicht hier ist.«

»Er war hier«, flüsterte das Mädchen mit blassen Lippen. »Er kam mit dem Earl of Lennox. Er … war betrunken und … und …«

»Das ist fast zwölf Monate her«, schnaubte Simon. »Und ich weiß, dass er keine Frau angefasst hat. Pah, selbst wenn ich das nicht wüsste, dauert es noch einige Zeit, bevor dieses Kind auf die Welt kommt.«

»Nein!« Verzweifelt schüttelte das Mädchen den Kopf. »Es ist keine neun Monate her, und das Kind ist spät dran.«

Sie barg ihren Kopf in den Armen und begann zu schluchzen, während sie von einigen Frauen unter mitfühlendem Gemurmel weggeführt wurde.

Zum ersten Mal waren auf dem Gesicht ihres Vaters Zweifel zu erkennen.

Stimmen erhoben sich, und dann redeten plötzlich alle durcheinander.

Zerrissen zwischen Verärgerung und einem merkwürdigen Bedürfnis zu weinen, schlüpfte Bree durch die Menge, auf der Suche nach einem Fluchtweg. Sie wollte sich verstecken, wenn auch nur für ein paar Augenblicke, bis sie diesen Drang unter Kontrolle hatte. Warum sie wegen Ruan mit den Tränen kämpfte, war ihr wirklich ein Rätsel. Stolpernd drängte sie sich durch den Burghof, doch zu ihrer Bestürzung war fast jedes Fleckchen innerhalb der Burgmauern mit Fässern, Kisten oder Menschen ausgefüllt.

Stirnrunzelnd drehte sie sich um und lief direkt in Ruan hinein.

Er fing sie bei den Schultern auf und legte ihr die Finger unters Kinn, zwang sie, ihn anzusehen. »Das Kind ist nicht von mir.«

»Das geht mich nichts an«, erwiderte sie steif. Warum war sie so niedergeschlagen?

»Ach nein?« Wütend funkelte er sie an. »Dann überleg mal, weshalb ich hier bin und es dir erkläre!«

Sie wusste es wirklich nicht und wollte es ihm gerade sagen, als ihr ein neuer Gedanke kam. Stattdessen erwiderte sie in schneidendem Tonfall: »Nun, ich bin mir sicher, es gibt genügend Kinder, die sehr wohl von dir sind!«

Seine dunklen Brauen zogen sich zu einer finsteren Linie zusammen, und plötzlich fühlte sie sich seltsam beschämt.

»Ich habe keine Kinder. Hätte ich welche, würdest du es wissen«, gab Ruan mit zusammengebissenen Zähnen zurück. »Du musst mich ja für ungemein widerwärtig halten.«

»Ich … würde nicht widerwärtig sagen.« Bree räusperte sich, ein wenig verlegen. Sie biss sich auf die Lippe und wandte den Blick ab, während sie sich fragte, weshalb sie so gehässig war. Es ging sie wirklich nichts an. So sehr es auch schmerzte, sich das einzugestehen: Sie war nur eine Verpflichtung, war nie erwünscht gewesen. Den Kuss hatte er offensichtlich längst vergessen. Bei dem Gedanken ballte sie die Hände zu Fäusten. Dann kam ihr plötzlich Lorna wieder in den Sinn. Sie war betörend gewesen. Erneut gegen die Eifersucht ankämpfend korrigierte sie: »Unbeherrscht und töricht, das könnte man dich vielleicht nennen.«

Ja, er war jung gewesen, aber er hatte sich an Frauen und Alkohol nach Herzenslust gütlich getan.

»Gedankenlos«, murmelte sie, und ihr Ton wurde düsterer.

Der Vorfall eben im Burghof hatte bewiesen, dass er wahrscheinlich mit der halben Burg geschlafen hatte.

»Unmoralisch …«, berichtigte sie sich säuerlich, bevor ihr die Vielzahl von Frauen einfiel, die er selbst mehr als einmal angedeutet hatte. Ganz sicher waren sie alle wunderhübsch gewesen. Mit einem finsteren Stirnrunzeln fügte sie hinzu: »Verkommen. Dekadent, oder …«

Ruan räusperte sich.

Sie zuckte zusammen und lief rot an. Erschrocken merkte sie, dass sie ihre Gedanken laut ausgesprochen hatte. Instinktiv hob sie einen Arm, um die Schläge abzuwehren, und krümmte sich zusammen.

Bei dieser Geste hob Ruan überrascht die Augenbrauen, verschränkte demonstrativ die Arme vor der Brust und erwiderte trocken: »Ich würde ein schlichtes ›widerwärtig‹ vorziehen, aber wenn das alles ist, was du über meine leichtfertige Vergangenheit zu sagen hast, Mädchen, schätze ich mich glücklich.«

Sie schluckte nervös. »Es … geht mich wirklich nichts an. Bald wirst du wieder frei sein und tun und lassen können, was du willst. Sobald unsere Ehe … annulliert ist.« Sie wollte überall hinsehen außer zu dem dunkeläugigen Mann, der vor ihr aufragte.

Eine peinliche Stille folgte.

»Aye«, sagte er schließlich mit kalter, distanzierter Stimme, »dann wird es jetzt nicht mehr lange dauern. Ich will mir nicht die Fesseln des Ehestands anlegen.«

Bei seinen Worten brach in ihr ein Chaos der Gefühle los.

Unerklärlicherweise überwog die Wut über seine Zurückweisung alles andere. »Das trifft sich gut.« Mit finsterer Miene reckte Bree das Kinn. »Denn ich will dich nicht als Ehemann!«

Ruans dunkle Augen loderten. »Aye«, entgegnete er. »Seit drei Jahren habe ich mit keiner Frau geschlafen. Ich würde mir lieber mit einer glühenden Zange Augen und Zunge herausreißen, bevor ich je wieder eine anfasse, und das schließt dich mit ein, Mädchen! Es ist nur gut, dass ich dich bald los sein werde.«

Schwer atmend standen sie einander gegenüber. Dann, als Tränen zu fließen drohten, griff Bree an, schlug mit ihren Fäusten gegen seine Brust, wollte einfach nur, dass er wegging. Fassungslos starrte er sie an und musterte sie noch einmal flüchtig, bevor er zurücktrat. Welcher Teufel ritt sie da eigentlich gerade? In ihrem ganzen Leben hatte sie sich noch nie so irrational verhalten.

»Komm, Mädchen.« Unerwartet erklang Isobels ruhige Stimme. »Merry, bring sie nach oben in die Halle.«

✳✳✳

»Ich dachte immer, du würdest Frauen ungewöhnlich gut verstehen, mein Junge, aber in letzter Zeit hast du klar unter Beweis gestellt, dass ich mich da wohl geirrt habe«, bemerkte Isobel mit einem gutmütigen Lachen.

»Aye, und ich habe nicht den Wunsch, es zu lernen«, erwiderte Ruan scharf und versuchte, an ihr vorbeizugehen, doch sie bekam ihn am Arm zu fassen.

Die alte Frau lächelte. »Nun, mit dieser hier solltest du dir vielleicht doch etwas mehr Mühe geben, mein Junge.«

Ruan schnaubte verächtlich. »Sie will nichts mit mir zu tun haben.« Und das hatte er nur sich selbst zuzuschreiben. »Ich bin mir sicher, das hast du gehört.«

»Nun, du hast wohl kaum mit dem Mädchen geredet, wenn sie noch immer glaubt, dass du die Ehe annullieren lassen willst, mein Junge.« Isobel lachte ein wenig. »Vermutlich glaubt sie, dass dieser Kuss für dich keine Bedeutung hatte.«

»Kuss?« Peinlich berührt verzog Ruan das Gesicht. Natürlich hatte Isobel sie gesehen.

»Aye.« Sie erkannte wieder, woran er dachte, und lachte. »Was genau hast du ihr deswegen gesagt? Nach dem, was gerade passiert ist, vermute ich mal, gar nichts.«

Darauf musste er nicht antworten. Sie kannte ihn zu gut.

»Junge, wie konntest du so ein Narr sein? Wahrscheinlich denkt sie …«, begann Isobel.

»Sei still!«, fiel Ruan ihr ins Wort. Er holte tief Luft und fuhr mit ruhigerer Stimme fort. »Ich danke dir für deine Sorge, aber jetzt reicht es mir damit.«

Zum Glück nickte sie, aber in ihren alten Augen stand ein Funkeln, als Ruan sich auf den Weg in die Haupthalle machte.

Die Kerzen brannten hell in den riesigen eisernen Kronleuchtern, die von den massiven Eichenbalken der hohen Decke hingen. An den Wänden flackerten Fackeln. Lady Elspeth saß bereits am Tisch, als er eintrat. Sofort winkte sie ihn zu sich und ließ ihm keine Zeit, nach Bree zu suchen. Nicht, dass sie ihn sehen wollte, erinnerte er sich, als er sich über die faltige Hand der Burgherrin beugte. Lady Elspeths Gesellschaft hatte er stets genossen. Sie hatte einen ungewöhnlichen Sinn für Humor und trotz ihres hohen Alters einen wachen Verstand. Es machte ihn traurig zu sehen, dass ihre Gesundheit sich seit ihrem letzten Treffen verschlechtert hatte, obwohl sie noch immer voller Lebensfreude war. Sie wirkte schwach und ermüdete leicht. Nach einer nur kurzen Unterhaltung küsste sie ihn zum Abschied auf die Wangen und zog sich in ihre Gemächer zurück.

Er fand Bree beinahe sofort.

Sie saß mit Merry am hintersten Tisch, in der Nähe des Fensters, und wirkte elend. Er unterdrückte ein Seufzen. Das Mädchen verabscheute ihn, so viel stand fest. Es machte wenig Sinn, um sie zu werben. Er fragte sich, wie er solch einen dummen Plan überhaupt hatte in Erwägung ziehen können.

Es musste an seiner Verletzung gelegen haben.

Wie auch immer, so war es besser. Er hatte andere, schwerwiegendere Angelegenheiten zu bedenken, und nun noch den Schaden, den er dem Clan zugefügt hatte. An Roberts Tod konnte er nicht denken. Noch nicht. Entmutigt schwang er ein Bein über die Bank und nahm ihr gegenüber Platz.

»Verzeih mir«, bat Bree, als er sich setzte. In ihrer Stimme lag ein nervöses Beben.

Überrascht sah er sie an, antwortete aber aufrichtig: »Das ist nicht nötig.« Er zuckte mit den Schultern.

»Nein, das ist nicht wahr. Du warst sehr nett zu mir«, fuhr Bree ernst fort, mit stark geröteten Wangen. Sie mied seinen Blick, strich stattdessen unablässig mit dem Finger über die

Oberfläche des Holztisches. »Es gab keinen Anlass, so mit dir zu reden, besonders, wo ich dir nie gedankt habe, wie ich es hätte tun sollen … für … das, was du getan hast. Du hast mich mehr als einmal gerettet und …« Unsicher geriet sie ins Stocken.

Trotz all seiner Bemühungen beschleunigte sich sein Puls. Seine düsteren Gedanken verschwanden. Fast wie von selbst senkte sich seine Stimme, als er sich vorlehnte und anzüglich flüsterte: »Aye, und was ist die richtige Art … mir zu danken?«

Merry begann, laut mit den Fingern auf den Tisch zu trommeln und demonstrativ gelangweilt zu seufzen.

Bree wirkte ein wenig verwirrt, erklärte aber fest: »Ich … danke dir.«

Er atmete tief ein, erleichtert über ihre Unschuld.

Offensichtlich verwirrte ihre Anwesenheit seinen Verstand.

Im einen Moment war er kurz davor, sie zu Domnall zurückzubringen, im nächsten versuchte er, sie zu verführen. Er brauchte offenkundig Zeit und Raum, um zu denken. Hier zu sitzen war ein Fehler. Abrupt stand er auf, verbeugte sich ritterlich und erklärte: »Nun gut, dann wurde mir gedankt, und es gibt nichts zu verzeihen. Bei Anbruch der Morgendämmerung reisen wir weiter, du solltest dich gut ausruhen.«

Merry runzelte die Stirn. Er beugte sich hinüber und zauste ihr das Haar. Später würde er sich um sie kümmern müssen, aber jetzt wollte er erst weg von hier. Ein paar Tische weiter entdeckte er Simon und einige andere, und mit ihrer Gesellschaft lenkte er sich bis tief in die Nacht hinein ab, noch lange, nachdem Bree und Merry in ihrer Ecke eingeschlafen waren. Schließlich, nur wenige Stunden vor Tagesanbruch, streckte er sich erschöpft auf dem Tisch aus und schlief.

Viel zu früh rüttelte Simon ihn wach, als das sanfte Licht des Morgens in die Halle strömte.

Wankend kam er auf die Füße, mit verquollenen Augen und noch immer müde.

»Aye, Junge«, bemerkte Simon mit einem wissenden Grinsen. »Ihr kriegt das schon noch hin.«

Ruan verengte die Augen und erwiderte: »Es ist zu früh am Tag, um in Rätseln zu sprechen, Simon.«

»Ich wette, keiner von euch beiden hat gut geschlafen.« Simon boxte ihn leicht in die Schulter und deutete mit dem Kinn ans andere Ende der Halle.

Als Ruan dem Hinweis des Mannes folgte, erspähte er Bree, die aus dem Fenster blickte.

Gähnend streckte sie sich, schien irgendwie traurig. Ihn durchfuhr das Verlangen, sie in seine Arme zu ziehen und ihr zu versichern, dass alles gut werden würde. Aber das konnte er nicht versprechen, und er war sich äußerst unsicher, ob sie überhaupt irgendetwas von ihm hören wollte. Etwas verspätet bemerkte er, dass er sie anstarrte und Simon gar nicht geantwortet hatte.

Doch als er sich umdrehte, war sein Freund verschwunden.

Isobel kam zu ihm, und er setzte sich auf die Tischkante und schwang gedankenverloren ein Bein, während die anderen ihre Sachen packten. Erst unterwegs würden sie Haferplätzchen und Fisch essen, und nachdem er sich für die Gastfreundschaft bedankt hatte, führte er seinen kleinen Trupp hinaus in die frische Morgenluft.

Im Westen hingen Wolken tief am Himmel, und der Wind wurde stärker.

Es versprach, ein erbärmlicher Tag zu werden.

Bree und Merry kauerten im hinteren Teil des Bootes, die Plaids hochgezogen gegen den beißenden Wind. Simon erlaubte ihm nicht, ein Ruder zu übernehmen. Das Ufer war kaum einen Steinwurf entfernt, also bestand er nicht darauf. Es konnte ihm nur recht sein, seine Schulter war noch immer wund.

Zügig führte Simon sie zu den Ställen.

Ruan duckte seinen Kopf unter der niedrigen Tür hindurch und trat ein, als Simon auf drei wunderschöne Stuten zeigte.

»Lady Elspeth besteht darauf, dass ihr die hier nehmt«, erklärte er mit einem Lächeln.

Es waren beeindruckende Tiere.

»Die sind viel zu wertvoll«, wehrte Ruan ab. Er schüttelte den Kopf. »Ich kann sie nicht annehmen.«

»Aye«, erwiderte Simon lachend. Er übergab die Zügel der ersten Stute Merry. »Sie hat geahnt, dass du das sagen würdest, und ich soll dir mitteilen, dass sie für immer in deiner Schuld steht, weil du den Laird gerettet hast.«

»Du hast den Laird gerettet?« Merry blickte ihn von der Seite an, Interesse funkelte in ihren schwarzen Augen. »Vor welchem Clan?«

»Vor einem Hühnerknochen habe ich ihn gerettet … Das ist wohl kaum solche Pferde wert.« Ruan runzelte die Stirn.

Leicht enttäuscht von dieser wenig aufregenden Lösung des Rätsels führte Merry die Stute aus dem Stall und wandte sich an Simon. »Drei? Bedeutet das, ich bekomme meine eigene?«

»Nein«, antwortete Simon. Er warf Ruan zwei Halfter zu, bevor er ihr folgte. »Du reitest mit Isobel. Eins von diesen Biestern kannst du mit Sicherheit noch nicht ohne Hilfe handhaben.«

»Wie viel würdest du darauf wetten?«, hörte Ruan Merrys freche Antwort.

Er lächelte.

»Merry«, warnte Isobel.

Ruan kicherte. Simon würde verlieren. Merry war eine der besten Reiterinnen, die er je gesehen hatte. Noch immer lächelnd ging er vorne um die Stute herum und wäre beinahe über Bree gefallen.

»Mädchen, was tust du hier?«, fragte er, kämpfte um sein Gleichgewicht und blieb abrupt stehen.

»Simon hat gesagt, du bräuchtest Hilfe«, antwortete Bree. Hastig wich sie zurück. »Er hat gesagt, deine Schulter …«

Ruan spähte durch die offene Tür, um Simon breit grinsend daran vorbeigehen zu sehen. Er unterdrückte ein Seufzen. Offensichtlich war er der Einzige, der sehen konnte, dass das Mädchen ihn verabscheute. »Aye, nun, du kannst dein Pferd aufzäumen.«

Er warf ihr das verbleibende Halfter zu, doch statt es aufzufangen, hob sie instinktiv die Arme, um ihr Gesicht zu bedecken.

Klirrend fiel das Halfter auf den Stallboden. Beide griffen gleichzeitig danach, seine Finger streiften ihre. Steif stand sie auf und zog die Zügel aus seinem Griff.

»Verzeih mir«, bat er und spürte einen Anflug von Reue. »Ich wollte dich nicht erschrecken.«

Sie stand dicht bei ihm.

Plötzlich lag der berauschende Duft von Lavendel in der Luft. Er fragte sich, wie sie ständig danach riechen konnte, und begann, viel mehr als bloß Reue zu empfinden. Es fiel ihm schwer, sich loszureißen, aber er tat es. Pflichtschuldig kehrte er zu seiner Aufgabe zurück, beobachtete sie aber, wie sie zögernd und mit offensichtlichem Widerwillen zu der Stute trat.

Anscheinend mochte sie keine Pferde.

Gedankenverloren tätschelte er seiner Stute den Widerrist. Er lächelte ein wenig, als Bree das Halfter gegen die Nase der Stute drückte, als ob das Pferd sich selbst zäumen würde.

»Du musst ihr den Mund öffnen, Mädchen«, erklärte er und trat grinsend an ihre Seite. »So.«

Er griff um sie herum, nahm ihr das Halfter ab und streifte es geschickt über die Ohren des Tieres. Erst da bemerkte er, dass er zu dicht bei ihr stand, sie praktisch in den Armen hielt. Ihr Haar kitzelte ihn an der Brust. Sie wandte sich um, erwartete eindeutig, dass er weggehen würde, aber sonderbarerweise war er wie festgewurzelt. Verwirrt zog sie die Augenbrauen zusammen, und als die Stille zwischen ihnen sich ausdehnte, fragte er sich, ob sie ihre Abneigung ihm gegenüber je ablegen würde.

»Du wirst mich nicht noch einmal küssen«, sagte Bree schließlich und reckte das Kinn ein wenig.

Nun war es an Ruan, überrascht zu sein. Er neigte den Kopf zur Seite und murmelte: »Merkwürdig … dass du an einen Kuss gedacht hast.«

»Das habe ich nicht«, behauptete sie verlegen. Ihre Wangen wurden rot. »Ich … ich …«

»Aye?«, hakte er nach, während in seinem Herzen ein kleiner Hoffnungsschimmer erwachte. Was, wenn sie nur schüchtern war? Konnte es sein, dass sie ihn weniger hasste, als er befürchtete?

»Nichts«, wiegelte sie ab und drehte den Kopf zur Seite. Sie wandte sich zum Gehen, als erwartete sie, dass er sie gehen lassen würde.

Er wusste, das sollte er tun, doch stattdessen beugte er sich näher zu ihr und flüsterte: »Ich glaube, du willst noch einen.«

»Nein!«, quietschte sie. Sie legte die Hände an seine Brust und unternahm einen halbherzigen Versuch, ihn wegzuschieben.

Ruan rührte sich nicht vom Fleck. Dazu war ihr Verhalten viel zu faszinierend.

»Ich lasse mich nicht … küssen … und dann vergessen!«, brachte sie unter Schwierigkeiten hervor. Dieses Mal stieß sie ihn ernsthaft von sich.

Leicht überrumpelt stolperte er rückwärts, griff sich aber flink ihr Handgelenk und zog sie zurück in seine Arme. Heilige Mutter Gottes, Isobel hatte recht. Er war ein unwissender Narr. »Wer könnte dich küssen und das je vergessen?«, fragte er sanft. »Ich habe dich geküsst, und seither habe ich an nichts anderes gedacht.«

Überrascht öffnete Bree die Lippen.

»Aye, ich habe viele geküsst, Mädchen, aber dein Kuss war der erste, der mir je Angst gemacht hat.« Mit einer Hand glitt er ihren Rücken hinauf und zog sie enger an sich. »Deshalb habe ich ihn mit keinem Wort erwähnt.«

Blinzelnd zog sie die Augenbrauen zusammen. »Angst gemacht?«

»Davor, dich zu verlieren«, vertraute er ihr mit einem Flüstern seine größte Angst an, doch es kümmerte ihn nicht mehr. »Ich will dich nicht ziehen lassen, Mädchen. Willst du diese Ehe noch immer annullieren lassen?« Wenn sie ihn von sich stieß, würde er größere Qualen leiden, als er sich auch nur vorstellen konnte, aber sie tat es nicht. Stattdessen schmolz sie dahin. Mit einem Daumen strich er langsam über ihren zarten Wangenknochen.

Dann spürte er einen leichten Tritt in die Kniekehle.

Erschrocken sprang er zurück.

»Was tust du da?« Merry zog ihn von Bree weg, eine Mischung aus Ärger und Angst auf ihrem kleinen Gesicht. »Ist sie vom Pferd gefallen?«

»Du brauchst aber heute wirklich lange, um die Pferde aufzuzäumen, Junge«, polterte Simon laut, offensichtlich als eine Art Warnung, dass er die Ställe betreten würde. »Komm, ich helfe dir.«

Bree nutzte den Tumult, um davonzuschlüpfen, aber er wusste bereits, dass Isobel recht hatte. Bei dieser Frau sollte er sich wirklich anstrengen. Womöglich könnte er ihr Herz gewinnen und sich dessen sogar würdig erweisen. Seine Stimmung hellte sich auf, und zügig machte er die Pferde fertig und führte sie aus dem Stall.

»Ruan, mein Junge, hilf mir«, rief Isobel und deutete auf ihr Pferd.

Er tat ihr den Gefallen und hob sie in den Sattel.

»Danke«, sagte sie und schürzte die Lippen. »Ich glaube, wir müssen noch zum Schmied, bevor wir aufbrechen.«

»Schmied?« Neugierig hob Ruan eine Augenbraue.

»Wir brauchen eine glühende Zange, um dir Augen und Zunge rauszureißen, mein Junge«, erwiderte Isobel schmunzelnd.

Er spürte, wie er rot wurde, aber gleichzeitig war ihm so leicht ums Herz, dass er nicht mehr tat, als ihr einen leicht genervten Blick zuzuwerfen.

Kapitel 19
Das unerwartete Geständnis

Bree wusste nicht, was sie denken sollte. Ruans unerwartetes Geständnis, die warme Sanftheit des Mannes und seine zärtliche Berührung hatten ihre Gefühle in Aufruhr versetzt. Sie glaubte nicht, dass er nur mit ihr spielte. Sollte er es doch tun, würde sie sich freudig ihr Messer schnappen, wo auch immer das teuflische Ding schon wieder steckte, und ihm das Herz aus der Brust schneiden. Bei dem Gedanken hielt sie inne. Sie erkannte sich nicht mehr wieder, aber es fühlte sich richtig an.

Hilfsbereit reichte ihr Simon eine Hand, um sie aufs Pferd zu heben, und sie fragte sich, ob sie den anderen sagen sollte, dass sie noch nie allein geritten war. Als sie mit einem Plumps in dem Sattel landete, schnaubte das Tier, und verzweifelt klammerte sie sich an seine Mähne. Prompt riss es ein paar Schritte aus, bevor Simon flink die Zügel einfing und sie ihr mit einem breiten Grinsen reichte.

Aus den Augenwinkeln sah sie, wie Ruan sich ohne Hilfe in den Sattel schwang und sich verabschiedete. Offenbar erholte er sich gut. Der Mann brachte sie völlig durcheinander. Sie musste an seine fein geschwungenen Lippen denken, die ausdrucksvollen Augen und die Art, wie er sie festhielt, aber dann bewegte sich das Pferd unter ihr und alle anderen Gedanken verschwanden.

Pferde hatte sie schon immer gehasst.

Verzweifelt versuchte sie, es zu kontrollieren, aber das Biest schien ihre Bemühungen überhaupt nicht wahrzunehmen.

Isobel und Merry trotteten an ihr vorbei, gefolgt von Ruan, und sie war erleichtert, als das Tier sich ihnen anschloss. Kaum hatten sie jedoch das Dorf verlassen, da änderte es seine Meinung. Nur eine kurze Weile folgte es noch den anderen, bevor es schließlich stehen blieb, um an einem Grasbüschel zu knabbern und ungerührt ihre schwachen Versuche, an den Zügeln zu ziehen, ignorierte.

Ein Windstoß fegte durch das Tal, begleitet von vereinzelten Regentropfen.

»Beweg dich!«, schimpfte sie zum vierten Mal und trat das Tier mit dem Fuß.

Endlich zuckte es wenigstens mit einem Ohr, kaute aber weiter. Selbst diese winzige Reaktion war ein Fortschritt, und zufrieden lächelte sie, bis sie enttäuscht erkannte, dass die Stute lediglich Ruans Rückkehr bemerkt hatte.

»Bei einem Pferd musst du entschlossen auftreten, *mo ceisd*«, erklärte er, zog neben ihr die Zügel an und streckte die Hand aus, um sie über ihre zu legen.

Bree errötete ein weiteres Mal, fühlte sich überfordert. Seine Berührung glühte wie Feuer. »Sie ignoriert mich«, gelang es ihr zu murmeln, während sie sich weigerte, ihn anzusehen.

»Sie wird schon sehen, was sie davon hat.« Zärtlich drückte er ihr die Hand, bevor er sich zurücklehnte und dem Tier einen scharfen Klaps auf den Hintern versetzte.

Abrupt sprang es vorwärts und legte die Ohren an, trottete aber brav weiter, solange Ruan hinter ihnen ritt, um es anzutreiben. Gemeinsam schlossen sie zu den anderen auf und Ruan übernahm erneut die Führung. Ein Stück vor ihnen kundschaftete er die Straße aus, entfernte sich jedoch nie weit.

Sobald Ruan nicht mehr bei ihnen war, wurde ihre Stute immer langsamer und blieb schließlich stehen. Wenig optimistisch stieß Bree das Tier an, doch es bestand kein Zweifel daran, dass dies eine extrem widerborstige Kreatur war. Von Anfang an hatte das Pferd gewusst, wer hier das Sagen hatte. Solange Ruan außer Sichtweite blieb, bummelte es müßig die Straße entlang und genoss seine Freiheit in vollen Zügen. Es tänzelte, wohin es wollte, und fraß jeden Leckerbissen, dessen es habhaft werden konnte, ob er am nächsten Hügel oder in der entgegengesetzten Richtung wuchs. Mit der Zeit begann es, sich an den Bäumen den Rücken zu scheuern, obwohl Bree davon überzeugt war, dass seine wahre Absicht darin bestand, sich von seiner lästigen Reiterin zu befreien.

Dann setzte Regen ein, der rasch stärker wurde.

Isobel und Merry versuchten, ihr mit Ratschlägen zu helfen, aber als Ruan am späten Nachmittag zurückkehrte, war sie den Tränen nahe. Die Stute war in ein Dickicht am Hang gewandert und hatte Bree mithilfe eines knorrigen Baums beinahe abgeworfen. Hilflos hielt Bree die Arme hoch, um ihr Gesicht vor den Zweigen zu schützen, die auf sie einpeitschten, aber mehr noch, um ihre Augen vor dem Abgrund zu verschließen, der sich gefährlich nah unter ihr auftat. Sie war überzeugt, dass das Tier mittlerweile überlegte, wie es sie am besten töten konnte.

»Sie hält sich für eine Bergziege!« Merrys fröhliches Gelächter tönte durch den Nieselregen.

Bree schloss die Augen fest, als das Pferd seine lebensgefährliche Kletterpartie fortsetzte.

»Halt dich einfach fest, Mädchen«, rief ihr Ruan sanft zu, und in seiner Stimme war ein deutlicher Anflug von Erheiterung zu vernehmen. Augenblicke später war er bei ihr, um das Tier von der gefährlichen Stelle wegzuführen, nahm ihr die Zügel aus den kalten Fingern und band sie an seinen Sattel.

Sobald sie sich wieder auf ebenem Boden befanden, öffnete Bree die Augen. Sie funkelte das Pferd böse an und überlegte, ob es eine auch nur annähernd angemessene Bestrafung für das Tier gäbe.

Ungerührt ignorierte es sie völlig.

Isobel sah grimmig zu den grauen Wolken hinauf und prophezeite Schnee.

»Bis nach Inchmurrin ist es noch ein gutes Stück«, warnte Ruan. »Wir müssen heute noch weit reiten.«

Isobel stöhnte und weigerte sich, noch einen Schritt weiterzureiten. »Es ist zu nass, Junge, und auch wenn du dich nicht gern daran erinnerst, ist deine Wunde noch nicht gänzlich verheilt.«

Bree wickelte sich fester in ihren nassen Plaid und ignorierte die Unterhaltung.

Schließlich seufzte Ruan. »Also gut, dann reiten wir noch bis zu dem Hügel dort«, gab er sich geschlagen und fügte hinzu, »obwohl wir es bis ins Dorf hätten schaffen sollen.«

»Nicht, wenn wir uns den Tod holen, um dorthin zu gelangen«, murrte Isobel.

Tapfer ritten sie weiter, und als die Dunkelheit anbrach, hielten sie vor der schattigen Silhouette einer verlassenen Hütte inne. Nur ein kleiner Teil des Daches war noch intakt.

Erschöpft rutschte Bree aus dem Sattel, steif, wund und kaum in der Lage, sich zu bewegen.

Sie war vollkommen unvorbereitet auf den scharfen Huf, der plötzlich ausschlug und sie mitten am Schienbein traf. Sie verlor das Gleichgewicht und landete bäuchlings im Schlamm. Keuchend vor Schmerz blieb sie liegen, wo sie war, durchnässt und mit schmerzenden Ohren.

Ruans starke Arme stellten sie auf die Füße, und endlich riss ihr der Geduldsfaden.

Sie schüttelte seinen Griff ab und stolperte über ihre nassen Röcke, um sich vor der sturen Stute aufzubauen und sie aus voller Kehle anzuschreien. Das Tier legte die Ohren an, während sie es wissen ließ, dass es ein rabenschwarzes Herz hatte und zu nichts weiter taugte, als dass man es aß oder Schlimmeres tat. Angestrengt rief sie sich jede nur mögliche Verwertungsart für einen Pferdekadaver ins Gedächtnis und warf sie der Kreatur an den Kopf, angefangen von einfachen Fellen bis hin zu Stiefeln, während sie zeitweise auf einem Bein hüpfte, weil das andere so schmerzte, und schrie, bis ihre Stimme heiser wurde.

Allmählich drang Merrys Lachen zu ihr durch, dann schlang Ruan ihr einen Arm um die Taille und trug sie mehr oder weniger in das baufällige Gebäude.

»Du hast Leder für Rüstungen vergessen«, bemerkte Merry kichernd, »und ich glaube nicht, dass ich jemals Pferd gegessen habe. Wie schmeckt das, Ruan?«

»Ich habe noch keins probiert, Merry.«

Bree konnte das Lächeln in seiner Stimme hören. »Dieses Pferd ist böse!«, verkündete sie mit bebender Stimme.

»Aye, sie ist außergewöhnlich kreativ«, kicherte Ruan und hielt sie in der Dunkelheit länger als nötig an sich gedrückt, ehe er sie losließ. »Ich gehe Brennholz suchen.«

Es war nicht einfach zu bewerkstelligen, aber schließlich loderte ein Feuer und warf ein unheimlich flackerndes Licht an die schwarzen Steinmauern. Isobel teilte erneut Haferkekse und Hering aus, aber Bree starrte ihre Ration mit wenig Appetit an. Von ihrem Platz dicht am Feuer aus beobachtete sie den Dampf, der von ihrem Plaid aufstieg, während er trocknete.

Als Ruan mit der vierten Ladung Holz zurückkehrte, beharrte Isobel darauf, das sei genug.

»Wir brauchen nicht mehr als das, mein Junge. Setz dich, bevor du krank wirst«, schimpfte sie besorgt.

Es war in jeder Hinsicht ein aufreibender Tag gewesen, aber Bree war sich vollkommen sicher, dass sie kein Auge zutun würde, sollte Ruan beschließen, sich neben sie zu legen. Alles zwischen ihnen schien sich zu ändern. Sie wollte ihn auf Abstand halten und sich ihm gleichzeitig am liebsten in die Arme werfen. Es war äußerst verwirrend.

Schließlich nahm auch er sein Bannockbrot und einen Hering in Empfang und gesellte sich zu ihr ans Feuer, um sich neben ihr auszustrecken. Als sein Schenkel den ihren streifte, spannte sie sich an, aber er zog sich nicht zurück, und eigenartigerweise konnte auch sie sich nicht dazu bewegen. Um ihren rasenden Puls zu beruhigen, konzentrierte sie ihre Aufmerksamkeit auf Merry. Das Kind war mit dem Kopf in Brees Schoß eingeschlafen. Sanft strich sie ihr über die schwarzen Locken, und Merry lächelte im Schlaf.

Niemand sagte etwas. Sie hörten einfach dem Feuer zu, wie es prasselte und zischte unter den gelegentlichen Regentropfen, die durch das beschädigte Dach schlüpften.

Die Zeit verstrich, und als die Temperatur fiel, begannen Bree die Ohren zu schmerzen. Als ihr vor Erschöpfung das Kinn auf die Brust sank, spürte sie, wie Ruan sie mit sanfter Hand hinabzog, damit sie ihren Kopf an seiner warmen Schulter ausruhte.

Beruhigend dröhnte seine Stimme unter ihrem Ohr.

Mit einem Gefühl von Wärme und Sicherheit schlief sie ein.

✳✳✳

Der Tag brach kalt und trocken an. Merry war als Erste wach, sprang auf und weckte alle mit dem Ausruf: »Ruan, kann ich bitte auf dem Pferd reiten?«

Bree öffnete die Augen, als sich die warme Fläche unter ihrer Wange regte.

»Ach Merry«, stöhnte Ruan und setzte sich langsam auf, »kannst du nicht wenigstens warten, bis die Sonne aufgegangen ist?«

»Das Pferd?«, wiederholte Merry. »Bitte?«

Ihr Bruder grinste und streckte eine Hand aus, um ihr das Haar zu zausen. Er flüsterte etwas, und das Mädchen begann zu kichern. Misstrauisch setzte Bree sich auf, überzeugt, dass es ein Witz auf ihre Kosten gewesen war, aber wenn es dazu führte, dass sie sich nicht mit dem Ungeheuer herumschlagen musste, konnte sie damit leben.

Als Merry fröhlich aus der verlassenen Hütte rannte, wandte Ruan sich zu Bree, um sie unter halb geschlossenen Lidern hervor anzusehen. »Du reitest mit mir, Mädchen.«

Bree hatte vor zu nicken, aber bei der Bewegung zuckte sie zusammen. Ihre Kehle schmerzte und ihre Ohren brannten.

Mühelos hob Ruan sie auf die Füße. »Geht es dir gut?«, fragte er, und Sorge stand in seinen dunklen Augen.

Zur Antwort brach sie in einen Hustenanfall aus, der mit einem Niesen endete.

»Bree, bist du krank?«, fragte Merry, als sie wieder in das baufällige Gebäude geeilt kam. »Isobel, Bree ist krank!«

Isobel antwortete mit einem Stöhnen und nieste dann ebenfalls.

Von da an ging es mit diesem Tag in jeder Hinsicht zusehends abwärts.

Es wurde minütlich kälter. Dann begann es zu schneien, und sowohl Isobel als auch Bree ging es immer schlechter. Ruans Laune verdüsterte sich, und Bree wusste, dass er besorgt war. Jedes Mal, wenn er sie ansah, war sein Mund zu einem grimmigen Strich verzogen.

Merry beherrschte die eigenwillige Stute perfekt und war erpicht, die Straße vor ihnen zu erkunden, aber Ruan warnte sie davor, zu weit aus seinem Blickfeld zu verschwinden. Von dem ständigen Gezänk darüber dröhnte Bree der Kopf. Sie verbrachte den Tag unter Ruans Umhang zusammengekauert, dankbar für seine Wärme und den starken Arm, der um ihre Taille lag. Wäre sie nicht so krank gewesen, hätte sie den Ritt als verstörend empfunden, aber so verbrachte sie nur wenig Zeit bei vollem Bewusstsein.

Mittags stiegen sie ab und ließen die Pferde an einem braunen Bach ihren Durst stillen, während ihnen ein beißender Wind um die Ohren blies.

Isobels Zustand hatte sich weiter verschlechtert.

Ernsthaft besorgt musterte Ruan sie und traf dann eine Entscheidung. Sie würden sich nach Norden wenden, zu einem Dorf, das fast einen Tagesritt in die falsche Richtung lag. »Wenn Tormod uns folgt, käme er nicht im Traum darauf, dort nach uns zu suchen«, erklärte er. »Und bei diesem Schneckentempo holt er uns mit Sicherheit ein.«

Seine Stimme klang seltsam weit weg, als würde er unter Wasser sprechen.

Stirnrunzelnd versuchte Bree, den Kopf zu wenden, aber dazu war ihr Hals zu geschwollen.

Sie keuchte vor Schmerzen.

»Zum Teufel, Mädchen.« Ruan schlug den Plaid zurück, um einen genaueren Blick auf sie zu werfen. »Du siehst schlimmer aus als Isobel!«

»Mir … geht es gut …«, versuchte sie zu krächzen, brach aber erschöpft ab. Es war zu schmerzhaft, fortzufahren.

Mit kühlen Fingern strich er ihr über die Stirn. »Bei allen Heiligen, du glühst ja, Mädchen. Merry, bereite die Pferde vor, wir brechen auf. Wenn wir uns beeilen, können wir bei Anbruch der Nacht am Gasthof sein.«

»Wir haben kaum Geld«, protestierte Isobel schwach, doch die Erwähnung eines Gasthofes belebte sie.

»Aye, aber wir brauchen Brees Pferd nicht, sie kann das Tier ohnehin nicht halten«, knurrte er, hob Bree sanft in den Sattel und stieg hinter ihr auf.

»Das ist ungerecht!«, beschwerte Merry sich laut, was einen neuen Streit nach sich zog. Merry probierte es mit jedem nur möglichen Argument, um das Pferd behalten zu können, worauf Ruan unerschütterlich einfach erwiderte: »Nein.«

Dankbar lehnte Bree sich an seine warme Brust, fand Trost in seiner tiefen Stimme und schloss sofort die Augen.

Erst spät am Abend öffnete sie sie wieder.

Es schneite noch immer, als sie ein kleines Dorf erreichten, das aus wenig mehr als dem Gasthof und zwei weiteren Gebäuden bestand. Zweifelnd betrachtete der Wirt Bree und wollte ihnen zunächst ein Zimmer verweigern, aber am Ende konnte er dem Tausch eines so feinen Pferdes gegen ein Zimmer und viel weniger Geld, als es wert war, nicht widerstehen.

Das Zimmer befand sich auf dem Dachboden, klein, aber sauber. Unter einer Traufe stand ein großes Bett und ein kleineres neben dem Kamin.

»Das ist mehr, als ich mir erhofft hatte, mein Junge«, seufzte Isobel und kroch dankbar in die Decken.

✳✳✳

Das Erste, was Bree bemerkte, war, dass sie schlucken konnte.

Dann, dass sie hören konnte.

Alles schien ungewöhnlich laut, das Gemurmel von Stimmen von unten, das sanfte Prasseln des Feuers und das gelegentliche Rascheln von Papier. Dicht neben ihr atmete jemand. Es war warm, trocken und gemütlich. Sie streckte sich und wackelte unter den rauen Leinenlaken dankbar mit den Zehen, bis sie auf etwas Warmes und Festes traf. Eine Weile genoss sie einfach die Hitze, bevor sie äußerst widerwillig ihre Lider hob, um ins Licht des späten Vormittags zu blinzeln.

»Fühlst du dich besser, *mo ceisd*?«, drang Ruans tiefe Stimme zu ihr, und sie sah überrascht auf.

Er lag mit halb offenem Hemd neben ihr auf dem Rücken ausgestreckt und blickte mit einer Mischung aus Erheiterung und Sorge auf sie herab.

Bree rieb sich die Wange, beschämt darüber, erneut auf seiner Brust geschlafen zu haben. Das entwickelte sich langsam zu einer Gewohnheit.

»Du warst die letzten Tage kaum bei Sinnen«, erklärte er, als sie keine Anstalten machte zu sprechen. »Fünf, um genau zu sein.«

Fünf? Ungläubig runzelte sie die Stirn. Sie war doch sicher nicht fünf Tage krank gewesen. Aber dann kehrten ungeordnete Erinnerungen zurück. Jemand hatte ihr etwas Heißes eingeflößt. Starke Hände hatten ihren schmerzenden Rücken gestreichelt, und eine sanfte Stimme hatte mehr als einmal »*mo ceisd*« geflüstert. Sie seufzte. Immer wieder nannte der Mann sie ein Problem, und sie war wohl auch eines. »Es tut mir leid, dass ich so eine Last bin.«

»Last?« Ruan schüttelte den Kopf. »Es ist nicht deine Schuld, dass du krank geworden bist.«

»Ich … bereite dir … eine Menge Probleme.« Unerklärlich schüchtern wandte sie den Blick ab.

»Aye«, erwiderte er leise lachend, »aber du scheinst von anderen zu sprechen als denen, an die ich gerade denke, mein Mädchen.«

Überrumpelt von seinem anzüglichen Ton wandte sie sich wieder seinen fragenden Augen zu. »Ich meinte nur … in letzter Zeit nennst du mich sehr oft ein … Problem …« Ihre Stimme erstarb.

»Ich nenne dich ein Problem?«, fragte er mit zusammengezogenen Brauen. Er schien aufrichtig verwirrt.

»Es ist nichts«, wiegelte Bree ab und schüttelte beschämt den Kopf.

»Nein, bitte, erkläre es mir«, beharrte Ruan. Er hob ihr Kinn an, zwang sie, seinem Blick zu begegnen. »Ich bin wirklich verwirrt, *mo ceisd …*« Er zögerte nur einen Augenblick, bevor seine Lippen sich zu einem breiten Lächeln verzogen. »Ach, ich habe dich nie ein Problem genannt, *mo ceisd*, kein einziges Mal.«

Bree runzelte die Stirn. »Du … hast es gerade zweimal getan.«

»Nein, habe ich nicht.« Seine Stimme wurde tiefer, als seine Hand in ihren Nacken glitt.

Die Berührung dieses Mannes war wie Feuer, lenkte sie ab und machte es schwierig, sich auf seine verwirrenden Worte zu konzentrieren. Er strich ihr sanft über Schulter und Arm, verschränkte ihre Finger mit seinen. Dann zog er ihre Hand auf seine Brust, schob sie unter sein Hemd, drückte ihre Handfläche auf seine nackte Haut. Sie zuckte zusammen und wurde feuerrot.

Dann beugte er sich dicht zu ihr und flüsterte: »*mo ceisd …* hat eine andere Bedeutung …«

Sie schluckte, ihre Hand lag noch immer auf seiner nackten Brust. Sie wusste, sie sollte sie bewegen, aber ihre Finger weigerten sich, sich zu rühren.

Er glitt halb auf sie, drückte sie in die Kissen. »Ich hätte es einfach auf Englisch sagen sollen, mein Herz.« Er drängte sich enger an sie, seine Lippen berührten ihr Ohr, heiß spürte sie seinen Atem an ihrem Hals. »Aye, so habe ich dich genannt … mein Herz.«

Bree hielt den Atem an, ihr Herz raste. Er blieb, wo er war, seine Lippen kitzelten sie am Hals. Es war einfach unmöglich, nachzudenken.

»Aye, *mo ceisd*.« Er holte tief Luft und zog langsam ihre Hand unter seinem Hemd hervor, blickte plötzlich reuevoll drein. »Ich hatte wirklich vor, es langsam angehen zu lassen mit dir, aber du machst es einem Mann sehr schwer.«

Sie wollte auf keinen Fall, dass er ging, aber sie war ein wenig unsicher, ob sie bereit für das war, was passieren könnte, wenn er blieb. Erneut spürte sie, wie sie rot wurde.

»Ich hole dir etwas zu essen«, murmelte Ruan, erhob sich und schnürte sich das Hemd zu. »Du musst dich ausruhen und zu Kräften kommen.«

Als sie ihm hinterherblickte, bewunderte sie insgeheim seine muskulöse Gestalt. Verwirrt über ihre Gedanken und noch immer erschöpft erlaubte sie ihren schweren Lidern, sich wieder zu schließen.

Als sie das nächste Mal erwachte, war die Sonne untergegangen. Von unten zog der Duft des Abendessens empor, begleitet von einem gelegentlichen lauten Lachen. Sie war allein. Ihr Kleid lag ordentlich gefaltet am Fußende des Bettes, und rasch schlüpfte sie hinein. Nach einigen Minuten des Zauderns traute sie sich die schmalen, knarrenden Stufen zum Schankraum des winzigen Gasthofes hinab.

In den Schatten hielt sie inne und musterte die geschäftige Szene. Alle Einheimischen schienen hier versammelt zu sein, Männer, Frauen und einige Kinder. Alle plapperten laut durcheinander und aßen etwas, das nach Haferbrei, Hering und Bannockbroten aussah. Die Vorstellung, das schon wieder zu essen, war wenig verlockend.

In der Ecke entdeckte sie Merry und Isobel neben einem älteren Mann, und dann sah sie ihn. Ruan war beinahe in der Mitte des Raumes, lehnte gemütlich an einem Tisch und lachte zu einer vollbusigen jungen Frau hinab, die sehr dicht bei ihm stand.

Brees Herz klopfte laut in ihren Ohren. Während sie zusah, kicherte die Frau und blickte mit einem verführerischen Schmollmund zu Ruan auf. Bree fühlte sich restlos betrogen und wirbelte herum, rannte die Stufen förmlich hinauf, während sich heiße Tränen hinter ihren Lidern sammelten.

Sie war eine Närrin.

Natürlich, bei all den wunderhübschen Frauen, die sich ihm unaufhörlich an den Hals warfen, konnte er kaum ein Interesse an jemandem wie ihr aufrechterhalten. Blindlings riss sie die Tür auf und stürzte in ihr Zimmer, nur, um augenblicklich von hinten umfangen zu werden.

»Ach, warum läufst du vor mir weg, Mädchen?« Ruan fasste sie um die Taille und drehte sie um, sodass sie ihn ansah.

»Tue ich nicht«, log sie und versuchte, sich ihm zu entziehen, aber er war zu stark.

»Ich bin kein Narr«, erwiderte er, und seine dunklen Augen glühten. »Ich weiß, dass du wenig Grund hast, mir zu vertrauen, aber das ist mehr als absurd! Ich habe kaum mit dem Mädchen gesprochen. Selbst wenn ich es getan hätte, wäre es nicht von Bedeutung.«

»Sie schien recht ... zufrieden«, presste Bree hervor, und eine steile Linie bildete sich zwischen ihren Brauen.

»Glaubst du, ich wüsste nichts von Treue?«, fragte er mit finsterem Blick. »Denkst du, ich bin so verzweifelt, dass ich mit jeder schlafe?«

Vielleicht war sie ungerecht, aber es war schwer, anders zu empfinden, wo sie für ihn doch nichts als eine Verpflichtung war. Er hätte sie nie selbst ausgewählt, außerdem war sie ziemlich unscheinbar. Bei diesem Gedanken brach sie in Tränen aus und versuchte, sich zu befreien. »Sie ist so hübsch!«

Als Ruan sie losließ, floh sie auf die andere Seite des Zimmers und wischte sich schniefend die Tränen von den Wangen. Sie fühlte sich verletzlich und dumm. Eine kurze Stille folgte, während der sie nicht wagte, ihn anzusehen. Doch schon bald hörte sie seine Schritte hinter sich. Starke Finger legten sich zärtlich um ihre Schultern, drehten sie erneut zu ihm herum. Er beugte sich hinab, um ihr ins Gesicht zu sehen.

Seine Miene wurde weicher. In seinen Augen stand ein amüsiertes Funkeln, als er antwortete: »Aye, ich nehme an, es gibt viele hübsche Mädchen, und ich werde noch viele von ihnen sehen, aber was auch immer sie sein mögen … Sie werden nie Bree sein.«

Als sie an all die zukünftigen hübschen Mädchen dachte, denen sie noch begegnen würden, runzelte Bree die Stirn und wandte sich ab. »Ich bin mir sicher, ich bin nichts im Vergleich zu … zu …«

»All den Frauen in meiner Vergangenheit?«, beendete er für sie und verzog verbittert den Mund.

Das war es nicht, was sie gedacht hatte. Als er es nun jedoch erwähnte, wollte sie seine Antwort darauf hören. Sie nickte.

»Nun ja, ehrlich gesagt … Ich kann mich kaum an sie erinnern, und ich will es auch nicht. Damals habe ich nur an mich gedacht und mich nie um den Schmerz geschert, den ich anderen zufügte.« In Ruans Augen lag eine Mischung aus Verlegenheit und Scham. »Ich habe dafür bezahlt, wieder und wieder – aber zu sehen, wie du an dir zweifelst, ist die schlimmste Strafe von allen, Mädchen. Wenn du nur wüsstest … Es ist wegen meiner Vergangenheit, dass ich dich umso mehr liebe und nur noch treuer sein werde. Ich weiß, wie kostbar du bist, und werde alles tun, um dich niemals zu verlieren.«

Es war eine gute Antwort, bei der ihr etwas wärmer ums Herz wurde.

»Ich werde den Rest meine Lebens versuchen, deine Vergebung zu erlangen.« Sanft strich er ihr mit dem Daumen über die Wange.

Das war nicht wirklich nötig, aber es gefiel ihr dennoch.

»Ich will nur Bree, du kleine Närrin, das misstrauischste Mädchen der gesamten Highlands«, versicherte er ihr mit einem Lächeln. »Warum sollte ich mir etwas anderes wünschen?«

Bei diesen Worten kam Bree ein neuer Gedanke, und damit drohten frische Tränen, und mit erstickter Stimme brachte sie hervor: »Aber du hast mich nicht gewählt!«

Ruans Gesichtsausdruck wurde milder. »Doch, das habe ich.«

»Du dachtest, ich wäre Aislin …«

Besänftigend legte er ihr einen Finger auf die Lippen und strich über ihre Arme, nahm ihre Hände in seine. »Es spielt keine Rolle, wie wir einander begegnet sind, aber eines weiß ich, Mädchen: dass ich dich gewählt habe. Ich erinnere mich sehr genau an den Tag, an dem ich das tat.«

Damit weckte er ihr Interesse.

»Aye«, murmelte er und zog sie enger an sich, ehe sein Tonfall sich zu einem heiseren Flüstern senkte, »als ich mit Robert weggeritten bin …« Ihm brach die Stimme, als er Roberts Namen aussprach.

Unwillkürlich hob Bree die Hand, um ihn kurz mitfühlend an der Schulter zu berühren.

Einen Augenblick verharrte er, dann fuhr er fort: »Aye, an jenem Tag … wusste ich, dass ich dich will. An jenem Tag habe ich entschieden, dass ich versuchen würde, dein Herz zu gewinnen, auch wenn … ich es nicht wert bin.«

Überrascht hielt sie die Luft an.

»Ich habe versucht, langsam um dich zu werben, *mo ceisd*«, sagte er reuevoll.

Stumm sahen sie einander an, und dann trat jener Ausdruck in seine Augen, bei dem ihr Herz jedes Mal schneller schlug.

Er beugte sich näher zu ihr und flüsterte stockend: »Worte sind nützlich, aber dann … dann gibt es Zeiten, in denen man einfach … fühlen sollte.« Heiß strich sein Atem über ihren Hals, dass ihr ein Schauer über den Rücken lief.

Wie in Trance sah sie seinen Mund näherkommen.

Dies war kein leichtes, zartes Streifen von Lippen – dieser Kuss war überwältigend sinnlich. Augenblicklich suchte seine Zunge Einlass, teilte mit erfahrener Kunstfertigkeit ihre Lippen, um ihren Mund so intensiv zu erkunden, dass ihr schwindelte. Ein merkwürdiges Gefühl ergriff Besitz von ihr, als sei sie lediglich eine Beobachterin, die einige Meter entfernt stand – denn sicherlich würde sie doch niemals so willenlos dahinschmelzen, würde niemals ihren Mund noch weiter öffnen, um ihm besseren Zugang zu gewähren. Sie verzehrte sich nach ihm, und all die Unsicherheiten und jegliche Eifersucht verschwanden einfach.

Irgendwie waren sie auf dem Bett gelandet. Er drückte sie in die Laken und streichelte ihre Hüfte, bevor er ihr das Oberteil öffnete. Zugleich bedeckte er ihren Hals mit Küssen, und ihr entschlüpfte ein kehliges Stöhnen. Seine Finger glitten, dicht gefolgt von seinem Mund, unter ihr Kleid und streiften es ihr über die Schultern. In ihrem Inneren brannten die außergewöhnlichsten Gefühle, und verlangend drängte sie sich ihm entgegen.

Plötzlich ertönte laut ein klatschendes Geräusch, und Ruan rutschte vom Bett.

Hastig strampelnd wich Bree ans Kopfende zurück und erblickte Merry, die einen Besen schwang und damit auf ihren Bruder einschlug. Der lag auf dem Bauch ausgestreckt auf dem Boden und schützte mit den Armen seinen Kopf.

»Merry! Hör auf!«, fuhr er sie an.

»Was für ein Ungeheuer bist du?«, kreischte Merry hysterisch und schlug immer wieder mit dem Besen auf ihn ein.

»Ach, Merry«, lachte Isobel von der Tür aus.

»Er hat Bree abgeleckt!«, schrie das Mädchen und warf sich auf Ruan, als er versuchte, sich zu bewegen.

Mit einer Schnelligkeit, die ihr Alter und ihre Leibesfülle Lügen strafte, entwaffnete Isobel den kleinen Wildfang geschickt und warf den Besen zur Seite.

Doch so leicht ließ Merry sich nicht unterkriegen. Wild um sich tretend und schlagend warf sie sich auf Ruan und stieß ihn erneut zu Boden. Er stürzte gegen das hölzerne Bettgestell und schlug sich hörbar den Kopf am Bettpfosten an.

»Zum Teufel!«, rief er. »Schafft sie runter von mir!«

Rasch unterdrückte Isobel ihr Lachen, packte Merry beim Ohr und zog sie von ihm herunter. »Merry, er hat nichts getan, was er nicht schon vor Wochen hätte tun sollen.«

»Aber es ist ekelhaft!«, widersprach Merry und wandte sich an Bree. »Er hat dir wehgetan!«

Eilig schüttelte Bree den Kopf. Trotz der demütigenden Situation konnte sie nicht zulassen, dass das kleine Mädchen glaubte, ihr Bruder habe ihr Schmerzen zugefügt.

Merry stand der Mund offen, und ein Blick puren Verrats trat auf ihr spitzes Gesicht. »Es hat dir gefallen?«

»Ach, Mädchen.« Isobel lächelte und schob Merry unsanft zur Tür. »Eines Tages wird auch dir die Liebe begegnen, und dann wirst du schon sehen, dass das etwas Gutes sein kann. Nun ist es Zeit fürs Essen.«

»Es ist abstoßend!«, rief Merry aus. »Ich werde niemals einem Mann erlauben, mich abzulecken!«

Die Tür fiel krachend hinter ihnen ins Schloss.

Bree atmete tief durch und schlüpfte wieder in ihr Mieder, wagte es nicht, Ruan anzusehen.

Mit einem übertriebenen Stöhnen rappelte er sich auf, bevor er sich vorbeugte und ihr einen Kuss auf den Scheitel drückte. »Ich sehe wohl besser nach dem kleinen Hitzkopf«, brummte er, fügte jedoch flüsternd hinzu: »Und, hat es dir gefallen?«

Sie wurde feuerrot.

Kapitel 20
Eifersucht

Tief durchatmend schloss Ruan leise die Tür hinter sich. Er war dankbar für Merrys Unterbrechung, er wollte mit Bree nichts überstürzen. Mit einem einzigen Blick dieser grünen Augen hatte sie seine Leidenschaft entfacht. Er verzog das Gesicht – ihm war es peinlich, dass er seinen Körper so wenig im Griff hatte. Im einen Augenblick war er wütend gewesen, aufgebracht über ihr mangelndes Vertrauen. Im nächsten hatte er auf ihr gelegen und war mit der Zunge die sanfte Rundung ihrer Schulter nachgefahren, von dem Wunsch beherrscht, sie so schnell wie möglich zu entkleiden.

Bei der Erinnerung daran beschleunigte sich sein Puls, und er konnte keinen klaren Gedanken mehr fassen. Mit den bloßen Händen wollte er ihr die Kleider vom Leib reißen, jeden Zentimeter ihrer Haut verschlingen und schreien, nicht aus Wut, sondern ob der puren Intensität dessen, was in ihm brannte. Aye, sie war ruhig und schüchtern, aber ihre Lippen versprachen eine Leidenschaft, wie er sie nie zuvor erlebt hatte.

Vorerst musste das jedoch warten.

Erst einmal war Merry an der Reihe.

Seufzend ging er zur Treppe.

Unten saß seine kleine Schwester mit Isobel in der Ecke, und als sie ihn erblickte, knallte sie ihren Krug laut auf den Tisch.

Einige Leute drehten sich zu ihnen um.

Ruan sah sie finster an. Bei Merrys derzeitiger Stimmung würden sie den Anwesenden wahrscheinlich gute Unterhaltung bieten.

Isobel lächelte, als er sich setzte, aber als sie Merrys düsteres Gesicht sah, murmelte sie eine Warnung: »Sei brav, Kleines.«

»Was hast du da mit ihr gemacht?«, fragte Merry geradeheraus und starrte ihn wütend an.

Unbehaglich rutschte Ruan auf seinem Stuhl umher und bat sie mit einer stummen Geste, leiser zu reden. Wartend musterte sie ihn von oben bis unten, und als das Schweigen unerträglich wurde, fuhr er sich mit der Zunge über die trockenen Lippen. »Gemacht?« Er schützte Unwissenheit vor, verzögerte das Unvermeidliche aber nur kurz.

Empört hob Merry eine Augenbraue, dann stand sie auf, baute sich vor ihm auf und fragte mit lauter, klarer Stimme. »Warum hast du Bree abgeleckt?«

Ruan zuckte zusammen. Er packte sie am Arm und zog sie zurück auf die Bank, während leises Gelächter im Raum zu hören war.

»Hör auf!«, verlangte er scharf, aber angesichts von Merrys aufrichtiger Bestürzung schmolz ihm das Herz. Sie hatte Angst. In der Verwirrung der letzten Wochen hatte er sie fast gänzlich ignoriert.

Er seufzte.

Aye, sie war seine kleine Schwester, die, für die er gekämpft hatte – aber auch der Grund für seine derzeitige Lage, fügte er im Geiste trocken hinzu. Er zog sie in eine liebevolle Umarmung. »Verzeih mir, Merry. In letzter Zeit war ich viel zu selbstsüchtig, und auch ein wenig abgelenkt.«

Einen Moment blieb sie noch angespannt, aber dann klammerte sie sich fest an ihn. »Aye.« Sie nickte, schob aber mit einem teuflischen Grinsen hinterher: »Aber dein ständiges Geglucke hat mir kein bisschen gefehlt.«

Ruan hob eine Augenbraue, insgeheim begeistert, sie lächeln zu sehen. »Geglucke?«

»Du bemutterst mich ganz schön, behandelst mich wie ein kleines Kind. Es ist gut, dass Bree dich ablenkt.« Augenblicklich erlosch Merrys gute Laune wieder, und abrupt zog sie sich aus seiner Umarmung zurück, stand von der Bank auf und sah ihn voller Abscheu an. »Aber ich hätte nie geglaubt, dass du sie ablecken würdest! Warum tust du so was?«

Ruan schüttelte den Kopf und holte tief Luft. Es würde nicht das letzte Mal sein, dass er bereute, dass Fearghus noch unter den Lebenden weilte. Hätte er bei ihrer letzten Begegnung nur mehr getan, als den Mann zu verwunden.

»Hast du … versucht, sie zum Weinen zu bringen?« Merry runzelte die Stirn.

»Nein!«, erwiderte er vehement.

Merrys Augen wurden groß und dunkel, und böse sah sie ihn an. »Ich hätte nicht gedacht, dass du je eine Frau verletzen würdest, selbst, wenn du betrunken wärst.«

Ruan beugte sich vor und legte ihr sanft eine Hand unters Kinn. »Ich habe viele Fehler begangen und viele Leute verletzt, aber nicht auf die Art, wie du denkst, Merry. Das schwöre ich. Wenn eine Frau einen Mann liebt, findet sie … Gefallen an diesen Dingen. Es bringt sie nicht zum Weinen.«

»Oh?« Merrys Lippen verzogen sich zu einem herausfordernden Grinsen. »Liebt Bree dich?«

Die Unterhaltungen im Raum verklangen, und mehr als eine Person spitzte die Ohren, um seine Antwort zu hören.

Entnervt stieß er den Atem aus.

Isobel rettete ihn, indem sie mit einer Hand winkte und auf Bree deutete, die am Fuß der Treppe verharrte.

»Bree, Liebes, setz dich«, rief die alte Frau, griff nach Merrys Handgelenk und zog sie zurück auf die Bank neben sich. Mit zusammengezogenen Brauen sandte sie dem Mädchen eine strikte Warnung zu, sich zu benehmen.

Ruan lehnte sich zurück und betrachtete Bree, als sie näherkam. Alles an ihr weckte seine Sinne, brachte selbst seine Atmung durcheinander, angefangen bei den braunen Locken, die ihr über die Schultern fielen, über die fein gezeichneten Lippen zu dem leichten, unbewussten Schwung ihrer Hüften, wenn sie ging. Einige Männer starrten sie länger an, als ihm lieb war, und er warf ihnen einen finsteren Blick zu. Schuldbewusst wandten sie sich wieder ihren Krügen zu.

Schüchtern setzte Bree sich neben ihn und nickte zur Begrüßung, während er seinen Blick über sie gleiten ließ. Begehren loderte in ihm auf. Er wollte sie an sich ziehen und seine Zunge zwischen diese süßen, leuchtend roten Lippen schieben.

Plötzlich explodierte in seinem Knie ein heftiger Schmerz und riss ihn aus seinen Gedanken. Fluchend wich er zurück, als Merry ihn ein weiteres Mal trat, wohl um ihren Standpunkt zu verdeutlichen.

»Bist du verrückt?«, zischte das Mädchen.

Ruan runzelte misstrauisch die Stirn und zog die Knie aus ihrer Reichweite. In diesem Moment wirkte sie weder verängstigt noch beunruhigt. Nein, in ihren braunen Augen brodelte Eifersucht.

Die Frau des Gastwirtes erschien. »Dieses Kleid, nach dem du gefragt hast ...«, wandte sie sich an Isobel und tippte sich mit dem Finger ans Kinn. »Ellyn ist genauso groß, und sie hat ein oder zwei Kleider, die ganz gut wären.«

»Bree ist ein wenig kleiner, schlanker.« Isobel schürzte die Lippen, während beide Frauen Bree nachdenklich musterten. »Es muss aber richtig warm halten. In den Bergen schneit es schon.«

Verwirrt runzelte Bree die Stirn.

Lächelnd beobachtete Ruan sie unter halb geschlossenen Lidern hervor und lehnte sich zurück, um seine dreiste Begutachtung fortzusetzen, als ein scharfer Schmerz in seiner Hand seine Aufmerksamkeit erneut auf Merry lenkte. Das Biest hatte ihn mit der Spitze ihres stumpfen Messers gestochen.

»Hör auf, Merry!«, fuhr er sie an. »Du hast keinen Grund, eifersüchtig zu sein.«

»Eifersüchtig? Auf Bree?« Merrys Nasenflügel bebten. »Ich mag Bree.«

»Was ist dann dein Problem?« Ruan funkelte sie an und rieb sich die Hand. Es fehlte nicht viel, und die Wunde hätte geblutet.

»Du!«, schleuderte sie ihm entgegen, den Tränen nahe. »Ich kann dich nicht mehr ausstehen!«

Früher hätte er sie einfach an sich gezogen und eine Umarmung hätte den Schmerz vertrieben. Diese neue Merry jedoch war kompliziert. Er hatte nicht die geringste Ahnung, was sie meinte oder was hinter diesen funkelnden Augen vorging. Jetzt regte sich sein eigenes Temperament, und er sah sie böse an. »Bei allen Heiligen, Merry! Das ist nicht der richtige Zeitpunkt, sich in eine verdammte Frau zu verwandeln. Bree setzt mir schon genug zu. Ich kann mir nicht auch noch den Kopf darüber zerbrechen, was mit dir los ist.«

Bei diesen Worten runzelte Bree leicht die Stirn. »Zusetzen?«

Er blinzelte. »Ich meinte nur … du bist … manchmal ein wenig … verwirrend …«

Sie wandte den Blick ab.

»Aye, ich habe gehört, wie du sie aufdringlich und nervenaufreibend genannt hast«, verkündete Merry.

Brees grüne Augen blitzten.

Entsetzt wandte Ruan sich an seine Schwester: »Bist du verrückt?«

»Ich habe genau gehört, wie du das zu Ewan gesagt hast, bevor du mit den anderen gegen Fearghus geritten bist«, erwiderte Merry mit feindselig gerecktem Kinn. »Bestreitest du das?«

»Ich weiß doch jetzt nicht mehr, was ich damals vielleicht gesagt habe«, gab Ruan zurück. Finster sah er seine kleine Schwester an, bevor er sich an Bree wandte: »Und ich bin mir sicher, ich meinte nur, dass du … gelegentlich … nervenaufreibend bist … aber nicht wie ihr beide das denkt!«

Bree kniff die Lippen zusammen und hüllte sich in Schweigen, doch dann atmete sie tief durch und nahm sich vom Bannockbrot.

»Tja, über die anderen Frauen, von denen du sagst, dass du mit ihnen zusammen warst, habe ich dich nie klagen hören,

Ruan«, flötete Merry, und ihre dunklen Augen verengten sich boshaft.

Bei der Erwähnung anderer Frauen verkrampften sich Brees Hände unmerklich, und Ruan zog die Brauen drohend zusammen. »Merry! Jetzt gehst du wirklich zu weit. Es gibt keinen Grund für solche Unverschämtheiten.«

»Du hast doch selbst immer wieder gesagt, dass du viele, viele, viele Frauen hattest …«

»Viele, viele, viele?«, wiederholte Ruan und schlug mit der Faust auf den Tisch. »Welcher Teufel reitet dich, Mädchen?«

Zu seiner Überraschung schloss Merry augenblicklich den Mund. Dann schluckte sie und brach in Tränen aus. Tröstend legte Isobel dem kleinen Mädchen eine Hand auf die Schulter und schürzte missbilligend die Lippen, und selbst Bree warf ihm einen bösen Blick zu.

Ratlos starrte er die drei an und stand abrupt auf.

Ein hastiger Blick in die Runde bestätigte, was er vermutet hatte: Er sorgte allein für die Unterhaltung des gesamten Schankraums. Kalt erwiderte er das Starren und verbeugte sich überschwänglich. Dann trat er die Tür auf und ging laut fluchend über den Hof zu den Ställen.

Wenigstens konnte er aus Pferden schlau werden.

***

Selbst über den Tisch hinweg spürte Bree die Hitze von Merrys Wut. Mit finsterer Miene streckte die Kleine Ruans verschwindendem Rücken die Zunge heraus.

»In letzter Zeit bist du richtig streitsüchtig«, tadelte Isobel und kniff Merry in die Wange. »Es ist Zeit fürs Bett.«

»Ich bin nicht müde«, beschwerte sich Merry.

»Aye, aber für heute hast du Ruan genug gequält«, antwortete Isobel schmunzelnd. Sie erhob sich und zwang auch Merry, aufzustehen. »Es ist Schlafenszeit, du kannst ihn morgen früh wieder ärgern.«

Da Bree nicht allein unten bleiben wollte, folgte sie den beiden zu ihrem Zimmer im Dachgeschoss.

Es war ein verwirrender Tag gewesen.

Unter anhaltendem Protest wurde Merry ins Bett gesteckt, und Isobel legte sich mit einem lang gezogenen Seufzen neben sie. Aus dem Schankraum drangen Geräusche zu ihnen herauf, als Bree unter die Decken schlüpfte. Jemand begann zu singen. Andere klatschten in die Hände, und sie fragte sich, was Ruan gerade tat – und mit wem. Gerade als ihre Vermutungen düsterere Züge annahmen, öffnete sich langsam die Tür, und Schuldgefühle überkamen sie. Sie war wirklich ein schrecklich misstrauisches Mädchen. Hastig drehte sie sich um und stellte sich schlafend.

Er stolperte ein wenig in der Dunkelheit, fluchte leise und ließ ein kleines Bündel auf das Bett fallen.

»Hier hast du ein wärmeres Kleid und Schuhe«, erklärte er knapp. »Ich bin kein wohlhabender Mann, aber wenigstens sind die Sachen neu.«

Zögernd setzte Bree sich auf.

Sie hatte noch nie etwas Neues besessen. Mit einer Fingerspitze fuhr sie über das Gewebe des Stoffes und wusste nicht, was sie sagen sollte.

»Du kannst sie morgen früh anprobieren«, gähnte Ruan, streckte sich neben ihr aus und verschränkte die Arme unter dem Kopf. »Wir brechen im Morgengrauen auf.«

Gedankenverloren strich sie über die Schuhe und versuchte, den Mann neben sich zu verstehen. Kurz darauf wanderten ihre Gedanken erneut in Richtungen, die sie in letzter Zeit immer öfter beschritt. Seine dunklen Augen, die starken Konturen seines Kiefers, wie ihr in seiner Nähe das Blut in den Adern prickelte. Wie sollte sie nur schlafen?

Zu ihrer äußersten Verärgerung schlief er sofort ein.

Verbittert rutschte sie so weit weg von ihm, wie sie konnte, und presste das Bündel an ihre Brust.

Sie erwachte vom Klang von Isobels Stimme, die Merry befahl, aufzustehen.

»Warum mussten wir das Pferd verkaufen?«, murrte Merry und kämpfte mit ihrem Kleid. Als ihr Kopf im Halsausschnitt erschien, fügte sie spitz hinzu: »Ich kann es immerhin reiten.«

Bree setzte sich langsam auf. Ruan war nirgends zu sehen.

An der Tür stand Isobel und hatte ihre Habseligkeiten bereits zu einem Bündel geschnürt. »Bree, Liebes, bring unseren kleinen Drachen runter, wenn sie fertig ist. Es wird Zeit, dass wir uns auf den Weg machen.«

»Ich bin fertig«, murrte Merry, stampfte hinter Isobel her und knallte die Tür zu.

Als Bree ihre Beine aus dem Bett schwang, ratterten die Fensterläden unter einem kalten Windstoß. Fröstelnd blies sie sich auf die Finger und schüttelte das neue Kleid aus. Es war blau und aus dicker Wolle gemacht. Ein Paar grüner Strümpfe rollte auf den Boden neben die Lederschuhe. Eilig zog sie sich an und starrte fasziniert auf die neuen Schuhe, die unter dem Saum des Kleides hervorblitzten. Sie lächelte, dachte an Ruan und die Art, wie sich feine Fältchen um seine Augen bildeten, wenn er lachte.

Da wurde plötzlich die Tür aufgestoßen, und Merry kam hereinmarschiert. Mit einem Tritt schloss sie sie unsanft hinter sich und schrie: »Du betrügerische, jammernde, strohdumme Made!«

Trotz ihres Schocks spürte Bree ihre Mundwinkel zucken.

Das trug ihr von Merry einen bösen Blick ein.

»Du bist ihm so ähnlich«, bemerkte Bree schließlich.

Das Mädchen verschränkte die Arme und blickte missmutig drein.

Brees Lächeln wurde breiter.

Für einen Augenblick sah es so aus, als wollte Merry gleich wieder verschwinden, doch dann schlich sie zur Bettkante und knetete hinter dem Rücken nervös ihre Finger.

»Er liebt dich mehr als alles andere auf der Welt, Merry«, versicherte Bree ihr sanft. Als die Augen des Mädchens aufleuchteten, wusste sie, dass sie die Wurzel des Problems erkannt hatte.

Sie seufzte. »Er weiß einfach nicht, was er mit mir anfangen soll. Er hat ein gutes Herz, und jetzt … hat er mich am Hals.«

»Sieh zu, dass er sich nicht in dich verliebt«, flüsterte Merry. Ihre Worte waren barsch, aber ihr Tonfall flehend, als sie sich nach vorn warf und Bree die dünnen Arme um den Hals schlang.

Vom Fuß der Treppe erklang ein schriller Pfiff.

»Isobel will, dass wir runterkommen«, murmelte Merry. Sie nahm Bree bei der Hand und zog sie die Stufen hinab.

Bis auf Isobel war der Schankraum leer. Wortlos zeigte sie auf zwei Schüsseln mit Haferbrei, beobachtete jedoch mit einem zufriedenen Funkeln in den Augen, wie sich Merry an Bree klammerte. Klugerweise enthielt sie sich jedes Kommentars. Sie hatten fast aufgegessen, als die Tür sich öffnete und Ruan eintrat. Im ersten Moment sah er sie nicht und schritt zum Gastwirt, um sich von ihm und seiner Frau zu verabschieden, aber dann drehte er sich um und erblickte Bree. Bei dem Ausdruck, der sich nun auf sein Gesicht legte, durchlief sie ein warmer Schauer. Anerkennend musterte er das blaue Kleid und die Lederschuhe. Dann sprang Merry auf und verstellte ihm die Sicht, und Bree senkte den Kopf.

Als sie aufschaute, war er weg.

Seufzend folgte sie Merry aus der Tür und wickelte sich fest in ihren Plaid.

Die zwei verbliebenen Pferde waren gesattelt und aufbruchbereit. Stöhnend stieg Isobel auf. »Ich bin froh, wenn dieser Tag vorbei ist.«

»Wieso darf ich nicht allein reiten?«, murrte Merry und stampfte mit dem Fuß auf. Erschrocken quiekte sie auf, als ihr Bruder sie packte und kurzerhand hinter Isobel in den Sattel warf.

»Du reitest mit Isobel, Mädchen«, beschied ihr Ruan knapp. »Und dabei bleibt es.«

Bei seinem drohenden Blick hielt Merry den Mund, aber ihre Miene war nicht weniger finster, als er sich gekonnt hinter Bree in den Sattel schwang.

Bree unterdrückte ein Seufzen. Es versprach, eine elende Reise zu werden – nicht wegen des Wetters, das widersinnigerweise hell und freundlich war, sondern wegen Merrys giftiger Laune und der verstörenden Nähe zu Ruan. Auch wenn das Vieh eine Ausgeburt der Hölle gewesen war, bedauerte sie plötzlich den Verlust ihres Pferdes. Beinahe alles wäre besser gewesen, als dem intensiven Hass ausgesetzt zu sein, den Merry ausstrahlte, während Bree auf Ruans Schoß saß.

In der kühlen Morgenluft machten sie sich auf den Weg. Über ihren Köpfen zog ein Reiher gemächlich seine Kreise, die langen Beine ausgestreckt, und einige Zeit lang folgte ihnen das Tier neugierig. Sie verließen den Wald und ritten hinaus in eine öde Wildnis, und lange Zeit sah sie nichts außer vereinzelten Spuren von Kaninchen und Rehen.

»Nun, es ist eine raue Gegend«, bemerkte Ruan, der scheinbar ihre Gedanken erahnte, »aber auch auf ihre eigene Art schön.«

Stirnrunzelnd suchte Bree auf der weiten Fläche von braunem Heidekraut und Schlamm nach Zeichen von Schönheit, während der kalte Wind ihr ins Gesicht blies.

Ruan lachte. »Dein Schweigen klingt nach Widerspruch.«

»Was ist so lustig?«, rief Merry von hinten und reckte den Hals, um an Isobels fülligem Leib vorbei einen besseren Blick auf sie zu erhaschen.

Ruan antwortete nicht. Stattdessen trieb er sein Pferd vorwärts, und sobald sie ebenen Untergrund erreichten, fiel die Stute in einen lang gestreckten Galopp, wodurch sie eine große Entfernung zurücklegten. Am Abend hatten sie die öde Heide hinter sich gelassen und ritten einige Zeit neben einem Fluss entlang, der in eine weitere Bucht mündete. Hier war die Landschaft grün, und zwischen vereinzelten Kiefern lag nur wenig Schnee.

Die Sonne stand bereits tief am Horizont, als sie ein kleines Dorf erreichten, wo einige Bewohner grüßend die Hände hoben. Ein älterer Mann rief Ruans Namen, als sie vor einem großen Hof die Zügel anzogen.

»Es tut gut, dich zu sehen, Junge«, grinste der Mann und enthüllte einige Zahnlücken. »Es ist schon viel zu lange her.«

»Aye«, entgegnete Ruan lachend, als er abstieg und dem anderen Mann einen Arm um die Schulter legte. Gemeinsam gingen sie zur Seite des fensterlosen Gebäudes, als einige junge Mädchen daraus hervorkamen. Bree glitt steif aus dem Sattel und geriet ein wenig ins Stolpern, als ihre Füße den Boden berührten, doch Isobel war zur Stelle und stützte sie am Ellbogen.

»Komm rein, Liebes.« Die Frau nickte aufmunternd. »Das ist meine Familie.«

Den Rest des Abends verbrachte Bree wie in einem Nebel.

Die bescheidene Hütte füllte sich mit Familienmitgliedern aus drei Generationen – es waren so viele, dass Bree nicht mehr mitzählen konnte. Eines der Mädchen reichte Schüsseln mit Haferbrei und etwas Fleisch herum, und brav aß Bree mehrere Bissen, immer wieder unterbrochen von Gähnen. Sie ließ zu, dass ihr die schweren Lider zufielen, nur für einen Moment, und erwachte einige Zeit später von einem angenehmen Brummen unter ihrem Ohr.

»Aye«, erklärte Ruan herzhaft lachend, »das war sicher nicht mein bester Moment.«

Auch Isobel und einige andere versuchten, ihre Belustigung zu unterdrücken.

»Ach, jetzt hast du das Mädchen geweckt, mein Junge«, tadelte Isobel. Sie beugte sich vor, um Bree eine Locke aus dem Gesicht zu streichen.

Blinzelnd setzte Bree sich langsam auf. Sie saß auf dem Boden neben Ruan und hatte an seiner Brust geschlafen. Sie runzelte in schlaftrunkener Verwirrung die Stirn.

»Lasst uns schlafen gehen.« Isobel kämpfte sich auf die Füße. »Wir sollten im Morgengrauen aufbrechen, auch wenn ich zu gern ein wenig bleiben würde. Vielleicht beim nächsten Mal.«

Gähnend legte Ruan eine Hand auf Brees Schulter und zog sie zärtlich zurück an seine Seite.

Bree lag still, sie war müde und fühlte sich sicher. Sie kuschelte sich dichter an ihn und strich mit ihrer Hand über seine Brust, ohne zu merken, dass ihre Finger unter sein Hemd geglitten waren, bis ihr die Hitze seiner nackten Haut bewusst wurde. Abrupt öffnete sie die Augen, als er hörbar die Luft anhielt, aber er schob ihre Hand nicht fort. Unter ihren Fingern konnte sie spüren, wie sein Herz schneller schlug, und es war merkwürdig tröstend, zu entdecken, dass er sich gar nicht so sehr von ihr unterschied. Keiner von beiden sprach oder bewegte sich, und schließlich schlossen sich ihre Lider wieder, und sie erlag der unwiderstehlichen Verlockung des Schlafes.

Als der Tagesanbruch den Morgenhimmel rosa färbte, saß Bree erneut auf dem Rücken eines Pferdes, Ruan fest und unverrückbar hinter ihr. Merrys Stimmung hatte sich noch weiter verschlechtert. Zum fünften Mal an diesem Morgen trieb sie Isobels Pferd mit einem Tritt in die Flanken vorwärts, zwang das Tier, seinen Gang zu beschleunigen, um sich vor Ruan zu drängen, damit sie sich herumdrehen und ihn giftig ansehen konnte.

»Schluss damit, Merry«, ertönte Ruans tiefe Stimme.

Merry antwortete nicht, warf nur das Haar zurück und rümpfte abfällig die Nase. Einige Minuten später bedachte sie Bree mit einem finsteren Blick über die Schulter.

»Merry!«, warnte Ruan.

»Du musst sie nicht so halten«, bemerkte das Mädchen bissig.

»Ich halte sie … auf keine besondere Weise«, knurrte Ruan zur Antwort, während im selben Moment seine Finger langsam auf Brees Hüften auf und ab glitten. »Und selbst wenn ich es täte, ginge dich das nichts an.«

Merry Nasenflügel bebten.

Eine Zeit lang ritten sie schweigend dahin, während Isobels Pferd allmählich langsamer wurde, bis sie nebeneinander waren.

Ohne Vorwarnung trat Merry scharf zu, und dieses Mal traf sie Ruan direkt am Schienbein.

»Du verdammtes kleines Biest!«, brüllte er.

Merry lächelte sichtlich zufrieden.

Mit einem entnervten Schnauben trieb Ruan sein Pferd zu einer schnelleren Gangart an, um aus der Reichweite seiner Schwester zu entkommen. Immer weiter ritten sie gen Süden, über weite Heideflächen und steile Abhänge hinab. Verbissen richtete Bree ihre Aufmerksamkeit auf die Landschaft, um die verstörende Hitze auszublenden, die der Mann hinter ihr verströmte. Nach einigen Stunden wurde das, was sie zunächst als düster und grau empfunden hatte, auf rustikale, wilde Art faszinierend. Der Geruch von feuchtem Laub und das Rauschen der Nadelbäume waren beinahe tröstlich. Sie lächelte. Die Langeweile musste ihr den Kopf verdreht haben.

Dann begann Ruan zu sprechen, fragte sie über ihre Kindheit aus, über die Dinge, die sie mochte. Zuerst war sie schüchtern, aber mit der Zeit wurde ihre Unterhaltung gelöster, und ihr wurde warm ums Herz. Einige Male hielten sie an, um den Pferden eine Pause zu gönnen und Bannockbrot und Äpfel zu essen. Lachend erzählten sie einander von sich, und jeder erfuhr Dinge über den anderen, die ihn überraschten.

Merry starrte nur böse zu ihnen herüber und kaute wortlos ihren Apfel.

Als der Nachmittag voranschritt, begann der Wind wieder aufzufrischen und peitschte immer wieder schmerzhaft eisige Schneeflocken gegen ihre Wangen. Am Ufer einer kleinen Bucht machten sie Rast, und Ruan überlegte kurz, dort das Lager für die Nacht aufzuschlagen, gab dann jedoch Merrys Drängen nach, weiterzureiten. Sie hatte zu große Angst vor den Kelpies im Wasser.

Die Sonne stand tief am Horizont, als sie endlich vor einem winzigen Steinhäuschen anhielten, das inmitten von rauschenden Kiefern stand. Das ältere Paar, das dort lebte, begrüßte Ruan wie einen Sohn und versuchte hartnäckig, sie dazu zu bewegen, etwas von ihrem dürftigen Abendessen anzunehmen, doch davon wollte Ruan nichts wissen. Nachdem die Frauen für die Nacht sicher in der kleinen Scheune in der Nähe einquartiert waren, verbrachte er noch mehrere Stunden damit, Torf zu sammeln und einen Zaun zu reparieren, bis er in der Dunkelheit nichts mehr erkennen konnte.

Bei Einbruch der Nacht breitete Isobel ihren Plaid im Heu aus, gleich neben einer großen Kuh, die gemächlich ihr Futter wiederkäute. Mit einem übertrieben lauten Seufzen ließ sie sich darauf nieder.

Erschöpft streckte sich Bree neben ihr aus und kuschelte sich in ihren Plaid, während Merry sich dicht an sie schmiegte. Sie konnte ein Lächeln nicht unterdrücken. Sobald Ruan außer Sichtweite war, zeigte das kleine Mädchen keine Spur mehr von Eifersucht. Der Gedanke an Ruan führte zu weiteren, und nur wenige davon hatten nichts mit seinem eindringlichen Kuss und feurigen Berührungen zu tun. Beschämt, dass sie über solche Dinge nachdachte, schloss sie fest die Augen, konnte jedoch einfach nicht einschlafen.

Es war spät, als Ruan endlich kam, wobei er einige Hühner aus ihrem Schlaf aufschreckte. Gackernd sträubten sie ihr Gefieder, während er sich reckte und sich dann neben Bree niederließ. Fürsorglich breitete er seinen Plaid über sie beide.

Innerhalb weniger Augenblicke war er eingeschlafen.

Bree wartete, bis sein Atem in einen gleichmäßigen Rhythmus übergegangen war, bevor sie der Versuchung erlag, sich zu ihm umzudrehen. Die Wolken hatten sich gelichtet, und fahles Mondlicht fiel durch die offene Tür. Ein wenig schuldbewusst starrte sie ihn an. Er sah ungewöhnlich gut aus. Sie stützte das Kinn in die Hand und gab sich ihrer Neugierde hin, fragte sich, wie es sich anfühlen würde, das Objekt seiner Begierde zu sein. Seine geschwungenen Lippen verlockten dazu, sie zu berühren. Schließlich gab sie der Versuchung nach und strich zaghaft mit einem Finger darüber.

Erst nach und nach wurde sie sich bewusst, dass seine Augen offen waren.

Plötzlich beschämt rutschte sie hastig weg, aber er schob ihr eine Hand ins Haar und brachte ihr Gesicht zurück zu seinem. Er ließ die Finger in ihren Nacken gleiten, zog sie langsam zu sich herunter. Mit der ersten Berührung seiner Lippen schmolz jeglicher Widerstand ihrerseits dahin.

Es war ein langsamer Kuss, anders als die leidenschaftliche Eroberung zuvor und doch mit noch stärkeren Auswirkungen. Wild pochte ihr Herz, als seine Lippen ihre mit unvergleichlicher Zärtlichkeit bedeckten, und ihr Mund öffnete sich wie von allein. Er ließ sich Zeit, erkundete ihre Lippen, und sie verlor sich völlig in den Empfindungen, die er in ihr weckte. Als seine Hand über ihren Rücken glitt, erbebte sie unwillkürlich und konnte ihn an ihren Lippen lächeln spüren.

Es reichte aus, um den Zauber zu zerstören.

Mit hochroten Wangen zog sie sich zurück.

Ruan setzte sich auf, legte den Arm über die Knie. Eine Weile starrte er sie wortlos an, bevor er flüsterte: »Es ist ohnehin besser so, Mädchen. Das ist die falsche Zeit und der falsche Ort dafür.«

Während sie zusah, wie er nach draußen ging, breitete sich eine Mischung aus Erleichterung und Enttäuschung in ihr aus. Ihre Gedanken rasten noch immer, als er einige Zeit später an ihre Seite zurückkehrte. Nachdem er sie besitzergreifend in seine Arme gezogen hatte, schlief er ein. Zu ihrer Überraschung wurden auch ihr die Lider schwer, und mit einem Gefühl absoluter Sicherheit war auch sie bald eingeschlafen.

Keuchend schreckte Bree hoch.

Das Wasser war so kalt, dass es auf ihrer Haut brannte.

Ruan sprang auf die Füße und schüttelte sein nasses Haar aus. Mit einer blitzschnellen Bewegung zog er seinen Dolch, nur um ihn gleich wieder wegzustecken, als er Merry erblickte, die einen leeren Eimer in den Händen hielt.

»Zum Teufel!«, donnerte Ruan. »Warum? Warum, Merry? Warum?«

»Ihr habt verschlafen«, flötete sie fröhlich, aber ihre Brauen waren zu einer missbilligenden Linie zusammengezogen. »Es ist längst Tag.«

Das entsprach nicht ganz der Wahrheit – der Himmel draußen wurde gerade erst heller.

Bree begann, ihre Röcke auszuwringen. Zum Glück hatte sie nur wenig von dem Wasser abbekommen. Aus dem Augenwinkel beobachtete sie Bruder und Schwester. Ruan blickte finster drein und schüttelte erneut sein nasses Haar. Er war bis auf die Knochen durchnässt, hatte den größten Teil des Angriffs abbekommen. Dann stürzte er sich auf seine Schwester.

Merry blieb tapfer stehen, deutlich länger, als sonst jemand es unter diesen Umständen gewagt hätte, aber kurz bevor Ruan sie erwischte, schleuderte sie den Eimer in seine Richtung und ergriff die Flucht. Mühelos wich Ruan dem Wurfgeschoss aus, rannte ihr nach und fing sie mit einem starken Arm ein.

»Schluss damit!«, rief er streng. »Ich lasse nicht zu, dass du dich so aufführst.«

»Ich wünschte, du wärst ihr nie begegnet«, zischte Merry und ballte die Fäuste. »Von Anfang an hast du nur Augen für sie gehabt, und jetzt ist es noch schlimmer. Der Rest von uns ist dir völlig egal!«

Ihr Kinn bebte, in ihren weit aufgerissenen Augen standen ungeweinte Tränen, und Ruans Ärger löste sich sichtlich in Nichts auf. Schwer seufzend nahm er sie in die Arme.

»Das ist nicht wahr, Merry«, sagte er schließlich. »Ich werde dich immer lieben, ich bin nur etwas … Du musst Geduld haben. Es gibt Zeiten, in denen du mich einfach mal in Ruhe lassen musst, mein Mädchen.«

Merrys Rücken versteifte sich, und erneut trat sie ihm vors Schienbein. »Dann kümmert es dich gar nicht wirklich. Du glaubst nicht, dass du im Unrecht bist.«

»Das bin ich auch nicht!« Er jaulte vor Schmerz.

»Doch, bist du!«, schrie sie. »Ich bin immer noch deine Schwester. Du würdest nicht einmal bemerken, wenn der MacDonald käme und mich holen würde, du siehst nur Bree!«

Ruan wurde blass und erwiderte nichts. Da betrat Isobel die Scheune.

»Was soll dieses Geschrei, Junge?«, fragte sie mit besorgt gerunzelter Stirn.

Merry schob sich an ihr vorbei nach draußen, und einen Augenblick später folgte Ruan ihr ohne ein Wort. Isobel blieb nichts anderes übrig, als Bree neugierig anzusehen, die noch immer mit ihren nassen Röcken kämpfte.

»Aye«, brummte Isobel schließlich, »die klären das schon, mein Mädchen. Jetzt lasst uns aufbrechen, es sieht nach Schnee aus.«

Sie sagten dem alten Ehepaar Lebewohl und stiegen auf ihre Pferde. Den Rest des Vormittags waren sowohl Bruder als auch Schwester ungewohnt still, und so ritten sie schweigend. Am frühen Nachmittag waren sie gerade zum Fuß eines Hügels und in ein kleines Wäldchen galoppiert, als Ruan auf einen leise plätschernden Bach deutete.

»Wir tränken die Pferde«, erklärte er knapp.

Es war ein recht malerisches Tal. Die knorrigen Bäume wiegten sich sanft im kalten Wind, und einige Rehe hoben mit träger Neugier ihre Köpfe und beobachteten sie eine Zeit lang aus sicherer Entfernung, bevor sie weiterästen.

Bree erschauerte leicht in der Kälte und massierte sich den steifen Nacken, als sie ein seltsames Pfeifen vernahm, gefolgt von einem dumpfen Aufschlag, bei dem sie alle hochschreckten.

Sprachlos starrte sie auf den gefiederten Schaft eines Pfeils, der zitternd im Stamm eines schlanken Baums steckte, bevor Ruan sie mit einem Warnschrei auf den Boden warf.

Um sie herum ertönten weitere dieser pfeifenden Einschläge, und dann war Ruan auf seinem Pferd. Tief über den Hals des Tieres gebeugt schwang er seinen Dolch, als wie aus dem Nichts drei Männer auftauchten, die sich mit Tüchern vor dem Gesicht unkenntlich gemacht hatten. Er trieb sein Pferd mitten zwischen die Angreifer, sprang ab und rang einen von ihnen zu Boden. Die beiden anderen fielen zurück, bemüht, dem verängstigten Tier aus dem Weg zu gehen, bevor sie sich sammelten und von Neuem auf sie losgingen.

Bree hatte keine Zeit, sich zu fürchten. Stattdessen überlegte sie mit kühlem Kopf und hob einige scharfkantige Steine auf, um sie zu werfen. Eins ihrer Geschosse traf sein Ziel und traf mit einem ekelerregenden Geräusch einen der Männer am Kopf.

Orientierungslos taumelte er in ihre Richtung. Plötzlich zählte nur noch ihr eigenes Überleben, und sie versuchte verzweifelt zu entkommen.

Fluchend stürzte der Vermummte auf sie zu und hob sein Schwert, aber dann war Ruan da und rammte ihm die Klinge so tief in den Rücken, dass sie vorne aus dem Bauch des Mannes wieder heraustrat. Vergeblich griff der Mann danach, bevor er ohne ein Wort zu Boden sank.

Es war fast so schnell vorbei, wie es begonnen hatte. Isobel kauerte noch immer in der Nähe und hielt Merry in einer schützenden Umarmung, beide still und blass. Eine Zeit lang stand Ruan einfach da. Blut tropfte von seinem Schwert. Dann stöhnte einer der Männer, und langsam ging er hin, kniete sich neben ihn und zog mit sichtbarem Widerwillen das Tuch vom Gesicht des Angreifers.

Mit einem Fluch auf den Lippen fuhr er zurück und wurde kreidebleich.

Bree trat näher, und das Herz klopfte ihr bis zum Hals.

Dort im feuchten Gras lag Gerland, Ruans Neffe, und Blut rann ihm aus dem Mundwinkel.

»Ich bin verflucht«, presste Ruan zwischen zusammengebissenen Zähnen hervor. Er zog den anderen beiden Männern die Tücher von den Gesichtern und stöhnte. »Das sind meine eigenen Clansleute!«

»Ruan.« Gerland schnappte nach Luft, hob schwach eine Hand.

Langsam kehrte Ruan zu ihm zurück, um sich steif an seine Seite zu knien.

»Aye«, ächzte Gerland und stieß ein keuchendes, bitteres Lachen aus. »Du hast Dunvegan schon immer gewollt. Jetzt stehen dir nur noch Michael und Tormod im Weg.«

Ruans dunkle Augen weiteten sich vor Überraschung. »Ich habe es nie so sehr gewollt, dass ich dafür den Mord an meiner eigenen Familie in Kauf nehmen würde«, flüsterte er heiser.

Gerlands Kiefer spannte sich an, als er vor Schmerzen die Zähne aufeinanderpresste. Blut quoll zwischen seinen Fingern hervor, die er an die Brust gedrückt hielt. Die Wunde war tödlich, und sie alle wussten es. Schließlich gelang ihm ein grimmiges Lächeln. »Jetzt weiß ich das, Onkel. Nein, ich habe es immer gewusst. Ich war … zu schwach, um gegen Vater aufzubegehren … Ich möchte dich um Vergebung bitten, ehe ich diese Welt verlasse.«

»Ich sollte dich darum bitten«, wandte Ruan bewegt ein und legte seine Hand auf die zitternden Finger seines Neffen. »Ich habe nichts als den Tod über uns alle gebracht. Robert, Albin …«

»Nein, hör zu«, unterbrach ihn Gerland. Mühsam hob er den Kopf und fügte hinzu: »Ihr Tod lastet auf Vaters Schultern, nicht auf deinen. Tormod hat Männer aus dem Norden angeheuert, damit sie den Bauernhof niederbrennen, sodass es nach Fearghus aussieht … Der Plan war, dich und Robert zu töten, aber gelungen ist es ihnen nur bei Robert. Ich war dabei, als Vater ihn erstochen hat, es war nicht Fearghus … Vater war es!« Er hob eine Hand, krallte sie fest in Ruans Hemd. »Dieses Blut klebt nicht an deinen Händen, das schwöre ich!«

Ruan verharrte reglos.

»Ich konnte es nicht tun«, erzählte sein Neffe mit brechender Stimme. »Vater hat mir befohlen, ihn umzubringen … Ich konnte nicht. Dann habe ich … versucht … Vaters Vergebung zu erlangen, indem ich … dich töte, aber … auch dich kann ich nicht ermorden.«

Ruan senkte den Kopf.

»Vergib mir, Onkel«, flüsterte Gerland.

»Aye. Stirb in Frieden, mein Junge«, erwiderte Ruan mit leiser Stimme.

Es dauerte nicht lange.

Ein letztes Mal stöhnte Gerland auf, dann quoll ihm noch einmal Blut aus dem Mund, ehe er erschlaffte.

Einige Zeit lang rührte Ruan sich nicht. Schließlich erhob er sich und flüsterte: »Es ist meine Schuld, Junge. Schon vor langer Zeit hätte ich dem ein Ende setzen sollen.«

»Lass uns verschwinden.« Isobel versuchte, Ruan wegzuziehen. »Du wusstest nicht, dass er es war, Junge, du konntest es nicht wissen.«

»Nein!« Ruan schüttelte den Kopf. Er brach in die Knie, und ein entsetzliches, herzzerreißendes Schluchzen entrang sich seiner Brust. »Robert. Robert!«, rief er mit tränenerstickter Stimme.

Bree eilte an seine Seite, und er klammerte sich an sie, während er schluchzend immer wieder Roberts Namen rief.

»Aye«, murmelte Isobel. Ihr Gesicht war grau. »Es ist Zeit, dass du um ihn weinst, mein Junge.«

Es dauerte eine ganze Weile, bis er sich wieder gefasst hatte und nichts als eine tiefe Traurigkeit auf seiner Miene zu lesen war.

»Wir müssen fort, mein Junge«, bat Isobel voller Mitgefühl. »Michael könnte schon bald hier auftauchen.«

Ruan schüttelte den Kopf und erhob sich grimmig. »Aye, ich hoffe, dass er das tut.«

»Es ist zu gefährlich, hierzubleiben«, widersprach Isobel eindringlich.

»Ich kann meinen Neffen nicht hier liegen lassen, damit sich die Aasfresser über ihn hermachen«, antwortete Ruan gepresst.

Davon war er nicht abzubringen.

Er hievte Gerlands Leichnam auf sein Pferd und brachte ihn ein gutes Stück den Hügel hinauf. Dort gab es viele Steine, und es dauerte nicht lange, sie über dem Toten aufzuschichten. Als sie fertig waren, stand Ruan eine Zeit lang schweigend da, bevor er schrie: »Tormod! Du bist nicht länger mein Bruder!« Seine Stimme war schwer von Trauer.

Zaghaft berührte Bree ihn am Unterarm, um ihn zu trösten. Zu ihrer Überraschung drehte er zu ihr um, drückte sie wortlos an sich und hob sie dann auf das Pferd, wobei er verkündete: »Wir müssen uns beeilen.«

Schweigend stiegen sie auf und trieben die Pferde zu großer Eile an, ritten den ganzen Tag und bis tief in die Nacht. Als sich ein gespenstischer Nebel über sie legte, machten sie an einer verlassenen Hütte Rast und schliefen. Am Morgen verkündete Ruan eine Planänderung.

»Inchmurrin ist zu gefährlich«, erklärte er. »Michael wird diesen Weg absuchen. Ich bringe uns nach Stalcaire, einer kleineren Festung von Cameron. Es ist nicht weit.«

Auf diese Worte reagierten sie mit einem Lächeln. Doch nur allzu bald verwandelten sich die erleichterten Mienen in erschöpfte Grimassen, als er sie unbarmherzig antrieb, über einen Weg, der nach nicht mehr als einem Ziegenpfad durch die Büsche aussah. Das Vorankommen war schwierig. Stunde um Stunde ritten sie, brachen täglich im Morgengrauen auf, hielten nur an, wenn sie vollkommen erschöpft waren, und wagten nie, ein Feuer zu machen.

Bree knurrte ohne Unterlass der Magen, und nagender Hunger quälte sie. Außer einigen Bissen Bannockbrot, die sie hastig im Reiten herunterschlangen, hatte keiner von ihnen in den letzten Tagen viel gegessen. Nachdem das Bannockbrot zur Neige ging, ernährten sie sich von einer Mischung aus Hafer und Wasser.

Ruan war angespannt. Er schlief kaum, doch als die Tage verstrichen, waren keine weiteren Zeichen einer Verfolgung zu entdecken.

Im Galopp preschten sie über die Heidelandschaften, Steilhänge hinab und um tückische Sümpfe herum, bis sie schließlich eines späten Vormittags eine Anhöhe erklommen, um vor sich eine weite, tiefe Bucht zu sehen, in die ein Fluss mündete. Birken zierten die umliegenden Hügel, zwischen ihnen hindurch lief ein Bach wie ein silbernes Band. Am Rande der Bucht, auf einer Insel, lag eine kleine Burg.

»Stalcaire«, verkündete Ruan, »eine von Camerons kleineren Festungen. Hier sollten wir sicher sein, bis ich ihm eine Nachricht senden kann.«

»Es ist nicht Inchmurrin, aber es ist ein wunderbarer Anblick«, stellte Isobel fest. Sie lächelte in Erwartung eines trockenen Bettes und einer warmen Mahlzeit.

Ruan antwortete nicht, sondern trieb sie schweigend über die nur dünn mit Erde bedeckten Felsen hinab zum Ufer. Als sie näherkamen, nahm er das Tempo zurück und musterte stirnrunzelnd die Banner, die von den Burgmauern hingen. Musik drang zu ihnen herüber, begleitet von lautem Gelächter. Ruan zog nachdenklich die Brauen zusammen und lenkte sein Pferd direkt zu den Booten. Einige Clanmitglieder sprangen alarmiert auf, aber als sie ihn erkannten, entspannten sie sich und hoben zur Begrüßung die Arme.

»Kommst du zum Festmahl, Ruan?«, fragte einer von ihnen grinsend.

»Festmahl?«, hakte Ruan nach.

»Seine Lordschaft wird dankbar sein, dich dazuhaben«, erklärte der andere Mann.

»Der Earl ist hier?« Überrascht hob Ruan die Augenbrauen.

»Aye«, bestätigte der Mann und nickte feierlich.

»Endlich haben wir einmal Glück!« Erleichtert seufzte Ruan auf und stieg ab. »Bring mich sofort zu ihm.«

Schwungvoll hob er Bree vom Pferd und hauchte ihr dabei einen flüchtigen Kuss auf die Stirn. Ein wenig verspannte sie sich, aber er schien es nicht zu bemerken, da er seine Aufmerksamkeit bereits Merry zugewandt hatte.

»Jetzt bist du in Sicherheit, du kleines Ungeheuer«, versprach er und kniff seine Schwester in die Wange. »Es wird Zeit, dass du Cameron kennenlernst.«

»Aye, und ich bin mir sicher, ich werde begeistert sein«, murrte Merry düster, als sie hinter ihnen ins Boot stieg.

Sie hatten kaum einen Fuß in den Burghof gesetzt, als ein tiefer Bariton sie grüßte. »Es ist viel zu lange her, Bruder!«

Der Mann, der mit dem geschmeidigen Gang einer Katze auf sie zukam, konnte niemand anderes sein als Cameron, der Earl of Lennox. Aus seiner gesamten Ausstrahlung, aus jeder seiner Bewegungen sprachen Eleganz, Reichtum und Macht. Er hatte lange Beine und war außergewöhnlich attraktiv. Seine Lippen waren wie gemeißelt und verliehen seinem Gesicht ein fast schon empörend sinnliches Aussehen. Sowohl in Bezug auf die Körpergröße als auch das Alter glich er Ruan. Obgleich sein Haar einige Schattierungen dunkler war, hätte man sie leicht für leibliche Brüder halten können.

Ruan trat näher, ergriff seinen Freund erschöpft bei den Unterarmen und lehnte sich vor, um Cameron etwas leise mitzuteilen.

Schweigend hörte der Mann zu, während seine unwiderstehlichen dunklen Augen sie alle musterten. Dann schlug er Ruan mit einer eleganten Hand auf den Rücken, nahm Isobels Finger zwischen seine und hob sie an die Lippen. »Ah, welch ein wundervoller Anblick, liebliche Isobel. Wie schön, dich zu sehen.«

Isobel errötete.

Mit einer höflichen Verbeugung wandte er sich Merry zu. »Als ich dich das letzte Mal gesehen habe, warst du eine kleine Nervensäge, und nun stehe ich vor der hübschesten jungen Frau von ganz Skye. Bald wird eine bloße Berührung deiner Hand ein Vermögen wert sein.«

Merry klappte die Kinnlade herunter, und dann begannen ihre dunklen Augen zu funkeln.

»Wie ich sehe, hat dein Charme auch auf die Jüngsten seine gewohnt fatale Wirkung«, bemerkte Ruan trocken.

»Es ist eine Gabe«, erwiderte Cameron leichthin, und feine Lachfältchen bildeten sich um seine Augen.

»Aye, aber kommt diese Gabe von oben oder unten?«, murmelte Isobel spöttisch.

Interesse schimmerte in Camerons Augen, als er seine Aufmerksamkeit Bree zuwandte.

»Bree«, stellte Ruan sie vor und räusperte sich. »Meine … Frau.«

Mit leicht hochgezogenen Brauen warf Cameron einen neugierigen Blick in Ruans Richtung. »Du? Verheiratet?«

»Aye.« Ruans Miene wurde unergründlich.

Bree spürte, wie sie errötete.

Für einen flüchtigen Augenblick sah Cameron Ruan ungläubig in die Augen, aber er erholte sich rasch. Galant küsste er Bree die Hand und murmelte: »Mylady Bree. Voller Bewunderung stehe ich vor der Seltensten aller Frauen. Wie ich sehe, hat Eure strahlende Schönheit keine geringe Rolle dabei gespielt, Ruan in die Knie zu zwingen.«

Es war unmöglich, das Lächeln dieses Mannes nicht zu erwidern.

Kapitel 21
Eine leidenschaftliche Nacht

Ruan stand auf, streckte sich ausgiebig, gähnte übertrieben.

Die untergehende Sonne warf im Zimmer lange Schatten. Vom Fenster aus wirkte die Bucht im verblassenden Licht wie ein silberner Spiegel, ohne die geringste Regung auf der glatten Oberfläche. Er musste eingeschlafen sein. Nach einem Bad hatte er sich frische Kleider angezogen und sich dann für einen kurzen Augenblick auf dem Bett ausgestreckt, aber jetzt sah es so aus, als sei der Tag fast vorüber.

Mit einem leichten Lächeln erinnerte er sich an Brees plötzliche Schüchternheit, als er sich für sein Bad ausgezogen hatte. Plötzlich war ihr ein Versprechen eingefallen, dass sie Merry angeblich gegeben hatte, und eilig war sie verschwunden.

Aye, er würde darüber nachdenken müssen, was zu tun war, jetzt, da sie in Sicherheit waren. Seine ursprüngliche Absicht, die Ehe zu annullieren, war undenkbar, doch obwohl er vermutete, dass sie ebenso empfand, hatten sie nie wirklich darüber gesprochen. Grübelnd verzog er das Gesicht, verließ das Zimmer und ging die steile Wendeltreppe hinab, um Cameron zu suchen.

Er war nicht schwer zu finden.

Der Earl of Lennox ruhte ausgestreckt vor einem prasselnden Feuer in dem kleinen Gewölbezimmer hinter der Halle, tadellos gekleidet in ein feines Seidenhemd und schwarze Kniehosen aus dicht gewebtem Stoff. Auf seinen Knien saß eine dralle Magd.

Er versuchte, sie zu küssen, während sie kicherte und ihm eine Flasche an die Lippen hielt.

Nachdenklich beobachtete Ruan ihn.

Cameron trank nur, wenn er sich Sorgen machte. Es war außerordentlich schwierig, den Earl of Lennox aus der Ruhe zu bringen. Frauen waren das Einzige, was den Mann zuverlässig aus der Bahn warf, aber er hatte es sich zur Aufgabe gemacht, ihnen aus dem Weg zu gehen. Die Magd auf seinem Schoß war ohne Bedeutung. Immer wieder hatte Ruan dieses Verhalten bei seinem Freund gesehen. Es ging nie über einen Kuss hinaus. Ruans ungestüme Vorliebe für zwanglose Tändeleien hatte Cameron niemals geteilt. Nicht, dass er selbst noch so war, erinnerte sich Ruan erleichtert, als er den Raum betrat.

»Ah, Ruan, du bist wach!« Auf Camerons Gesicht erstrahlte ein breites Lächeln.

Ruan hielt inne und musterte den Earl von oben bis unten. Selten zeigte der Mann etwas anderes als absolute Selbstkontrolle. Er befleißigte sich stets vorsichtiger Zurückhaltung, selbst wenn er sich entspannte und unter Freunden war.

Dass er so überschwängliche Emotionen zeigte, konnte nur eines bedeuten.

»Du scheinst betrunken«, bemerkte Ruan und verschränkte die Arme. »Sehr betrunken.«

Cameron unterdrückte ein Lachen.

»Um genau zu sein, habe ich dich bisher nur bei deiner … deinen Hochzeiten so betrunken gesehen.« Die Ehe war bei Cameron ein sensibles Thema. Obwohl er ein Jahr jünger war als Ruan, war er bereits sechsmal verwitwet.

»Aye, du warst schon immer ein ungewöhnlich scharfsinniger Mann«, antwortete der Earl. Er hob die Augenbrauen und warf der Frau einen sinnlichen Blick zu. »Ich würde dich warnen, dich von ihm fernzuhalten, aber er ist ein anderer geworden … und jetzt hat er eine kleine Frau gefunden.«

Ruan runzelte die Stirn, betrachtete die Frau düster und beschied ihr: »Der Earl hat genug von deiner Gesellschaft.«

Sie sah aus, als wolle sie widersprechen, besann sich aber eines Besseren und machte sich mit einem hastigen Nicken davon.

Cameron schien es nicht zu stören, aber als Ruan den Wein beschlagnahmte, knurrte er entnervt.

»Hast du wieder geheiratet?«, fragte Ruan misstrauisch.

Der Earl lachte spöttisch und zuckte mit den Schultern. »Ich bin betrunken.«

Ruan seufzte. Allmählich kam er bei Camerons Ehen nicht mehr mit. »Wer ist es dieses Mal?«

Ohne die Frage zu beachten, stemmte Cameron sich hoch und wankte in die Halle. Haltsuchend griff er nach einer Tischkante, während er nach einer anderen Weinflasche Ausschau hielt. Als er keine entdeckte, fluchte er, griff nach dem nächsten Kerzenhalter und warf ihn gegen die Wand.

»Wann?«, seufzte Ruan, packte seinen Freund fest an den Schultern und führte ihn zur nächsten Bank.

»Ach, diese ist im neunten Monat schwanger.« Cameron lachte, aber es war ein freudloses Lachen.

Das war eine Überraschung, aber der Earl ließ ihm keine Zeit, sich damit näher zu befassen.

»Nein, es ist nicht von mir«, erklärte er ungefragt. Er fuhr sich mit einer Hand durch das rabenschwarze Haar. »Die neueste Geliebte des Königs … Ein weiteres Kind … es wird das dritte von ihm sein, das ich in meiner Obhut habe.«

Das Schweigen zwischen ihnen dehnte sich in die Länge.

Dann erhob Cameron die Stimme und fluchte: »Das ist das letzte Mal, dass ich diesen hirnlosen, vulgären Flegel vor der Königin schütze! Ich habe genug von diesem ekelhaften, pockennarbigen, käsegesichtigen Bastard von einem König. Auch wenn ich dem hier aus anderen Gründen zugestimmt habe, habe ich jetzt genug von diesem widerwärtigen Spiel.«

Ruan blinzelte schockiert. Nur selten verlor der Earl so die Beherrschung.

»Aye, ich habe genug von diesen Ehen«, fuhr Cameron mit tiefem Widerwillen in der Stimme fort. »Das nächste Mal entscheide ich, und wenn ich mich für nichts und niemanden entscheide!«

»Aye«, stimmte Ruan zu, während seine Sorge wuchs. Cameron war viel zu mächtig und reich, als dass er je den Luxus haben würde, sich seine Braut selbst zu wählen. Doch diese Feststellung war ohnehin überflüssig – der Mann hatte gerade geheiratet.

»Ach, die hier wird auch nicht lange überleben.« Der Earl musterte ihn mit einer bemerkenswerten Gerissenheit, wenn man bedachte, dass er vollkommen betrunken war. »Ich bin ein verfluchter Mann. Sie wird kein Jahr mehr leben. Keine von ihnen hat es je länger geschafft. Das ist einer der Gründe, aus denen ich diesem hirnrissigen Plan zugestimmt habe. Ich glaube nicht, dass es von Dauer sein wird.«

»Unsinn!«, erwiderte Ruan knurrend.

Cameron wankte zurück an den Tisch, aber dieses Mal, um sich Wasser aus einer silbernen Schale ins Gesicht zu spritzen. »Der Himmel möge mir vergeben, aber ich hoffe, dass sie stirbt. Mir ist noch nie ein unangenehmeres Weib begegnet … Sie hat so gar nichts an sich … Was der König je in ihr gesehen hat … Ich weiß es nicht … Nun ja, sie ist hübsch, auf eine harte, infame Art …«

Leicht stolpernd begab er sich zur nächsten Bank und ließ sich darauf fallen, bedeckte sein Gesicht mit einer Hand.

Im Türrahmen standen zaudernd einige Diener. Ruan winkte sie fort. Der Earl war nicht in der Verfassung, zu essen oder sich den zahlreichen Gästen zu stellen, die stets zu seinem Tisch strömten. Erneut zog sich das Schweigen zwischen ihnen in die Länge, und Ruans Gedanken wanderten zu Bree.

Es hatte sich so richtig angefühlt in jener Nacht in den Ställen – sie festzuhalten, ihre weiche Haut zu berühren. Er hatte die Kurve ihres Halses küssen wollen und mehr. Noch immer sehnte er sich danach. Er streckte sich auf einer nahen Bank aus, verloren in Gedanken an Bree, und es musste mindestens eine Stunde später sein, als er bemerkte, dass Cameron ihn still beobachtete.

»Ich hätte nie gedacht, dass ich dich einmal verheiratet sehen würde, eingefangen von einer Frau«, kommentierte der Earl gelassen. »Ich dachte, wenigstens du würdest dir einen klaren Kopf bewahren und ungebunden bleiben.«

Ruan seufzte schwer, als sich unvermittelt das volle Gewicht der jüngsten Ereignisse über ihn senkte. »Nein, ich bin es, der sie eingefangen hat«, gab er zögernd zu. »Ich habe ihr Leben ruiniert, um Merry zu retten, das arme Mädchen.«

Cameron hörte zu, während er die Ereignisse der letzten Monate zusammenfasste und mit Roberts Tod und der darauffolgenden Reise endete.

»Sie fürchten dich«, stellte der Earl fest und drehte einen leeren Kelch in der Hand. »Und sie tun es zu Recht. Ich sage schon lange, dass Dunvegan dir gehören sollte. Wir alle wissen das.«

»Davon will ich nichts hören.« Ruan schüttelte den Kopf.

»Tormod hat keinen Erben, und ich bezweifle, dass er je einen haben wird«, erwiderte Cameron unbeeindruckt, während er mit einem Finger den Rand des Kelchs nachfuhr. »Silas ist und bleibt ein Priester, und Michael … Für den Mord an Robert hat er den Tod verdient. Keiner von ihnen verdient etwas anderes, nach dem, was sie getan haben.«

»Aye«, musste Ruan ihm beipflichten.

Cameron warf ihm einen abwägenden Blick zu. »Das ist das erste Mal, dass ich Zustimmung von dir höre … mit Worten, obwohl ich seit Langem weiß, wie es in deinem Herzen aussieht. Schon vor einiger Zeit habe ich dir gesagt, dass es sein muss, aber du hast geschworen, niemals das Blut deiner Brüder zu vergießen.«

»Tormod und Michael … sehe ich nicht länger als meine Brüder. Aber ich muss mir überlegen, wie es weitergehen soll«, wehrte Ruan das Thema ab. »Es gibt dringendere Angelegenheiten, bei denen ich … dich um … Hilfe bitten muss.«

Leise Erheiterung zuckte um die Lippen des Earls. »Ich habe dich oft genug um Hilfe gebeten. So schrecklich schwierig fand ich das nie.«

»Das ist etwas anderes.« Ruan warf ihm einen finsteren Blick zu.

»Aye, um Hilfe zu bitten ist ein wenig erniedrigender, als sie zu gewähren.« Camerons Gesicht verzog sich belustigt, aber seine Lippen verharrten in einer grimmigen Linie.

»Merrys Annullierung …«, begann Ruan.

»Betrachte es als erledigt«, fiel Cameron ihm ins Wort und machte eine wegwerfende Geste mit seinen langen Fingern.

Erleichtert atmete Ruan auf. Nur auf Cameron konnte er sich so bedingungslos verlassen. Wenn der Earl of Lennox sagte, etwas würde erledigt werden, dann würde es das auch.

»Und du? Soll ich auch deine Ehe annullieren lassen?« Da lag ein Lächeln in seiner Stimme, obwohl seine Miene ernst blieb.

Ruans Stirnrunzeln vertiefte sich.

»Mylord!«, schallte eine durchdringende Stimme durch die Halle. »Mylord Earl!«

Eine Frau rauschte in den Saal, groß und schlank, auf kühle Art hübsch. Blondes Haar umrahmte zu kunstvollen Schlingen gewunden ihr Gesicht, und an ihren Fingern funkelten Edelsteine. Ein großer Saphiranhänger zierte ihren langen, weißen Hals. Ungelenk kam sie herein, der Bauch stark vorgewölbt, hochschwanger.

»Mylord«, wiederholte sie.

Cameron reagierte nicht auf den Klang ihrer schrillen Stimme, aber sein Mund spannte sich auf eine Weise an, die Ruan innehalten ließ.

Dies war der deutlichste Ausdruck von Abscheu, zu dem der Earl sich normalerweise hinreißen ließ.

Direkt vor ihnen blieb die Frau stehen. Mit verärgert zusammengezogen Augenbrauen sprach sie in noch schärferem Tonfall. »Mylord!«

Langsam kam der Earl auf die Füße und reichte seiner frisch angetrauten Ehefrau galant eine Hand. »Ruan, darf ich dir die …« Er hielt kurz inne und sah für einen Moment alarmiert aus. In einem offensichtlichen Versuch, seine noch immer vom

Wein umnebelten Gedanken zu ordnen, schüttelte er den Kopf und fuhr fort: »… die … achte Countess of Lennox vorstellen, Helo… Helo…in…a.«

»Siebte«, korrigierte die Frau. Sie blinzelte und murmelte: »Heloise.«

Cameron verbeugte sich, etwas aus dem Konzept gebracht, doch es war nicht klar, ob es daran lag, dass er ihren Namen vergessen hatte, oder welche Nummer sie in der langen Reihe von Ehefrauen einnahm.

»Es ist mir eine Ehre, Eure Bekanntschaft zu machen«, erwiderte Ruan pflichtschuldig.

Sie lächelte und bedachte ihn mit einem koketten Augenaufschlag.

Ihre blauen Augen waren winzig und blickten scharf, und aus irgendeinem Grund erinnerten sie Ruan ganz entschieden an die eines Geiers. Schon jetzt verstand er Camerons Abneigung gegen die Frau, doch seine Gedanken wurden durch das Eintreffen der anderen Gäste unterbrochen.

Camerons Tisch war immer umschwärmt von Männern, die versuchten, seine Gunst zu erringen, ein Umstand, den er verabscheute, wie Ruan wusste. Der Mann konnte Firlefanz und unnützes Geschwätz nicht ausstehen. Doch wenn man ihn so sah, hätte man das nie erraten. Selbst betrunken bewegte er sich mit geschmeidiger Anmut durch die Halle, manövrierte sich kunstvoll durch verschiedene Unterhaltungen.

Nachdem er Ruan einigen Besuchern aus Frankreich vorgestellt hatte, kehrte er an die Herrentafel zurück und widmete sich aufmerksam der Countess. Er behandelte sie, als wäre es tatsächlich eine Liebesheirat gewesen. Ruan schüttelte den Kopf, erstaunt über die Fähigkeiten des Mannes, seine wahren Gefühle so zu verbergen, aber jegliche Gedanken an Cameron und dessen derzeitige Situation verblassten, als Isobel mit Merry und Bree in die Halle trat.

Bei Brees Anblick beschleunigte sich Ruans Herzschlag. Schüchtern und ein wenig steif kam sie näher, gekleidet in ein neues Gewand aus fließender grüner Seide, das ihre schlanke Figur auf höchst erfreuliche Weise umspielte. Ein blaues Band hielt ihr Haar, doch eine Strähne war bereits entkommen und lag auf ihrer Wange. Die schlichte Aufmachung betonte nur ihre Schönheit, und er konnte nichts tun, als sie anzustarren.

»Mylady Bree, bitte leistet mir Gesellschaft«, erhob Cameron seine Stimme und wies einladend auf den leeren Stuhl zu seiner Rechten.

Etwas in Camerons Tonfall weckte Ruans Aufmerksamkeit. Bei der Art, wie der Earl die Hand ausstreckte und Bree unverhohlen taxierte, begann sein Blut zu brodeln, und unwillkürlich schritt er nach vorn, wollte sie plötzlich nicht in der Nähe dieses Mannes haben. Cameron, der jede Frau verführen konnte, ob verheiratet oder unverheiratet, bloß indem er einen Raum betrat.

»Ich verstehe«, murmelte Cameron mit einem leichten Aufflackern von Amüsiertheit. »Das ist für dich nicht nur eine Tändelei, mein Bruder.«

Unnachgiebig erwiderte Ruan seinen Blick.

Camerons Mundwinkel zuckten. Kurz drückte er Ruan die Schulter und wandte sich dann ritterlich an Bree: »Von jetzt an bist du meine liebste Schwester Bree.«

»Und was ist mit mir?«, unterbrach Merry frech, die die Szene mit ihren dunklen Augen aufmerksam verfolgte.

Rundum ertönte Gelächter, und auch Camerons Augen funkelten amüsiert. Er küsste Merry die Hand und platzierte sie mit einer Verbeugung neben Bree, dann gab er ein Zeichen, dass das Festmahl beginnen sollte. Für Merry waren jegliche weiteren Beschwerden vergessen, als Platten mit Hammel, Kaninchen und gebratenem Fasan aufgetragen wurden, gefolgt von Mandelkuchen und Schüsseln mit gedämpften Birnen. Als die Diener den edlen französischen Wein ausschenkten, begann ein fahrender Sänger seine Darbietung.

Ruan setzte sich neben Merry und genoss ihre fröhliche Laune, bevor seine Gedanken erneut zu Bree wanderten. Was war da eben über ihn gekommen? Er vertraute Cameron. Warum hatte er sich unerklärlicherweise wie ein Narr aufgeführt? Er lehnte sich zurück, um einen besseren Blick auf sie zu haben. Offensichtlich fühlte sie sich nicht wohl. Steif saß sie neben dem Earl, ihre rechte Hand umklammerte so fest die Armlehne, dass ihre Knöchel weiß hervortraten. Cameron gab sich Mühe, sie zu beruhigen, und sprach herzlich mit ihr, während er von jedem Gericht, das aufgetragen wurde, eine großzügige Portion abschnitt und ihr gab. Er sorgte dafür, dass Brees Teller wohlgefüllt war, bevor er sich seiner missbilligenden Frau zuwandte.

Plötzlich versperrte ihm Merry die Sicht. »Wo schaust du hin?«, wollte sie entrüstet wissen.

Ruan zauste ihr liebevoll das Haar und entlockte ihren mürrisch verzogenen Lippen ein widerwilliges Lächeln. »Du hast nichts zu befürchten, mein Mädchen«, murmelte er und machte sich daran, ihr ein großes Stück Fleisch abzuschneiden.

Sie hatten kaum den zweiten Gang beendet, als die Countess abrupt aufstand und ihre porzellanweiße Haut noch blasser wurde. »Das Kind«, presste sie hervor und umklammerte ihren Bauch. »Es ist so weit ...«

Mit einem höflichen Nicken murmelte Cameron: »Ich wünsche Euch viel Glück.« Er winkte eine Magd zu sich und wies sie an: »Ruf die Hebamme.«

Die Countess biss sich auf die Unterlippe. »Wir sind erst ... zwei Tage verheiratet. Es ist ... zu früh für deinen Fluch, um mich zu treffen ... oder nicht?« Ihre Stimme klang verunsichert, und Angst breitete sich auf ihrem Gesicht aus.

Cameron erwiderte nichts. Mit unbewegter Miene blickte er ihr hinterher, als sie ging. Dann, mit einer eleganten, bedauernden Verbeugung, entschuldigte er sich bei seinen Gästen und zog sich in den kleinen Gewölberaum zurück.

Einen Augenblick später folgte ihm Ruan in Begleitung von Merry und Bree.

Der Earl stand vor dem Feuer und ignorierte sie, während er sich einen Kelch Wein nach dem anderen einschenkte und trank. Als er die Flasche geleert hatte, griff er nach der nächsten, doch Ruan hielt ihn zurück.

»Ich glaube, du hattest genug, Junge«, murmelte er und entwand Cameron die Flasche geschickt.

Sein Freund holte tief Luft und hob verächtlich eine Augenbraue. »Komisch, nicht? Ich war sechs… achtmal verheiratet, und trotzdem habe ich noch nie mit einer geschlafen, die ich ›Ehefrau‹ nennen konnte.«

Ruan runzelte die Stirn.

Es würde eine lange Nacht werden.

Cameron fixierte ihn mit gequältem Blick und wandte sich dann an Bree. »Aye, meine erste Ehe wurde in England geschlossen, im zarten Alter von elf Jahren. Ihr Name war …«

»Ihr Name war Camille«, half Ruan und schob Cameron mit dem Fuß einen Stuhl hin. »Setz dich, Junge, bevor du fällst.«

»Nein, Camille war meine dritte Frau«, widersprach Cameron mit hörbarer Verbitterung in der Stimme.

»Camille war die erste, das schwächliche Mädchen«, erinnerte Ruan ihn geduldig. Schon viele Male war er diese Liste mit Cameron durchgegangen, und über die Jahre war sie nur länger geworden. »Eure Hochzeitsnacht habt ihr damit verbracht, Gedichte zu lesen, bis Mags darauf bestand, dass du ihr wegen deiner Gesundheit fernbleibst. Eine Woche später war sie tot.«

»Ach ja«, gab Cameron nach und wandte sich wieder an Bree. »Sie ließ mich wohlhabend zurück, oder sollte ich sagen: wohlhabender? Die Ländereien, die sie mir hinterlassen hat, habe ich bis heute noch nicht gesehen.«

Bree nickte höflich, warf Ruan jedoch einen unverkennbar verwirrten Blick zu. Er lächelte ihr aufmunternd zu, woraufhin Merry ihm den Ellbogen in die Rippen stieß.

»Merry.« Warnend funkelte Ruan sie an.

Unbeeindruckt erwiderte Merry den Blick.

»Anna, meine zweite Frau, war sieben. Ich war achtzehn«, fuhr Cameron fort, und seine Stimme klang weit weg, selbstvergessen. »Ich habe ihr eine Puppe geschenkt, sie ins Bett gebracht und bin gegangen«, erinnerte er sich. Erneut drehte er sich ratsuchend zu Ruan um. »Bei ihr war es die Pest, nicht wahr?«

Merrys Stirnrunzeln vertiefte sich, und Ruan betrachtete sie mit finster zusammengezogenen Brauen.

»Nein, die Keiths haben sie … beiseitegeschafft«, antwortete Ruan verspätet auf die Frage des traurigen Earls. »Du meinst wahrscheinlich Elizabet, die dritte Frau.«

»Bree bleibt heute Nacht bei mir«, unterrichtete Merry ihn flüsternd.

»Aye, Anna war gerade einmal zwei Wochen tot, da haben sie mich schon mit Elizabet vermählt.« Camerons Ton war ausdruckslos. »Wäre ich nicht noch während der Hochzeitsfeierlichkeiten aufgebrochen, um gegen die Keiths in die Schlacht zu ziehen, wäre auch ich dem schwarzen Tod erlegen.«

»Sie schläft bei mir«, zischte Merry nachdrücklich.

»An die Vierte kann ich mich nicht einmal mehr erinnern.« Cameron richtete einen fragenden Blick auf Ruan, die Lippen zu einer verbitterten Linie zusammengepresst.

»Das war die Witwe«, erwiderte Ruan seufzend und versuchte, das Ganze zu beschleunigen. »Sie war schon lange krank gewesen, für die Hochzeit habt ihr einander nicht einmal getroffen. Das war, als wir gegen die Engländer gekämpft haben. Die Fünfte ist vor der Hochzeitsnacht mit ihrem Geliebten davongelaufen und gestorben, als das Pferd mit den beiden eine Klippe hinabgestürzt ist.«

»Aye, und die Sechste hat sich in unserer Hochzeitsnacht ertränkt, aus Angst, schon meine Berührung würde ihr einen gottlosen Tod bescheren.« Seine Lippen verzogen sich zu einem schiefen Lächeln, aber es lag keine Freude darin. »Ich schätze, so war es auch, nicht wahr …«

»Das … ist alles nicht deine Schuld. Du solltest dich nicht damit belasten.« Bree räusperte sich und verschränkte nervös die Finger hinter dem Rücken. Erneut sah sie Ruan unsicher an.

Er warf ihr ein liebevolles Lächeln zu.

»Du wirst ihre Ehe annullieren!« Merrys Forderungen wurden nur lauter.

»Schluss jetzt«, schimpfte Ruan und packte Merry bei den Schultern. »Bree ist keine Gefahr für dich, Mädchen. Sieh sie als eine Schwester.«

»Du willst sie behalten?« Merry war empört.

»Ach, Merry«, schaltete sich Cameron ein und warf ihr einen amüsierten Blick zu. »Ruan ist in das Mädchen verliebt. Am liebsten würde er sich vermutlich gleich hier über sie hermachen. Ich habe noch nie erlebt, dass er eine Frau so ansieht.«

Überrascht hob Ruan die Augenbrauen. Der Mann war offensichtlich schon wieder betrunken – nüchtern hätte er nie irgendwelche Geheimnisse verraten, selbst solche, die er nur vermutete. Obwohl vermutlich mittlerweile für alle erkennbar war, dass er sich in der Tat verliebt hatte. Er sah sie forschend an. Ihr Blick war auf den Boden gerichtet, aber ihre Wangen zierte eine leichte Röte.

Er lächelte.

»Sag, dass das nicht wahr ist!«, beharrte Merry und zog an seinem Arm. »Du hast gesagt, du würdest diese Ehe annullieren lassen und allem ein Ende machen!«

»Merry, das ist ein aussichtsloser Kampf«, erklärte Cameron. Er nahm Ruan den Wein ab und legte den Kopf in den Nacken, um die Flasche in wenigen langen, beeindruckenden Zügen zu leeren. Seine Hand schwankte, als er auf seinen Freund deutete. »Nun, da du glücklich verheiratet bist, hast du noch etwas, um das ich dich beneide.«

Höchst erstaunt sah Ruan ihn an. »Ich habe bestimmt nichts, worum du mich beneiden könntest!«

»Freiheit«, entgegnete Cameron, »und jetzt auch noch Liebe. Aye, das ist gar nichts, mein Freund.« Sein Tonfall war höhnisch.

»Freiheit?«, wiederholte Ruan verblüfft. »Du hast mehr Freiheit als ich.«

»Ich bezweifle, dass viele das so sehen würden«, widersprach Cameron mit schwerer Zunge, während er sich mit seinen langen

Fingern die Schläfen rieb. »Deine Frau ist betörend, aber es ist leicht zu erkennen, dass ihr Herz rein und freundlich ist. Das ist wahre Schönheit, ein äußerst seltenes Gut.«

Aufs Neue war Ruan überrumpelt von der Eifersucht, die ihn durchfuhr.

»Du liebst sie«, stellte der Earl of Lennox fest. Schwankend verlagerte er sein Gewicht. »Dass du eine Frau begehrst, habe ich schon oft sehen, aber niemals, dass du wegen einer eifersüchtig wirst.«

Besorgt wegen Camerons zunehmend loser werdender Zunge traf Ruan eine Entscheidung. Mit wenigen langen Schritten fing er den Earl geschickt auf, als dieser zusammenbrach. »Komm, Junge, es ist Zeit für dich, ins Bett zu gehen.«

Er war dankbar dafür, dass Cameron sich nicht sträubte. Vorsichtig führte er den Mann aus dem Zimmer und die schmale Treppe hinauf, brachte ihn in seine privaten Gemächer. Nachdem er ihn aufs Bett gelegt hatte, kehrte Ruan nach unten zurück, fand das Gewölbezimmer jedoch verlassen vor.

Eine Zeit lang schaute er nachdenklich ins Feuer und fragte sich, ob Bree bestürzt war, ob Camerons Worte dazu geführt hatten, dass sie erneut Enttäuschung über seine Vergangenheit empfand.

Schließlich machte er sich auf den Weg, sie zu suchen.

✳✳✳

Bree lag neben Merry und kämmte dem Mädchen mit langsamen, tröstenden Bewegungen das Haar aus der Stirn. Sobald Ruan gegangen war, hatte sich Merrys Feindseligkeit in Luft aufgelöst. Jetzt war sie weinerlich, anhänglich und suchte Trost in Brees Armen.

Camerons Gerede über Liebe war äußerst beunruhigend gewesen. Für Merry, weil sie davon überzeugt war, dass es bedeutete, Ruan würde aufhören, sie zu lieben – und für Bree, weil er Cameron nicht aus vollem Herzen zugestimmt hatte. Sie seufzte, leicht beschämt darüber, dass sie sich nach Ruans Liebe sehnte. Er mochte sie zwar geküsst haben, aber er hatte nie behauptet, eine tiefe, alles verzehrende Liebe zu empfinden. Überrascht erkannte sie, dass es genau das war, was sie wollte, denn wenn sie ehrlich war, hatte sie sich in den Mann verliebt.

Als sie nach einiger Zeit sicher war, dass Merry eingeschlafen war, wand Bree sich aus der Umarmung des Kindes, und im selben Moment öffnete sich die Zimmertür und Isobel kam herein.

»Kaum zu fassen, wie hochnäsig dieses Frauenzimmer ist!« Isobels Kinn bebte vor Wut. »Hat mich weggeschickt, wollte nicht, dass das gemeine Volk ihre edle Haut berührt, oder gar die ihres Babys!«

Bree starrte sie an, nicht sicher, was sie sagen sollte, aber darüber musste sie sich nicht lange Sorgen machen. Isobel hörte gar nicht zu. Aufgebracht lief sie durch das Zimmer, schüttelte die Plaids aus und faltete sie wieder, schürte das Feuer und arrangierte alles neu, was ihr in die Quere kam, während sie sich ohne Unterlass bitterlich über die arrogante Countess beschwerte. Ihrer Meinung nach hatte der arme junge Earl etwas Besseres verdient, als an diese Personifizierung der Überheblichkeit gefesselt zu sein.

Irgendwann mitten in dieser Tirade öffnete sich die Tür erneut und Bree spürte, wie eine warme Hand über ihre Schulter strich. Sie zuckte zusammen, doch Ruan war vorbereitet, bugsierte sie geschickt zur Tür hinaus und zog sie mit sich nach oben zu seiner Kammer, bevor sie überhaupt reagieren konnte. Das Zimmer war dunkel, das Feuer längst erloschen. Mondlicht schien durch das offene Fenster. Kühl legte sich die Luft auf ihre Haut und Bree erschauerte, doch nicht nur wegen der Kälte.

»Ich habe Isobel selten so aufgebracht erlebt.« Ruan lachte leise in sich hinein.

»Die Countess scheint …«, setzte Bree zu Isobels Verteidigung an, aber der Gedanke verflog, als Ruan sie an sich zog. Hungrig senkte er die Lippen auf ihren Mund, um sie für einige lange, glorreiche Augenblicke förmlich zu verschlingen, bevor er sich von ihr löste. Er drängte sie nach hinten, bis sie mit dem

Rücken gegen die Tür stieß, und sie spürte seinen Atem auf ihrer Wange.

»Ich … könnte es nicht ertragen, dich zu verlieren«, flüsterte er ihr ins Ohr. »Wenn ich ein ehrbarer Mann wäre, würde ich diese Ehe annullieren lassen.«

Ihr Herz füllte sich so sehr mit dem Schmerz der Enttäuschung, dass sie seine nächsten Worte beinahe überhört hätte.

»Ich muss wieder nach Dunvegan, und zwar bald. Ich … kann dich nicht zu meiner Frau machen, denn womöglich … kehre ich nicht von dort zurück. Dann können dir Domnall oder Cameron einen anderen Ehemann suchen, wenn ich …«

»Nein!«, protestierte Bree und stieß ihn heftig von sich. »Ich will keinen anderen Ehemann!«

Allein die Vorstellung war lächerlich.

Er wich ein paar Schritte zurück, doch dann zog er sie ungestüm an seine Brust.

Sie stand da, in seinen Armen, spürte, wie seine Brust sich im Rhythmus seines Atems hob und senkte. »Ich fühle mich … sicher … bei dir«, gestand sie leise.

Ruan stieß einen tiefen Atemzug aus und flüsterte: »Ich habe nicht gesagt, dass du sicher bist, Mädchen – und erst recht nicht, dass ich ein ehrenvoller Mann bin. Wenn du nur wüsstest, was ich mir die letzte Stunde über ausgemalt habe … So manche junge Frau würde vor Scham vergehen.«

Sie lächelte.

»Mein Herz will dich zu der Meinen machen, bevor ich gehe.« Er rieb seine Nase an ihrem Ohr und knabberte daran. »Aye, ohne einen Gedanken daran, wie ich dich versorgen soll oder, falls ich dich – Gott behüte – mit einem Kind zurücklasse, wo ihr beide leben würdet …«

»Dann geh nicht«, unterbrach sie ihn, verstört von der Vorstellung, ihn womöglich nie wiederzusehen. »Lass es auf sich beruhen.«

Er richtete sich auf. »Es geht um Gerechtigkeit ... wenigstens für Robert, wenn schon für niemanden sonst. Das bin ich ihm schuldig.«

In der plötzlich bedrückten Stimmung seufzte Bree. Würde sie denn nie wirklich das bekommen, was sie sich wünschte? Ein Häuschen voller lachender Kinder und einen Ehemann – aber nicht irgendeinen.

Sie wollte Ruan.

Es stand ihr frei, der Annullierung der Ehe zuzustimmen oder geduldig auf seine Rückkehr zu warten, aber tief in ihr begannen ihre Gefühle, Forderungen zu stellen. Sie wollte die Hände ausstrecken und sich ihren Traum greifen, bevor er ihr entglitt.

Sie war es leid, darauf zu warten, dass jemand anders ihn für sie wahr machte. Mit beiden Händen fuhr sie ihm durchs Haar und flüsterte, was sie wirklich empfand: »Dann bin ich lieber Witwe nach nur einem Tag, als nie deine Frau gewesen zu sein.«

Er stöhnte und drängte sich hart an sie. »Ich liebe dich, *mo ceisd*, wie ich noch nie jemanden geliebt habe.«

Bei diesen Worten durchströmte sie eine Wärme, die sich bis in ihre Zehenspitzen ausbreitete.

»Ich sollte nicht so leichtsinnig sein ...«, raunte er und überhäufte sie mit Küssen.

Bree traf ihre Entscheidung. Sie würde diese Nacht nehmen, egal, was die Zukunft ihr bringen würde. Endlich gab sie dem Verlangen nach und presste sich an ihn. »Doch, sei leichtsinnig.«

Ruan hielt den Atem an, musste trotz seiner Sorge lächeln. »Wenn du jetzt nicht gehst, gibt es kein Entkommen mehr.«

Zärtlich strich sie ihm über die Brust bis hinauf zu seiner Wange und flüsterte: »Ich gehe nicht.«

Er stöhnte auf und atmete tief durch, bevor er sie hochhob und zum Bett trug. Unter dem fordernden Spiel seiner Zunge vergaß sie völlig, was seine Hände taten. Erst als er sie in die Kissen zurückdrückte und seine brennend heiße Haut über die ihre glitt, wurde ihr bewusst, dass sie beide nackt waren. Federleicht strich er ihr über die Hüften, um dann derselben Spur mit seinen Lippen zu folgen. Kuss um Kuss tastete er sich zu ihrem Hals empor, während sie mit den Fingern seine Brust erforschte. Als er hungrig ihre Kehle küsste, lief ihr ein Schauer über den Rücken, und sie schmolz unter ihm dahin.

Dann begann er, ihr zu erklären, was er vorhatte, bevor er es in die Tat umsetzte. Mit brennenden Wangen wurde ihr langsam klar, warum genau so manche junge Frau vor Scham vergehen würde, aber sie stellte fest, dass sie es dennoch genoss. Er war sanft und zärtlich, doch zugleich auch fordernd. Sie genoss seine endlosen Liebesschwüre, und dann riss eine Woge ungeahnter Leidenschaft mit sich fort und trug sie in eine wundervolle Welt der Empfindungen, während ihr Herz vor Glück zu zerspringen drohte.

Bree verlor jegliches Zeitgefühl, aber irgendwann musste sie eingeschlafen sein, denn als sie erwachte, dämmerte bereits der Morgen herauf. Besitzergreifend lag Ruans Oberschenkel über ihr und hielt sie im Bett fest. Als sie an die Ereignisse der letzten Nacht zurückdachte, spürte sie, wie die Röte ihr ins Gesicht stieg. Im Zimmer herrschte Unordnung, Kissen und Decken waren auf dem Boden verstreut und ein Stuhl lag auf der Seite.

Der Mann besaß die Leidenschaft eines Tieres – und auch die Lautstärke. Er hatte eine Seite in ihr erweckt, von der sie nicht gewusst hatte, dass sie existierte. Sie hatte selbst alle Hemmungen abgelegt, hatte ihn auf die Matratze gedrückt und in die Schulter gebissen, ihm Schreie der Ekstase entlockt. Im Licht des neuen Tages war sie schockiert über ihr Verhalten, vergaß das jedoch sofort, als Ruans warme Hände um sie herumglitten und sie an sich zogen.

»Ach, das habe ich dich letzte Nacht gar nicht mehr gefragt«, brummte seine Stimme an ihrem Ohr: »Willst du diese Ehe annullieren lassen?«

Sie runzelte leicht die Stirn und drehte sich so, dass sie ihn alarmiert ansehen konnte. »Willst du?«

Seine dunklen Wimpern senkten sich.

Unsicher musterte sie ihn.

»Ich ziehe dich nur auf, Mädchen«, erklärte er grinsend. »Es ist zu spät für eine Annullierung, meine kleine … Wildkatze.«

Bei der Erinnerung an seine Lustschreie errötete Bree und murmelte: »Du warst nicht wirklich … diskret …«

»Ich wurde von einer kleinen Wildkatze angegriffen!« Er lächelte unverfroren. »Ich hätte nie geglaubt, dass du so leidenschaftlich sein kannst – obwohl, wenn ich daran denke, welche Herausforderung du von Anfang an warst, hätte ich es wissen sollen.«

Bei diesen Worten errötete sie noch mehr und bedeckte ihre Wangen mit den Händen.

Ruan lachte und wälzte sich auf sie. »Ich bin sehr erfreut, dass du so zügellos bist, und mittlerweile glaube ich, ich sollte erleichtert sein, dass du immer vergessen hast, das Messer bei dir zu tragen, das ich dir gegeben habe.«

Sie folgte seinem Blick zu ihrem kleinen Messer, das auf dem Boden lag. Gerade wollte sie Anstalten machen, es aufzuheben, da drehte er sie gekonnt herum, sodass sie wieder unter ihm lag. Sein Kuss begann zärtlich und vertiefte sich zu brennender Leidenschaft, als es an der Tür klopfte.

»Cameron braucht dich, Junge«, drang Isobels gedämpfte Stimme durch das Holz.

Ruan runzelte die Stirn. »Aye?«

Isobel zögerte einen Moment, bevor sie antwortete. »Sie haben nach einem Priester geschickt … Die Countess liegt im Sterben.«

✳✳✳

Sie fanden Cameron in dem kleinen Gewölbezimmer, wo er schweigend aus dem offenen Fenster blickte, ohne dem kalten Wind Beachtung zu schenken. Bree rückte näher ans Feuer und beobachtete, wie Ruan neben den Earl trat und ihn tröstend an der Schulter fasste.

Cameron rührte sich nicht, presste aber hervor: »Ich bin wahrhaftig verflucht.«

»Unsinn!« Ruan warf ihm einen finsteren Blick zu. »Das hat nichts mit dir zu tun.«

Emotionslos musterte Cameron ihn. »Kannst du das wirklich behaupten? Das ist die siebte Frau, die mit meinem Namen stirbt. Egal, was ich gestern im Rausch gesagt habe – ich wünsche dem Mädchen kein Leid.«

»Aye, aber es sind außergewöhnliche Umstände, das ist alles«, erwiderte Ruan fest. »Eine Geburt ist eine gefährliche Sache. Die anderen waren Missgeschicke, schon vorher krank … Eine wurde ermordet.«

»Ja, aber sie alle sind tot«, erwiderte Cameron. Sein Tonfall war beherrscht. »Wie es geschieht, spielt keine Rolle.«

»Mylord.« An der Tür war eine runzlige alte Frau erschienen und räusperte sich. »Der Priester ist da. Die Countess verlangt nach Euch.«

Langsam richtete Cameron sich auf. Einen Moment später verbeugte er sich höflich in Ruans und Brees Richtung und folgte dann der alten Frau.

Ruan seufzte und trat zu Bree ans Feuer. Sanft strich er mit einem Finger über ihre Wange, aber keinem von ihnen war nach Sprechen zumute.

Es dauerte nicht lange, bis Cameron zurückkehrte. Sein gut aussehendes Gesicht war angespannt und blass, als er ihnen mitteilte: »Sie ist tot.«

Bree erschauderte.

Mitten in der Kammer stand er da, abweisend und gleichgültig. »Ich … habe selten so viel Blut gesehen.«

»Mylord!« Die alte Frau war zurückgekehrt. Dieses Mal hielt sie ein kleines Bündel an ihre Brust gedrückt. »Die Amme ist gekommen. Wollt Ihr Eure Tochter sehen, bevor sie weggebracht wird?«

Cameron blieb, wo er war, und gab keinerlei Anzeichen, dass er sie gehört hatte.

»Wenn du gestattest«, schaltete Ruan sich ein und trat vor. Er nahm ihr den kleinen Säugling vorsichtig ab und murmelte: »Gib ihm etwas Zeit.«

Die Frau nickte knapp und verschwand.

Es hatte etwas Faszinierendes, wie Ruan das Baby zärtlich wiegte. Noch nie war Bree jemand männlicher und attraktiver vorgekommen. Plötzlich wollte sie ihn küssen, mit ihm in seine Kammer verschwinden und die gesamte letzte Nacht wiederholen. Ihre Blicke trafen sich. Sie wurde rot und sah weg.

»Ich schätze, das ist dann meine dritte Tochter«, stellte Cameron teilnahmslos fest. Er machte keine Anstalten, das Kind zu berühren. »Oder besser gesagt: die des Königs.«

»Eines Tages hast du ein eigenes Kind«, versprach Ruan.

»Ich brauche kein Kind«, erwiderte Cameron eisig. »Ich habe jetzt drei Erbinnen für meine Ländereien. Es können sogar noch mehr werden, denn es ist immer noch Land übrig. Aber ich bin mir sicher, dafür wird der König schon sorgen.«

»Hast du überhaupt schon einmal ein Kind im Arm gehalten?« Fragend zog Ruan eine Augenbraue hoch.

»Ich bin mir sicher, dass ich schon welche geheiratet habe, ein- oder zweimal«, erwiderte Cameron höhnisch.

Ruan drückte dem Earl den Säugling in die Arme und befahl ihm: »Halt die Kleine für einen Moment.«

Pflichtschuldig hielt Cameron das winzige Bündel, kalt und distanziert. Der Säugling begann zu wimmern. Nach einem kurzen Blick auf das Kind gab der Earl das Baby Ruan zurück. »Sie braucht eine Amme, nicht mich.«

Damit verließ er den Raum.

Während Ruan sich auf die Suche nach der Amme machte, hielt Bree Ausschau nach Merry.

Den ganzen Morgen hatte sie das Mädchen noch nicht gesehen, und das war ungewöhnlich. Als sie bei Merry anklopfte, schwang die Zimmertür mit knarrenden Angeln auf. Zögernd trat Bree ein. »Merry?«

Das Zimmer war ordentlich, anscheinend leer, und alles wirkte normal. Sie wandte sich zum Gehen, als sie hörte, wie die Tür mit einem dumpfen Schlag ins Schloss fiel. Erschrocken wirbelte sie herum und erblickte eine dickbäuchige, verhüllte Gestalt, die Merry festhielt. Eine Hand lag über ihrem Mund, die andere hielt dem Mädchen eine Klinge an den Hals.

»Sag kein Wort, nicht einen Ton«, zischte eine vertraute Stimme.

Es war Silas, der Priester.

Sie konnte sich keine Furcht erlauben, konnte nicht darüber nachdenken, weshalb er hier war. Stattdessen zwang sie sich zu handeln.

»Lass sie los.« Bree schluckte, ihre Stimme zitterte ein wenig. Merrys furchtbare Angst lag fast greifbar in der Luft. »Nimm mich, nicht sie.«

»Aye«, lachte Silas, und ihm rutschte die Kapuze vom Kopf. »Ich nehme euch beide.«

Als er auf sie zukam, griff Bree nach dem kleinen Messer, das Ruan erst heute Morgen spielerisch in ihrem Stiefel versteckt hatte. Verzweifelt stürzte sie sich auf den Mann und rief: »Merry, lauf!«

Schmerz explodierte in ihrem Hinterkopf, und dann hüllte Dunkelheit sie ein.

Kapitel 22
Fearghus

Als die Diener in der Haupthalle die Kerzen anzündeten, stürmte Ruan mit wachsender Sorge die Stufen zu Camerons privaten Gemächern hinauf, nahm immer zwei auf einmal. Zunächst hatte er geglaubt, Merry und Bree wären bei Isobel. Als er die Frau schließlich aufgetrieben hatte, war schnell deutlich geworden, dass sie beide seit geraumer Zeit weder Merry noch Bree gesehen hatten. Bei einer hastigen Suche war auf dem gesamten Gelände der Burg keine Spur von ihnen zu entdecken gewesen.

Er klopfte an Camerons Tür.

»Was ist?«, fragte Cameron und hob besorgt die Augenbrauen.

Als sie gemeinsam hinuntergingen, hörte Ruan Isobel schreien. Das Herz klopfte ihm bis zum Hals, als er in die Halle schritt.

Isobel hielt Merry fest an die Brust gedrückt, aber jegliches Gefühl der Erleichterung, das in Ruan erwacht war, schwand augenblicklich, als seine kleine Schwester sich zu ihm umdrehte. Mit einem Ruck befreite sie sich aus Isobels Armen und warf sich Ruan an die Brust. Schon jetzt breitete sich ein hässlicher Bluterguss an ihrem Kinn aus, und ein Schnitt verunstaltete ihren Hals, aber es war das Entsetzen auf ihren Zügen, bei dem ihm das Herz stehenblieb.

»Sie haben sie geholt«, schluchzte Merry und klammerte sich verzweifelt an ihn. »Silas und ein anderer Mann wollen sie zurück nach Dunvegan bringen. Ruan, du musst sie retten, ich habe sie so lieb! Es tut mir leid! Es tut mir leid! Es ist mir egal, ob du sie auch liebst, nur bring sie zurück! Versprich mir, dass du sie zurückbringst!«

Zu viele Empfindungen stürzten auf ihn ein. Einen Augenblick lang starrte er schockiert ins Leere, bevor er aufsprang. Dies war nicht der Moment, sich von seinen Gefühlen lenken zu lassen.

Er musste handeln.

Während Cameron eine Hand hob und seinen Männern knappe Befehle erteilte, lief Ruan wortlos in sein Zimmer. Er brauchte nur einen Moment, um seine Waffen zusammenzusuchen, dann war er zurück in der Halle.

»Ich komme mit dir«, erklärte Cameron und warf sich seinen Umhang über die Schultern.

Mit einem knappen Nicken machte Ruan sich auf den Weg zu den Booten.

Am Ufer erwartete sie eine Gruppe Berittener, bereit für die Schlacht, und dann galoppierten sie in die aufkommende Dunkelheit, mit einer Vorhut von zwanzig weiteren Männern des Earls, die für sie die Straße auskundschafteten.

Von da an war kein weiteres Wort nötig.

Sie wussten, wohin sie ritten.

Nach Dunvegan.

✳✳✳

Bree klingelten unaufhörlich die Ohren, und ihr Magen rebellierte. Jemand hatte ihr einen übel riechenden Knebel in den Mund gestopft und eine Kapuze über das Gesicht gezogen. Lebhaft erinnerte sie sich an Silas, wie er anzüglich grinsend in Merrys Zimmer gestanden hatte, aber wie sie fachmännisch gefesselt auf dem Rücken eines Pferdes gelandet war, war ihr ein Rätsel.

Den Schmerzen in ihren Rippen nach zu urteilen war einige Zeit vergangen. Mit beharrlichen Kopfbewegungen gelang es ihr, die Kapuze zur Seite zu schieben, was ihr einen teilweisen Blick auf die Hufe des Pferdes erlaubte, unter denen übel riechender Schlamm aufspritzte. Es wurde bereits dunkel, und in der Luft lag der Geruch von Regen.

Aus dem Augenwinkel erblickte sie ein weiteres Pferd. Es gab also mindestens zwei Entführer. Sie betete inständig, dass Merry entkommen war.

Kurze Zeit später begannen sie einen scharfen Abstieg, eine steile und steinige Kletterpartie. Einige Male stolperte das Pferd und rüttelte sie unbarmherzig durch.

»Halt!«, ertönte aus der Dunkelheit vor ihnen die Stimme eines Mannes.

Die Pferde wurden abrupt zum Stehen gebracht.

»Warum hat das so lange gedauert?« Eine raue Stimme ganz in der Nähe erschreckte sie.

»Es war keine leichte Aufgabe«, beschwerte sich Silas wenige Zentimeter von ihr entfernt. Anscheinend war er der Reiter des Pferdes, auf dem sie lag. »Cameron bewacht seine Burg gut. Wir hatten Glück, dass sie dringend einen Priester gebraucht haben.«

Sie erschauderte, als man sie losband und vom Pferd hob, und zwang sich mit großer Anstrengung, zu erschlaffen und Bewusstlosigkeit vorzuschützen, aber das war gar nicht nötig. Ihr Geiselnehmer ließ sie kurzerhand zu Boden gleiten und warf ihr einen Plaid über den Kopf.

»Wo ist die Kleine?«, erkundigte sich eine andere Stimme.

»Ich musste sie zurücklassen«, knurrte Silas. »Sie waren dabei, wegen des Bootes misstrauisch zu werden.«

Brees Herz machte einen Satz. Merry war entkommen. Dann überkam sie eine neue Woge der Angst. Sicher würde Silas doch seine eigene Schwester nicht verletzen. Andererseits war sie selbst mit dem Mann verwandt, und um sie zeigte er herzlich wenig Sorge.

»Ich habe wenig Nachsicht für dein ewiges Gestümper«, meldete sich erneut die raue Stimme zu Wort. »Ruan wird dir dicht auf den Fersen sein. Wir müssen uns beeilen.«

»Nein!«, entgegnete Silas wütend. »Ich habe genug von dir. Dieser Überfall steht unter meinem Kommando, und …«

»Du Narr!«, zischte der andere. »Jetzt ist es vorbei mit meiner Geduld.«

Beim Klang von schabendem Metall öffnete Bree die Augen. Es gelang ihr, den Plaid gerade rechtzeitig zur Seite zu schieben, um die letzten Augenblicke von Silas' Leben mitzuerleben. Mit erhobenem Schwert stand er da und trat einem glatzköpfigen, kräftigen Mann entgegen, den Bree noch nie gesehen hatte. Einige andere lehnten an ihren Pferden und beobachteten die Vorgänge mäßig interessiert, griffen jedoch nicht ein.

Es war schnell vorüber.

Silas war kein Krieger.

Mit einem einzigen Schlag entwaffnete ihn sein Gegner, bevor er ihm mit seiner Klinge die Kehle durchtrennte.

Gurgelnd sank Silas zu Boden.

Bree keuchte auf.

»Wir brechen sofort auf«, erklärte der glatzköpfige Mann. »Ich lasse nicht zu, dass dieser Narr Ruan direkt zu uns führt. Das Boot wartet, wir müssen in weniger als einer Woche dort sein.«

Sie blieb still, starr vor Angst, als er auf sie zukam. Mit stählernem Griff umschlossen seine Finger ihr Handgelenk, als er sie zu seinem Pferd zerrte und auf dessen Rücken warf. Zügig stieg er hinter ihr auf und schlang ihr einen Arm so fest um die Taille, dass sie unmöglich würde fliehen können. Dann befahl er seinen Männern, sich in Bewegung zu setzen.

Es war ein schrecklicher Ritt. Sie reisten bis tief in die Nacht, hielten immer nur kurz an, um zu rasten. Das Wetter wurde schlechter. Eisige Böen trieben den Regen durch ihren Plaid und brannten ihr auf Gesicht und Händen.

Kurz vor Tagesanbruch machten sie unter einem Felsvorsprung in einer engen Schlucht Rast und kauerten sich dicht um ein kleines Feuer. Bree war erneut gründlich gefesselt und danach beiseitegestoßen und völlig ignoriert worden. Die Männer unterhielten sich laut. Sie waren freudig erregt über ihren Erfolg, und bald erfuhr sie, dass der Glatzköpfige Angus hieß und er und seine Begleiter Fearghus' Männer waren. Sie befanden sich auf dem Weg zurück nach Duntulm.

Fearghus!

Bei dieser Entdeckung wurde sie beinahe hysterisch. Ruan würde nie auf den Gedanken kommen, in Duntulm nach ihr zu suchen. Ihre Gedanken überschlugen sich. Was wollten diese Leute mit ihr? War sie ein Köder für Ruan? Sie lauschte vorsichtig, erhielt aber keine Antwort auf ihre Fragen.

Bei Sonnenaufgang ritten sie los, als wäre der Teufel hinter ihnen her. Meistens hatte sie die Kapuze über dem Kopf, und gleich zu Beginn befahlen sie ihr, den Mund zu halten. Zweimal hatte sie den Mut aufgebracht zu sprechen, aber jedes Mal hatte Angus sie mit einem festen Schlag ins Gesicht bestraft, der sie so hart getroffen hatte, dass sie im ersten Moment fürchtete, er hätte ihr den Kiefer gebrochen.

»Du hältst die Klappe, Weib!«, schrie er und brachte sein rundes Gesicht dicht vor ihres. »Für so etwas habe ich keine Geduld, und wenn du auch nur versuchen solltest zu fliehen, bringe ich nur deinen Kopf zu Fearghus. Es wird ihn kaum kümmern.«

Bree schluckte. Danach versuchte sie nicht noch einmal zu entkommen.

Die Stunden flossen ineinander.

Sie behielten ihr schnelles Tempo bei, und nur ab und zu gelang es ihr, einen Blick auf die Umgebung zu erhaschen. Ein Falke, der einsam am Himmel schwebte, Zweige, die im Wind raschelten – aber das hatte wenig Bedeutung. Sie erkannte nichts. Sie wusste nur, dass sie noch nie auf diesen Straßen gewesen war.

Sie hielten selten an, stärkten sich nur sporadisch mit Bannockbrot und ein paar Schlucken Wasser. Die meiste Zeit des

Tages verbrachte sie vor Angus und biss die Zähne zusammen, um ihren schmerzenden Kiefer zu schonen, während sie gnadenlos durchgerüttelt wurde. Nachts wickelten die Männer sie in einige Plaids und schliefen beiderseits von ihr, um sicherzustellen, dass sie keine Chance hatte zu entkommen.

In diesen langen, dunklen Nächten strömten die Tränen, bis sie im nassen Heidekraut, dessen Geruch sie an Ruan erinnerte, in einen erschöpften Schlaf fiel. In ihrem Herzen wusste sie, dass er ihr folgte, und das schenkte ihr ein wenig Frieden, aber nur ein wenig. Er würde nicht darauf kommen, in Duntulm zu suchen. Nein, ihr Schicksal lag in ihren eigenen Händen. Sie musste fliehen. Panik, Angst und Verzweiflung wogten in ihrem Inneren und drohten sie handlungsunfähig zu machen, aber sie konnte nicht aufgeben. Nicht jetzt, wo sie so viel hatte, wofür es sich zu leben lohnte.

Es waren Gedanken an Ruan, die in jenen Nächten und an den darauffolgenden Tagen ihre Entschlossenheit stählten. Sie musste überleben. Sie musste fliehen. Verzweifelt kämpfte sie darum, ihre Angst in den Griff zu bekommen, und verdoppelte ihre Anstrengungen, eine Möglichkeit zu finden, um ihren Geiselnehmern zu entkommen.

Vielstimmiges Möwengeschrei kündigte ihre baldige Ankunft am Meer an. Donnernd toste die Brandung, als sie den Strand hinab auf ein wartendes Boot zu galoppierten.

Bree sank das Herz. Unaufhaltsam nahte ihr Verderben, und es hatte sich noch nicht eine Gelegenheit zur Flucht ergeben.

»Aye, jetzt dauert es nicht mehr lange.« Angus rieb sich die Hände, anscheinend zufrieden mit ihrem Fortschritt. »Fearghus wird uns reich belohnen für dein hübsches Gesicht.«

Bree biss die Zähne zusammen und sah ihn böse an.

»Ach, was du denkst, kümmert mich nicht.« Lachend schubste der Mann sie ins Boot. »Bald werden wir gut essen, unsere Krüge heben und ein oder zwei Frauen auf unseren Knien sitzen haben!«

Die Männer brachen in erwartungsfrohes Gelächter aus, als die Ruder ins Wasser stießen.

Bree schloss fest die Augen und versuchte, die Panik zu unterdrücken. Bald würde man sie in Duntulm einkerkern, und was auch immer Fearghus von ihr wollte, es war sicher nichts Gutes. Sie musste fliehen.

Über Bord zu springen war keine Möglichkeit. Sie konnte nicht schwimmen.

»Aye, du kannst nicht entkommen«, teilte Angus ihr mit einem Lachen mit. »Es gibt nichts, was du tun kannst, Mädchen.«

Innerlich verfluchte sie, dass er sie so leicht durchschaut hatte, und hob erst gar nicht den Kopf, um ihn anzusehen.

Der Wind wurde stärker, große Wellen warfen das Boot erbarmungslos herum und stießen sie zu Boden. Ihre Entführer schenkten ihr keine Beachtung. Es schien sie nicht mehr zu kümmern, dass ihr die Kapuze auf die Schultern hinabgerutscht war und sie ihre Umgebung sehen konnte. Vorsichtig spähte sie über die Seite des Gefährts zur Küste, die rasch entschwand.

Bald sah sie die braunen Weiten von Skye am Horizont, die sich langsam in sanfte Hügel verwandelten, aus deren Kuppen Felsblöcke emporragten. Als sie näherkamen, konnte sie die struppigen Bäume sehen, und die winzigen Punkte, die in Wirklichkeit Schafe und Ziegen waren.

Tränen liefen ihr über die Wangen. Vergeblich wünschte sie sich, Ruan würde wie von Zauberhand auftauchen. Das Herz war ihr schwer. Sie spürte noch immer das kleine Messer, sicher in ihrem Stiefel verstaut, aber sie hatte kaum eine Gelegenheit, es zu benutzen, solange ihre Hände und Füße ständig gefesselt waren. Nicht, dass sie eine Chance gegen diese kampferprobten Männer gehabt hätte. Nein, sie konnte noch nicht fliehen, aber sie musste wachsam bleiben.

Der Sturm machte ein Weiterkommen unmöglich, und die Männer ruderten zum Ufer, um ihn abzuwarten. Sie machten ein Feuer und saßen bei Ale und Geschichten bis tief in die Nacht zusammen. Erst nach einer ganzen Weile warf auch ihr jemand ein Stück Brot zu.

Aus ihren Gesprächen erfuhr sie, dass sie ihr Ziel früh am nächsten Morgen erreichen würden, sollten sich die Wolken lichten. Sie blieb wachsam, lauerte auf eine Gelegenheit, doch Angus war immer an ihrer Seite. Schließlich schlief sie ein, übermannt von der Angst, was der nächste Tag bringen würde.

Am Morgen hatten sich die dunklen Wolken genug gelichtet, um ihnen zu erlauben, ihre Reise fortzusetzen, und so segelten sie nach Norden. Es dauerte nicht lange, bis sich vor ihnen auf einer hohen Felsnadel die düsteren Mauern von Duntulm erhoben. Wie eine unheimliche gigantische Krähe schwebte die Burg über dem umliegenden Land.

Bree erbebte, tat aber ihr Bestes, die wachsende Panik zu unterdrücken. Merry war hier fast gestorben. Sie wusste, sobald sie sich in jenen Mauern befand, hätte sie keine Möglichkeit zur Flucht mehr. Doch so sehr sie es auch versuchte, sie konnte keinen Ausweg finden, der dies verhindern würde.

Angus war stets an ihrer Seite.

Endlich legte das Boot am Ufer an, und der Mann warf sie sich ohne viel Federlesens über die Schulter. Von einigen Männern gefolgt eilten sie den steilen Abhang hinauf. Mit den immer noch gefesselten Händen und Füßen konnte sie sich in dem eisernen Griff des Mannes kaum rühren.

Sie spannte den Kiefer an und reckte das Kinn, versuchte, die drohenden Tränen zurückzuhalten.

Die Burg war dunkel und unheimlich, der innere Hof stank und verfiel zusehends. Zur Begrüßung hallte ihnen lautes, heiseres Gelächter entgegen. Angus jubelte und hob sie hoch, als wäre sie eine Siegestrophäe, als er seinen Weg zwischen den versammelten Männern hindurch und hinauf zu den Privatgemächern des Burgherrn machte.

»Ich bin zurück, Mylord!«, polterte er und klopfte scharf an die Tür.

»Tritt ein«, erwiderte eine dünne, näselnde Stimme.

Angus schob die Tür auf, schwang Bree von seiner Schulter und stellte sie auf die Füße, als er das Zimmer betrat.

Es war dunkel, nur eine einzige Kerze spendete Licht.

Bree konnte nichts sehen, aber das machte keinen Unterschied. Ein fauliger Geruch stieg ihr so beißend in die Nase, dass ihr die Augen tränten.

»Mylord«, murmelte Angus und verbeugte sich in die grobe Richtung des Bettes. »Ich habe Euch Ruans Frau gebracht, Bree. Die MacLeods haben es nicht geschafft, Merry gefangen zu nehmen. Ich habe sie bereits für ihre Unfähigkeit büßen lassen.«

Trotz der Situation machte Brees Herz einen Satz bei dieser Andeutung, dass Merry unverletzt war.

Aus den Schatten spähte ein hageres Gesicht mit tief liegenden Augen. »Dann weißt du, was zu tun ist«, flüsterte die Stimme heiser.

»Aye, Mylord, so soll es geschehen.«

»Bring sie näher«, flüsterte Fearghus. Mit einem dünnen Finger winkte er sie zu sich.

Angus legte Bree eine Hand auf den Rücken und schubste sie zum Bett.

Da ihre Füße noch immer gefesselt waren, stürzte sie beinahe.

»Ach«, brummte Angus verärgert und löste ihre Fesseln mit seinem Dolch, bevor er sie erneut grob vorwärts stieß.

In letzter Sekunde erlangte Bree das Gleichgewicht zurück und konnte sich gerade noch davor retten, auf Fearghus zu fallen. So dicht bei ihm war der Geruch noch überwältigender, und es fiel ihr schwer, sich nicht die Hände vor Mund und Nase zu halten und zu würgen.

Fearghus' Wangen waren eingefallen, die Knochen in seinem Gesicht stachen hervor. Durchschimmernd wie trockenes Papier hing ihm die Haut vom Leib.

Es war offensichtlich, dass der Mann im Sterben lag.

»Aye«, bestätigte er, »siehst du, was Ruan mir angetan hat? Siehst du, warum er bezahlen muss?« Tiefer Hass brannte in seinen Augen.

Bree konnte sich nicht helfen, sie wandte den Kopf zur Seite und würgte.

»Aye!«, krächzte Fearghus mit vor Angestrengung bebender Stimme. »Erst wird Tormod dich schänden, und dann werdet ihr beide sterben. Ich verlasse diese Welt nicht, bis es getan ist, nicht bevor ich nicht Ruans Kopf auf einem Spieß sehe!« Schwach schob er die Decke weit genug hinab, um eine faulende, nässende Wunde an seinem Bein zu enthüllen.

Mit einem Mal wurden die Anspannung, die Strapazen der Reise mit der spärlichen Verpflegung und nun der stechende Geruch verrottenden Fleisches zu viel für Bree.

Sie verlor das Bewusstsein.

Kapitel 23
Die Zähmung der Wildkatze

Ruan ritt wie der Teufel, schneller, als er je zuvor geritten war, aber das Schicksal entschloss sich, ihm Hindernisse in den Weg zu legen.

Es goss in Strömen, sodass die Flüsse unpassierbar wurden und sie einige Male zwangen, ihre Route zu ändern. Er schlief kaum und drängte so unerbittlich voran wie nur menschenmöglich. Niemand beschwerte sich. Es waren loyale Krieger, die wussten, was auf dem Spiel stand.

Sie hielten immer nur gerade lange genug, um zu vermeiden, dass die Pferde zusammenbrachen. Selbst dann konnte er nicht still sitzen. Während die anderen die Gelegenheit nutzten, um sich die Beine zu vertreten oder sich kurz auf den Boden zu legen, entfernte er sich ein Stück, um seinen Frust hinauszuschreien.

Cameron folgte ihm jedes Mal. Für eine Weile erlaubte er Ruan, sich Luft zu machen, bevor er ihn zurück zu den anderen zog.

»Du musst dich ausruhen. Du kannst dem Mädchen nicht helfen, wenn du unterwegs zusammenbrichst«, mahnte der Earl sanft. »Dein Weg wird auf Skye nur noch trügerischer.«

»Ich bringe ihn um«, schwor Ruan und fuhr heißblütig zu Cameron herum. »Ich bringe Tormod um, und Michael mit ihm!«

»Wenn ich sie nicht zuerst töte«, stimmte Cameron zu, packte ihn bei den Schultern und führte ihn wieder zum Lager.

Ruans Gedanken waren immer bei Bree.

Wieder und wieder ließ er die letzten Tage Revue passieren.

Warum hatte er sie allein gelassen? Warum hatte er angenommen, sie wäre sicher? Warum dauerte es so lange, zu ihr zu kommen? Ihm wurde schlecht beim Gedanken daran, welches Schicksal sie erleiden könnte. Wenn er sie endlich fand, würde sie ihn dann hassen, weil er so lange gebraucht hatte?

Er konnte keine Ruhe finden. Morgens erhob er sich noch vor Sonnenaufgang und drängte die anderen, es ihm gleichzutun.

»Wir sollten einen Abstecher nach Dunscaithe machen, bevor wir nach Dunvegan segeln«, riet Cameron eines Nachmittags, als sie rasteten, um die Pferde zu tränken.

»Nein«, lehnte Ruan ab. Er schüttelte grimmig den Kopf. »Ich kann mir die Verzögerung nicht leisten.«

»Aye, aber du darfst auf keinen Fall verlieren. Jetzt ist es an der Zeit, Dunvegan zu erobern, und das kannst du nicht allein mit meinen Männern«, beharrte Cameron. »Es wird nur einen Tag länger dauern, und am Ende könnte es Bree schneller retten.«

»Jeder Moment ist kostbar«, widersprach Ruan, obwohl er wusste, dass der Earl weise sprach.

Schließlich, nach langen Debatten, erkannte er widerwillig den Wert von Camerons Plan an. Es würde Bree nichts nützen, wenn er starb, bevor er bei ihr ankam. Cuilen an seiner Seite zu haben, würde das Ende der Angelegenheit beschleunigen, aber die Verzögerung zerriss ihm das Herz.

Sie erreichten die Schiffe spät eines Morgens.

Er glaubte, vor Ungeduld sterben zu müssen, aber schließlich stachen sie in See, setzten die Segel nach Dunscaithe.

Der Wind meinte es gut mit ihnen und sie erreichten Dunscaithe, als die Abendsonne auf dem Meer glitzerte. Kaum hatten sie das Ufer betreten, als sie von Reitern empfangen wurden, darunter Cuilen und Domnall.

»Was bringt den Earl of Lennox unangekündigt und in solcher Eile nach Dunscaithe?«, fragte Cuilen und stieg ab, um sich vor Cameron zu verbeugen.

»Du siehst schrecklich aus, Ruan«, fiel Domnall ein, und in seinen scharfsinnigen Blick trat jähe Sorge. »Geht es Bree gut?«

Ruan barg sein Gesicht in den Händen und wandte sich ab. Wie konnte er dem Mann sagen, dass es seiner Tochter alles andere als gut ging? Ihm fehlten die Worte.

Gedämpft hörte er Cameron mit ruhiger Stimme eine kurze Erklärung abgeben.

»Ich komme mit dir, Junge. Ich bringe Tormod persönlich um!«, schrie Domnall heiser.

Um sie herum erhob sich wütendes Stimmengewirr.

Plötzlich überwältigt sank Ruan auf die Knie und bedeckte stöhnend seinen Kopf mit den Armen, während heiße Tränen seine Wimpern benetzten. Er ballte die Hände zu Fäusten. Warum dauerte alles so entsetzlich lange? Warum konnte er Bree nicht vor dem beschützen, was sie in diesem Augenblick erlebte? Er fragte sich, ob dieser Albtraum je vorübergehen würde.

»Sie ist ein starkes Mädchen, Ruan«, beschwor ihn Domnall und legte ihm eine schwere Hand auf die Schulter. »Sie ist eine MacBethad. Du wirst dich noch wundern, Junge.«

»Aye, und nun musst du dir nichts als Hoffnung im Herzen bewahren«, riet Cuilen. Er streckte ihm eine Hand entgegen. »Für etwas anderes haben wir keine Zeit. Wir müssen handeln.«

Die Worte waren tröstlich, wenn auch nur ein winziges bisschen.

Sie brauchten nicht lange, um die Boote abfahrbereit zu machen. Cuilen hatte seine Männer gut ausgebildet. Sofort setzten sie die Segel, aber erneut behinderte das raue Meer ihr Vorankommen. Sie konnten nur wenige Meilen zurücklegen, bevor der Wind sie zwang, für den Rest der Nacht anzulegen.

Ruan sprach mit niemandem. Er stand am Ufer und schrie in den Wind, ohne sich darum zu scheren, was andere denken mochten.

Bei Tagesanbruch erstarb der Wind und Nebel zog auf. Einige Zeit lang segelten sie die Küste hinauf, bevor die Sonne endlich den Nebel durchdrang, um die kahlen, Ehrfurcht gebietenden Gipfel der Berge zu enthüllen, unter denen sie entlangglitten.

Normalerweise hätte dieser Anblick Ruans Herz höherschlagen lassen, aber er fühlte nichts. Er konnte nur an Bree denken und daran, dass er auf Dunvegan einfallen und genau das tun würde, was seine Brüder am meisten gefürchtet hatten – das, was er nie hatte tun wollen. Er segelte, um Dunvegan für sich zu beanspruchen, um die Macht aus ihren korrupten Händen zu entreißen.

In der Ferne erschienen die vertrauten Klippen und Strände und sein Herz begann, schneller zu schlagen. Bald würde Bree in Sicherheit sein. Bald wäre er mit diesen Männern, die er nicht länger als Brüder ansah, fertig. Weder Bree noch seinem Clan würden sie je wieder Schaden zufügen. Bald würde es vorbei sein. Er ballte die Fäuste, hoffte, dass sie noch ein wenig länger durchhielt.

Sie stürmten die Burg, gefasst auf Widerstand.

Es gab keinen.

Selbst die drei Männer, die kurz ihre Schwerter berührten, zählten nicht.

Ruan drang ungehindert vor, und innerhalb von Minuten stürmte er in Dunvegans Haupthalle, nur um sie leer vorzufinden. Einzig Michael stand unsicher hinter der Tafel.

»Ruan, was soll das?«, fragte er und fuhr sich mit der Zunge über die Lippen.

»Du weißt genau, was das soll!«, donnerte Ruan. Er sprang über den Tisch, packte seinen Bruder bei der Kehle und stieß ihn gegen die Wand. »Wo ist Bree?!«

Michaels Lippen verzogen sich höhnisch. »Sie ist nicht hier.«

Ruan zog seinen Dolch und drückte die Klinge unbarmherzig gegen Michaels Hals. »Wo ist sie?«, wiederholte er mit tödlicher Stimme.

Michael holte tief Luft und bleckte wütend die Zähne. »Mittlerweile hat Tormod sie garantiert längst zu der Seinen gemacht. Heute Morgen schon ist er nach Duntulm aufgebrochen. Ein Geschenk, hat Fearghus sie genannt. Ich bin mir sicher, seither hat er sie schon viele Male …«

»Ruhe!«, brüllte Ruan. Er drückte die Klinge tiefer, und Michael verstummte. Ruan schloss die Augen, ihm brach das Herz. Duntulm. Sie hatten sie nach Duntulm gebracht. Wie hätte er das ahnen können?

»Aye«, zischte ihm Michael bösartig ins Ohr, »du bist zum falschen Ort gekommen!«

Ruans Mund öffnete sich zu einem Knurren. »Warum habt ihr das getan? Warum? Was habe ich euch je getan?«

»Es ist ganz einfach, Ruan«, antwortete Michael und lachte hässlich. »Du lebst, das genügt.«

Ruan presste ihn noch härter gegen die Wand, und halb wahnsinnig vor hilflosem Zorn schrie er: »Das ergibt keinen Sinn, Mann! Ich hätte Dunvegan nie so an mich gerissen!«

»Ach nein?« Michael deutete auf die Männer, die hinter ihm standen. »Du hast genau das getan, wovon ich die ganze Zeit wusste, dass du es tun würdest. Du bist zurückgekommen, um diesen Ort einzunehmen, ihn den rechtmäßigen Erben zu entreißen.«

»Niemals!« Ruans Kiefer verspannte sich. »Ich hätte das nie getan, wenn ihr nicht Bree entführt hättet.«

»Deinetwegen wurde viel Blut vergossen«, beschuldigte ihn Michael. »Es klebt an deinen Händen.«

»Nein, an deinen, und ich bin fertig damit«, entgegnete Ruan und reckte das Kinn. »Du hast genug Blut vergossen, einschließlich Roberts.«

»Aye, Robert hatte den Tod verdient«, behauptete sein Bruder süffisant. »Ich habe es genossen, ihn mit meiner eigenen Hand zu erledigen. Er hat nicht im Traum damit gerechnet, dass ich es tun würde.«

Ruans Miene verhärtete sich.

»Das ist dir nicht neu«, stellte Michael überrascht fest und hob eine Augenbraue.

»Gerland hat es mir gesagt, bevor er starb.« Ruan schloss die Finger fest um das Heft des Dolchs. »Stirb im Wissen, dass du deinen eigenen Sohn ermordet hast.«

»Gerland?« Michaels Gesicht wurde grau. »Du hast ihn getötet? Meinen Gerland?« Mit diesen Worten bückte er sich und zog ein Messer aus seinem Stiefel.

Ruan war dankbar.

Damit machte Michael es ihm leichter, ihn umzubringen.

Als sein Bruder zu seinen Füßen zusammensackte, spürte er Camerons Hand tröstend an der Schulter.

Ruan richtete sich auf und fühlte sich elend. »Ich bin an den falschen Ort gekommen.«

»Wir müssen sofort nach Duntulm segeln«, erwiderte Cameron ohne Zögern.

»Aye«, stimmten die Männer in der Halle wie aus einem Munde zu.

Ruan schloss die Augen und betete, dass sie nicht zu spät waren.

✳✳✳

Bree erwachte vom Klappen einer Tür. Benommen setzte sie sich langsam auf, ihre Muskeln waren steif und schmerzten. Sie hatte auf dem Boden gelegen, auf einem Haufen zerlumpter Plaids. Es war eine freudlose Kammer. Das kleine Fenster bot wenig Licht, und im Kamin brannte kein Feuer. In der Mitte des Raums stand ein Bett, staubig und ohne jegliche Decke, der Nachttopf daneben war umgekippt und offenbarte eine schwarze, eingetrocknete Masse an seinem Grund.

»Sieh an, sieh an.« Eine mürrisch dreinblickende Frau mit einem hölzernen Tablett in der Hand schaute nachdenklich auf Bree herab. »Das ist ein wirklich hübsches Kleid, das du da anhast, Mädchen, das wird nach einer Wäsche wieder fast wie neu sein. Und die Stiefel … Ich glaube, ich kenne jemanden, der sie mehr verdient.«

Bree verengte leicht verwirrt die Augen.

»Aye, zieh sie aus, du wirst sie nicht brauchen«, befahl die Frau, stellte das Tablett auf den Boden und beförderte es mit einem Tritt in Brees Richtung. Das Brot rollte herunter, und der größte Teil des Wassers schwappte aus der hölzernen Schüssel. »Essen kannst du nachher, erst will ich mein Kleid.«

Im ersten Moment blickte Bree sie bloß sprachlos an. Als sich der Gesichtsausdruck der Magd verdüsterte, kam sie der Aufforderung jedoch hastig nach. Vielleicht könnte sie die Frau überwältigen, sie fesseln und fliehen. Sie hatte noch immer Ruans kleines Messer im Stiefel. Langsam begann sie, das feine Kleid aufzuschnüren, das Cameron ihr gegeben hatte, doch gerade als sie sich endlich dem Messer näherte, öffnete sich die Tür und zwei weitere Frauen traten ein.

»Beeil dich besser, Elizabeth«, stammelte eine von ihnen. »Der MacLeod wird bald hier sein.«

»Aye, beeil dich, Mädchen«, kommandierte die Frau, trat zu Bree und zerriss die Schnürung.

»Was tust du da, Elizabeth?«, fragte die andere Frau, doch als es ihr dämmerte, fügte sie hinzu: »Ich will die Stiefel!«

»Nein«, schnappte Elizabeth und zerrte Bree das Kleid über den Kopf. »Ich nehme beides, und damit basta. Mach schon, bevor Tormod kommt.«

Während die Frauen sich zankten, zog Bree das Messer heraus und versteckte es rasch in den Plaids, auf denen sie geschlafen hatte. Mit allen drei konnte sie es nicht aufnehmen, aber sie hoffte noch immer auf eine Gelegenheit zur Flucht. Die Tatsache, dass Tormod herkommen würde, war sowohl gut als auch schlecht. Auch wenn sie ahnte, was er vorhatte, würde ihr das vielleicht eine Möglichkeit geben, die Situation zu ihrem Vorteil zu wenden.

Zuerst musste sie jedoch ihre rasenden Gedanken unter Kontrolle bekommen.

Die Frauen zogen sie bis aufs Unterhemd aus und bejammerten die Tatsache, dass sie ihr nicht auch das abnehmen konnten, denn es war ein wirklich feines Unterhemd. Aber als von unten Tormods Stimme heraufdröhnte, flohen sie wie Ratten aus dem Zimmer und nahmen Brees Habseligkeiten mit sich. Es spielte keine Rolle. Sie zwang sich, ruhig zu atmen, und rief sich in Erinnerung, dass sie immer noch das Messer hatte.

Rasch schmiedete sie einen Plan. Sie würde das Messer unter der Heidekrautmatratze verstecken und Tormod überzeugen, dass sie ihn wollte. Wenn er dann nicht hinsah, würde sie ihm das Messer irgendwohin rammen, um ihre Freiheit zu erlangen. Sie erschauderte leicht und vermied es, das »irgendwohin« genauer zu definieren. Wenn sie zu viel darüber nachdachte, würde sie es nicht über sich bringen. Sie wühlte in dem Lumpenhaufen und hatte gerade das Heft des Messers zu fassen bekommen, als die Tür aufgestoßen wurde. Angst ergriff ihr Herz. Schon jetzt scheiterte ihr Plan.

»Bree!« Etwas übernächtigt stolperte Tormod herein. Er sah sich suchend im Zimmer um, bevor er sie auf dem Boden entdeckte. Seine Lippen verzogen sich zu einem lüsternen Grinsen. Langsam musterte er sie und schloss die Tür. »Aye, ich habe dir ja gesagt, dass ich dich noch kriege.«

Ihre Hände begannen zu zittern. Starr vor Angst beobachtete sie wie in einem Albtraum, wie er auf sie zukam, aber als seine Finger sich um ihr Handgelenk schlossen, fiel die Lethargie von ihr ab. Panik überkam sie. Sie musste jedes bisschen Willenskraft aufbringen, um nicht zu schreien und sich gegen den Mann zu wehren.

»Bree«, raunte Tormod in ihr Haar und begann, sie zu betatschen. »Aye, dieses Mal wird Ruan dich nicht retten.«

Bei der Erwähnung von Ruan wäre sie beinahe in Tränen ausgebrochen, aber dafür hatte sie keine Zeit. Mit einem zittrigen Krächzen zwang sie die Worte über ihre Lippen: »Mylord … Ich … Ich wollte immer die Eure sein, nicht Ruans.«

Seine Hände verharrten. Verwirrt neigte er den Kopf zur Seite und zog die Brauen zusammen. »Was sagst du?«

Bree schnürte sich die Kehle zusammen. Sie versuchte zu sprechen, brachte jedoch kein Wort zustande. Sie konnte nicht mehr denken.

»Bree«, murmelte er erneut und hatte die Angelegenheit anscheinend bereits vergessen. Er näherte sich ihr mit gespitzten Lippen, bereit, sie zu küssen.

Unfähig, sich zurückzuhalten, versuchte sie, sich zu befreien. Sie musste an das Messer gelangen. Als sie sich bückte, packte er sie beim Arm und warf sie sich über die Schulter.

»Jetzt nehme ich dich, du kleiner Wildfang«, grunzte Tormod und ging zum Bett, warf sie darauf.

Als er sich auf sie stürzte, gelang es ihr, sich auf die andere Seite zu rollen, und mit einem dumpfen Aufprall landete sie auf dem Boden.

»Bree!«, brüllte Tormod.

Verzweifelt bemühte sie sich, ihr heftig schlagendes Herz zu beruhigen, und fuhr sich mit der Zunge über die Lippen. »Ja, Mylord, ich will Euch, wie ich noch nie jemanden gewollt habe.«

»Das ist genug Gerede von dir!«, polterte Tormod und griff nach ihr.

In ihrer Verzweiflung streifte sie sich das Unterhemd über eine Schulter und flatterte mit den Wimpern.

Er hielt inne. Sein lüsternes Grinsen kehrte zurück.

»Mylord«, flüsterte Bree mit, wie sie hoffte, sinnlicher Stimme. »Nicht auf dem Bett, kommt auf den Boden, so ist es … viel … aufregender.«

Tormod blinzelte verwirrt, aber als sie zu den aufgehäuften Plaids lief, begann er, dümmlich zu grinsen. »Was bist du für ein wildes kleines Biest!«

Ihre Knie zitterten so schrecklich, dass sie halb auf die Stoffe fiel. Er kam auf sie zu, mit unsicherem Gang und schleppender Stimme. Vielleicht war er betrunken. Der Gedanke gab ihr etwas mehr Selbstsicherheit. Sie gestattete sich nicht, an irgendetwas anderes als ihren Erfolg zu denken, glitt zurück auf die hingeworfenen Plaids und hoffte, dass es nach einer Einladung aussah. Es war nicht annähernd so elegant, wie sie es geplant hatte.

Darüber hätte sie sich keine Sorgen machen müssen.

Der Mann grinste wie ein Narr. »Bree, du bist ja ein richtiges kleines Luder!« Dann hielt er misstrauisch inne. »Was ist mit Ruan?«

»Ruan hat nichts.« Bree warf den Kopf zurück, zwang ihre Wimpern tiefer und flatterte erneut damit. »Du bist der MacLeod, ein Mann mit Macht ... und ...« Sie geriet ins Stocken, denn sie konnte nichts Positives an dem Gesicht entdecken, das mit lüsternem Blick näher kam. »Und ... und Macht, sehr ... mächtig ... mit viel ... Macht ...« Verzweifelt suchte sie nach Worten, aber es spielte keine Rolle. Er hörte ihr nicht zu, sondern starrte nur auf ihre Brüste. Zwischen seinen Lippen war seine Zungenspitze zu sehen.

Plötzlich warf er sich auf sie, schlang ihr die Arme um den Leib und schob ihr viel schneller seine Zunge bis in den Hals, als sie erwartet hatte. Selbst betrunken war der Mann noch stark. Ihr Körper kämpfte wie von selbst gegen ihn an, ignorierte ihre verzweifelten Versuche, die Kontrolle zu behalten. Tormod schien es jedoch nicht zu bemerken, oder er genoss ihren Widerstand.

Erneut fanden seine Lippen ihre, aber es gelang ihr, sich weit genug zu drehen, um ihre verzweifelte Suche nach dem Messer fortzusetzen. Sein Mund schmeckte nach Whisky, Zwiebeln und verfaulenden Zähnen. Beinahe hätte sie sich übergeben. Sie konnte das Messer nicht finden. Die Plaids glitten in alle Richtungen, und sie wollte vor Frust und Angst schreien.

Den Tränen nah tastete sie blindlings auf dem Boden herum.

Sie stand kurz davor, zu verzweifeln, als sie das kalte Heft unter ihren Fingern spürte. Ohne zu zögern, rammte sie das Messer ins erstbeste Ziel.

Tormod keuchte auf.

Hysterisch zog sie die Klinge heraus und stach erneut zu.

Dieses Mal traf die Waffe auf etwas Hartes und blieb stecken.

Tormod zuckte zurück, und seine Augen weiteten sich vor Schock, während er nach dem Messer griff, das ihm seitlich im Hals stak. Als seine Umklammerung sich lockerte, krabbelte Bree von ihm weg, aber auf unerklärliche Weise bäumte er sich mit neuen Kräften noch einmal auf und stolperte auf die Füße, erlangte wieder die Kontrolle.

»Bree!«, brüllte er, aber dieses Mal war seine Stimme heiser vor Wut und Rachedurst.

Sie unterdrückte einen Schrei – er würde sie töten. Panisch rannte sie zum Bett, suchte nach irgendetwas, womit sie sich verteidigen könnte, fand jedoch nichts. Sie stolperte über eine hölzerne Schüssel. Mit kalten Fingern packte sie das Utensil und schwang es mit aller Kraft nach ihm.

Ein lautes Knacken war zu hören, als ihn die Schüssel an der Schläfe traf. Er torkelte zurück, verlor das Gleichgewicht und fiel hin. Hart prallte sein Kopf gegen das hölzerne Bettgestell.

Er sackte lautlos zu Boden.

Für einige endlos lange Minuten verharrte sie, wo sie war, wartete darauf, dass er auf die Füße kam. Aber er blieb mit dem Gesicht nach unten auf dem Boden liegen und rührte sich nicht. Schließlich schlich sie sich näher, konnte zuerst nicht glauben, dass sie es wirklich geschafft hatte, aber als die Minuten verstrichen, wurde deutlich, dass es so war.

Ihr Herz machte einen Satz.

Das war ihre Chance!

Niemand suchte nach ihr, alle nahmen an, sie befände sich in Tormods Gewalt. Sie musste sich beeilen, bevor der Mann wieder zu sich kam und nach Hilfe rief. Hastig rannte sie zur Tür, öffnete sie einen Spalt und spähte vorsichtig nach draußen. Sie atmete erleichtert auf, als sie niemanden sah.

Sie schlich den Gang entlang und kam an zwei offenen Türen vorbei. Beide Zimmer waren leer. In der dritten Kammer entdeckte sie eine Truhe. Sie konnte schlecht im Unterhemd aus der Burg fliehen. Als sie den Inhalt durchwühlte, fand sie ein Paar Kniehosen, ein gelbes Hemd und einen Plaid.

Vielleicht konnte sie sich als Junge ausgeben.

Hastig zog sie sich an, atmete tief durch und machte sich bereit für das, was vor ihr liegen mochte. Dann trat sie auf den Flur und machte sich auf die Suche nach einem Weg, aus der Burg zu entkommen. Zuerst musste sie ein Pferd stehlen. Sie würden sie zu schnell einholen, wenn sie sich zu Fuß auf die Flucht machte. Dabei ignorierte sie tunlichst die Tatsache, dass sie nicht reiten konnte. Stattdessen konzentrierte sie sich darauf, aus der Hauptburg zu entkommen und die Stallungen zu finden, ohne Aufmerksamkeit zu erregen.

Es war leichter, als sie erwartet hatte.

Aufgescheucht liefen die Bewohner der Burg durcheinander. Offensichtlich waren einige Boote am Horizont als weitere ankommende MacLeods identifiziert worden.

»MacLeods!«, zischte eine Frau und drückte Bree einen Korb Leinen in die Hände. »Die kannst du zu Maud bringen, ich bin weg. Ich bin nicht so dumm, mich hier noch mal gefangen nehmen zu lassen.«

Bree sah der Frau nach und fragte sich kurz, was Duntulm davon zu befürchten haben sollte, dass weitere von Tormods Männern hier eintrafen, aber sie schob ihre Neugierde beiseite. Sie musste verschwinden, bevor Tormod zu sich kam und entdeckte, dass sie weg war. Er würde wütend sein. Eine zweite Begegnung würde sie nicht überleben. Es war pures Glück gewesen, dass sie ihn an der richtigen Stelle getroffen hatte, und bei der Erinnerung daran, wie er so still und reglos am Boden gelegen hatte, hielt sie kurz inne. Für einen winzigen Moment fragte sie sich, ob sie ihn getötet hatte. Sicherlich nicht. So leicht konnte das nicht sein. Sie schob den Gedanken beiseite und konzentrierte sich auf die Ställe.

Unbeachtet stellte sie den Korb ab und hastete durch einen Seitengang. Als sie durch eine Tür ins Freie trat, rannten einige Männer mit klirrenden Schwertern an ihr vorbei. Sie duckte sich zurück nach drinnen, bis sie weg waren, und schlüpfte dann in den Burghof.

An einer Seite drängte sich eine Gruppe von Gebäuden, und sie lief dorthin, so schnell sie konnte. Das Schicksal meinte es gut mit ihr, denn gleich die erste Tür, durch die sie schlüpfte, war diejenige, die sie gesucht hatte. Unvermittelt sah sie sich einigen Pferden gegenüber, die an einem Balken festgebunden waren. Aufgeschreckt von der Aufregung draußen zuckten sie nervös mit den Ohren.

Bree schloss die Augen und genoss das kurzzeitige Gefühl der Erleichterung, bevor sie den Mut aufbrachte, sich dem ersten Pferd zu nähern.

Es war ein beängstigendes Tier, atemberaubend, stolz und prachtvoll, und es beobachtete sie misstrauisch. Schnaubend schüttelte es seine Mähne.

Bree wappnete sich und trat langsam näher. »Mit dir wird es gehen müssen«, sagte sie zähneknirschend.

Das Pferd zuckte mit den Ohren und stampfte warnend mit dem Huf auf.

»He, was machst du da?« Sie fuhr zusammen, als hinter ihr eine verschlafene Stimme ertönte. »Geh vom Pferd des Lairds weg.«

Angst überkam Bree. Man hatte sie entdeckt. Ihre Schultern sackten herab, und ihr Herz pochte verzweifelt, aber dann stieg eine ungekannte Entschlossenheit in ihr auf. Sie täuschte eine gebieterische Haltung vor und wirbelte herum, fand sich einem Jungen gegenüber. »Du musst sofort dieses Tier für mich satteln. Beeil dich!«

Der Junge runzelte die Stirn, war jedoch schon etwas weniger selbstsicher als zuvor. »Das gehört dem Laird …«

»Wage es nicht, mir zu widersprechen«, unterbrach Bree ihn. »Mach schon! Ich habe eine Nachricht zu überbringen, die nicht warten kann. Willst du wirklich, dass ich zu Fearghus zurückkehre und ihm sage, dass ein kleiner Stallbursche diese wichtige Botschaft aufgehalten hat?«

Der Junge blinzelte, doch endlich begann er, Sattel und Zaumzeug zusammenzusuchen.

»Beeilung!«, verlangte Bree. »Oder ich schneid dir …« Ihr fehlten plötzlich die Worte, ihr Herz klopfte so laut, dass ihr das Denken schwerfiel. Und so sagte sie das Erste, was ihr in den Sinn kam: »… die Nase ab!«

Die Drohung zeigte Wirkung.

Der Junge verdoppelte seine Anstrengungen, und innerhalb von Minuten war das tänzelnde Tier gesattelt, gezäumt und bereit zum Aufbruch.

Sie konnte sich kein Zögern leisten, also erlaubte sie sich nicht, darüber nachzudenken.

Mit Mühe kämpfte sie sich auf den Rücken des Pferdes und versetzte ihm einen heftigen Tritt. Beinahe hätte es sie aus dem Sattel geworfen, als das Tier aus dem Stall und durch das Tor preschte. Der einsame Wachposten, der dort stand, schaute ihr verblüfft nach und kratzte sich nachdenklich das Kinn.

Verzweifelt klammerte Bree sich am Sattel fest.

Das Tier war kräftig und offensichtlich glücklich darüber, sich bewegen zu können. Sie ließ es einfach laufen, bis sie ihre Gedanken gesammelt hatte. Sobald sie sich überzeugt hatte, dass Tormods Männer ihr nicht folgten, konzentrierte sie sich auf ihr nächstes Problem – wie sie das wilde Tier, das ungebremst unter ihr dahinraste, beherrschen sollte.

Als sie einen sanften Hügel hinabgaloppierten, zog sie an den Zügeln, versuchte ihr Bestes, das Pferd zum Stehen zu bringen.

Das Tier ignorierte sie völlig.

Sie versuchte es ein weiteres Mal.

Als erneut keine Reaktion zu spüren war, verlieh ihr ihre Angst die nötige Kraft. Mit einem Schrei und einem lauten Fluch riss sie an den Zügeln und befahl dem Tier, anzuhalten. Sie ließ ihren Worten freien Lauf und stieß jeden Fluch hervor, den sie je in ihrem kurzen Leben gehört hatte.

Zu ihrer großen Überraschung verlangsamte das Tier sein Tempo und zuckte mit den Ohren in ihre Richtung.

Bree machte damit weiter und wurde mit zwei Ohren belohnt, die sich in ihre Richtung drehten.

Zu ihrer absoluten Verwunderung blieb das Pferd tatsächlich stehen.

»Ich hab genug von dir!«, fuhr Bree mit so stark zitternder Stimme fort, dass die Worte kaum erkennbar waren. »Von jetzt an habe ich das Sagen! Ich, nicht du! Du wirst auf mich hören und jeden meiner Befehle befolgen! Versprichst du, zuzuhören?«

Das Pferd schnaubte und stampfte mit dem Huf auf, bewegte sich aber nicht.

Bree schluckte und knetete ihre zitternden Hände. Sie bebte am ganzen Leib und stand kurz davor, zusammenzubrechen. Entschlossen drängte sie den Gedanken beiseite, jetzt war keine Zeit, in Tränen auszubrechen. Sie musste ihre Flucht zu Ende bringen.

Die Dunkelheit brach schon an. Sie musste einen Unterschlupf finden und sich verstecken, sicher vermisste man sie mittlerweile und würde sie bald verfolgen. Sie gab dem Pferd einen Tritt, und eifrig machte es einen Satz nach vorn, wurde mit jedem Schritt schneller, bis sie die Zügel anzog, um es zu bremsen. Zu ihrer Überraschung befolgte es ihre Anweisungen tadellos.

Vor ihr lag ein Wald.

Das würde reichen müssen, sie würde sich im Dickicht verstecken. Zumindest hatte der Himmel aufgeklart, und es versprach, nicht zu regnen.

Kapitel 24
Zu welchem Clan gehört sie?

Kühn betrat Ruan die große Halle von Duntulm, Cameron und Cuilen an seiner Seite. Fearghus war kein Narr, nicht mit all den Booten vor seiner Küste. Er versuchte nicht einmal, Widerstand zu leisten. Eine Gruppe seiner Männer verbeugte sich tief und ließ sie wissen, dass Fearghus verhandeln wollte.

Ruan war ungeduldig, nahm zwei Stufen auf einmal, bis er vor der Kammer des Burgherrn stand. Er stieß die Tür auf.

Bei dem Gestank, der ihm entgegenschlug, musste er würgen.

»Bist du gekommen, um zu beenden, was du angefangen hast?«, krächzte Fearghus aus der Dunkelheit.

Als seine Augen sich an die schwache Beleuchtung gewöhnten, sah Ruan die blasse Gestalt des Mannes auf dem Bett. Fearghus' Atem ging keuchend, seine Augen glänzten fiebrig.

Der Geruch des Todes hing in der Luft.

»Wo ist Bree?«, verlangte Ruan zu wissen und trat vor. »Sag mir sofort, wo sie ist.«

»Aye, diesen Blick wollte ich auf deinem Gesicht sehen, bevor ich diese Welt verlasse.« Fearghus grinste hämisch.

»Die letzte Stunde über hatte Tormod sie in seiner Gewalt. Du findest deine Frau geschändet …«

Ruan sprang zum Bett, packte den Mann bei der Kehle und hob ihn von der Matratze. »Sag mir, wo sie ist! Augenblicklich!«

»Tormod ist im Ostturm«, flüsterte Fearghus mit einem Grinsen. »Es ist zu spät …«

Ruan stieß ihn zurück ins Bett und rannte aus dem Zimmer, Cameron dicht auf den Fersen. Die Burgbewohner stoben vor ihnen davon, als sie die Stufen des Turms hinaufrannten und auf dem Weg die Türen der Zimmer auftraten. Die fünfte Tür offenbarte einen am Boden liegenden Mann.

Es war Tormod.

Von Bree war keine Spur zu entdecken.

Ruan atmete tief durch und trat an die Seite seines Bruders.

Merkwürdig still lag Tormod da.

Erst als Ruan ihn näher betrachtete und mit der Stiefelspitze anstieß, sah er die große Blutlache, die sich unter ihm gebildet hatte. Aus seinem Hals ragte das Heft des kleinen Messers, das Bree von Ruan bekommen hatte.

Cameron hielt seine Finger über Tormods blasse Lippen. »Er atmet noch«, stellte er fest, »aber nicht mehr lange.«

Niemand konnte einen solchen Blutverlust überleben.

Tormods Lider flatterten schwach. »Ruan«, flüsterte er kraftlos. »Kalt … so kalt.«

Ruan sank auf ein Knie. »Wo ist Bree? Was hast du mit Bree gemacht?«

»Bree?«, wiederholte Tormod, und dann verdrehten sich seine Augen.

Er war tot.

»Sie muss entkommen sein«, erklärte Cameron und sah sich angeekelt im Zimmer um. »Ich lasse die Männer nach ihr suchen.«

Ruan zog das Messer aus Tormods Hals und wischte die Klinge sauber.

Zum ersten Mal gestattete er sich, Hoffnung in seinem Herzen aufkeimen zu lassen. »Aye«, murmelte er lächelnd, »sie ist eine MacBethad.«

✳✳✳

Es war eine kalte Nacht gewesen. Um sich warm zu halten, war sie im Kreis gelaufen, einige Male hatte sie sich sogar ans Pferd gedrückt. Sie war so erleichtert darüber, frei zu sein, dass ihr die Unannehmlichkeiten kaum bewusst waren. Als die Morgenröte den Himmel färbte, ritt sie weiter gen Süden, folgte der Küste, so gut sie konnte, und ignorierte den quälenden Hunger.

Sie hatte Angst, anzuhalten. Doch ebenso große Angst hatte sie davor, weiterzugehen. Sie wusste nicht, wo sie war, aber zumindest gab es kein Anzeichen von Verfolgern. Verzweifelt betete sie, dass sie sich von Fearghus' Land entfernte und auch das von Tormod mied. Dann erreichte sie eine Hügelkuppe und sah in der Ferne den Old Man of Storr aufragen.

Tränen der Erleichterung schossen ihr in die Augen.

Reenan.

Reenan würde wissen, was zu tun war. Ihre Hütte war nahe der Küste gewesen, im Schatten des Berges. Bree würde sie wiederfinden können. Mit neuerweckter Hoffnung trieb sie das Pferd zum Galopp und genoss die wärmenden Sonnenstrahlen, die auf ihre Haut fielen.

Der Old Man of Storr rückte beständig näher, und die Kraft des Tieres unter ihr erfüllte sie mit Bewunderung. Sie staunte über die Veränderung in sich selbst, dass sie es tatsächlich genießen konnte, ein Pferd zu reiten. Das Tier schien das zu spüren und begegnete ihren Kommandos mit Respekt statt mit Widerwillen.

Einige Zeit später kam sie auf einen Weg, der immer vertrauter wurde und plötzlich an Reenans Bauernhof endete. Abrupt hielt sie das Pferd an, überrascht, dass sie den Ort tatsächlich gefunden hatte, als Reenan und ihre Kinder mit offenen Mündern aus der Tür stürzten.

Erst da erlaubte sie sich zu weinen, aber die Tränen, die flossen, waren hauptsächlich der Erleichterung geschuldet.

Die Kinder banden das Pferd an einen Baum, während Reenan sie in die Hütte führte, ihr Haferbrei gab und sie ins Bett brachte. Bäuchlings ließ sie sich auf die Heidekrautliege fallen und schloss erschöpft die Augen. Zum ersten Mal seit Wochen erfüllte sie ein Gefühl der Sicherheit.

✳✳✳

Ruan hatte den größten Teil der Nacht in tiefer Verzweiflung verbracht.

Mit vereinten Kräften hatten sie die Burg durchkämmt, aber es gab keine Spur von Bree.

Er kehrte zu Fearghus' Kammer zurück und befragte den Mann erneut. Als er von Brees Flucht hörte, stieß Fearghus einen wütenden Schrei aus. Dann noch zu erfahren, dass Tormod, Michael und Gerland alle tot waren und damit Ruan der unumstrittene Laird of Dunvegan war, erwies sich als zu viel für ihn. Er verstummte, schien eine Art Anfall zu erleiden und sprach nie wieder.

Domnall stand am Fuß seines Bettes und drehte seinen Dolch in der Hand. Er unterrichtete Fearghus darüber, dass ein plötzlicher Tod zu gut für ihn sei und dass er, Domnall, dastehen und ihm in den letzten Augenblicken seines Lebens beim Leiden zusehen würde. Es war nur gerecht.

Weil er kein Interesse daran hatte, das grausame Ende des Mannes mit anzusehen, schloss Ruan sich wieder den anderen bei der Suche nach Bree an. Fast wollte er schon die Hoffnung aufgeben, als er bemerkte, dass der Stallbursche ihm nervös auf den Fersen blieb.

»Ach, Junge.« Ruan runzelte die Stirn und wandte sich zum erneuten Mal an den Jüngling. »Was ist denn?«

»Ich … glaube, ich habe sie gesehen, Eure Lordschaft«, krächzte der Junge und leckte sich unbehaglich die Lippen. »Sie war wie ein Junge gekleidet. Hat mir befohlen, ich solle das Pferd des Lairds satteln oder sie würde mir die Nase abschneiden.«

Ruan blinzelte und tauschte einen zweifelnden Blick mit Cameron.

»Ich schwöre es!«, beharrte der Junge. »Ich sage die Wahrheit. Sie war klein, hatte braune Locken und so. Ich wusste, dass sie kein Junge war, aber sie … sie war sehr herrisch, richtig Furcht einflößend. Hat auf dem besten Pferd bestanden und ist bei Sonnenuntergang durch das Tor geritten.«

»Verstehe.« Ruan nickte abwesend. Ihm kam die Geschichte ein wenig lächerlich vor.

»Aye, sie konnte sich kaum im Sattel halten«, fügte der Junge kopfschüttelnd hinzu. »Es ist ein Wunder, dass sie nicht heruntergefallen ist.«

Da hielt Ruan inne, runzelte leicht die Stirn und wandte seine Aufmerksamkeit wieder dem Jungen zu. »Sie konnte nicht reiten?«

»Nein, Mylord, kein bisschen«, kam die Antwort.

Erleichterung erfasste ihn.

Cuilen ritt nicht mit ihnen. Er blieb zurück, um Zeuge von Fearghus' Tod zu sein. Der Laird von Duntulm hatte Cuilens Nichte geschwängert, und da Cuilen der Vormund des Säuglings war, stand Duntulm nun unter seiner Lehnsherrschaft. Und es gab viele Dinge, die es in Ordnung zu bringen galt.

Domnall, Cameron und eine Handvoll anderer folgten Ruan eilig, ritten auf der Suche nach frischen Spuren in die Heide. Die drei Freunde wandten sich nach Süden, während einige weitere sich in die anderen Himmelsrichtungen aufmachten.

Ruan runzelte die Stirn und sehnte verzweifelt einen guten Spürhund herbei, aber kaum hatte er den Gedanken beendet, als er frische Hufspuren im Schlamm sah, die gen Süden zeigten. Plötzlich wusste er tief in seinem Herzen, dass die Spuren zu ihr gehörten und wohin sie ritt.

»Sie ist auf dem Weg zu Reenan!« Ruan grinste breit, und ihm wurde mit jeder Minute leichter ums Herz.

Domnall und Cameron folgten ihm, auch wenn sie seinen Optimismus nicht teilten.

Einige Male zog Domnall die Zügel an und schlug vor, sie sollten umkehren und Hunde auftreiben, aber Ruan blieb

beharrlich und ritt weiter. Bald darauf erblickten sie Fearghus'
prachtvolles Tier, festgebunden an einem Baum vor Reenans Hof.

»Aye!«, polterte Domnall in offenkundiger Erleichterung.
»Sie ist eine MacBethad.«

»Nein, sie ist eine MacLeod«, wandte sich Ruan an den
Mann, ein breites Lächeln auf den Lippen.

»Geh da rein zu deiner Frau, Junge.« Um Camerons Lippen
zuckte tatsächlich so etwas wie ein Lächeln. »Ihr könnt euch
später noch darüber streiten, zu welchem Clan sie gehört.«

✳✳✳

Bree hatte einen wunderbaren Traum.

Sie lag in Ruans Armen. Er hielt sie fest an sich gedrückt
und flüsterte ihr ins Ohr, wie sehr er sie liebte, wiederholte die
Worte wieder und wieder. Es war ein Traum, von dem sie nicht
wollte, dass er je endete. Bis ans Ende der Zeit wollte sie seine
Umarmung genießen und ihm zuhören.

Sie kuschelte sich enger an ihn, aber dann berührte etwas
Weiches, Nasses ihre Wange, und sie öffnete die Augen.

Orientierungslos sah sie sich um. Sie war noch immer in
Reenans Hütte, aber Ruan war da und hielt sie fest. Seine Tränen
fielen auf ihr Gesicht. Sie traute sich nicht, sich zu bewegen, aus
Furcht, die Illusion würde verschwinden – aber dann hörte sie
die durchdringende Stimme ihres Vaters.

»Aye, sie ist eine MacBethad. Ich habe es dir von Anfang an
gesagt, dass sie ein starkes Highlandmädchen ist.«

Bree schluckte und warf sich nach vorn, schlang die Arme
um Ruans Hals.

Mit einem überraschten Lachen verlor er das Gleichgewicht
und landete auf dem Hintern, wobei er sie halb aus dem Bett
zog, aber es kümmerte sie nicht. Sie schmiegte sich an ihn und
begann ohne Punkt und Komma zu reden, fragte erst nach Merry,
erzählte ihm dann von Silas und endete schließlich mit Tormod.

»Ich habe ihn niedergestochen.« Sie runzelte die Stirn und hob zum ersten Mal ihren Kopf von seiner Brust. »Ich … weiß nicht, was aus ihm geworden ist. Er hat so reglos dagelegen. Sicher habe ich … habe ich ihn nicht …« Sie konnte die Vorstellung nicht ertragen, einen Mann getötet zu haben, selbst einen, der so böse war wie Tormod. Flüsternd gestand sie ihre Angst ein: »Ich glaube, ich könnte ihn getötet haben.«

»Nein, das habe ich getan«, antworteten Ruan und Cameron wie aus einem Mund.

»Aye«, fügte Cameron knapp hinzu. »Wir … beide … haben ihn getötet.«

Von Erleichterung überwältigt hob Bree den Kopf, um Cameron, Domnall, Reenan und ihre gesamte Kinderschar um sich herum versammelt zu sehen, während sie auf dem Boden in Ruans Schoß kauerte. Plötzlich schüchtern schob sie ihn von sich, aber er wollte davon nichts wissen.

»Nein, Mädchen«, erklärte Ruan und legte ihr einen Finger unters Kinn. »Ich lasse dich nie wieder gehen. Du bist meine Gefangene, bis zu dem Tag, an dem ich sterbe.«

Er beugte sich vor, um sie liebevoll zu küssen. Ihr Körper kribbelte bis in die Zehenspitzen.

»Aye, Mädchen, ich habe dir von Anfang an gesagt, dass du ihn lieben würdest«, bemerkte Domnall amüsiert. »Es war deutlich zu sehen, dass ihr wie füreinander geschaffen seid.«

***

Am nächsten Morgen brachen sie auf, segelten mit einem Schiff die Küste hinauf nach Duntulm. Bree hatte die Nacht in Ruans Armen verbracht, hatte Trost darin gefunden, wie seine Brust sich im sanften Rhythmus seines Atems unter ihrer Wange hob und senkte.

Keiner von ihnen hatte viel geschlafen, sie hatten einfach die Gegenwart des anderen genossen.

»Es tut gut zu sehen, dass du die Liebe gefunden hast, Ruan«, hatte Reenan gesagt und ihm einen schwesterlichen Kuss auf die Wange gegeben.

Ruan hatte mit einem schallenden Lachen purer Freude den Kopf in den Nacken geworfen. Nachdem er Reenan hochgehoben und im Kreis geschwungen hatte, hatte er sie abgesetzt und in eine herzliche Umarmung gezogen. »Ich erwarte dich jedes Jahr auf Dunvegan, um mit uns die Geburt unseres jüngsten Kindes zu feiern.«

Bree war inmitten des Gelächters feuerrot geworden.

Jetzt auf dem Boot bereiteten ihr seine Worte allerdings Unbehagen. Als hätte er ihre Stimmung gespürt, beugte Ruan sich über sie und küsste sie auf den Scheitel. »Was ist, *mo ceisd*?«

»Dunvegan.« Sie runzelte die Stirn. »Sicherlich ... gehen wir nicht dorthin zurück, oder?«

Seine dunklen Augen weiteten sich ein wenig vor Überraschung. »Dunvegan ... gehört nun uns, Liebste. Es ist unser ... Zuhause.«

Zuhause?

Die Vorstellung von Dunvegan als ihrem Zuhause war absurd. Die klamme, düstere Burg, die mit noch düstereren Erinnerungen angefüllt war, hatte nichts mit dem Häuschen ihrer Träume gemein.

»Es wird nicht dasselbe sein«, versicherte Ruan ihr. »Als Herrin von Dunvegan kannst du damit machen, was du willst.«

»Ich habe immer von einem kleinen Bauernhof geträumt«, erwiderte Bree und verzog das Gesicht, »nicht von einer Burg.«

Ruan warf den Kopf zurück und lachte.

Seufzend lehnte sie ihren Kopf an seine Schulter.

Kapitel 25
Das Geschenk

Es musste etwa ein Monat vergangen sein. Am Morgen lag der erste Anflug von Frühling in der Luft.

Bree streckte sich genüsslich.

Sie hatte einen herrlich leidenschaftlichen Traum von Ruan gehabt, wie er ihre Haut mit einer Vielzahl von Küssen übersät hatte. Sie hielt still, wollte nicht, dass der Traum aufhörte, aber als er nur noch lebendiger wurde, schlug sie die Augen auf und entdeckte sein dunkles, gut aussehendes Gesicht, das auf sie herablächelte. Sie öffnete den Mund, um etwas zu sagen, doch im nächsten Moment schnitt er ihr mit einem fordernden Kuss das Wort ab und riss sie mit sich in einen Sturm der Leidenschaft.

Er war schon längst Vormittag, als Ruan sie schließlich lachend aus dem Bett schubste.

»Schon seit gestern Abend wartet eine kleine Überraschung auf dich, Mädchen«, verriet er, »aber du hast mich andauernd … abgelenkt.«

»Und das soll ganz allein meine Schuld sein?«, fragte Bree und schlüpfte wieder unter die Decke.

Einige Augenblicke später stöhnte er und rieb sein Gesicht an ihrem Hals. »Aye, du kleine Wildkatze.«

Sie ahmte seinen Akzent nach und flüsterte: »Vielleicht kann es noch ein klein wenig länger warten?«

Leidenschaftlich küsste er sie, bevor er aus dem Bett sprang und die Decke hochzog, um sie erneut von der Matratze zu rollen. »Nein, Schluss mit deinen Ränken! Ich habe etwas, das ich dir zeigen will.«

Vom Boden aus beobachtete sie ihn, wie er sich eilig anzog. Sie konnte nicht anders, als den Mann zu bewundern. Er war einfach perfekt, und das in jeder Beziehung.

Er warf ihr ein Kleid über den Kopf.

»Für diese Überraschung musst du angezogen sein, Mädchen«, erklärte er. »Bleib hier, während ich sie herhole.«

Neugierig schlüpfte sie in das Kleid und wartete.

Viel war geschehen, seit sie nach Dunvegan zurückgekehrt waren. Merry und Isobel waren kurz nach ihnen angekommen. Merry war guter Dinge gewesen, und ihre Stimmung hatte sich noch verbessert, als sie gehört hatte, dass Fearghus einen elenden Tod gestorben war. Am Abend ihrer Rückkehr hatte das kleine Mädchen in der Halle gestanden und offiziell einen Toast auf Bree und Ruan und ihre »ewige, lang anhaltende und aufrichtigste Liebe aller Zeiten« ausgebracht.

Ihre Eifersucht war wie weggeblasen und kehrte nie zurück.

Es ging von Tag zu Tage fröhlicher auf Dunvegan zu, unter anderem durch Jenna und ihre nicht länger namenlose Tochter Morag, aber es gab noch immer viel zu tun. Obgleich sie fand, dass Ruan seine neue Position als Laird der MacLeods außerordentlich gut zu Gesicht stand, war es ihr unangenehm, sich selbst als die Burgherrin zu sehen.

Ein Klopfen an der Tür riss sie aus ihren Gedanken, und sie lächelte. »Aye, mein Liebster, ich bin bereit für deine Überraschung.« Sie hüpfte auf das Bett und rollte sich auf den Rücken, bedeckte scherzhaft ihr Gesicht mit den Händen.

Die Tür öffnete sich und leise Schritte kamen näher.

»Mein kleines Mädchen«, flüsterte eine vertraute Stimme.

Bree setzte sich auf. »Afraig!«, rief sie und warf sich in die Arme der großen, hageren Frau, die vor Ruan stand.

Epilog

»Was für einen feinen, kräftigen Sohn du hast«, lobte Cameron. Leicht tippte er die Nasenspitze des Säuglings an und hob spöttisch eine Augenbraue in Ruans Richtung. »Und du behauptest, du hättest nichts?«

»Bist du neidisch?« Aufmerksam musterte Ruan seinen Freund.

Cameron verspannte sich leicht, obgleich er verhalten lächelte. »Nein, ich habe kein Bedürfnis nach einem Kind.«

Ruan lachte. »Aye, nun, wenn du darauf bestehst, darfst du ein kleines bisschen neidisch sein.«

Cameron gab ihm das Baby zurück, aber etwas im Gesicht des Mannes ließ Ruan innehalten.

»Was ist los, mein Junge?« Besorgt runzelte er die Stirn.

»Der König bittet mich, an den Hof zu kommen«, erwiderte der Earl, und sein Ton verriet seinen Unwillen.

Das waren keine guten Neuigkeiten.

Ruan warf seinem Freund einen mitfühlenden Blick zu. »Vielleicht solltest du dir ein Mädchen suchen und es heiraten, bevor du gehst. Sicher gibt es ein paar, die dir gefallen?«

»Wäre dem so, würde ich sie nie auf diese Weise zu einem vorzeitigen Tod verdammen. Ich habe schon lange aufgegeben, an Liebe auch nur zu denken. Ich will zu meinen Lebzeiten keine Frau mehr anfassen.« Camerons Mund verhärtete sich ein wenig. »An meinen Händen klebt genug Blut. Ich werde nicht wieder heiraten.«

Ruan erwiderte nichts. Sie beide wussten, dass die Aussichten darauf gering waren. Cameron war einfach politisch zu wertvoll, um unverheiratet zu bleiben.

»Vergib mir«, bat der Earl und verbeugte sich. »Dies ist ein fröhlicher Anlass.«

»Unsinn«, widersprach Ruan, aber sie wurden von der Ankunft Afraigs und Isobels unterbrochen.

»Es ist Zeit, dass der Junge gefüttert wird«, verkündete Afraig.

»Dafür ist es zu früh.« Isobel runzelte die Stirn. »Er muss gebadet werden.«

»Pah, erst nachdem er gefüttert wurde«, widersprach Afraig und griff nach dem Kind in Ruans Armen.

»Ich werde ja wohl wissen, was Ruans Sohn braucht.« Isobel knurrte fast und legte besitzergreifend eine Hand auf den Kopf des Babys.

»Brees Sohn ist sehr hungrig«, beharrte Afraig und erwiderte den finsteren Blick der anderen. Sie legte ihre Finger fest auf das Bein des Kindes.

»Aye, aber …«, begann Isobel und funkelte die andere böse an.

»Hört auf, werte Damen«, unterbrach Ruan sie und lachte über die beiden. »Vielleicht lassen wir Bree entscheiden?«

Beide schlossen den Mund und hatten den Anstand, sich zu schämen, als Ruan sich verbeugte und sie mit Cameron zurückließ. Als er seine privaten Gemächer betrat, sah er Bree am Fenster stehen und nach draußen blicken.

Ihre Miene ließ ihn zögern.

»Was ist, *mo ceisd*?«, fragte er schließlich unsicher.

»Die Dudelsäcke …«, murmelte sie und reckte den Kopf.

Von unten wehte der Klang herauf und mischte sich mit dem Rauschen der Wellen und den klagenden Rufen der Möwen.

»… und das Heidekraut auf den Hügeln …«, fuhr sie fort. »Die sprudelnden Bäche, die Farne und die silbernen Birken …«

Sie wandte sich zu ihm um und senkte den Kopf, um ihren Sohn auf die Stirn zu küssen, bevor sie Ruan die Arme um den

Hals legte. »Das schillernde blaue Meer … Die Magie dieses Ortes«, flüsterte sie. »Jetzt sehe ich, warum du ihn liebst. Dieser Ort ist wunderschön.«

»Aye«, stimmte Ruan mit einem Lächeln zu, aber er sah nur sie und ihren Sohn zwischen ihnen. »Das ist es. Wirklich wunderschön.«

Druck:
CPI Druckdienstleistungen GmbH
im Auftrag der
Zeitfracht Medien GmbH
Ein Unternehmen der Zeitfracht - Gruppe
Ferdinand-Jühlke-Str. 7
99095 Erfurt